AF525800

Sandra Mierwaldt ist 1991 in Herzogenrath geboren und direkt am Wald aufgewachsen. Ihre Liebe zur Natur lässt die studierte Försterin in ihre Geschichten einfließen. Sie lebt mit ihrem Mann und zwei kleinen Söhnen in der Nähe von Oldenburg und schreibt in ihrer Freizeit Romane und Kurzgeschichten.

SANDRA MIERWALDT

Inselglück und Dolce Vita

ITALIEN-LIEBESROMAN

Erstausgabe April 2024

Inselglück und Dolce Vita

ISBN 978-3-98998-076-1
E-Book-ISBN 978-3-98778-631-0

Covergestaltung: Dream Design – Cover and Art
Umschlaggestaltung: ARTC.ore Design
Unter Verwendung von Abbildungen von
shutterstock.com: © tomertu, © Africa Studio, © ElenaChelysheva,
© New Africa, © Global Marble Collection, © execelle,
© Serenity-H, © aPhoenix photographer
Lektorat: The Write Spirit
Satz: dp DIGITAL PUBLISHERS GmbH
Druck und Bindung: Books on Demand GmbH, Norderstedt

Kapitel 1

Norditalien, Juni 2023

Ein warmer Wind wehte über den See und zupfte an den Haarsträhnen, die sich aus Miras Zopf gelöst hatten und um ihr Gesicht tanzten. Sie bemerkte das Kitzeln der Berührung kaum und presste sich an die Reling, um die vielen Eindrücke in sich aufzunehmen. Je weiter sie sich vom Anleger entfernten, desto mehr hatte sie das Gefühl, ihre Sorgen auf dem Festland zurückzulassen. Die Brise trug sie fort wie den leichten Dieselgeruch, der am Hafen in der Luft gelegen hatte.

Vor Mira erstreckte sich funkelnd blaues Wasser. Das Sonnenlicht wurde in Facetten von den kleinen Wellen zurückgeworfen und überzog den Rumpf der Fähre mit seinem grellen Muster. Dichte Laubwälder bedeckten die Ufer zu beiden Seiten des Lago di Varrone, der sich schimmernd durch die Täler der norditalienischen Alpen schlängelte. Dächer mediterraner Villen und moderner Luxusresidenzen lugten zwischen den Baumwipfeln hervor.

Arbeiten, wo Promis Urlaub machen, dachte sie schmunzelnd und Paulas Stimme hallte dabei in ihren

Gedanken nach. Ihre beste Freundin war von der ersten Sekunde an begeistert gewesen, als Mira ihr von der Projektarbeit auf der Isola del Tuono, der kleinen Privatinsel inmitten des Sees, erzählt hatte. Mira selbst hatte länger mit der Entscheidung gehadert, doch schließlich hatte der Wunsch, endlich wieder das zu tun, was sie früher so geliebt hatte, ihre Zweifel überwogen.

Und nun hatte sie es wirklich geschafft. Ihre Knie zitterten leicht, als die Erkenntnis in Miras Bewusstsein sickerte, und sie umschlang das kühle Metall fester. Sie war hier, in der denkbar schönsten Kulisse für ihre Arbeit, und würde wieder Kunst restaurieren dürfen. Trotz aller Unsicherheiten der letzten Wochen fühlte es sich absolut richtig an, auf diesem Boot zu stehen. Es war ihr Neuanfang, weit entfernt von ihrer norddeutschen Heimat, von der sie nun nicht nur knapp tausend Kilometer Land trennten, sondern auch mit jeder Sekunde mehr Wasser, das die Erinnerung an den Kummer verblassen ließ wie Farben in einem Aquarell.

Ein aufgeregtes Kribbeln durchfuhr sie und am liebsten hätte sie vor Glück laut aufgelacht. Sie beobachtete die im Fahrtwind tanzende Flagge am Schiffsmast und ihr Blick glitt über den endlos blauen Himmel, an dem Vögel ihre Kreise im Thermalwind zogen.

Ein Vibrieren in ihrer Hosentasche schreckte sie auf und riss sie aus ihren vorfreudigen Gedanken. Sie stieß gegen ihren Koffer, der neben ihr gestanden hatte und mit einem dumpfen Knall auf dem Deck aufschlug. Mit zitternden Fingern zog sie das Telefon aus der Tasche und prüfte die eingegangene Nachricht. Es war nur ihre Mutter, die ihr ein einzelnes rotes Herz schickte.

Sie steckte das Gerät wieder ein, atmete tief durch und fühlte, wie sich ihr Herzschlag normalisierte.

Es ist eine ganz neue SIM-Karte, beruhigte sie sich. *Kaum jemand kennt diese Nummer.*

Verstohlen blickte sie sich um, ob jemand ihre panische Reaktion bemerkt hatte. Die wenigen Fahrgäste schienen jedoch mit sich selbst beschäftigt zu sein. Die meisten von ihnen nutzten die Fähre offenbar zu beruflichen Zwecken. Lieferanten mit Styroporkisten, Spediteure mit großen Pappkartons und Geschäftsleute mit Aktenkoffern saßen entlang der Bordwand auf Sitzbänken und verschmähten den malerischen Ausblick, um Mails auf ihren Telefonen zu tippen, Zeitung zu lesen oder duftenden Kaffee aus Pappbechern zu trinken.

Mira atmete den Duft begierig ein und freute sich schon darauf, zum ersten Mal ein echtes italienisches Café in einem der kleinen Dörfer am Seeufer zu besuchen. Sogar der Kaffee am Flughafen in Mailand hatte sein deutsches Gegenstück bereits um Längen geschlagen.

Ihr fiel erst auf, dass sie einen der kaffeetrinkenden Fahrgäste anstarrte, als dieser den Kopf hob und sie bemerkte. Er schien etwa in Miras Alter zu sein, vielleicht Anfang dreißig. Auf seinem sonnengeküssten Gesicht lag ein leichter Bartschatten und sein Haar war gerade lang genug, um seine kantigen Konturen in leichten Wellen zu umrahmen. Seine braunen Augen funkelten amüsiert, als er Mira anlächelte. Er zwinkerte und prostete ihr mit seinem Becher zu.

Sie wandte sich schnell ab und betrachtete mit roten Wangen eine Gruppe von Wasservögeln, an denen das

Schiff vorüberfuhr. Nicht, dass ihr Gegenüber auf falsche Gedanken kam und sie womöglich ansprach. Er machte mit seinem offenen Lächeln zwar einen sympathischen Eindruck und hätte ihr unter normalen Umständen gefallen können, doch Mira war nicht zum Flirten nach Italien gekommen.

Ganz im Gegenteil sogar.

Der Mann schien ihren Unwillen entweder zu spüren oder hatte ihr ohne Hintergedanken zugezwinkert, denn als sie unauffällig zu ihm hinübersah, schaute er bereits wieder auf das Display seines Telefons.

Die Fähre steuerte nacheinander kleine Dörfer am Ufer an und an jeder Station stiegen mehr Fahrgäste aus als ein. Dann verließ der Steuermann den bisherigen Kurs entlang des Ufers und hielt auf die Mitte des Sees zu. Dort erhob sich eine steinige Insel aus dem Wasser – Miras Ziel.

Von Weitem wirkte die Isola del Tuono wie ein einzelner, öder Fels, auf dessen plateauförmigem Gipfel nur eine Baumgruppe wuchs. Als das Schiff die Insel jedoch langsam umrundete und Mira die bisher verborgene Rückseite sah, schien sie immer weiter zu wachsen. Die steile Felsklippe fiel zur anderen Seite hin flach ab und gab den Blick auf die vielen spitzen Dachgiebel und Türmchen eines gewaltigen Herrenhauses frei, das oben auf der Klippe zwischen den Bäumen thronte. Darunter erstreckten sich terrassenförmige Gärten und üppige Parkanlagen, die bis zum flachen Ufer verliefen. Das Boot hielt auf einen Anleger zu und als sie näher kamen, verbarg sich die Größe der Insel erneut hinter akkuraten Hecken und alten Bäumen vor neugierigen Blicken.

Wie aus einer Trance gerissen blickte Mira sich um.

Die einzigen verbliebenen Fahrgäste zur Insel waren sie und der Mann mit dem Kaffee, der inzwischen damit beschäftigt war, einen Rucksack zu schultern und dann eine Softshelljacke in einer Sporttasche zu verstauen. Sein Gepäck war im Vergleich zu ihrem wesentlich leichter.

Wahrscheinlich arbeitet er hier und wohnt auf dem Festland, dachte sie und beäugte skeptisch ihren eigenen Koffer, der ihr Gepäck für die nächsten drei Monate enthielt.

Das Schiff legte an der Kaimauer an und Mira stolperte bei der Erschütterung über den Koffer, der noch immer zu ihren Füßen lag.

»Guarda di non farti male!«, ertönte eine Stimme neben ihr.

Der Mann hatte sich ihr zugewandt und die Arme ausgestreckt, als hätte er sie aufgefangen, wenn sie ihr Gleichgewicht nicht von selbst wiedergefunden hätte.

Er schien ihren verständnislosen Blick richtig zu deuten. »Aufpassen«, warnte er sie auf Englisch und ein spöttisches Lächeln lag auf seinen Lippen, passend zu seinem Tonfall. »Moment mal, du hast da etwas.«

In einer fließenden Bewegung zog er eine kleine rosafarbene Blüte aus ihrem Pony und hielt sie Mira hin.

»Oleander. Die wachsen überall auf der Insel«, erklärte er in milderem Ton. »Muss der Wind mitgetragen haben.«

»Danke«, murmelte sie ebenfalls auf Englisch und nahm die Blüte entgegen. Sie spürte, wie ihr die Hitze in die Wangen stieg und vermied den Blickkontakt zu ihm. Eilig bückte sie sich nach ihrem Koffer und bemühte sich, ihn in Richtung der Zugangsbrücke zu ziehen, die ein Matrose nach dem Vertäuen des Schiffs ausgeklappt hatte. Sie betete, dass die Rollen des Koffers nicht hängen blieben, und wollte möglichst schnell an Land kommen, um Abstand zwischen sich und den Fremden zu bringen.

Dieser verließ hinter ihr das Boot, grüßte den Matrosen und einen am Anleger stehenden Mann mit einem Handschlag und überquerte zielstrebig die gepflasterte Anlegestelle.

Außer der Fähre waren dort nur drei Boote vertäut und dümpelten im seichten Wasser: ein kleines Ruderboot und zwei eindrucksvolle Jachten. Während eine der beiden Jachten dem hiesigen Standard zu entsprechen schien, da Mira auf dem See und an den Häfen am Ufer bereits einige ähnliche Modelle gesehen hatte, war die größere der beiden der Inbegriff einer Luxusjacht. Mira betrachtete die imposanten Decks und versuchte, sich die Art von Party vorzustellen, die darauf vermutlich gefeiert wurde.

Direkt neben ihr räusperte sich jemand.

Erschrocken fuhr sie zusammen und drehte sich zu dem Herrn um, der bei ihrer Ankunft bereits am Anleger gestanden hatte und auf sie zu warten schien.

Kapitel 2

»Signorina Winter?«, fragte der Wartende, scheinbar belustigt über ihr Staunen.

Mira lächelte den Herrn entschuldigend an. »Mi scusi", antwortete sie und wechselte ins Englische, das sie die nächsten Monate über begleiten würde. „Ich war in Gedanken. Sind Sie Signor Marino?«

»Der bin ich«, bestätigte jener und hielt Mira eine Hand hin, die sie erleichtert schüttelte. »Willkommen in unserem kleinen Paradies!«

»Danke«, antwortete Mira und betrachtete Signor Marino genauer. Mit ihm hatte sie per Mail und telefonisch ihren Aufenthalt geplant und die Abläufe besprochen, er war dabei jedoch stets so förmlich aufgetreten, dass ihr vor dem ersten Treffen etwas mulmig zumute gewesen war. Sie hatte sich den Maggiordomo, das oberste Mitglied des Haushaltspersonals der Familie di Varrone, als steifen Butler vorgestellt. Stattdessen wirkte der freundliche Herr mit dem Schnauzbart und dem sonnengebräunten Gesicht jedoch eher wie ein wohlwollender Großvater.

»Hatten Sie eine gute Reise hierher?«, erkundigte sich Signor Marino.

Er nahm den Griff von Miras Koffer und setzte sich damit langsam in Bewegung. Mira protestierte, doch er winkte lächelnd ab und bedeutete ihr, ihm zu folgen.

Die Rollen klackerten leise auf dem kunstvoll gelegten Pflaster.

»Danke. Das hatte ich«, bestätigte Mira und nickte energisch. Sie erzählte kurz von ihrem Flug von Hamburg nach Mailand, der Bahnfahrt bis zum See und der anschließenden Überfahrt. Dabei ließen sie den Anleger hinter sich und folgten einem breiten, kurvigen Weg, der zwischen gepflegten Hecken und Zypressen hangaufwärts führte.

Aus Steintöpfen entlang des von akkurat getrimmten Ziersträuchern und Statuen gesäumten Weges verströmten üppige Blütenpflanzen einen himmlischen Duft. Sie stiegen eine Freitreppe empor und vor ihnen tat sich eine gewaltige Rasenfläche auf, in deren Mitte ein mehrstöckiger Springbrunnen sprudelte.

Das wahrhaft Atemberaubende an diesem Anblick war jedoch das herrschaftliche Anwesen, das am anderen Ende des Gartens lag und an das Schloss Versailles erinnerte. Je näher sie dem Gebäude kamen, desto größer schien es zu werden.

Die Sonne wurde von den unzähligen Fenstern und gläsernen Kuppeln reflektiert. Ein Flügel des Hauses schien gänzlich aus Glas zu bestehen.

»Die Wintergärten und Gewächshäuser befinden sich an der Nordseite des Hauses«, erklärte Signor Marino, der einige Schritte vor Mira stand und ihrem Blick gefolgt war.

Erst jetzt fiel ihr auf, dass sie mit offenem Mund stehen geblieben war.

»Es ist der Lieblingsplatz der Hausherrin, die dort einige Modernisierungen vorgenommen hat«, fuhr er fort und überspielte damit gekonnt Miras Verlegenheit.

Sie setzten sich erneut in Bewegung.

»Das Haus ist seit seiner Erbauung im 18. Jahrhundert im Besitz der Familie di Varrone und wurde von Signor Alessandro und Signora Chloe vollständig saniert.«

Mira musste sich räuspern, um ihre Stimme wiederzufinden. »Es ist wunderschön.«

Sie bogen vom Hauptweg ab und folgten einem kleineren Pfad in Richtung einer mit Kletterrosen bewachsenen Mauer. Hinter einem Torbogen zwischen den alten Steinen erwartete sie ein völlig anderes und doch ebenso schönes Bild. Der Garten hier war weniger pompös und glamourös. Er erinnerte an einen englischen Bauerngarten, doch die Fülle farbenprächtiger Blüten, Gräser und Büsche raubte Mira den Atem. Der Pfad führte sie ein wenig hangabwärts an Gemüsegärten und Gewächshäusern vorbei, über einen kleinen Wasserlauf und zu einem mit Rosen und Wein bewachsenen Haus aus terrakottafarbenen Ziegelsteinen. Es war zwar nicht vergleichbar mit dem Herrenhaus, aber trotz seines behaglichen Landhaus-Charmes immer noch ein stattliches Gebäude.

»Das Haus der Bediensteten«, erklärte Signor Marino. »Es wird für die nächsten drei Monate Ihr Zuhause sein. Ich hoffe, es gefällt Ihnen?«

Mira konnte nur ungläubig nicken. Unter einem Dienstbotenhaus hatte sie sich eher eine Jugendherberge vorgestellt. Hier hingegen erwartete sie, jeden Moment könne Elizabeth Bennet aus Stolz und Vorurteil aus dem Fenster winken.

»Dann werde ich Ihnen nun Ihr Zimmer zeigen. Ich würde Sie auch den anderen Angestellten vorstellen, aber leider haben wir das Mittagessen verpasst und es wird kaum jemand im Haus sein.«

Er führte sie zur Haustür, an der ein Kranz aus Gräsern und Lavendel hing, der beim Öffnen hin- und herschwang. Im Inneren des Hauses war es angenehm kühl und roch nach frischer Wäsche. Von der Diele aus konnte Mira durch eine offene Tür in die geräumige Küche sehen, in der ein massiver Holztisch Platz für mindestens zehn Personen bot. Bodentiefe Sprossenfenster sorgten dafür, dass man sich sogar im Inneren des Gebäudes so fühlte, als würde man mitten im Garten stehen. Signor Marino ging an der Küchentür vorüber zu einer breiten Holztreppe. »Ihr Zimmer liegt im ersten Stock«, erklärte er beim Aufstieg. »Sie teilen es sich mit Signorina Boselli, wie ich Ihnen bereits bei unserem letzten Telefonat mitgeteilt habe. Signorina Boselli ist vermutlich gerade bei der Arbeit, aber beim Abendessen werden Sie sich gewiss kennenlernen.«

»Ich freue mich schon«, erwiderte Mira. Immerhin war ihre Zunge wieder in der Lage, Worte zu bilden. »Findet das Abendessen hier in der Küche statt?«

»Nur bei schlechtem Wetter oder niedrigen Temperaturen. Ansonsten sitzen wir gemeinsam hinter dem Haus. Wenn Sie heute um achtzehn Uhr nach draußen kommen, können Sie es nicht verfehlen.«

Er blieb vor einer hellen Holztür im Landhausstil stehen und stellte Miras Koffer ab. Dann griff er in die Tasche seines Jacketts und reichte Mira einen silbernen Schlüssel. »Hier befindet sich Ihr Zimmer. Falls es

Ihnen an irgendetwas fehlen sollte, können Sie sich jederzeit bei mir melden oder an einen der Angestellten wenden.« Er griff erneut in seine Tasche und zog eine elegante Visitenkarte hervor, auf der seine Mobilnummer eingraviert war.

Mira steckte die Karte ein und dankte ihm. »Wann erhalte ich meine Einweisung?«

»Die Signora erwartet sie morgen früh um neun Uhr. Den heutigen Nachmittag haben Sie also zur freien Verfügung, können ankommen, auspacken und sich von der Reise erholen.«

»Danke, das werde ich. Dann sehen wir uns um achtzehn Uhr?«

Signor Marino nickte. »Bis später, Signorina Winter.«

Mira steckte den Schlüssel ins Schloss, öffnete die Tür und war zum wiederholten Mal an diesem Tag sprachlos.

Kapitel 3

Dass das Zimmer ihre Erwartungen übertreffen würde, war Mira spätestens beim Anblick des Hauses klar gewesen. Auf die atemberaubende Sicht auf die Gärten und den See hätte sie sich dennoch nicht vorbereiten können. Ihr Zimmer verfügte über einen Erker mit Sprossenfenstern. Die tiefen Fensterbänke bildeten eine breite Sitzbank, auf der sich gemütliche Kissen stapelten. Luftige weiße Vorhänge bauschten sich im Wind, der durch ein offenes Fenster hereindrang, und bildeten einen Kontrast zum funkelnden Blau des Sees. Das Haus befand sich einige Meter über der Wasseroberfläche und Mira konnte an der hinteren Seite des Gartens eine Brüstungsmauer erkennen, hinter der der Fels steil zum Wasser hin abzufallen schien.

Mira war sofort klar, welches der beiden Betten für sie bestimmt war. Das geräumige Zimmer war von ihrer Zimmergenossin zur einen Hälfte mit Pflanzen in unterschiedlichen Töpfen vollgestellt worden. Sogar von der Decke baumelten Sukkulenten und Farne in geflochtenen Körben. Auf dem Bett lagen bunte Kissen, deren erdige Töne sich auch auf den Drucken berühmter Kunstwerke an den Wänden wiederfanden, und auf dem kleinen Schreibtisch herrschte ein Durcheinander aus Notizbüchern, Stiften, Krimskrams und gerahmten Fotos.

Miras Seite wirkte dagegen wie eine nackte Leinwand. Ihr Bett war mit weißen Laken bezogen, die genauso rein strahlten wie die Wände in ihrer Hälfte des Zimmers. Außerdem befanden sich dort ein Kleiderschrank und ein Schreibtisch, vor dem ein blau gepolsterter Sessel stand.

Sie zog den Koffer neben das Bett und ließ sich auf die weichen Decken fallen. Erst jetzt bemerkte sie, wie erschöpft sie war.

Und dass sie es wirklich geschafft hatte.

Sie hatte ihre Heimat und ihr altes Leben hinter sich gelassen und war einfach aufgebrochen in ein neues Abenteuer. Eine neue Chance.

Unerwartet schluchzte sie auf, als alle Gefühle gleichzeitig über sie hereinzubrechen drohten, doch sie setzte sich ruckartig auf und verbot sich, in diesem Moment traurig zu sein. Oder unsicher. Dies war ihre Chance und sie würde sie nutzen. Aber zuerst brauchte sie eine Dusche und musste aus ihrem Reiseoutfit heraus. Jeans und Sneaker waren für Flug und Bahnfahrt praktisch gewesen, doch im Juli in Norditalien war etwas Luftigeres angebracht. Als sie sah, dass das angrenzende Badezimmer neben einer Dusche über eine frei stehenden Badewanne verfügte, konnte sie über den unerwarteten Luxus nur noch den Kopf schütteln.

Die ausgiebige Dusche erfüllte Mira mit neuer Energie. Als sie über den beschlagenen Spiegel wischte, leuchtete ihr das Rot ihrer Wangen entgegen und konkurrierte mit dem Lächeln, das ihr ins Gesicht gemeißelt zu sein schien. Zu Hause war es ihr in letzter Zeit schwergefallen, die Mundwinkel nach oben zu ziehen.

Doch hier schien ein Lächeln einfach zum Outfit zu gehören, als wäre es unmöglich, an so einem schönen Ort traurig zu sein. Sogar ihre Augen strahlten in einem helleren Haselnussbraun, als sie es gewohnt war.

Mira ging zurück in ihr Zimmer und durchwühlte den Koffer nach einem knielangen, leichten Sommerkleid und einem Paar Sandalen mit Keilabsatz. Als sie sich angezogen hatte, fuhr sie mit den Fingerspitzen durch das feuchte Haar und entschied sich, es zu einem hohen Pferdeschwanz zu binden, wobei ihr gerade geschnittener Pony ihr Gesicht einrahmte.

Sie checkte ihr Telefon und schickte ihren Eltern und Paula ein kurzes Lebenszeichen, dann legte sie es auf den Nachttisch. Es war erst fünfzehn Uhr und bis zum Abendessen wollte sie nicht im Zimmer bleiben.

Sie trug etwas Mascara und Lippenstift auf und fühlte sich bereit, die Insel zu erkunden.

Als sie bereits die Türklinke umfasste, vibrierte das Telefon hörbar hinter ihr auf der Holzplatte. Mira atmete aus und durchmaß mit schnellen Schritten den Raum, um zu sehen, wer ihr schrieb. Es war eine Nachricht von Paula.

Hallo Liebes! Ich wünsche dir eine schöne Zeit und dass du findest, wonach du suchst! Du hast es verdient, wieder zu lachen! Küsschen, P.

Mira seufzte und legte das Telefon zurück auf den Nachttisch, dann verließ sie entschlossen das Zimmer.

Paula hatte recht.

Mira würde zurück zu sich selbst finden und wieder lachen.

Sie war es sich schuldig.

Mira konnte sich kaum entscheiden, welchen Teil des Gartens sie zuerst erkunden wollte. Ihre Füße nahmen ihr die Entscheidung ab und trugen sie wie von selbst entlang der gewundenen Pfade zwischen den Beeten hindurch. Um das Landhaus herum war der Garten eher zweckmäßig und bestand aus Gemüsebeeten mit Zucchini- und Tomatenpflanzen, Auberginen, Kürbissen und Paprika. Daneben befanden sich Reihen von Beerensträuchern, an denen die ersten reifen Beeren hingen. Mira hatte seit einem Snack am Mailänder Bahnhof nichts gegessen und pflückte eine Handvoll großer Himbeeren, die köstlich süß schmeckten. An den Nutzgarten grenzte ein Rosengarten, in dem volle Blüten aller Farben um die Wette leuchteten und ihren Duft verströmten.

Sie sah zwei junge Gärtnerinnen, die gemeinsam Unkraut harkten und dabei in ein lebhaftes Gespräch vertieft waren. Mira war zu schüchtern, um sie anzusprechen, und wollte die beiden nicht stören, deshalb ging sie unbemerkt vorüber und folgte dem Weg zwischen ein paar Ziersträuchern hindurch.

Sie fand sich auf einer Wiese wieder, die bis zum Wasser hin abfiel. Alte Obstbäume spendeten angenehmen Schatten und Mira zog ihre Sandalen aus, um hangabwärts durch das Gras zu schlendern und die kitzelnden Halme zwischen ihren Zehen zu spüren.

Die Wiese schien bis in das Wasser hineinzulaufen. Am Ast eines mächtigen Apfelbaumes nahe am Ufer war eine Holzschaukel befestigt. Mira ließ sich mit Blick in Richtung See darauf nieder und schaukelte auf das Wasser zu. Der Lago di Varrone war zwar kleiner als der benachbarte Comer See oder der Iseosee, doch dafür war er eher unbekannt bei Touristen. Ruhiger und idyllisch.

In diesem Moment zerriss ein Schrei die Stille.

Mira zuckte zusammen, brachte die Schaukel zum Stehen und sah sich um. Der Schrei war von weiter oben im Hang gekommen. Unentschlossen blickte sie hinauf in die Richtung, in der sie den Ursprung vermutete, konnte jedoch niemanden erkennen. Vielleicht benötigte jemand Hilfe? Mit einem mulmigen Gefühl im Bauch hüpfte sie von der Schaukel und ging vorsichtig hangaufwärts. Suchend lief sie durch den Obsthain und stieg dabei immer höher. Bald erschien zu ihrer Rechten ein steinernes Geländer, das Spaziergänger vom Sturz von der Klippe in den See bewahren sollte. Aber immer noch begegnete sie niemandem, der ihrer Hilfe bedurft hätte. Vielleicht hatte jemand einen Unfall gehabt? Mira forschte nach ihren eingerosteten Kenntnissen in Erster Hilfe. Wie war das noch mal mit der stabilen Seitenlage? Dem Rhythmus der Herzmassage? Wie lange würde es dauern, bis der Rettungsdienst hier wäre? Und wie lautete überhaupt die italienische Notrufnummer? Sie dachte an ihr Telefon, das nutzlos auf dem Nachttisch lag.

Erneut ertönte ein kläglicher Schrei, diesmal ganz in ihrer Nähe. Mira trat Schweiß auf den Rücken und sie musste gegen ihren Fluchtreflex ankämpfen. Wenn jemand in Nöten war, konnte sie nicht einfach wegrennen. Sie scannte angestrengt ihre Umgebung. Außer Obstbäumen war auf dem ordentlich gemähten Grashang nichts zu erkennen. Direkt neben ihr verlief die

Brüstungsmauer und dahinter tat sich der Abgrund auf. Der See lag inzwischen fast zehn Meter unter ihr.

Eine plötzliche Bewegung jenseits des Geländers zog ihre Aufmerksamkeit auf sich. Auf dem schmalen Streifen Erde vor der Klippe saß ein großer blauer Vogel und schlug mit den Flügeln. Mira ging auf ihn zu und er drehte seinen eleganten Kopf in ihre Richtung. Ein Pfau. Erneut schlug er mit den Flügeln und stieß seinen schrillen Schrei aus.

Mira stieß die Luft aus, die sie angehalten hatte, und ihre Anspannung ließ nach. Es drohte ihr keine Gefahr.

Aber was hatte es mit dem Pfau auf sich? Saß das Tier dort fest? Konnten Pfaue nicht fliegen? Mira hatte sie bisher immer nur auf dem Boden stolzieren sehen. Unschlüssig sah sie den Pfau an. Dieser legte den Kopf schief, blickte sie an und rief erneut jämmerlich.

»Na gut«, flüsterte Mira. Mit einem Seufzen stellte sie ihre Sandalen ab und ging auf das Tier zu. Es konnte ja nicht so schwer sein, dem Vogel auf die andere Seite zu helfen.

Als sie direkt neben ihm vor dem Geländer stand, versuchte sie, nach dem Pfau zu greifen. Dieser blickte erwartungsvoll zurück und wirkte auf Mira fast schon erleichtert. Aber das Geländer war zu hoch, als dass sie den Vogel richtig zu packen bekommen hätte.

Mira stöhnte frustriert auf. »Das kann doch nicht sein!«, fluchte sie mit Blick in die Tiefe.

Dann schwang sie ein Bein über das Geländer, zog sich auf die andere Seite und landete sanft auf dem Felsen dahinter – der unter ihren Füßen zerbröckelte. Mira stieß einen Schrei aus, ruderte mit den Armen und sah Geröll unter sich in den See fallen.

Bevor sie selbst hinterherstürzen konnte, fühlte sie, wie zwei starke Hände sie umfassten und jäh zurück über die Brüstungsmauer und auf den festen Untergrund zogen. Der Pfau hatte sich inzwischen elegant in die Lüfte erhoben und flog in einem weiten Bogen zurück in den Obsthain, um sich auf einem Ast niederzulassen, von dem er Mira einen spöttischen Blick zuzuwerfen schien.

Das Blut rauschte in Miras Ohren. Vorsichtig drehte sie den Kopf. Sie wollte sehen, zu wem die Hände gehörten, die ihre Taille noch immer warm und sicher umfassten und ohne deren Halt sie vermutlich zitternd ins Gras gesunken wäre. Sie blickte in geweitete braune Augen und stellte überrascht fest, dass sie ihrem Retter bereits begegnet war. Es war der Mann mit dem Kaffee, der sie auf der Fähre hatte auffangen wollen, als sie über ihren Koffer zu stürzen drohte. Sein Atem ging stoßweise, als sei er zu ihr gesprintet, und vermischte sich mit ihrem, während sie beide den Schreck verarbeiteten. Sie nahm seinen unaufdringlichen Duft nach Kiefern und frischer Wäsche wahr, der Mira einhüllte und trotz der ungewohnten Nähe einen beruhigenden Effekt auf sie hatte und sie von der Anspannung ablenkte. Nur ihr Herz schlug noch immer viel zu schnell und fest gegen ihre Rippen.

»Danke«, brachte sie verlegen hervor. »Du bist wohl mein Schutzengel.«

Der Fremde zog die Augenbrauen zusammen. In diesem Moment schien er zu realisieren, dass seine Hände sie noch immer umklammert hielten. Er ließ sie los, als habe er sich an ihr verbrannt, und trat einen Schritt zurück. Es versetzte ihr einen kurzen Stich und es erschreckte sie, dass sie den sanften Druck seiner Hände vermisste.

»Warum war das überhaupt nötig?«, fuhr er sie an. »Was hast du dir dabei gedacht, einfach über die Mauer zu steigen?«

Mira warf einen Blick auf das Steingeländer und zuckte mit den Schultern, bevor sie zu ihm aufsah. Er überragte sie nur um wenige Zentimeter, doch vor Scham über ihre unüberlegte Handlung schrumpfte sie merklich zusammen. »Der Vogel –«, setzte sie an und wäre am liebsten im Erdboden versunken.

»Kann eindeutig fliegen«, fiel ihr der Fremde in Wort. »Im Gegensatz zu dir.«

Sein höhnischer Ton ließ Mira aufsehen. Ja, es war vielleicht nicht ihre beste Idee gewesen. Trotzdem hatte er kein Recht, so mit ihr zu reden. Wut stieg in ihr auf. Wut auf den dämlichen Pfau, Wut auf die Überheblichkeit dieses Mannes und vor allem auf sich selbst für ihre unüberlegte Aktion. »Warum hat das Tier denn so erbärmlich geschrien?«, fragte sie und baute sich trotzig vor ihm auf. »Ich dachte, es sitzt fest und braucht Hilfe.«

Der Fremde sah sie ungläubig an und brach in Gelächter aus. *Na toll.* Ausgelacht zu werden, hatte Mira gerade noch gefehlt.

»Du meinst den majestätischen Ruf des Pfaus?«, fragte der Mann mit einem Schmunzeln.

»Daran ist überhaupt nichts majestätisch«, fauchte Mira zurück. »Eher jämmerlich.«

Belustigt schüttelte er den Kopf. »Wie du meinst. Pass einfach darauf auf, dass du dich nicht wieder in eine solche Lage bringst. Ich kann nicht immer da sein, um dich zu retten.«

Mit diesen Worten drehte er sich um und ließ Mira verdattert stehen, die ob seiner Arroganz hätte schreien können. Wie konnte er nur so eingebildet und herablassend sein? Andererseits mochte sie nicht darüber nachdenken, was geschehen wäre, wenn er nicht zufällig zur Stelle gewesen wäre und sie aufgefangen hätte. Was hatte er überhaupt hier gemacht? Mira blickte ihm nach. Er hob ein Taschenbuch vom Boden und stapfte damit den Hang hinauf. Sein Rücken wirkte angespannt und seine Muskeln zeichneten sich deutlich durch das enge T-Shirt ab. Sie seufzte und sah hoch zu dem Pfau, der in der Baumkrone damit beschäftigt war, sein Gefieder zu pflegen. Mit einer ganzen Palette aus Schimpfwörtern auf den Lippen machte sie sich ebenfalls an den Aufstieg, um für das Abendessen zum Landhaus zurückzukehren.

Kapitel 4

Wie Signor Marino vorausgesagt hatte, fand Mira den Weg zur Terrasse problemlos. Sobald sie die Küche betrat, in der es herrlich nach gebratenen Zwiebeln, Knoblauch und Tomaten duftete, entdeckte sie die offenstehende Hintertür. Gelächter drang von draußen herein und wies ihr den Weg zu dem großen Gartentisch, an dem bereits einige Leute zusammensaßen.

»Du musst Mira sein«, rief eine ältere Dame, die gerade damit beschäftigt war, den Wartenden aus einem gewaltigen Topf aufzutun. Sie schüttelte Mira kräftig die Hand und schenkte ihr ein strahlendes Lächeln. »Ich bin Carlotta Marino und kümmere mich um diesen bunten Haufen hier. Setz dich zu uns, Kind, es gibt Tomatenrisotto.«

Mira erwiderte das Lächeln und ihr Magen rumorte freudig. »Danke, Signora Marino.«

»Nicht so förmlich, bitte! Du darfst gern Carlotta zu mir sagen.« Sie lachte. »Oder Nonna, wie mich die meisten hier nennen. Wir sind hier wie eine große Familie.«

Die herzliche Begrüßung erzeugte ein warmes Gefühl in Miras Bauch. Die vielen Menschen sahen sie erwartungsvoll an, aber auch ausnahmslos freundlich, als würde sie sie unter ihnen willkommen heißen. Es war lange her, dass sie sich jemandem zugehörig gefühlt hatte. Vielleicht konnte sie ein Teil dieser Gemeinschaft werden, statt bloß eine Außenseiterin. Sie ließ sich auf einem freien Platz auf der Bank neben einem älteren Herrn nieder, der sich ihr direkt als Ludovico vorstellte und das Glas vor ihr mit einer sprudelnden Flüssigkeit auffüllte.

»Nonnas selbst gemachte Limonade«, raunte er und zwinkerte ihr verschwörerisch zu.

Mira murmelte ein „Danke" und probierte einen Schluck. Der fruchtige Zitrusgeschmack breitete sich prickelnd auf ihrer Zunge aus und endete mit einer herben, belebenden Note. »Mmh, die ist wirklich gut!«

»Die Zitronen und der Rosmarin, die sie verwendet, wachsen hier auf der Insel«, erklärte Ludovico.

»Wie beinahe alles, was wir essen«, ergänzte eine junge Frau grinsend, die in diesem Moment an den Tisch kam und sich neben Mira auf die Bank plumpsen ließ. An Mira gewandt fügte sie hinzu: »Aber Ludovico hat jedes Recht, stolz darauf zu sein. Er ist nämlich seit über dreißig Jahren der oberste Gärtner der Insel und hat die meisten Beete selbst angelegt und viele der Bäume und Sträucher gepflanzt.«

Ludovico schien neben Mira ein Stück zu wachsen und prostete der Frau zufrieden mit seinem Limonadenglas zu.

»Ich bin übrigens Stella«, fuhr diese fort. »Wir teilen uns ein Zimmer.«

»Hallo Stella, das freut mich«, antwortete Mira und meinte es vollkommen ernst. Stella wirkte auf den ersten Blick so sympathisch, dass Mira sich gut vorstellen konnte, dass sie miteinander auskommen würden. »Das Zimmer ist wunderschön.«

»Irre, oder? Ich konnte es gar nicht glauben, als ich es zum ersten Mal gesehen habe. Warte nur, bis du den Rest der Insel kennenlernst! Soll ich dir nach dem Abendessen eine Tour geben?«

»Das wäre spitze«, freute sich Mira.

»In welchem Bereich wirst du hier eigentlich arbeiten?«, fragte Stella und musterte sie neugierig. »Bisher habe ich nur gehört, dass du eine Stelle bei der Signora anfängst, aber keiner weiß, wo genau.«

Mira räusperte sich und schluckte. Sie wusste nie, mit welcher Reaktion ihres Gegenübers auf ihre Tätigkeit sie rechnen musste. Elias hatte sie immer dafür belächelt, keine eigene Kunst zu erschaffen. Und bald hatten ihre gemeinsamen Freunde sie ebenfalls mitleidig angesehen, wenn sie von der Arbeit erzählte.

»Als Kunstrestauratorin«, sagte sie und wartete auf Stellas Reaktion.

Stella riss die Augen auf und pfiff anerkennend. »Cool! Die Signora hat eine wirklich beeindruckende Sammlung und schon seit Tagen trudeln die Restauratoren auf der Insel ein und haben den Wintergarten zu ihrer Werkstatt umfunktioniert. Vielleicht kannst du mir bald etwas davon zeigen?«

»Vielleicht«, antwortete Mira und lächelte erleichtert. »Ich kenne die Stücke ja selbst noch nicht.«

In diesem Moment stellte Nonna einen Teller vor ihr ab, auf dem sich ein Berg aus rotem Gemüsereis befand.

»Danke, Nonna«, sagte sie und das Wasser lief ihr im Mund zusammen. Das Risotto roch aromatisch nach frischen Kräutern und Tomate. Als jeder eine Portion auf seinem Teller hatte und Mira den ersten Bissen probierte, hätte sie beinahe aufgestöhnt, so lecker schmeckte das Gericht. »Das ist einfach köstlich«, lobte sie und auch die anderen nickten anerkennend und priesen Nonnas Kochkünste.

Mira sah in die Runde. Ihre Angst, ihr arroganter Retter könne ihr beim Abendessen wiederbegegnen, schien unbegründet gewesen zu sein. Stattdessen traf sie so viele herzliche und interessante Personen, dass ihr bald der Kopf schwirrte, weil sie sich alle Namen einprägen wollte.

Um den Gartentisch herum saßen all jene Bediensteten, die um diese Zeit nicht im Herrenhaus gebraucht wurden. Darunter waren Zimmermädchen, Tierpfleger – die Insel schien also über weitere Tiere als den Pfau zu verfügen – und Gärtner. Von Stella erfuhr Mira zu jeder Person neben deren Namen auch eine Geschichte oder lustige Anekdote.

»Und was ist deine Aufgabe hier?«, fragte Mira neugierig.

»Sieht man mir das nicht an?«, fragte Stella grinsend und deutete auf ihre grüne Latzhose und die festen Schuhe. »Ich bin Gärtnerin. Ich habe vor fünf Jahren meine Ausbildung hier begonnen und bin anschließend einfach geblieben.«

Mira lachte. »Das klingt gut«. Bei genauerer Betrachtung fiel ihr ein Streifen Erde an Stellas Stirn auf, direkt unter dem feuerroten Haaransatz. »Die Gärten hier sind wunderschön und da fällt bestimmt viel Arbeit an. Hast du einen festen Bereich, wie zum Beispiel den Gemüsegarten, oder muss jeder Gärtner jede Aufgabe ausüben?«

Stella schüttelte energisch den Kopf. »Jeder von uns ist auf eine Aufgabe spezialisiert. Ludovico kümmert sich um das Gemüse. Aber er schneidet auch die Obstgehölze und die Ziersträucher. Francesca verbringt einen Großteil ihrer Arbeitszeit auf dem Rasenmäher.« Sie deutete auf eine blonde Frau, die sich angeregt mit ihrem Sitznachbarn unterhielt. »Aber sie ist auch verantwortlich für den Rosengarten und die Floristik für das Herrenhaus. Um unseren Bauerngarten hier am Landhaus kümmern wir uns gemeinsam nach Feierabend oder am Wochenende. Und meine Aufgabe sind die Arbeiten in den Gewächshäusern. Ich säe und kultiviere Jungpflanzen und betreue das Viktoriahaus. Das ist ein Gewächshaus mit einem Wassergarten. Das muss ich dir unbedingt zeigen.«

Mira nickte. »Ja, bitte. So was habe ich noch nie gesehen.«

Um sie herum wurden die Gespräche lauter, da immer mehr Leute ihr Risotto aufgegessen hatten. Sie stellten das Geschirr zusammen und trugen es gemeinsam in die Küche.

»Nachtisch!«, rief Nonna und nahm eine Auflaufform aus dem Kühlschrank.

»Da komme ich ja gerade richtig«, antwortete Signor Marino, der in diesem Moment in der Küche erschien und seiner Frau einen Kuss gab.

»Viel zu tun bei den Herrschaften?«, erkundigte sich Nonna besorgt.

Er winkte ab, doch er hatte die Augenbrauen zusammengezogen und wirkte älter, als er Mira mittags noch vorgekommen war.

Mittlerweile dämmerte es. Als sie sich draußen zurück auf die Bänke setzten, gingen in den Bäumen um sie herum Lichterketten an und verströmten ein warmes Licht. Mit leisem Ploppen wurden mehrere Weinflaschen entkorkt und Stella reichte Mira eine Schüssel mit Tiramisu. Mit fragendem Blick präsentierte Ludovico ihr eine Flasche Rotwein und schenkte ihr auf ihr Nicken hin ein.

Sie stießen an und genossen den Nachtisch und den Wein. In einer kurzen, beinahe andächtigen Stille hörten sie das Zirpen von Grillen und das Abendlied der Singvögel.

Und den Ruf eines Pfaus.

»Blödes Vieh«, murmelte Mira.

»Hm?«, fragte Stella. »Hast du Torquato schon kennengelernt?«

»Wie bitte?«

»Torquato. So heißt der Pfau, der gerade gerufen hat. Er ist ein bisschen ... speziell. Er wurde von Hand aufgezogen und verhält sich ein wenig merkwürdig. Er scheint nicht zu wissen, dass er ein Pfau ist.«

Mira schnaubte. »Das erklärt einiges.«

Sie halfen dabei, den Tisch abzuräumen, und wurden von Nonna aus der Küche gejagt, als sie ihre Hilfe beim Abwasch anboten. Gemeinsam spazierten die Frauen den Hang unterhalb der Terrasse hinab, der schon bald in den Obsthain überging, den Mira bereits kannte. Sie hielten an der steinernen Brüstung und Mira berichtete von der Situation mit dem Pfau, die Stella offenbar urkomisch fand.

»So lustig ist es nun auch wieder nicht«, grummelte Mira, während Stella sich den Bauch hielt. »Dieses Tier hat mich in eine Falle gelockt. Und dann redet dieser aufgeblasene Typ auch noch mit mir, als wäre ich ein kleines Kind. Als ob ich nicht selbst wüsste, wie dumm das war.«

Die Erinnerung daran machte Mira noch immer wütend.

»Entschuldigung«, meinte Stella versöhnlich. »Das klingt wirklich unangenehm. Ich wüsste gern, wer dein mysteriöser Retter ist. Mir fällt niemand ein, auf den deine Beschreibung passt. Und ich kenne hier eigentlich jeden.«

Stella führte Mira zu der Schaukel am Ufer. »Das hier ist mein Lieblingsplatz«, sagte sie träumerisch. »Hier sitze ich manchmal einfach und vergesse die Zeit.«

Die Schaukel war so breit, dass beide Frauen nebeneinandersitzen konnten. Sie ließen die Füße durchs Gras baumeln und hingen ihren Gedanken nach. Am Festland funkelten Lichter, die sich in der Oberfläche des Sees spiegelten.

»Ich schätze, für eine Tour ist es jetzt zu dunkel, oder?«, fragte Mira irgendwann.

»Dann holen wir das morgen nach«, versprach Stella. »Wir sollten zurückgehen. Morgen wird ein aufregender Tag für dich. Du trittst deine neue Stelle an, lernst deine Chefin kennen ...«

Sie liefen zurück zum Haus und Mira fiel erschöpft in ihr Bett. Zum ersten Mal seit Langem hatte sie genügend Abstand zu den Geschehnissen zu Hause, um sich sicher zu fühlen. Sie war so müde, dass sie nicht einmal mehr darüber nachgrübeln konnte, was der morgige Tag für sie bereithalten würde.

Kapitel 5

Am nächsten Morgen schienen Sonnenstrahlen durch die breiten Erkerfenster in ihr Zimmer und kitzelten Mira an der Nase. Ihr erster Impuls war es, sich umzudrehen und weiterzuschlafen, wie sie es in den letzten Monaten in ihrer Hamburger Wohnung getan hatte. Antriebslosigkeit und die Angst, das Haus zu verlassen, hatten ihr keinen Grund zum Aufstehen gegeben und die Tage waren ohne besondere Vorkommnisse ineinander übergegangen.

Doch sobald sie realisierte, wo sie sich befand, war sie schlagartig hellwach. Es war sieben Uhr und Stella schien das Zimmer bereits verlassen zu haben. Miras Bauch kribbelte vor Freude darüber, an diesem schönen Ort zu sein. Vielleicht war es auch eher die Nervosität, denn nach dem Frühstück standen die Arbeitseinweisung und das erste Treffen mit der Hausherrin an, von der ihr gesamter Aufenthalt auf der Insel abhing. Mira hatte im Internet über die Familie di Varrone recherchiert, die eigentlich sehr zurückgezogen lebte und die Öffentlichkeit mied. Einzig Signora Chloe zeigte sich gelegentlich bei Veranstaltungen der High Society, insbesondere im Zusammenhang mit der Mailänder Fashion Week. Auf Fotos war die gebürtige Engländerin stets perfekt gestylt und wirkte, als ob sie nichts dem Zufall überließe.

Mira hoffte, dass sie den hohen Anforderungen der Signora gerecht werden würde. Durch ihren guten Studienabschluss und Referenzen aus den ersten Jahren Praxiserfahrung hatte sie sich schnell hochgearbeitet und für ihr Spezialgebiet, die Restauration italienischer Marmorskulpturen, einen gewissen Ruf erlangt. Doch als sie vor drei Jahren ihre Stelle in Berlin aufgegeben hatte, um zu Elias nach Hamburg zu ziehen, hatte sie den Bereich wechseln und nicht nur ihrem Freundeskreis, sondern auch ihrem Spezialgebiet den Rücken kehren müssen. Mira hatte in den letzten Wochen vor dem Abflug einiges an Fachliteratur studiert und über neue Techniken recherchiert, um ihr eingerostetes Wissen aufzufrischen und eventuelle Lücken zu schließen. Und dennoch war sie sich unsicher, ob sie für die Stelle geeignet war. Ob sie gut genug war.

Als sie aus dem Bad kam, stand Mira unschlüssig vor ihrem Koffer. Sie hatte bereits zu Hause in Deutschland ein Outfit für das erste förmliche Treffen ausgewählt, doch nun fragte sie sich, ob es dem Anlass gerecht wurde. Sie war schon lange in keiner Bewerbungssituation mehr gewesen und ihren letzten Job in der Buchhaltung der Hamburger Kunsthalle hatte Elias ihr vermittelt. So wie er ihr gesamtes Leben nach seinen Vorstellungen geplant und geleitet hatte. Die vielen eleganten Blusen und Blazer, die in ihrem Kleiderschrank Staub angesammelt hatten, waren eines der letzten sichtbaren Überbleibsel dieser Zeit gewesen. Sie erinnerte sich an das befreiende Gefühl, als sie die beiden Umzugskartons mit der Kleidung bei der Tafel abgegeben hatte und sich endlich etwas aussuchen konnte, das ihrem eigenen Geschmack entsprach.

Mira begutachtete ihre Auswahl und nickte. Einerseits wollte sie seriös und elegant wirken, andererseits nicht overdressed sein, falls von ihr erwartet wurde, direkt mit der Arbeit zu beginnen.

In der Hoffnung, dass sie einen Kittel erhalten würde, falls sie direkt mit den Restaurationsarbeiten starten sollte, blieb sie bei ihrem zurechtgelegten Ensemble aus einer weißen Bluse mit Spitzenkragen und einer beigen High-Waist-Hose. Dazu zog sie beige Pumps an, die nicht zu hoch für den Weg durch den Garten und trotzdem schick waren. Sie steckte ihr auf stumm geschaltetes Telefon, einen silbernen Kugelschreiber und den nagelneuen Kalender, den sie extra für die neue Stelle gekauft hatte, in ihre Handtasche, warf sich ihren weißen Blazer über den Arm und machte sich auf den Weg zum Frühstück.

Bereits im Treppenhaus wehte ihr der Geruch von frischem Kaffee entgegen. Eigentlich frühstückte Mira nicht gern, aber ohne einen Milchkaffee startete sie selten in den Tag und da sie nicht wusste, wie ihr weiterer Tagesablauf aussehen würde, wollte sie auch eine Kleinigkeit essen. Am Holztisch in der Küche tuschelten zwei Zimmermädchen miteinander, die offenbar den ersten Teil ihrer Schicht erledigt hatten und nun eine Frühstückspause einlegten. Als Mira eintrat, nickten sie und lächelten ihr zu. Am Herd stand Nonna mit einer Schürze und begrüßte sie herzlich.

Mira bediente sich an der Kaffeemaschine und sah sich nach etwas Essbarem um.

»Was frühstückst du normalerweise, Kind?«, fragte Nonna. »Auch wenn wir Italiener morgens eigentlich nur einen Cappuccino und etwas Süßes brauchen, sind die Bedürfnisse unserer Bewohner hier so unterschiedliche, dass wir eigentlich alles da haben. Cornflakes, Joghurt, Obst, Brot, Haferflocken, Eier, Speck ...«

»Danke, Nonna. Etwas Joghurt mit Obst wäre wundervoll.«

Nonna zeigte ihr, wo sie eine Schüssel, alle Utensilien und Zutaten fand. Mira bereitete sich mit den frischen Früchten eine Schale zu, die so schön war, dass sie am liebsten ein Bild davon bei Instagram gepostet hätte.

Der Gedanke erzeugte ein Gefühl in ihrem Magen, das ihr beinahe den Appetit verdarb.

Das war die alte Mira. Die neue Mira hielt sich von Social Media fern. Auf ihrem Telefon befand sich nicht eine einzige entsprechende App mehr.

Mira aß ihren Joghurt und ihr Appetit kehrte beim Probieren der sonnengereiften Kirschen, Aprikosen- und Apfelstücke bald zurück. Es war inzwischen Viertel nach acht. Die Sonne schien durch die Wipfel der Obstbäume vor dem Fenster und ließ die Blumen im Garten leuchten. Mira beschloss, dass sie die verbleibende Zeit bis zu ihrem Termin am besten mit einem Spaziergang verbringen konnte. Vor dem Haus folgte sie den gewundenen Wegen am Wasserlauf vorbei bis zu dem Torbogen aus Rosen, der zum akkurat angelegten Ziergarten und den Rasenflächen des Herrenhauses führte.

Dort sollte sie sich in einer halben Stunde für ihr Treffen mit Signora di Varrone einfinden. Vorher zog sie jedoch die andere Seite des Gebäudes magisch an. Auf der Nordseite des steinernen Herrenhauses glänzte die Fassade der Gewächshäuser. Dort war es also, wo Stella ihre Tage verbrachte. Mira war froh, dass sie sich für

Schuhe mit etwas breiteren Absätzen entschieden hatte, als sie dem mit feinem weißen Split ausgelegten Weg zwischen den in Form geschnittenen Ziersträuchern und Hecken über die gewaltige Rasenfläche folgte. Wenn hier Feste stattfanden, ließen sich die Damen der High Society sicherlich bis vor die Freitreppe am Eingang fahren. Andererseits hatte Mira auf der kleinen Insel noch kein einziges Fahrzeug gesehen und die vielen Treppen, die die Ebenen miteinander verbanden, waren keine optimale Voraussetzung, um mit einer Limousine vorzufahren.

In diesem Moment hörte Mira hinter sich ein Hupen und wandte den Kopf. Beinahe lautlos hatte sich ihr ein kleines weißes Fahrzeug genähert. Stellas rote Mähne leuchtete hinter der Windschutzscheibe mit ihrem Lächeln um die Wette. Sie winkte enthusiastisch, während sie neben Mira anhielt und die Beifahrertür aufwarf.

»Steig ein!«, rief sie und deutete auf den freien Sitz. Miras Füße freuten sich über die Pause und Stellas Begeisterung war so ansteckend, dass Mira keine Sekunde zögerte und sich darauf fallen ließ.

Sie begrüßte ihre Zimmergenossin und sah sich um. Das kleine Auto erinnerte an einen Golfcaddy und verfügte über eine Ladefläche, die mit Gartengeräten und Jungpflanzen in Plastikcontainern vollgestellt war.

»Ich habe Nachschub von der Fähre abgeholt«, erklärte Stella, die Miras Blick gefolgt war, und deutete mit dem Daumen auf die Ladefläche, während sie Gas gab und das Fahrzeug überraschend schnell beschleunigte. »Voll elektrisch«, antwortete sie mit einem breiten Grinsen. »Es ist fast wie Go-Kart fahren. Als wir ihn neu bekommen haben, hat Emilio mich täglich ermahnt, nicht zu schnell durch die Kurven zu düsen, weil der Split auf den Wegen nur so spritzte.«

»Emilio?«, fragte Mira verwirrt.

»Signor Marino, Nonnas Mann. Er hat ein Auge auf uns Angestellte, weil er die Verantwortung für uns trägt und auch den Ärger dafür bekommt, wenn wir Mist bauen.«

Mira erinnerte sich daran, wie erschöpft er gestern ausgesehen hatte. Sicherlich kein leichter Job. Erneut hoffte sie, dass die Signora nicht so streng war, wie sie auf Fotos wirkte.

»Das erinnert mich daran, dass ich in einer Viertelstunde ein Treffen mit der Signora habe«, versuchte Mira möglichst unbeschwert vorzubringen.

»Da bringe ich dich hin. Sie ist nämlich genau dort, wo ich auch hinmuss.«

Inzwischen hatten die Frauen die lange Vorderseite des Herrenhauses mit seinen vielen Giebeln, Erkern und Türmchen hinter sich gelassen und vor ihnen erfüllten die Gewächshäuser die gesamte Windschutzscheibe.

Stella stoppte den Wagen. »Die Gewächshäuser sind erst bei den Erneuerungen des Hauses angebaut worden. Eigentlich braucht man in diesem Klima hier keine Gewächshäuser. Es ist im Winter sehr mild und im Sommer wird es darin schnell zu heiß. Aber es heißt, die Signora wollte unbedingt ein Stück ihrer englischen Heimat hierherbringen und die Architekten haben es möglich gemacht. Die Glashäuser stehen an der Nordseite des Herrenhauses und man kann sowohl die Ost- als auch die Westseite vollständig öffnen, um die heiße Luft herauszulassen.« Sie lachte. »Und das machen wir von Frühling bis Herbst täglich von morgens bis abends, sonst könnten wir es hier gar nicht aushalten.«

Auf ein unsichtbares Kommando hin öffneten sich in dieser Sekunde unzählige Fenster gleichzeitig und wurden hochgefahren.

»Das hast du aber schön abgepasst«, lobte Mira grinsend.

Stella kicherte. »Ich hatte schon Angst, wir wären etwas zu spät und der Effekt wäre hinüber.«

Sie trat erneut aufs Gaspedal und fuhr durch eine der nun offenen Wände mitten in das Gewächshaus hinein. Es hätte auch ein Tor in eine andere Dimension sein können, so unerwartet war die Welt hinter dem Glas. Der Golfcaddy steuerte auf einem weißen Weg wie ein kleines Raumschiff durch einen dichten Dschungel. Durch seine offenen Fenster fühlte Mira die schwüle und heiße Luft, in die nun durch die offenen Fassaden etwas Bewegung zu kommen schien.

Stella lenkte den Wagen an einem Wasserbecken mit einem hohen Rand vorbei. Auf der Wasseroberfläche schwammen riesige Seerosenblätter. An der nächsten Weggabelung hielt sie an.

»Hier befinden wir uns im Viktoriahaus. Ich muss links abbiegen, um zu den kleineren Gewächshäusern der Gärtnerei zu kommen. Zu unserer Rechten liegt der Wintergarten, der die Gewächshäuser mit dem Haupthaus verbindet. Dort findest du die Signora. Komm danach gern noch bei mir vorbei, wenn du Zeit hast.«

»Das mache ich. Danke für die Mitfahrgelegenheit!« Mira zögerte, aus dem Auto zu steigen. »Wie ist sie so, die Signora?«

Stella biss sich auf die Lippe und dachte nach. »Sie ist anspruchsvoll. Und sie hat viele Ideen, die sie am liebsten sofort umgesetzt sehen will. Und dadurch ist sie schnell ungeduldig und launenhaft. Und -«

»Okay, okay«, unterbrach Mira sie und lachte nervös. »Ich verstehe schon. Jetzt fühle ich mich richtig gut.«

»Nein, warte. Ich wollte eigentlich noch sagen, dass sie brillant ist. Ihre Ideen sind wirklich gut und neu. Und so ungeduldig, wie sie sein kann, genau so sehr weiß sie gute Arbeit zu schätzen und geizt nicht mit Lob. Sie kann sehr motivierend sein.«

»Danke«, sagte Mira unsicher. Sie griff nach dem Türöffner. »Dann mache ich mir wohl mal mein eigenes Bild von ihr.«

»Mach dir keine Sorgen. Und berichte mir später unbedingt, wie es gelaufen ist.«

Mira nickte. Sie hüpfte aus dem Fahrzeug und fühlte sich, als würde sie die Höhle eines Löwen betreten.

Kapitel 6

Der Anblick der vielen exotischen Farne und Palmen konnte Mira nicht von ihrer Aufregung ablenken, als sie dem Weg durch das Gewächshaus folgte. Zum Glück wehte ein leichter Wind durch die nun offenen Glaswände, sonst wäre sie sicherlich bereits verschwitzt bei ihrem Termin angekommen.

Wie Stella gesagt hatte, konnte sie ihr Ziel nicht verfehlen. Der Weg mündete direkt in ein hohes gläsernes Tor, hinter dem sich der Wintergarten befand. Ein so reges Treiben, wie sie nun durch das Glas erspähte, hatte sie jedoch nicht erwartet. Mehrere Männer und Frauen standen bereits allein oder in kleinen Grüppchen in dem großen Raum, der wie ein Museum wirkte. Der gesamte Wintergarten schien vollgestellt zu sein mit Statuen. Die meisten bildeten Menschen ab, aber auch Tiere waren darunter. Mira konnte ein lebensgroßes marmornes Pferd und einen sitzenden Löwen erkennen. So unterschiedlich sie auch waren, eines hatten alle Statuen gemeinsam: Sie befanden sich in sichtbar schlechtem Zustand.

Und genau das war der Grund, warum Mira hier war und die Familie di Varrone ihr neben der gut bezahlten Stelle den dreimonatigen Aufenthalt auf der Insel finanzierte.

Mira atmete tief ein und öffnete das Tor weit genug, um den Raum zu betreten. Die versammelten Menschen schienen kaum Notiz von ihr zu nehmen. Auch wenn nur wenige von ihnen einen Kittel trugen, wusste Mira, dass es sich um die anderen Restauratoren handeln musste, die auf die Einweisung warteten. Manche nickten ihr zu oder lächelten knapp, als sie zwischen ihnen hindurchschritt.

Es war eine komische Vorstellung, dass sie bald ein Teil dieses Teams sein würde und endlich wieder das tun konnte, was sie einst so sehr geliebt und dann hinter sich gelassen hatte. Bei der Erinnerung an das Gefühl von kaltem Marmor unter ihren Fingerspitzen bildete sich trotz der Hitze eine Gänsehaut auf Miras Armen.

Vielleicht würde sie noch heute einen ähnlichen Kittel erhalten und einem Kunstwerk zugewiesen werden, dem sie zu neuem Glanz verhelfen durfte.

In einer Ecke des zur Werkstatt umfunktionierten Raumes erhoben sich wütende Stimmen. Während Mira unsicher in die Richtung blickte und wissen wollte, wer plötzlich so hitzig miteinander diskutierte, hoben viele der Anwesenden nicht einmal die Köpfe. Gerade so, als hörten sie nichts von dem Aufruhr oder wollten nichts hören, und sahen dabei angestrengt zu Boden. Offenbar wollten sie sich nicht einmischen oder waren an solche Situationen bereits gewöhnt. Von Stella hatte Mira erfahren, dass die anderen Restauratoren schon vor einigen Tagen mit dem Aufbau der Werkstatt begonnen hatten, bevor sie heute offiziell mit den Arbeiten beginnen würden.

Die Diskussion schien beendet zu sein und eine Frau mit weißem Kittel stürmte schnaubend aus einer Ecke des Raumes in dessen Mitte und blieb vor der versammelten Gruppe stehen. Ihr hochgebundener grauer Pferdeschwanz wippte im Takt ihrer energischen Schritte auf den Marmorfliesen und Mira erkannte ihr Gesicht von den vielen Fachzeitschriften, in denen die Dame regelmäßig Artikel veröffentlichte. Dr. Fiona Glenn, Dozentin für Konservierung und Restaurierung an der Uni Cambridge. Mira hatte das Museum für klassische Archäologie in Cambridge während ihrer Studienzeit einmal besucht und dort einen Vortrag von Dr. Glenn gehört, sie jedoch nur aus der letzten Reihe eines überfüllten Hörsaals zu sehen bekommen. Mit dieser Koryphäe arbeiten zu dürfen, war ein wahrgewordener Traum und Miras Hände schwitzten vor Aufregung.

Eine weitere Frau schritt in die Mitte des Raums und rieb sich die Schläfen. Mira hätte sie auch erkannt, wenn sie den Wikipedia-Artikel und die Pressefotos zuvor nicht studiert hätte. Chloe di Varrone stach aus den Restauratoren hervor wie ein Paradiesvogel in einem Schwarm Tauben. Sie trug einen sonnengelben Jumpsuit, der an den meisten Frauen wahrscheinlich lächerlich ausgesehen hätte. Die Signora hingegen wirkte trotz ihrer inzwischen fünfundfünfzig Jahre wie ein Supermodel, das gerade von einem Covershooting kam. Die weite Hose umschmeichelte ihre langen Beine und das um die Taille gewickelte Band betonte ihre schmale Figur. Der tiefe V-Ausschnitt und die weiten Ärmel, die bis zu den Ellbogen reichten, entblößten sonnengebräunte und makellose Haut, die Mira daran erinnerte, wie viel Zeit sie selbst in diesem Sommer in ihrer Hamburger Wohnung fernab der Sonne verbracht hatte.

Die beiden Frauen in der Mitte tauschten einen kurzen Blick, dann erhob Signora di Varrone die Stimme.

»Buongiorno, meine Damen und Herren. Mein Name ist Chloe di Varrone und ich heiße Sie auf unserer kleinen Insel herzlich willkommen. Ich hoffe, Sie alle hatten eine angenehme Anreise.«

Zustimmendes Gemurmel erfüllte den Raum. Die Signora sah sich um und nickte zufrieden, ehe sie fortfuhr.

»Sicherlich wundern Sie sich, warum ich einen derartig großen Aufwand betreibe und Sie alle hier versammelt habe ... in meinem Wintergarten, der unter normalen Umständen keine Hightech-Werkstatt beherbergt, sondern eher für den High Tea genutzt wird.«

Vereinzelt lachten die versammelten Restauratoren auf, doch Miras Kehle fühlt sich dafür zu trocken an. Ihr Sinn für Humor trat hinter der Spannung zurück, was die Signora ihnen gleich enthüllen und was sie hier erwarten würde.

»Sie müssen wissen, ich habe zwei große Leidenschaften. Kunst und Mode. Und nun bietet sich die einmalige Möglichkeit, beides zu vereinen. Und zwar an diesem wunderschönen Ort.«

Chloe di Varrone breitete die Hände aus und deutete durch die Ostfenster nach draußen. Hinter einem gepflegten Rasenstück konnte man hinabblicken auf den See, dessen Wasser unter ihnen azurblau in der Sonne strahlte. Die Villen am Ufer des Festlands sahen auf den grünen Hängen wie Spielzeughäuser aus.

»Seit vielen Jahren bin ich Stammgast auf der Mailänder Fashion Week«, beendete Signora di Varrone ihre Kunstpause, »und pflege zu einigen Designern inzwischen freundschaftliche Kontakte. Als ich hörte, dass Raffaela Bernardi auf der Suche nach einer Location für eine Gala anlässlich des hundertfünfzigsten Jubiläums ihres Modeimperiums mitsamt einer exklusiven Modenschau der Jubiläumskollektion ist, habe ich deshalb keine Sekunde gezögert, ihr die gesamte Insel und diese Räumlichkeiten anzubieten.«

Es entstand erneut eine Pause, in der Mira versuchte, die Neuigkeiten zu verdauen. Sie verstand noch nicht, in welchem Zusammenhang ein solches Großereignis mit der gewaltigen Restaurierungsaktion stand.

»Die Gala wird hier im Wintergarten und auf der Rasenfläche hinter dem Haus stattfinden, von wo aus man den besten Ausblick auf den See genießen kann. Für die Modenschau verwenden wir die Gewächshäuser, da die Jubiläumskollektion eine florale, märchenhafte Note haben soll. Dabei möchte ich mehrere Skulpturen in Szene setzen, von denen manche aktuell noch in einem bedauernswerten Zustand sind. Für diesen Zweck habe ich mich an Dr. Glenn gewandt und sie gebeten, ein Team der besten Restauratoren zusammenzustellen, die europaweit zu finden sind. Und da kommen Sie ins Spiel.«

Sie trat einen Schritt zurück und übergab das Wort an Dr. Glenn, die sich räusperte und in die Runde sah.

»Auch von mir ein herzliches Willkommen und vielen Dank, dass Sie die Reise auf sich genommen haben, um Teil dieses Teams zu sein. Einige meiner Kollegen von der Cambridge University haben mich dabei unterstützt, eine Werkstatt mit den bestmöglichen Arbeitsbedingungen zu schaffen. Vor uns steht eine große Aufgabe. Doch da ich mit den meisten von Ihnen bereits das Vergnügen hatte, zusammenzuarbeiten, kann ich stolz behaupten, eine erfahrene und fähige Mannschaft mit unterschiedlichen Schwerpunkten gefunden zu haben. Die Veranstaltung wird am dreiundzwanzigsten September stattfinden, unsere Deadline endet jedoch bereits drei Wochen früher, damit wir einen Puffer haben und die Statuen versetzt und mitsamt der Dekoration inszeniert werden können.«

Dr. Glenn zauberte eine Dokumentenmappe hinter ihrem Rücken hervor. »Jedem von Ihnen wurde bereits im Vorfeld ein Kunstwerk zugeteilt, dem Sie in den kommenden Monaten Ihre gesamte Aufmerksamkeit widmen werden. Täglich um neun Uhr wird es eine Besprechung geben, bei der alle Fragen und Probleme mit dem geballten Fachwissen der versammelten Experten angegangen werden können. Natürlich bin ich auch außerhalb dieser Runde stets für Sie ansprechbar.«

Sie zog einen Stapel laminierter Karten aus der Mappe und fächerte sie auf. »Ich will Sie nicht länger auf die Folter spannen. Auf diesen Blättern steht die Nummer ihres Kunstwerks mit den wichtigsten Daten. Die Nummer werden Sie hier im Raum wiederfinden und können gleich damit beginnen, sich mit ihrem Schützling vertraut zu machen. Ich wünsche Ihnen viel Erfolg und Vergnügen bei der Arbeit.«

Mit diesen Worten begann sie, die Karten an die jeweiligen Restauratoren zu verteilen, die sie begierig in Empfang nahmen und sich gleich auf die Suche nach ihrer Skulptur machten. Mira wartete gespannt auf ihre Karte, während Dr. Glenn wieder und wieder an ihr vorüberging. Dann waren die Hände der Teamleiterin leer und kalter Schweiß brach auf Miras Rücken aus, weil ihr anscheinend kein Kunstwerk zugeteilt worden war. Was hatte das zu bedeuten? Hatte es einen Fehler gegeben? Steckte ihre Karte vielleicht noch im Laminiergerät oder in der Dokumentenmappe?

»Keine Sorge, Miss Winter«, ertönte die melodische Stimme von Signora di Varrone. »Wir haben Sie nicht vergessen.«

Kapitel 7

Mira wandte sich der Signora zu, die ihr eine der laminierten Karten reichte.

»Danke, Signora di Varrone«, brachte Mira hervor und versuchte sich an einem Lächeln, als sie die Karte entgegennahm. In einer Ecke des Dokuments konnte sie ihren Namen lesen und das Gefühl der Erleichterung durchströmte sie.

»Ich wollte Ihnen die Skulptur gern persönlich zeigen, doch zuvor möchte ich noch etwas mit Ihnen besprechen, wenn es Ihnen recht ist. Begleiten Sie mich ein Stück?«

»Sehr gern«, antwortete Mira mit trockener Kehle und sah sich kurz um. Diese Sonderbehandlung war ihr unangenehm und sie fragte sich, was das zu bedeuten hatte. Fast erwartete sie, dass die übrigen Restauratoren schon die Köpfe zusammensteckten und über sie lästerten, doch alle schienen damit beschäftigt zu sein, ihre Kunstwerke zu finden. Mira folgte der Signora hinaus aus dem Wintergarten und auf die Freifläche hinter dem Haus, von der aus man über den weit unten liegenden See blicken konnte.

»Nun, Miss Winter«, begann Signora di Varrone, »sind Sie gut angekommen?«

»Danke, Signora, ich hatte eine angenehme Reise. Und die Insel ist traumhaft.«

»Ja, nicht wahr?«, fragte die Signora und sah sich um, als würde sie das Haus, die Insel und den See selbst zum ersten Mal sehen. »Wissen Sie, ich habe eine Schwäche für schöne Dinge. Und ich umgebe mich gern mit Menschen, die diese Leidenschaft teilen. Das ist einer der Gründe, warum ich mich unter den Bewerbern auf diese Stelle für Sie entschieden habe.«

Mira horchte auf. »Wie meinen Sie das?«

»Nun, die meisten Bewerber hat Dr. Glenn ausgewählt, weil sie bereits mit ihnen gearbeitet oder von deren Expertise gelesen hat. Aber ich habe darauf bestanden, eine Kandidatin eigenhändig auszuwählen. Und dabei ist meine Wahl auf Sie gefallen.«

Mira ließ die Information sacken und fragte sich, was das zu bedeuten hatte. Also war sie nicht wegen ihrer Fachkenntnisse im Umgang mit carrarischem Marmor und italienischer Renaissance ausgewählt worden? »Danke, darüber freue ich mich sehr. Was genau bedeutet das für mich und meine Arbeit?«

»Nun, in erster Linie, dass Sie einige Privilegien genießen. So sind Ihre Kollegen beispielsweise nicht auf der Insel untergebracht. Außerdem unterstehen diese Dr. Glenn, während Sie, Miss Winter, nur mir unterstellt sind und Dr. Glenn in Ihrem Fall nicht weisungsbefugt ist.«

Mira sah ihre Vorgesetzte erwartungsvoll an, die wiederum hinaus auf den See blickte.

Die Signora löste den Blick von der Landschaft, um Mira direkt in die Augen zu sehen. »Darüber hinaus habe ich für Sie eine etwas andere Tätigkeit im Kopf als für Ihre Kollegen.« Sie lächelte. »Wie sie mitbekommen haben, hat Dr. Glenn eine ganze Reihe von Experten versammelt. An Fachwissen mangelt es uns hier nicht. Allerdings sind die Experten nicht immer meiner Meinung, wenn Entscheidungen anstehen zwischen ästhetischen und historisch korrekten Eigenschaften der Skulpturen.« Sie setzte einen verschwörerischen Ton auf. »Was mir fehlt, ist jemand, der meine Sicht vertritt und die Arbeiten an meinen Kunstwerken beaufsichtigt, wenn ich mit anderen Vorbereitungen beschäftigt bin. Jemand, der nicht von Dr. Glenn abhängig ist und sich traut, ihr die Stirn zu bieten und meine Wünsche durchzusetzen. Sollten Sie über das nötige Feingefühl verfügen, können Sie mich auch in weiteren Bereichen der Vorbereitung unterstützen. Trauen Sie sich das zu?«

Mira blinzelte. Dieser Teil ihrer Aufgabe war in der Jobbeschreibung nicht vorgekommen. Sie war hier, um Kunst zu restaurieren und nicht um Laufbursche oder Eventmanagerin zu sein. Wirklich wohl fühlte sie sich nicht bei dem Gedanken, sich im Zweifel gegen eine führende Expertin wie Dr. Glenn stellen zu müssen. Aber wie wählerisch konnte sie angesichts ihrer Tätigkeit schon sein? Die Familie di Varrone zahlte ihr den Aufenthalt sowie ein großzügiges Taschengeld. In ihrem Lebenslauf würde sich die Projektstelle als Wiedereinstieg gut machen und ihr vielleicht sogar einen längerfristigen neuen Job in ihrem geliebten Schwerpunkt verschaffen. Bestimmt konnte es nicht allzu viele Konflikte zwischen Dr. Glenn und Signora di Varrone geben und im Zweifelsfall würde Mira zwischen ihnen vermitteln können.

»Ja, das schaffe ich«, antwortete Mira und war froh, dass ihre Stimme dabei zuversichtlicher klang, als sie sich fühlte.

»Sehr gut«, lobte die Signora und lächelte zufrieden.

»Eine Frage habe ich allerdings noch.«

Das Lächeln der Signora gefror, doch sie nickte.

»Warum ich?«, fragte Mira und unterdrückte das Bedürfnis, unsicher von einem Fuß auf den anderen zu treten.

»Es war nur ein Nebensatz von Ihnen, der mich berührt hat. Sie haben in Ihrer Bewerbung erwähnt, dass Sie es bevorzugen, vorhandene Kunstwerke zu schützen und zu wahren, anstatt selbst etwas zu erschaffen.«

»Weil wir beim schöpferischen Prozess immer einen Teil unserer selbst offenbaren und ich dazu aktuell nicht bereit bin«, führte Mira den Satz aus ihrem Anschreiben fort, »da nichts aus meinem Leben mit der Größe und Bedeutsamkeit alter Meister mithalten könnte.«

Die Signora nickte. »Ein überraschend ehrlicher, wenn auch etwas trübsinniger Einblick. Und ich will auch ehrlich zu Ihnen sein: Mir ging es als junge Frau nicht anders. Noch heute erfreue ich mich lieber an der Kunst anderer, als selbst zu Pinsel oder Nähnadel zu greifen. Deshalb haben Sie mich vielleicht ein wenig an mich selbst erinnert.«

Eine Weile schwiegen sie und sahen auf das Wasser, dann klatschte die Signora in die Hände und schenkte Mira ein breites Lächeln. »Nun, da wir uns einig sind, können wir tiefer ins Detail gehen. Ich möchte Ihnen mehr über die Bernardi-Gala erzählen, damit Sie meine Interessen bestmöglich vertreten können.«

Sie schritt durch die Glastür ins Gewächshaus und führte Mira über den hell gepflasterten Weg, auf den Wedel großer Palmen und Farne herabhingen. An der Kreuzung, an der sich Stella vorhin von Mira verabschiedet hatte, hielten sie inne.

»Zu unserer Linken wird sich der Laufsteg befinden«, erklärte Chloe di Varrone und deutete auf den breiten Weg in Richtung Garten. »Hier in der Mitte der Kreuzung soll das Herzstück unserer Kunstsammlung inszeniert werden, die Skulptur der Diana, die als Göttin der Jagd mit Tieren dargestellt wird. Sie verkörpert das Wilde und Animalische in uns Menschen. Diese Themen werden auch in den Bernardi-Designs aufgegriffen. Die Modelle werden vom Garten kommen, die Skulptur umrunden und dann dem Weg vor uns folgen, der zu den Umkleiden führt.«

Chloe di Varrone kehrte der Kreuzung den Rücken und schritt zurück in Richtung Wintergarten. »Bis zur Veranstaltung sind es exakt drei Monate, um das hier«, sie deutete auf die Pflanzen und das Wasserbecken des Viktoriahauses, »in eine Location zu verwandeln, die dem bedeutenden Anlass und dem märchenhaften Stil der Jubiläumskollektion gerecht wird. Während dieser Teil der Planung hoffentlich ein Kinderspiel wird, bereitet mir das hier«, sie betrat den Wintergarten und blieb vor einer Statue stehen, »größeres Kopfzerbrechen.« Die Skulptur, zu der Signora die Varrone und nun auch Mira aufsahen, war in katastrophalem Zustand. Miras Erfahrung verriet ihr sofort, dass eine Restauration dieser Statue unter anderen Umständen zu aufwendig und kostspielig gewesen wäre. Der Zahn der

Zeit hatte nicht nur an dem dunkel verfärbten Stein genagt, es sah viel mehr so aus, als habe die Zeit ihre Klauen und Zähne in die Skulptur geschlagen und dabei ganze Teile herausgerissen. Der abgebildeten Frau fehlten ein Arm und ein großes Stück aus Hüfte und Bein. Dennoch zog die Statue Mira sofort in ihren Bann. Trotz all ihres Verfalls war sie immer noch anmutig und schön. Etwas an ihrer Mimik wirkte so melancholisch und traurig, dass man schon nach kurzem Betrachten selbst ergriffen war. Was von Gesicht und Gewändern übrig war, schien von Meisterhand gefertigt zu sein, denn Haut, Haare und Stoff wirkten so realistisch, als wären sie gerade erst zu Stein erstarrt. Neben der Figur waren Tiere auf dem Sockel abgebildet, doch Mira konnte bei manchen nicht einmal mehr sagen, ob es sich einst um Vögel oder Säugetiere gehandelt hatte.

»Das ist sie«, bestätigte die Signora Miras Verdacht. »Die Skulptur der Diana. Da diese Skulptur ein ... besonderes Konfliktpotenzial birgt, wie sie sehen werden, habe ich sie Ihnen zugeteilt. Ich möchte, dass Sie mir regelmäßig Bericht über Ihre Fortschritte erstatten, damit dieses Kunstwerk bei der Veranstaltung in neuem Glanz erstrahlt.«

Mira musste den Impuls unterdrücken, laut aufzustöhnen. Drei Monate waren für eine so aufwendige Restauration ein überaus ambitioniertes Ziel. Und das Konfliktpotenzial, wie die Signora es ausgedrückt hatte, war für sie bereits erkennbar. Durch den starken Zerfall waren großflächige Ergänzungen notwendig, wenn die Skulptur dem ästhetischen Anspruch der Signora gerecht werden sollte. Gleichzeitig war es kaum möglich, diese Ergänzungen ohne jegliche Vorlage historisch korrekt durchzuführen, was Dr. Glenn vermutlich nicht gutheißen konnte.

»Mr. Garcia ist ebenfalls dieser Skulptur zugeteilt«, berichtete die Signora strahlend und deutete auf einen jungen Restaurator, der in weißem Kittel ein wenig abseits neben der Statue stand und bei der Erwähnung seines Namens aufsah.

»Dann überlasse ich Sie jetzt mal Ihrer Arbeit. Viel Erfolg!«

»Danke«, murmelte Mira und sah ihrer Chefin hinterher, die den Wintergarten in Richtung Herrenhaus verließ.

Kapitel 8

Sobald Mira und Mr. Garcia – Miguel – sich einander vorgestellt hatten, begannen sie mit der Begutachtung der Statue.

»Die Bedingungen hier sind perfekt für unsere Arbeit«, schwärmte Miguel. »Wir haben gutes Licht durch die großen Fenster des Wintergartens und die Klimaanlage regelt die Temperatur und Luftfeuchtigkeit auf optimale Bedingungen. Durch die großen Tore konnte das Team von Dr. Glenn die Skulpturen bequem hierher transportieren.«

Mira nickte. »Das ist gut. Nichts ist ärgerlicher, als an der Logistik zu scheitern und stattdessen auf Garagen oder Gartenhütten ausweichen zu müssen.«

»Oder die Skulptur zerlegen zu müssen, um sie in Einzelteilen zu restaurieren und dann wieder zusammen zu puzzeln«, ergänzte Miguel mit einem gespielten Schaudern und beide brachen in Gelächter aus.

Zum ersten Mal legte Mira eine Hand auf den alten Stein und ließ sich von dem Gefühl mitreißen, wieder das zu tun, wofür sie sich vor vielen Jahren entschieden und Blut, Schweiß und Tränen in Kauf genommen hatte. Die Jahre an der Uni. Die – wenn überhaupt – schlecht bezahlten Praktika. All das war es ihr wert gewesen, damit sie ihre Leidenschaft ausleben und sich stetig verbessern konnte. Und dann hatte sie es für Elias weggeworfen.

Als Mira die starken Beschädigungen der Skulptur in Augenschein nahm, rief sie sich unwillkürlich die Worte ihres Professors aus der Einführungsveranstaltung ihres Studiengangs in Erinnerung. »Ihnen muss bewusst sein, dass Restaurierung immer ein Rennen gegen die Zeit ist. Chemische Reaktionen oder mechanische Einflüsse wie Winderosion können eine Skulptur bereits in der kurzen Zeitspanne eines einzelnen Menschenlebens markant schädigen. Und die Zeit wird das Rennen früher oder später gewinnen. Aber wir können unser Bestmögliches geben, um die ästhetischen und historischen Eigenschaften möglichst lang zu erhalten, bevor irreversible Schäden eintreten.«

Nun, hier gab es irreversible Schäden. Fehlende Teile zu ergänzen war stets eine Herausforderung und dabei war jede Restauration individuell.

Nachdem sie ein paar Ideen ausgetauscht hatten, zeigte Miguel ihr die Ausstattung der Werkstatt. Er öffnete eine Schranktür an der Wand, hinter der reihenweise makellos weiße und vollständig knitterfreie Kittel erschienen. Mit einem kurzen Blick auf Mira entschied er sich für eine Größe und reichte ihr einen davon.

Mira dankte ihm und legte den Kittel an, der nicht nur ihre Kleidung vor Staub und Chemikalien schützen würde, sondern auch die Exponate vor Fremdkörpern von außen. Er lag ihr eng am Körper und bot gleichzeitig genug Bewegungsfreiheit, um darin arbeiten zu können.

Mira warf einen Blick auf die übrigen Restauratoren im Raum, die bereits geschäftig ihrer Arbeit nachgingen.

»Jeder hier scheint seine Arbeit wirklich ernst zu nehmen«, stellte sie fest, als sie eine Wand des Wintergartens erreichten, an der akribisch angeordnete Werkzeuge an einer Stecktafel hingen.

»Ich erwarte von all meinen Mitarbeitenden, dass sie sich der Bedeutung ihrer Arbeit bewusst sind«, antwortete eine herrische Stimme hinter ihr. Unbemerkt war Dr. Glenn an sie herangetreten. Der harte Blick unter ihrer Brille verstärkte den strengen ersten Eindruck, der Mira vermuten ließ, dass sie ihre Werkstatt mit harter Hand führte und keine Unfähigkeit dulden würde. »Wir arbeiten hier nicht nur mit antiken Kopien, sondern teilweise mit Originalen von unschätzbarem historischem Wert. Auch wenn der Anlass der Restauration banal sein mag und ich keine Weisungsbefugnis über Sie habe, erwarte ich auch von Ihnen, unsere Arbeit ernst zu nehmen.«

Mira schluckte. »Selbstverständlich, Dr. Glenn.«

»Gut«, erwiderte diese freundlicher, begrüßte Mira mit einem festen Händedruck und hieß sie in der Werkstatt willkommen. »Aktuell arbeitet ein Team von zwanzig Experten aus ganz Europa daran, fünfzehn Skulpturen simultan zu restaurieren. Zusätzlich zu den Restauratoren des Fachgebiets Stein arbeiten drei Textilrestauratoren an der Aufarbeitung eines historischen Gewandes, das bei der Veranstaltung ausgestellt werden soll. Ihr Exponat stellt uns dabei vor besonders viele Rätsel.«

Mira nickte. »Diana.«

»Das bleibt abzuwarten«, erwiderte Dr. Glenn schroff. »Diese Skulptur wurde erst kürzlich in einem Garten in der Nähe des Comer Sees gefunden. Aufgrund ihrer Attribute hatten wir sie zunächst als Diana identifiziert, die Göttin der Jagd, die meist mit Hirschen oder Pfeil und Bogen dargestellt wird. Doch es handelt sich um ein Unikat. Eine bisher unbekannte Darstellung mit einigen Elementen, die nicht ins klassische Bild passen. Für Signora di Varrone mag das keine Rolle spielen, aber historische Authentizität ist ein Kern unserer Arbeit und bildet die Grundlage für die gesamte Restauration. Deshalb rate ich Ihnen, so viel wie möglich über dieses Kunstwerk in Erfahrung zu bringen.«

Mira stimmte ihr zu. Es gab viele Anhaltspunkte, die Rückschlüsse über ein Kunstwerk erlaubten. Das Material, die Bearbeitung und die Attribute konnten ihnen dabei helfen, etwas über den Künstler und die Geschichte der Skulptur zu lernen. Man musste die Kunstwerke ausgiebig studieren, um ihnen gerecht werden zu können. Und deshalb würde ihre erste Aufgabe in der Recherche bestehen.

Erleichtert streifte Mira einige Stunden später den weißen Kittel ab und hängte ihn an einen eigens für sie vorgesehenen Haken. Miguel hatte sich bereits vor einer knappen Stunde verabschiedet, um die Fähre zum Festland zu erwischen. Sie sah sich ein letztes Mal zu der bemitleidenswerten Statue um und wandte sich zum Gehen. Auf dem Weg zum Landhaus wollte Mira nachschauen, ob Stella schon Feierabend hatte und sie vielleicht begleiten wollte.

Sie öffnete die Tür zum Gewächshaus. Die Fensterfronten waren inzwischen wieder geschlossen worden und die Luft stand schwül und heiß unter dem Glasdach. Die tief stehende Nachmittagssonne erfüllte die Halle mit goldenem Licht. An der großen Kreuzung lief Mira zum ersten Mal geradeaus in die Richtung, in die Stella verschwunden war und in die auch die Modelle bei der Modenschau abbiegen würden. Der Weg war zwar immer noch breit genug, damit auch Stella ihm mit dem Golfcaddy problemlos folgen konnte. Doch die Pflanzen wuchsen hier wilder über den Rand ihrer Beete hinaus, sodass Mira sich noch mehr wie im Dschungel vorkam. Der Weg endete an einem kleinen Parkplatz, auf dem zwei Golfcaddys und ein Aufsitzmäher vor einer Ziegelwand parkten. Neben den Fahrzeugen führte eine Glastür in einen Gang, von dem offenbar weitere Gewächshäuser abzweigten. Über den Türen standen die jeweilige Temperatur und Luftfeuchtigkeit in dem Raum, durch die unterschiedliche Wuchsbedingungen für die Pflanzen erreicht wurden. Manche Gewächshäuser sahen ordentlich und gepflegt aus, während in anderen verschiedene Pflanzen wild durcheinander wucherten. Aber in keinem davon entdeckte Mira ihre Zimmergenossin.

Im letzten Gewächshaus auf der rechten Seite, das direkt an eine weitere Ziegelmauer angrenzte, entdeckte sie dafür ein anderes bekanntes Gesicht.

Das Gewächshaus unterschied sich deutlich von den übrigen, an denen Mira vorbeigekommen war. Es sah weniger nach einem Arbeitsumfeld als einem gemütlichen Pausenraum aus. Die Regalreihen und Tische waren vollgestellt mit gläsernen Vasen und Blumentöpfen, in denen unterschiedlichste Grün- und Blühpflanzen gediehen. Von der Decke baumelten Lichterketten mit großen Glühbirnen, die den schummrigen Halbschatten der Ziegelmauer mit ihrem warmen Schein erhellten. An der Rückseite standen zwei bequem aussehende Korbstühle, auf denen Kissen zum Verweilen einluden.

Doch Miras Blick wurde angezogen von dem Mann, der an dem langen Pflanztisch stand und damit beschäftigt war, einen Bonsai in einem Keramiktopf zu beschneiden.

Es war der Mann von der Fähre, der sie auch vor dem Absturz gerettet hatte.

Eingebildeter Schnösel, dachte sie und konnte trotzdem nicht den Blick von ihm lösen. So ungern sie es zugab: Er sah wirklich gut aus. Hätte sie nicht den Plan, um Männer einen weiten Bogen zu machen, hätte dieser italienische Schönling sie sicherlich schwach gemacht. Er trug Kopfhörer und schien vollkommen in seine Arbeit vertieft zu sein, weshalb Mira es sich gestattete, ihn zu beobachten. Er war groß und sportlich gebaut, trug ein hellblaues Freizeithemd und eine kurze beigefarbene Chinohose. Sein Fuß tappte im Takt der Musik, während er mit geübten Griffen arbeitete. Er hatte ein markantes Profil mit einer geraden Nase und geschwungenen Wangenknochen, um die ihn jedes Malemodel beneidet hätte. Seine dunkelbraunen Haare waren gerade lang genug für die Art von unordentlichem Surferlook, bei der Mira sofort an Werbung für Herrendüfte denken musste. Die dichten Augenbrauen hatte er konzentriert zusammengezogen und schien vollkommen auf die zierliche Pflanze fokussiert zu sein.

Plötzlich runzelte er die Stirn, hob den Kopf und blickte Mira direkt in die Augen. Ertappt zuckte sie von der Glasscheibe zurück und unterdrückte den Impuls, beschämt wegzurennen. Stattdessen hob sie die Hand und lächelte vorsichtig. So viel Freundlichkeit konnte sie sich wohl erlauben, nachdem er sie nun zum zweiten Mal beim Starren erwischt hatte.

Die Augen des Fremden weiteten sich vor Überraschung, doch er schien sich davon schnell zu erholen. Er zog die Kopfhörer von den Ohren und winkte Mira zu sich herein.

Abstand halten, einfach ignorieren und abhauen, flüsterte etwas in Mira. Die vernünftige Seite, die den Plan kannte und befolgte. Aber wie unhöflich und merkwürdig würde das denn aussehen? Er würde sie zwangsläufig für eine Stalkerin halten müssen. Mira atmete aus, sammelte sich und trat durch die Tür in das schummerige Licht des Gewächshauses. Die Luft im Inneren war angenehm kühl und roch nach Erde und Blüten. Aus den Kopfhörern, die um den Hals des Fremden hingen, erkannte sie einen Song von Taylor Swift und unterdrückte ein Schmunzeln.

Während er Mira erwartungsvoll musterte, stahl sich ein schiefes Grinsen auf sein Gesicht. »Stalkst du mich etwa, Pfauenmädchen?«

»Bild dir bloß nichts ein«, erwiderte Mira mit einem Schnauben, erwiderte sein Grinsen jedoch versöhnlich, um den Ton zu entschärfen. Still wiederholte sie den Spitznamen, den er ihr gegeben hatte. Auch wenn der Gedanke an ihre letzte Begegnung ihr immer noch eine Gänsehaut bereitete, mochte sie den Klang seiner

Stimme. »Ich suche Stella«, erklärte sie ihre Anwesenheit in seinem Gewächshaus.

»Zu schade ...« Er zuckte mit den Schultern und sah Mira in die Augen. »Hier ist sie nicht.«

Ein Teil von Mira fragte sich, ob seine Aussage bewusst doppeldeutig war und er es vielleicht wirklich schade fand, dass sie nicht ihn gesucht hatte. Der Gedanke löste ein merkwürdiges Kribbeln in ihrem Bauch aus. Der vorsichtige und vernünftige Teil ihres Hirns war indes damit beschäftigt, die nächstbeste Ausrede zu finden und schnellstmöglich zu verschwinden. *Raus hier, aber pronto.*

»Schade«, echote sie. »Dann werde ich sie mal suchen. Ciao.«

Sie kehrte ihm den Rücken zu und griff nach der Türklinke, ohne auf seine Antwort zu warten.

»Nach Feierabend treffen sich die Leute hier häufig zum Schwimmen«, ertönte die Stimme des Mannes hinter ihr und hielt Mira zurück. »Vielleicht findest du sie dort, am flachen Ufer beim Obsthain. Ganz in der Nähe von dem Ort, an dem du gestern auch beinahe unfreiwillig baden gegangen wärst.«

Er klang bei der Erinnerung belustigt und Mira fragte sich, ob sie sich seinen Zorn gestern nur eingebildet hatte. Vielleicht hatte er sich nur um sie gesorgt und war eigentlich ein netter Kerl? Sie zögerte und ihre Hand lag noch immer auf der Klinke. »Danke. Auch dafür, dass du mich gestern vom *Baden* abgehalten hast.«

Er winkte ab und grinste. »Immer gern, Pfauenmädchen.«

»Ich heiße Mira«, brach es aus ihr hervor.

Dann öffnete sie die Tür, stürmte hindurch und ließ das Gewächshaus mit dem Fremden hinter sich, bevor ihre Gefühle sie noch mehr verwirren konnten.

Kapitel 9

Mit glühenden Wangen eilte Mira über die Rasenfläche vor dem Herrenhaus und steuerte das Tor zum Bauerngarten an, in dem das Landhaus der Bediensteten lag. Sie konnte sich nicht erklären, warum der Fremde sie derartig aus dem Konzept brachte. Außerdem konnte sie es sich gerade wirklich nicht erlauben, sich über einen Mann den Kopf zu zerbrechen. Sie sollte stattdessen in ihrem Zimmer sitzen und das Internet durchforsten, um so viel wie möglich über die Statue in Erfahrung zu bringen. Trotzdem ärgerte sie sich, dass sie ihm nicht wenigstens die Gelegenheit gegeben hatte, ihr seinen Namen zu nennen. Etwas an ihm zog sie an und ließ ihre Gedanken immer wieder zu ihm zurückkehren, obwohl sie es mit aller Kraft vermeiden wollte.

In ihrem Zimmer klappte sie den Laptop auf und begann mit der Recherche. Stella war nicht hier und so konnte Mira in aller Ruhe grübeln. Mit Miguel hatte sie Argumente zusammengetragen, die dafür oder dagegen sprachen, dass es sich bei der Skulptur um eine Darstellung der Diana handelte. Die Figur aus carrarischem Marmor wies einige Ähnlichkeiten zu den klassischen Darstellungen der Diana auf. Diana war ein häufiges Motiv und wurde oft zusammen mit Tieren abgebildet. Einige Attribute schienen jedoch untypisch. So war ihr Gewand beispielsweise von Blumenranken umwoben und einige der zu ihren Füßen dargestellten Tiere waren keine klassischen Beutetiere, die mit der Jägerin assoziiert wurden. Mira fasste alle Punkte in einer Liste zusammen und recherchierte nach anderen Dianaskulpturen, um nach weiteren Gemeinsamkeiten und Unterschieden zu suchen. Nach einer Stunde war sie noch zu keinem nennenswerten Ergebnis gekommen. Ihre Gedanken schweiften immer wieder ab zu dem Mann im Gewächshaus. Seufzend klappte sie den Laptop zu und gab auf. Es wurde Zeit für eine Pause. Stella war noch nicht zurückgekehrt und durch das Fenster konnte Mira den strahlend blauen See erkennen, der mit dem Himmel um die Wetter leuchtete. Schwimmen zu gehen war an diesem Tag sicher nicht die schlechteste Idee. Sie suchte ihren schwarzen Bikini aus dem Koffer und zog ihn an. Dazu kramte sie einen salbeigrünen kurzen Jumpsuit hervor, schlüpfte hinein und packte ihre Tasche mit einem Handtuch und dem Roman, den sie sich in Hamburg am Flughafen gekauft hatte. Auf dem nicht einmal zweistündigen Flug hatte sie nur die ersten Seiten lesen können, weil sie hauptsächlich aus dem Fenster gesehen hatte. Mira zog ihre Sonnenbrille und Sandalen an und verließ das Zimmer.

Draußen empfingen sie die warme Sommersonne und der himmlische Duft des Oleanders. Die Pflanze mit den rosafarbenen Blüten war auf der Insel überall präsent. Genauso allgegenwärtig wie der fremde Mann es war, der ihr die Blüte bei ihrer Ankunft vorgestellt und aus den Haaren gezogen hatte. Die Erinnerung an ihn ließ sie frustriert seufzen. Mira folgte dem Weg durch den Garten bis zum Obsthain und lief den sanften Hügel hinab. Ihre Augen huschten zu dem steinernen Geländer und sie versuchte, den Ort auszumachen, an dem der Pfau gestern gesessen hatte. Bei der Erinnerung daran fuhr ein Kribbeln durch ihre Hände, das entweder vom Gedanken an den Schrecken oder die Berührung des Fremden ausgelöst sein konnte.

Gelächter wies Mira den Weg zu der Gruppe junger Leute, die am Ufer auf Decken lagen oder im seichten Wasser planschten. Schon von Weitem konnte sie Stellas roten Haarschopf auf einem Handtuch erkennen.

»Hallo zusammen«, gesellte sie sich zu der Gruppe.

»Hi, Mira«, rief Stella und klopfte neben sich ins Gras. »Komm zu mir, hier ist noch genug Platz.«

Mira breitete ihr Handtuch aus und setzte sich neben sie. In der Runde erkannte sie viele Gesichter vom Abendessen wieder. Der Fremde war nicht darunter, was Mira einerseits erleichterte und ihr andererseits einen kleinen Stich der Enttäuschung versetzte.

»Stella, kann ich dich mal was fragen?«, setzte sie mit leiser Stimme an.

»Na klaro.« Stella grinste unbekümmert. »Geht es um ein Geheimnis, wenn wir so leise sprechen?«, flüsterte sie verschwörerisch.

»Na ja, es muss zumindest nicht jeder mitbekommen. Ich habe dir doch von dem Mann erzählt, der mich gestern gerettet hat.«

»Dein mysteriöser Retter!«, schmachtete Stella theatralisch. »Ist er dir etwa wieder über den Weg gelaufen? Hast du diesmal deinen gläsernen Pantoffel verloren und er musste ihn dir zurückgeben?«

Mira boxte Stella sanft gegen den Arm, musste sich aber selbst ein Lachen verkneifen. »Haha, sehr komisch! Er ist mir heute tatsächlich wiederbegegnet.«

»Was? Wo?«

»Er scheint einer der Gärtner zu sein. Ich habe ihn im Gewächshaus getroffen, wo er Pflanzen zurechtgeschnitten hat.«

Stella runzelte die Stirn und brach dann in lautes Gelächter aus. Die anderen, die sich neben ihnen gesonnt und unterhalten hatten, schauten belustigt zu ihnen herüber.

»Der einzige männliche Gärtner hier auf der Insel ist Ludovico. Dass er in dein Beuteschema passt, hättest du mir gestern beim Abendessen ruhig sagen können. Ich hätte ja nicht gedacht, dass sein Großvater-Charme dich so beeindruckt ...«

»Stella!«, schimpfte Mira mit leuchtenden Wangen.

»Tut mir leid. Aber mir fällt beim besten Willen niemand ein, der unter fünfzig ist und im Gewächshaus arbeitet. Und ich verbringe dort fast meinen gesamten Arbeitstag.«

»Ich hab mir das doch nicht eingebildet«, maulte Mira.

»Das behaupte ich ja gar nicht. Die Insel ist klein, Schatz. Du wirst ihn wiedersehen.« Stella drehte sich auf den Bauch, um sich die Sonne auf den Rücken scheinen zu lassen. »Und dann fragst du ihn gefälligst nach seinem Namen.«

Mira ärgerte sich darüber, dass sie so unschlüssig und beinahe schüchtern gewesen war. Gleichzeitig wünschte sie, dass ihr der Fremde einfach egal wäre. Schließlich war sie sowieso nicht dazu bereit, sich auf jemanden einzulassen. Nicht einmal auf eine harmlose Affäre. Ihr erklärtes Ziel war es, sich von allen Männern fernzuhalten. Mit dem Vorsatz, den Fremden aus ihren Gedanken zu vertreiben, stand sie auf und sprang kopfüber ins kühlende Wasser des Sees.

Kapitel 10

Am nächsten Tag erwachte Mira bereits im Morgengrauen. Sie war um acht Uhr mit Miguel verabredet, damit sie vor der Teambesprechung noch einmal ihre Ergebnisse durchgehen konnten. Und dazu wollte Mira unbedingt ihre bisher ergebnislose Recherche ausbauen. Stella schnarchte noch leicht in ihr Kissen und das Morgenlied der Singvögel drang durchs geöffnete Fenster zu ihnen herein. Mira spähte hinaus und sah einen leichten Nebelschleier über den Beeten und Rasenflächen liegen, der von den ersten Sonnenstrahlen vertrieben wurde. Sie ließ sich in den blauen Sessel vor dem Schreibtisch sinken und klappte ihren Laptop auf. Sekunden später erfüllte sein leises, monotones Surren den Raum. Daneben lag das aufgeklappte Notizbuch mit einer Liste, die Mira gestern begonnen hatte:

Handelt es sich bei der Skulptur wirklich um Diana?
Dafür spricht:
- Darstellung mit Tieren
- häufiges Motiv
- Blumenranken
Dagegen spricht ...
- fehlender Bogen
- dargestellte Tiere keine üblichen Beutetiere

Mira begann ihre Recherche heute mit der Suche nach anderen klassischen Motiven für Skulpturen. Infrage kamen die häufig dargestellten Figuren der Pomona, der Göttin der Getreideblüte, oder der Hebe, der Göttin des Weins. Beide wurden jedoch ohne Tiere dargestellt und bei den Blumenranken auf dem Gewand der zu restaurierenden Statue handelte es sich weder um eine Weinranke noch Getreideähren.

»Wer bist du?«, stöhnte Mira, frustriert von der Schnitzeljagd, zu der diese Arbeit sich entwickelte.

»Geht dir der mysteriöse Fremde etwa immer noch nicht aus dem Kopf und du versuchst jetzt, ihn im Internet zu finden?«, ertönte Stellas muntere Stimme aus der Richtung ihres Bettes.

Mira fuhr zusammen. »Entschuldigung! Ich wollte dich nicht wecken. Ich war so konzentriert, dass ich ganz vergessen habe, dass ich nicht allein bin.«

Stella streckte sich ausgiebig wie eine Katze und schwang die Beine aus dem Bett. »Kein Problem! Unter der Woche stehe ich ohnehin sehr früh auf, um möglichst viel vom kühlen Morgen zu nutzen. Hast du denn jetzt etwas über ihn herausgefunden?«

»Ich suche nicht nach dem Mann, Stella. Ich recherchiere etwas für die Arbeit.«

»Ach so, schade.«

»Ansichtssache«, murmelte Mira und fuhr den Rechner herunter. Vielleicht hätte sie Stella nichts von ihrer Begegnung erzählen sollen. Es war schwer genug, den Fremden aus ihren Gedanken zu verbannen, wenn Stella sie nicht ständig ausfragte und an ihn erinnerte.

Stella verschwand im Bad und auch Mira legte sich Kleidung für die Arbeit zurecht. Eine Viertelstunde später saßen beide Frauen in der Morgensonne auf einer Holzbank vor dem Haus und tranken gemeinsam ihren Cappuccino. Mira berichtete von ihrer Aufgabe und dem Rätsel der Statue.

»Du interessierst dich doch für Pflanzen. Kennst du nicht vielleicht eine Göttin der Natur oder so was, die mit Tieren und Blumen dargestellt wird?«, fragte sie hoffnungsvoll.

»Leider nicht«, grübelte Stella. »Vielleicht ist sie ja keine Göttin, sondern eine Nymphe, Dryade oder so was? Es gibt doch Flora und Fauna, meine ich. Von einer solchen Statue habe ich bisher noch nicht gehört. Aber es ist auch nicht so, dass ich mich mit klassischer Bildhauerei besonders gut auskenne.«

»Gute Idee, Stella. Ich werde später noch mal in der Richtung recherchieren. Ich wette, die anderen wissen von ihren Skulpturen bereits jedes kleine Detail und ich kenne weder die Identität des Künstlers noch des Motivs.«

Stella schenkte ihr ein aufmunterndes Lächeln. »Du wirst schon herausfinden, wer sie ist.«

Als Mira Miguel bei ihrem Treffen von ihren kläglichen Ergebnissen berichtete, wirkte er weder überrascht noch enttäuscht, dass Mira keine neuen Informationen zur Statue vorzeigen konnte.

»Ich habe auch keinen blanken Schimmer, wer dieses Schätzchen sein könnte«, erklärte er in seinem starken spanischen Akzent. Miguel war etwa in Miras Alter und hatte sich während seines Restaurationsstudiums ebenfalls für den Schwerpunkt Stein entschieden, sich anschließend jedoch nicht auf klassische, sondern moderne Kunstwerke spezialisiert. Trotzdem schien er die Herausforderung zu schätzen und für die Arbeit förmlich zu brennen, als habe die Skulptur seinen Kämpfergeist geweckt.

Er umrundete die Statue und rieb sich die Hände. »Wir müssen der Guten ihre Geschichte eben erst entlocken. Dr. Glenn weiß das. Und das Team könnte auch hilfreich sein.«

Mira hoffte es. »Notfalls haben wir auch ohne weitere Informationen genug Möglichkeiten, unsere Arbeit zu beginnen. Wir wissen, welches Material uns vorliegt. Die Verfärbungen können wir schon mal entfernen, ohne dass wir etwas über die historischen Eigenschaften dieser Figur wissen müssen. Erst bei der Ergänzung der fehlenden Teile brauchen wir zusätzliche Hinweise.«

Die Besprechung mit den übrigen Restauratoren führte leider nicht zum gewünschten Ergebnis. Niemand kannte die Statue oder hatte auch nur eine Idee zu Künstler oder Motiv. Den Vormittag verbrachten Mira und Miguel also damit, den Marmor vorsichtig von Verunreinigungen und Verfärbungen zu befreien. Bewaffnet mit Handschuhen, Tupfern und je einer Tube mit Reinigungspaste, arbeiteten sie nebeneinander und unterhielten sich. Mira erfuhr, dass Miguel mit seiner Frau und seiner kleinen Tochter in Bilbao lebte, wo er hauptsächlich moderne Kunstwerke restaurierte und für seine innovativen Techniken bekannt war, über die er regelmäßig Artikel veröffentlichte. Die Arbeit war zeitaufwendig und mühsam. Mira versank im Fokus auf ihre Hände und den Sekundenzeiger der

Wanduhr, an dem sie sich bei der Einwirkzeit für die Chemikalie orientierte. Sie erschrak, als eine Stimme direkt hinter ihr sie aus ihren Gedanken riss.

»Sieht aus, als hättet ihr noch ein schönes Stück Arbeit vor euch«, stellte Stella fest.

Mira seufzte. »Da hast du wohl Recht. Vielleicht sollte ich anfangen, Vorher-Nachher-Fotos zu machen, um den Fortschritt zu sehen.«

»Das wäre sicher motivierend. Wollen wir zusammen zum Abendessen gehen?«

»Schon?«, fragte Mira überrascht.

»Es ist sechs Uhr, Liebes. Wann esst ihr denn in Deutschland?«

»Oh, ich habe gar nicht gemerkt, wie die Zeit vergangen ist.«

Mira verabschiedete sich von Miguel, der ähnlich vertieft gewesen war und nun zur Fähre eilen musste, dann begleitete sie Stella nach draußen.

»Wo schlafen und essen eigentlich die anderen Restauratoren?«, fragte Stella auf dem Weg zum Essen. »Sie sind ja offenbar nicht mit uns im Landhaus untergebracht.«

Mira schüttelte den Kopf. »Sie wohnen am Festland in einer Pension und kommen morgens mit der ersten Fähre.«

»Komisch, dass du nicht auch dort untergebracht bist«, überlegte Stella. »Aber ich freue mich natürlich!«, schob sie eilig hinterher.

Mira fragte sich, wie Stella auf ihre Sonderstellung bei der Signora reagieren würde. Kannten sie sich schon gut genug, um mit dieser Information rauszurücken? »Vielleicht war die Pension am Festland ausgebucht?«, schlug sie vor.

»Oder die Signora hatte einfach andere Pläne mit dir«, meinte Stella verschwörerisch.

***

In den nächsten Tagen entwickelte sich für Mira eine Routine aus morgendlicher Recherche, arbeiten, Mittagspausen mit Stella und noch mehr arbeiten. An der Statue wurden bald Fortschritte sichtbar, besonders, da Mira ihren Plan umgesetzt hatte und jeden Tag ein Foto von der Entwicklung machte und vergleichen konnte. Die dunklen Verfärbungen lösten sich und der feinkörnige Marmor erhielt mehr und mehr von seinem sanften, weißen Schimmer zurück.

Abends erkundete Mira die Insel. Meist mit Stella, manchmal auch gemeinsam mit den anderen Angestellten der Insel. Die Tierpfleger zeigten Mira die Gehege, Ställe und Volieren. Neben Pfauen gab es auf der Insel auch Hühner, Wachteln, eine kleine Herde dunkler Schafe und ein paar Pferde. Letztere durften auf der Insel frei umherstreifen, hielten sich jedoch meist auf den Obstwiesen auf. Stella führte Mira durch die Gewächshäuser mit ihren exotischen Pflanzen. Sie nahm Mira sogar auf ihrem Stand-up-Paddling-Board zu einem Ausflug um die Insel mit, sodass Mira auch die Seiten des Felsens sehen konnte, die sonst unerreichbar waren.

All die Ablenkung führte dazu, dass Mira den mysteriösen Fremden immer weiter aus ihren Gedanken verdrängte und letztendlich kaum noch an ihn dachte. Bis zu dem Moment, in dem sie nach Feierabend auf dem Weg durch das Gewächshaus um eine Ecke bog und beinahe mit ihm zusammenstieß. Mira war in ihren Gedanken irgendwo zwischen der Statue und dem Abendessen gewesen. Die Wedel der Palmblätter hatten ihr die Sicht versperrt, als sie in der stickigen Luft des Gewächshauses in Richtung Garten geeilt war. Der Fremde hatte es anscheinend ebenfalls eilig und während des Laufens auf sein Smartphone geblickt. Beide keuchten erschrocken auf, als Mira ungebremst mit der Stirn gegen die Schulter des Mannes stieß. Mit seiner freien Hand umfasste er Miras Arm und stabilisierte sie, während die andere Hand mit dem Telefon zwischen ihnen eingeklemmt war. Mira spürte eine Ecke des Gehäuses an ihrem Oberarm und wich mit einem »*Autsch!*« zurück. Sie rieb über die schmerzende Stelle, hob den Kopf und blickte in große braune Augen, die sie aus der Nähe an den Farbton von starkem Kaffee erinnerten. Der Mann sah ebenfalls überrascht auf sie hinunter, doch anders als bei der Begegnung an der Mauer schien er es nicht eilig zu haben, Abstand zwischen sie zu bringen. Wieder lag ein belustigter Glanz in seinem Blick, als er sie anlächelte.

»Mira«, brachte er etwas atemlos hervor. »Geht es dir gut?« Ihr Blick blieb an seinen leicht geöffneten Lippen hängen. Er trug einen Dreitagebart, der seine Gesichtszüge weniger hart aussehen ließ und ihm etwas Verwegenes gab. Und der ihm verboten gut stand, wie Mira nicht umhinkam, zu bemerken. *Wo soll das nur hinführen?*, dachte sie und unterdrückte ein Seufzen.

Sie räusperte sich. »Nichts passiert. Das wird höchstens ein blauer Fleck. Und dir?«

Mit zusammengezogenen Augenbrauen musterte er die Stelle an ihrem Arm, als würde er sich über die Verletzung ärgern. »Mir geht es gut«, fügte er dann mit einem Lächeln hinzu und pflückte ein unsichtbares Staubkorn von seinem Shirt.

Mira wusste nicht, was sie sagen sollte, aber sie konnte auch nicht einfach vorübergehen und ihn stehenlassen. Schließlich musste sie endlich wissen, wer dieser Mann war. »Lange nicht gesehen«, sagte sie und verfluchte sich innerlich für die lahme Aussage.

»Das stimmt«, erwiderte er schmunzelnd. »Und trotzdem hast du es geschafft, auf dieser einsamen Insel zu überleben. Ganz ohne meine Hilfe. Ich bin beeindruckt.«

»Natürlich. Du hast wohl noch nicht mitbekommen, dass die Prinzessin sich in modernen Märchen selbst rettet?«, konterte sie.

»Das freut mich zu hören, Eure Majestät.« In ernsterem Ton fügte er hinzu: »Spaß beiseite, du denkst doch nicht, dass ich diesen Chauvi-Quatsch ernst meine? Ich bin einfach nur froh, dass ich zur rechten Zeit am rechten Ort war. Ich bräuchte selbst manchmal jemanden, der mich davon abhält, gegen Türrahmen zu laufen oder auf welken Blättern im Gewächshaus auszurutschen.«

Mira lachte. »Um ehrlich zu sein, erleichtert mich das.«

Und andererseits war dieses Eingeständnis fatal für sie. Was sollte sie tun, wenn er neben seinem guten Aussehen nicht einfach nur ein arroganter Schnösel war? Auch wenn er ihre Neugier geweckt hatte und ihr Körper auf seine Nähe reagierte, war seine abfällige Haltung bisher ein guter Grund gewesen, sich von ihm fernzuhalten. Und nun konnte er auch noch mit Humor und Ehrlichkeit aufwarten? Gerade letzteres war sie von Männern nicht gewohnt und ihre Gedanken kreisten bisher bereits häufig genug um ihn. Häufiger, als sie es sich selbst eingestehen wollte.

Ihr fiel auf, dass er einen Laptop unter dem Arm trug. »Arbeitest du hier?«, fragte sie und deutete auf den Rechner.

Der Fremde sah darauf hinunter. »Nein, ich will nur etwas Musik hören und mir vielleicht einen Film anschauen. In meinem Gewächshaus gibt es ziemlich gutes WLAN.«

»Dein Gewächshaus? Also bist du doch ein Gärtner?«

Verwirrt schaute der Mann Mira an, die sich am liebsten auf die Zunge gebissen hätte. Da konnte sie ihm ja gleich erzählen, dass sie nach ihm herumgefragt hatte. Sie musste vermutlich heftige Stalker-Vibes aussenden. Wo war das nächste Mauseloch, wenn man eines brauchte?

»Ein Hobbygärtner vielleicht«, überspielte er den Moment. »Ich arbeite gern mit Pflanzen. Es hilft mir, meine Gedanken zu ordnen.«

»Aber was machst du dann, wenn du kein Gärtner bist?«

Er lachte. »Ich bin Architekt. Na ja, aktuell eher auf Abwegen.«

Mira verstand nur Bahnhof. »Okay. Aber was tust du dann hier? Auf dieser Insel?«

Zwischen beiden entstand ein Schweigen und der Fremde wirkte verblüfft. Er schien nicht zu wissen, was er antworten sollte.

»Vielleicht sollte ich mich erst mal vorstellen. Ich bin Leo. Leo di Varrone.«

Kapitel 11

»Das kann nicht dein Ernst sein!«

Stella verschluckte sich fast an ihrer Minestrone und einige ihrer Sitznachbarn drehten sich interessiert zu den Mädchen herum.

»Psst, es müssen ja nicht gleich alle mitbekommen«, zischte Mira.

»Du willst mir ernsthaft sagen, dass dein mysteriöser Retter niemand anderes als Leonardo Alessandro di Varrone ist?«, fragte Stella leiser. »Du weißt schon, dass ihm quasi die ganze Insel gehört? Kein Wunder, dass ich mir nicht erklären konnte, wer der geheimnisvolle Gärtner ist. Ich weiß zwar, dass er sein eigenes Gewächshaus hat, aber ich dachte, er wäre gar nicht auf der Insel. Eigentlich ist er nur selten hier und hat eine Wohnung irgendwo auf dem Festland.«

»In Verona«, ergänzte Mira und zuckte mit den Schultern. »Er hat dort mit einem Freund ein Architekturbüro.«

Dass ihr Retter der Sohn ihrer Chefin war, änderte für sie wenig. Er war auch vorher schon tabu für sie. *Wie alle Männer*, ermahnte sie sich selbst und ignorierte das Kribbeln, das sich bei der Erinnerung an Leo sofort wieder in ihrem Bauch ausbreitete. Herauszufinden, dass er unerwartet nett war, hatte den bloßen Gedanken an ihn auf das Level einer ernsthaften Schwärmerei katapultiert.

Stella wackelte mit den Augenbrauen. »Oho, du bist über ihn ja schon bestens informiert.«

»Ach was, wir haben uns nur kurz unterhalten.«

»Und du bist sicher, dass da nicht mehr ist?«

»Was soll da schon sein, Stella? Ich bin zum Arbeiten hier. Diese Stelle ist eine große Sache für mich. Das mache ich mir bestimmt nicht kaputt, indem ich etwas mit dem Sohn meiner Arbeitgeberin anfangen. Und wer sagt überhaupt, dass ich Interesse an ihm habe?«

»Deine Augen, Spatz. Und deine roten Wangen. Und mein treffsicheres Bauchgefühl. Mehr Beweise brauche ich nicht. Mal abgesehen davon, dass er aussieht wie ein junger Gott.«

»Oder wie der Teufel in dieser Serie …«, sprang Mira mit auf.

»Jaaa, du hast recht! Lucifer! Nur ein wenig jünger.«

»Und mit etwas längeren Haaren.«

»Und sein Gesicht ist auch irgendwie … freundlicher?«

Mira nickte. »Weniger kantig«, bestätigte sie.

»Außer die Wangenknochen, daran kannst du dich schneiden, wette ich!«

»Und hast du mal seine Augen gesehen? Die haben die Farbe von Espresso oder geschmolzener Schokolade!«

Stella grinste inzwischen breit. »Erwischt!«

Mira stöhnte. »O nein. Ich glaube, du hast recht.«

»Das ist doch nichts Schlimmes, Mira!«

Mira war sich da nicht so sicher. Stella wusste eben nicht, was Mira im letzten halben Jahr durchgemacht hatte. Oder eigentlich schon in den letzten drei Jahren, auch wenn es ihr da noch nicht bewusst gewesen war.

Wie konnte ihr verräterisches Herz sich so bereitwillig auf jemand Neues einlassen? Gab es dafür nicht so eine Art Schmerzgedächtnis?

»Dann ist er eben der Erbe dieser Insel«, deutete Stella ihr Schweigen falsch. »Na und? Ihr müsst ja nicht gleich heiraten. Und auch deine Chefin muss davon doch nichts erfahren. Aber es ist Sommer und wir sind an diesem wunderschönen Ort. Warum solltet ihr nicht ein bisschen Spaß haben dürfen?«

Weil aus Spaß ganz schnell ernst werden kann, dachte Mira bitter. Sie schenkte Stella ein Lächeln und lenkte das Thema auf etwas Unverfänglicheres.

In der Nacht lag Mira lange Zeit wach und dachte über Stellas Worte nach. Darüber, wie einfach es sein könnte. Zwei Menschen trafen sich, entwickelten eine bestimmte Chemie und ließen sich aufeinander ein. Mira wusste nicht, ob sie je wieder dazu in der Lage sein würde, sich einfach so auf jemanden einzulassen. Sich fallen zu lassen, ohne die Angst, auf dem Boden aufzuschlagen und dort in den Splittern ihres Herzen liegengelassen zu werden. Oder, schlimmer noch, wieder aufgesammelt, mit immer gleichen Entschuldigungen und Versprechen abgespeist und notdürftig zusammengeflickt zu werden, nur um am nächsten Tag oder beim nächsten Streit wieder zurückgestoßen zu werden und erneut zu zerbrechen.

Eigentlich ist es lächerlich, sich so weit in das Thema hineinzusteigern, dachte sie, während das Mondlicht über die Wände ihres Zimmers wanderte. Leise stand sie auf und zog den Vorhang zu. Sie wollte nicht beobachten, wie die Zeit verstrich, in der sie schlaflos im Bett lag und sich den Kopf zerbrach. Sie wusste nicht einmal, ob Leo auch nur das geringste Interesse an ihr hatte. Sie hatten sich nur ein einziges Mal länger unterhalten und waren auch da kaum über Small Talk hinausgekommen. Leo hatte ihr bei ihrem letzten Treffen von seiner Arbeit in Verona berichtet und sie hatte von ihrer Stelle, der Statue und ihren möglichen Plänen erzählt, im Anschluss an ihren Aufenthalt wieder in ihrem gewohnten Schwerpunkt, der Restauration von Skulpturen der italienischen Renaissance zu arbeiten. Er hatte ihr interessiert zugehört und Fragen zu ihrer Arbeit gestellt. Und ob es ihr auf der Insel auch gefiele. Aber mehr auch nicht. Mira versuchte, jeden weiteren Gedanken an Leo in eine Schublade zu sperren und nicht in ihr Bewusstsein aufsteigen zu lassen. Trotzdem folgten ihr seine Augen und der Klang seiner Stimme bis in ihre Träume.

Kapitel 12

Als Miras Wecker am nächsten Morgen klingelte, kniff sie die Augen zu und fühlte sich nicht bereit für den Tag. Zu lange hatte sie gegrübelt und sich selbst von einem erholsamen Schlaf abgehalten.

»Guten Morgen, Schlafmütze!«, ertönte Stellas Stimme in einem fröhlichen Singsang.

Mira hörte, wie Stella den Vorhang aufzog. Durch ihre geschlossenen Lider sah sie, dass es merklich heller im Zimmer wurde, grunzte unzufrieden und verkroch sich wieder unter der Decke.

»Ich habe dir einen Cappuccino mitgebracht.«

Mira zog sich die Decke vom Kopf und Stella wedelte ihr mit der Hand die Luft über der Kaffeetasse zu. Der himmlische Duft von frischem Kaffee breitete sich im Zimmer aus.

»Du kennst mich einfach«, brummelte Mira schon wacher und stellte fest, dass es tatsächlich stimmte. In der kurzen Zeit, die Mira auf der Insel verbracht hatte, waren die beiden bereits eng zusammengewachsen.

Nachdem sie Stella versichert hatte, dass sie sich nicht wieder im Bett verkriechen würde, machte diese sich zufrieden auf den Weg zur Arbeit. Mira schälte sich aus der Bettdecke, die sich aufgrund der unruhigen Nacht um ihren Körper gewickelt hatte, und zog sich an. Da sie tagsüber grundsätzlich den weißen Kittel trug, zerbrach sie sich nicht mehr jeden Tag den Kopf über die Wahl ihres Outfits. Außerdem hatte sie sich die Zeit genommen, ihren Kleiderschrank einzuräumen, und musste nun nicht mehr aus dem Koffer leben. Heute entschied sie sich für eine weite weinrote High-Waist-Hose aus einem fließenden, weichen Stoff und ein weißes Top. Ihr Haar, das ihr in haselnussbraunen Wellen bis zum Schlüsselbein fiel, band sie zu einem lockeren Zopf und zog los in Richtung Werkstatt.

»Es wird Zeit für den nächsten Arbeitsschritt«, trällerte Miguel ihr feierlich entgegen. Er und Mira hatten die letzten gräulichen und brauen Verfärbungen des Marmors neutralisiert und der Stein schimmerte nun, als käme er frisch vom Bildhauer. Allerdings konnte man das nur über die Farbe des Steins sagen, denn das Motiv sah immer noch bedauerlich verfallen aus. Am schlimmsten hatte es den Sockel mit den Tierfiguren und Blumenornamenten erwischt, von dem nur Bruchstücke übrig waren. Aber auch an der dargestellten Frau mussten viele Teile ergänzt werden.

»Zunächst könnten wir das fehlende Material am Bein und an der Hüfte ergänzen«, schlug Mira vor. »Dort gibt uns das Gewand bereits vor, wie der Stein auszusehen hat. Bei dem fehlenden Arm wird es schon schwieriger. Schließlich haben wir immer noch keine Ahnung, in welcher Position er gehalten wurde und ob die Figur ein Objekt in der Hand hielt.«

Miguel nickte. »Dasselbe gilt für die Tiere des Sockels. Wir benötigen unbedingt weitere Details zum historischen Kontext, sonst können wir sie nicht ergänzen.«

Mit einem Knoten im Magen stimmte Mira ihm zu. Die Recherche war immer noch die wichtigste Aufgabe, in der sie bisher jedoch kein Stück vorangekommen waren. Und wenn sie nicht bald einen Plan machten, würde der Konflikt zwischen der Signora und Dr. Glenn erst richtig entflammen.

Miguel lächelte aufmunternd. »Kopf hoch. Erst mal können wir die fehlenden Teile vermessen, den Stein vorbereiten und die einfachen Ergänzungen durchführen. Und wenn wir in ein paar Tagen immer noch nicht wissen, wer diese Lady hier ist«, er klopfte der Skulptur behutsam auf die Schulter, »dann gibt es ein weiteres Brainstorming mit dem ganzen Team. Wir finden schon eine Lösung, mit der alle zufrieden sind.«

Binnen kurzer Zeit arbeite Miguel aus einem Marmorquader eine Form heraus, die sich wie ein Puzzlestück in die Hüfte der Figur einfügte. Mira nickte anerkennend. Die Oberfläche musste natürlich entsprechend dem Vorbild bearbeitet werden, damit man den Unterschied nicht erkennt, aber das Grundgerüst für ihre Arbeit stand.

»Die Falten des Stoffs werden eine Herausforderung sein«, überlegte sie laut.

»Auch das Verdecken der Übergänge«, stimmte Miguel zu. »Aber ich bin zuversichtlich, dass die Ergänzung gelingen wird. Immerhin liegen wir gut in der Zeit und haben noch fast zweieinhalb Monate bis zur Ausstellung.«

Mira fiel auf, dass Miguel und auch die anderen Restauratoren lieber von einer Ausstellung als von einer Gala oder Modenschau sprachen, wenn es um das

Event ging. Und einmal mehr verstärkte sich ihr Eindruck, dass sie die Veranstaltung nicht guthießen. Nachdem sie Miguel das Einpassen des ersten Bruchstücks überlassen hatte, übernahm sie das Ausmessen des nächsten Fragments, einer kleinen fehlenden Stelle an der Schulter des intakten rechten Arms der Skulptur. Sie notierte gewissenhaft die Maße und überprüfte alle Werte doppelt. Als sie sich versichert hatte, dass alle stimmten, räumte sie ihre Werkzeuge ein. Dabei bemerkte sie aus dem Augenwinkel, dass ihr jemand zusah.

Leonardo di Varrone lehnte lässig an der Wand neben der Werkbank und hatte seine Hände in den Taschen seiner Chinohose vergraben. Sein weißes Shirt stand im Kontrast zu seiner gebräunten Haut und betonte die Muskeln seiner definierten Arme. Mira schluckte und hoffte, dass er noch nicht mitbekommen hatte, dass sie ihn bemerkt hatte. Sollte sie irgendetwas Cooles sagen? Vielleicht eine Anspielung darauf, dass er diesmal sie stalkte?

»Da scheint ein ganzes Stück Arbeit vor dir zu liegen«, kam er ihr zuvor und kommentierte den Zustand der Skulptur. Er hatte sich von der Wand gelöst und schlenderte nun zu Mira hinüber.

»Hast du sie vorher gesehen?«, fragte Mira heiser. Seit Miguel sie zum Messen allein gelassen und sich auf den Heimweg gemacht hatte, hatte sie mit niemandem mehr gesprochen und ihre Stimme schien ihr dabei verloren gegangen zu sein. Oder zumindest redete sie sich das ein, wenn die Alternative war, dass die Heiserkeit an Leos Anwesenheit lag. »Aber du hast Recht, da kommt noch einiges auf uns zu.«

»Dann verstehe ich, warum du Überstunden machst. Ich kenne meine Mutter und weiß, wie ... fordernd sie sein kann.«

»Überstunden?«, fragte Mira verdutzt. Erst jetzt fiel ihr auf, dass die Nachmittagssonne schon tief am Himmel stand. Die meisten ihrer Kollegen hatten bereits Feierabend gemacht, um die frühere der beiden Fähren am Nachmittag zu nehmen. »Oh. Ich war ganz schön vertieft in meine Arbeit, glaube ich.«

Leo grinste. »Das habe ich gesehen. Du hattest diesen losgelösten und gleichzeitig fokussierten Blick. Als müsstest du dich sehr konzentrieren und würdest es trotzdem genießen.«

»Ich sehe gern den Fortschritt«, erwiderte Mira schulterzuckend. »Du hast mich also beobachtet?«, fragte sie und legte den Kopf schief.

»Nachdem du mir gestern von der Skulptur erzählt hast, war ich neugierig«, erklärte er unschuldig.

Ein Teil von Mira war erleichtert, dass er nicht ihretwegen gekommen war. Es war verständlich, dass er die Statue, der seine Mutter so viel Bedeutung zumaß, mit eigenen Augen sehen wollte.

Ein anderer Teil war enttäuscht. Sie zog die Augenbrauen zusammen und nickte ihm knapp zu, während sie damit fortfuhr, ihren Arbeitsplatz aufzuräumen.

Leo fuhr sich mit der Hand durchs Haar und sah zu Boden. »Ich habe dir etwas mitgebracht«, setzte er an und zog etwas aus seiner Hosentasche, das Mira nicht erkennen konnte.

»Mir?«, fragte sie überrascht und fühlte, wie die Röte ihr in die Wangen stieg. Also war er doch nicht nur wegen der Statue gekommen?

»Als kleine Wiedergutmachung für mein Macho-Gehabe. Es tut mir leid, dass ich im Garten nicht freundlicher zu dir war. Nach dem Schreck mit dem Pfau hätte ich dich nicht so anfahren dürfen.«

Mira schluckte. Ein Mann, der sich ohne mit der Wimper zu zucken entschuldigte und falsches Verhalten eingestand. Das war neu. »Danke. Das ist nett von dir.«

Leo öffnete die Hand und eine große rosafarbene Blüte kam darin zum Vorschein.

»Die ist wirklich hübsch«, rief Mira erstaunt und nahm die Blüte entgegen.

»Ich dachte, sie passt zu dir«, raunte Leo.

Er war ihr so nah, dass sie seinen Duft einatmen konnte, der ein Prickeln auf ihrer Haut und ein Flattern in ihrem Bauch verursachte.

»Darf ich?« Er nahm die Blume und steckte sie hinter Miras Ohr. Seine Finger streiften dabei ihre Wange und verweilten dort länger, als dass Mira es für einen Zufall halten konnte. Mira spürte die Gänsehaut auf den Unterarmen, die diese leichte Berührung hervorrief.

»Sie steht dir«, befand Leo in lockerem Ton. »Begleitest du mich ein Stück durch den Garten oder willst du weiterhin die Statue ausmessen?«

»Ich denke, für heute habe ich genug gemessen«, entschied Mira und zog den Kittel von ihren Schultern. Sie hängte ihn in den Schrank und verabschiedete sich von Dr. Glenn, die stets die Letzte in der Werkstatt zu sein schien und ihnen überrascht nachsah, als sie Mira und Leo zusammen erblickte.

»Also, was macht man so in seiner Freizeit, wenn man auf einer einsamen Insel aufwächst?«, fragte Mira, während die beiden sich auf dem Weg nach draußen durch die Farne und Blätter des Gewächshauses bahnten.

»So einsam ist es hier gar nicht«, erwiderte Leo und lachte. »Klar, als Kind konnte ich nicht einfach bei meinen Freunden anrufen und sie spontan besuchen. Zumindest nicht, ohne mit der Fähre ans Festland überzusetzen oder in einen Helikopter zu steigen. Aber trotzdem haben meine Schwester und ich ganz normale Hobbys.«

»Ihr sammelt also keine Fabergé-Eier und Rennboote, fechtet oder reitet Dressur auf preisgekrönten Pferden?«, neckte Mira ihn.

»Na ja, Illaria hatte mal eine Pferdephase. Aber das haben doch fast alle Mädchen, oder?«

Leo hielt Mira die Tür auf und sie traten gemeinsam auf die Freifläche vor dem Herrenhaus, dessen Fenster das Sonnenlicht golden reflektierten.

»Ich wusste gar nicht, dass du eine Schwester hast«, fuhr Mira nach einer Weile fort. »Es muss schön sein, jemanden zu haben, der mit einem die ganze Kindheit verbringt. Alles mit einem zusammen durchsteht.«

»Du bist Einzelkind?«, fragte er interessiert.

»Ja«, bestätigte sie knapp und lächelte ihn dann an. »Und welche normalen Hobbys hast du jetzt? Dass du Pflanzen magst, habe ich ja schon mitbekommen.«

Er nickte. »Ich habe schon immer gern meine Mutter mit Blumen überrascht. Es war für mich eine einfache Möglichkeit, ihr meine Liebe zu zeigen. Oder mich zu entschuldigen, wenn ich Mist gebaut habe.«

»Kam das denn häufig vor?«, brachte Mira schmunzelnd hervor.

»Ständig.« Leo verwegen. »Die Insel bietet einem Kind viele Gelegenheiten, sich auszutoben. Das Gewächshaus war für mich ein Ort wie die Werkstatt für Michel aus Lönneberga. Kennst du die Geschichten?«

»Von Astrid Lindgren?«, fragte Mira und nickte.

»Genau! Immer wenn Michel etwas angestellt hat, ist er vor seinem Vater in die Werkstatt geflüchtet und hat Figuren geschnitzt, bis sich die Wut seines Vaters gelegt hatte. Und so habe ich Blumengestecke gebunden und Zimmerpflanzen kultiviert, die ich meiner Mutter im richtigen Moment schenken konnte, damit ihr Zorn verpufft.«

Bei der Vorstellung einer zornigen Signora di Varrone, die man mit einem Blumenstrauß besänftigen kann, prustete Mira los. Erschrocken presste sie sich die Hand auf den Mund und wurde rot. Es war lange her, dass sie jemand derartig zum Lachen gebracht hatte, dass sie die Kontrolle über sich verlor. Dass sie überhaupt laut gelacht hatte.

Leo lächelte sie fragend an und setzte den Weg über die Rasenfläche in Richtung Bauerngarten fort. »Wenn ich nicht im Gewächshaus bin, gehe ich häufig schwimmen oder fahre mit dem Boot raus. Mein Vater wollte, dass Illaria und ich früh schwimmen lernen. Wenn man von Wasser umgeben ist, ist es anscheinend ein Grundbedürfnis junger Eltern, den Nachwuchs schnellstmöglich vor dem Ertrinken zu sichern. Wir haben Gefallen daran gefunden. Besonders Illaria ist eine gute Schwimmerin. Sie könnte ein Profi sein, wenn sie nicht noch so viele andere Interessen hätte.«

»Ich bin auch gern im und auf dem Wasser«, erzählte Mira. »Auch wenn ich dabei bestimmt nicht schnell bin oder sonst irgendwie ambitioniert«, schob sie hinterher.

»Dann sollte ich dich mal mitnehmen, wenn ich wieder rausfahre«, schlug Leo vor und seine Augen blitzten freudig auf.

Miras Magen machten einen Hüpfer bei der Vorstellung, mit ihm allein auf einem Boot zu sein. Sie stellte sich vor, wie er wohl mit nassen Haaren aussähe, wenn er von Schwimmen zurück auf das Deck kletterte.

Stopp, befahl sie ihren Gedanken.

Wieso verlor sie in Leos Nähe so schnell die Kontrolle über sich selbst? Eigentlich müsste ihr zersplittertes und gebrochenes Herz doch eine ausreichende Warnung für den Rest ihres Lebens sein. Aber ihr Bauch, in dem eine Horde Schmetterlinge losgelassen worden war, hatte die Notiz scheinbar nicht erhalten. Oder der Bauch vergaß Unrecht einfach schneller als der Kopf?

Leo mag dich, schien ihr Bauch zu schreien, während ihr Kopf vehement *Nein!* rief. *Und selbst wenn, ist das noch kein Grund, alle Vorsicht zu vergessen und sich in ihn zu vergucken.*

»Du wohnst hier, oder?«, unterbrach Leo Miras inneren Konflikt und sie bemerkte, dass sie inzwischen vor dem Landhaus angekommen waren.

»Oh, ja, richtig«, stammelte Mira.

»Dann sehen wir uns demnächst?«, fragte er mit hoffnungsvollem Blick.

»Klar«, brachte Mira tonlos hervor, lächelte ihm dabei jedoch zu. Hatte sie überhaupt eine Chance, ihm nicht zu erliegen, wenn er sie so ansah?

»Super. Ciao, Mira!«

»Ciao«, rief sie ihm nach und wusste nicht, ob sie lachen oder weinen sollte.

Kapitel 13

Der Zwiespalt zwischen Miras Vorsicht und ihren Gefühlen machte ihr deutlich zu schaffen. Obwohl Nonna sich beim Abendessen mal wieder selbst übertroffen hatte, bekam Mira von ihrem Gemüseauflauf kaum einen Bissen hinunter. Zu wissen, dass Leo sich anscheinend tatsächlich für sie interessierte, machte es ihr nicht leichter, sich an ihre Vorsätze zu halten. Die Erinnerung an Elias und ihre verkorkste, toxische Beziehung war noch präsent und überschattete ihre Gedanken und Gefühle, besonders nachts. Aber Leo wirkte so anders, dass Miras Alarmglocken einfach nicht anspringen wollten. Sie schienen auf einer Wellenlänge zu sein und er brachte Mira zum Lachen. Aber es blieb die Unsicherheit, dass er ihrem Ex-Freund doch ähnlicher sein konnte, als es jetzt den Anschein hatte. Vielleicht nahm Leo jede junge Frau mit auf sein Boot? Die Vorstellung, nicht mehr als eine von vielen zu sein, mit denen Leo einen Tag auf dem See verbringen wollte, schreckte sie ab.

»Kommst du noch mit uns runter zum Ufer?«, fragte Stella neben ihr und deutete auf die Gruppe von Leuten, die sich bereits vom Tisch erhoben hatte und sie erwartungsvoll ansah.

»Geht ruhig schon vor«, antwortete Mira. »Ich komme dann gleich nach.«

Stella nickte und zwinkerte ihr zu. Sie war eine aufmerksame Freundin und hatte beim Essen gleich gemerkt, dass Mira in Gedanken weit entfernt war und das erst einmal mit sich selbst ausmachen musste. Vermutlich hatte Stella bereits eine sichere Ahnung davon, um wen Miras Gedanken kreisten. Zumal ihr Blick mehrfach wissend an der großen rosafarbenen Blüte hängen blieb, die Mira immer noch hinter dem Ohr trug und von der Stella zur Begrüßung erwähnt hatte, dass es sich um Hibiskus handelte.

Mira half trotz Nonnas Protest dabei, den Tisch abzuräumen, und ging danach wieder hinaus in den Garten. Die milde Abendluft und der sternenklare Himmel halfen ihr beim Nachdenken. Der Duft von Blüten war allgegenwärtig. Oleander, Orange, Rose und Lavendel. Mira trat an die Mauer des Bauerngartens heran, von der aus sie über den See blicken konnte. Die Oberfläche reflektierte das funkelnde Licht der Sterne und vorbeifahrender Boote. Die Anwohner lebten mit dem See und auch die Touristen schienen jede Minute ihres Aufenthalts in seiner Nähe verbringen zu wollen. Was sprach dagegen, dass auch sie sich auf einen harmlosen Spaß einließ und Leo auf sein Boot begleitete? Ihr Herz war nur dann in Gefahr, wenn sie es verschenkte. Oder nicht?

Mira löste sich vom Anblick des glitzernden Sees und schlenderte den Hang hinab zum Ufer. Sie konnte nicht wissen, ob sie bereit für ein Abenteuer war, wenn sie es nicht versuchte. Gleichzeitig schnürte die Angst, verletzt zu werden, ihr die Luft ab. Nie wieder wollte sie so abhängig und schutzlos sein. Denn was blieb schon übrig, wenn man sich selbst aufgab? Wenn man sich über eine Beziehung definierte, anstatt über die eigene Persönlichkeit? Wenn die Beziehung dann zerbrach, war man selbst nicht mehr als ein Scherbenhaufen. Mira hatte sich geschworen, es nie wieder so weit kommen zu lassen. Das war sie sich schuldig.

Gelächter und das Geräusch von Wasserspritzen wiesen Mira den Weg zu den anderen. Anstatt einer Gruppe am Ufer fand sie jedoch nur einen Kleiderhaufen im Gras vor.

Mira schmunzelte. »Na toll, Nacktbaden«, murmelte sie zu sich selbst und versuchte, sich unbemerkt wieder davonzustehlen.

»Hey Mira, komm rein«, ertönte hinter ihr die Stimme von Ernesto, einem der Köche.

»Ertappt.« Mira und trat näher ans Ufer.

Im flachen Wasser konnte sie schemenhaft einige Gesichter erkennen.

»Das Wasser ist herrlich«, beschwor Stella sie und versuchte, sie nass zu spritzen, kam mit den Spritzern jedoch nicht mal halb bis zu ihr.

Mira lachte. »Ist ja gut, ich komme schon.« Sie war schließlich hier, um frei zu sein und herauszufinden, wer sie sein wollte. Dazu gehörte dann wahrscheinlich auch, einfach mal etwas Verrücktes auszuprobieren. Sie schlüpfte aus ihren Shorts und ihrem T-Shirt, ließ ihre Unterwäsche jedoch an, als sie vorsichtig in das Wasser watete. Stella hatte nicht gelogen, das Wasser war wirklich angenehm warm. Als sie bis zur Hüfte hineingetreten war, stieß sie sich ab und glitt hinüber zu der Gruppe, die schwimmend einen Kreis gebildet hatte und sich unterhielt.

»Was war das heute eigentlich für ein Geschrei im Teezimmer?«, fragte ein junger Mann in die Runde, den Mira als Küchenhilfe im Herrenhaus erkannte.

»Das war meinetwegen«, antwortete Olivia, eines der Zimmermädchen. »Ich habe himmelblaue Tischtücher statt der gewünschten taubenblauen eingedeckt und die Signora ... Na ja, sagen wir, sie war nicht begeistert.«

Dafür erntete sie gleichermaßen mitfühlende Blicke und Gelächter.

Matteo, ein Dienstbote, den Mira bereits aus dem Haus kannte, wandte sich ihr zu. »Wie waren deine ersten Wochen hier, Mira? Hat die Signora dich auch ordentlich geknechtet?«

Mira lachte und wusste nicht, was sie darauf sagen sollte. »Es war auszuhalten«, erwiderte sie deshalb vage und war froh, dass er nicht weiter nachhakte.

»Dir geht ein anderer di Varrone durch den Kopf, habe ich recht?«, flüsterte Stella neben ihr.

»Ich habe ihn heute wiedergesehen«, gestand Mira leise. »Er hat mich auf sein Boot eingeladen.«

Mira rechnete es Stella hoch an, dass sie in diesem Moment nicht laut losquietschte und damit die Aufmerksamkeit aller auf sich zog. Stattdessen formte sie die Lippen zu einem stummen Schrei und blinzelte Mira ungläubig an. Dann zog Stella sie an der Hand aus dem Kreis und schwamm mit ihr ein Stück weiter am Ufer entlang.

»O! Mein! Gott!«, rief Stella mit unterdrückter Stimme, als sie außer Hörweite waren. »Er steht auf dich!«

»Meinst du?«, zweifelte Mira. »Er nimmt doch bestimmt jedes Mädchen mit raus. Wir sind auf einer kleinen Insel, da bin ich wahrscheinlich einfach Frischfleisch. Und leichte Beute noch dazu, weil ich nicht weglaufen kann.«

»Das glaube ich nicht.« Stella schüttelte unterstreichend den Kopf.

»Weil du ein guter Mensch bist und überall das Positive siehst. Aber wer weiß, wie diese Leute ticken.«

»Von einer verlässlichen Quelle weiß ich, dass Leo in den letzten Jahren nur wenige, feste Beziehungen hatte. Und zwar jeweils ziemlich langfristig.«

»Ist diese ‚verlässliche Quelle' ein Boulevardmagazin?«, fragte Mira skeptisch. »Und selbst wenn das wahr ist, könnte er zwischen den Beziehungen doch zahllose Affären und One-Night-Stands gehabt haben, von denen niemand weiß. Oder sogar während der Beziehungen.«

»Ich habe das Gefühl, du willst gerade etwas Schlechtes in ihm sehen. Weil du Angst hast, dich auf ihn einzulassen. Und das verstehe ich gut. Er ist nun mal nicht einfach nur der Junge von nebenan, sondern superreich. Wen würde das nicht einschüchtern? Klar, er ist auch noch der Sohn deiner Chefin. Ich finde trotzdem, du solltest ihm eine Chance geben.«

Mira brummte unentschlossen.

»Außerdem ist meine Quelle wesentlich näher am Geschehen als ein Boulevardmagazin«, fügte Stella geheimnisvoll hinzu.

»Ach Stella.« Mira seufzte. »Selbst wenn er ernsthaftes Interesse an mir hat, weiß ich nicht, ob ich mich mit ihm treffen möchte.«

»Das ist natürlich etwas anderes«, antwortete Stella in verständnisvollem Ton. Völlig überraschend spritzte sie Mira mit einem Schwall Wasser nass. »Dann schalte doch mal deinen Kopf aus und grüble nicht so viel darüber nach, sondern lass einfach mal deinen Bauch für dich entscheiden. Der weiß bestimmt, was du willst!«

Weitere Wassersalven folgten und durchtränkten Miras Haare.

»He!«, lachte sie und versuchte, sich zu schützen. Dann ging sie zum Gegenangriff über und spritzte Stella nass. Beide Frauen lachten und kreischten.

»Wasserschlacht!«, ertönte ein Ruf aus der entfernten Gruppe, die nun in ihre Richtung schwamm und bald mitmachte.

Klitschnass, erschöpft und trotzdem hellwach liefen Stella und Mira eine halbe Stunde später den Hang hinauf in Richtung Landhaus.

»Danke, Stella«, sagte Mira in die Dunkelheit hinein.

»Kein Problem, Spatz. Manchmal braucht man einen Rat und manchmal braucht man einfach jemanden, der einem rät, auf sich selbst zu hören. Und damit du dir nicht selbst im Weg stehst und deine Gefühle überhaupt hören konntest, brauchtest du wohl eine Abreibung.«

»Es hatte etwas Kathartisches«, gab Mira glucksend zu. »So, wie du es sagst, klingt das wie eine Erfolgsgarantie. Sollte ich mir für künftige Konflikte merken.«

»Das solltest du«, bestätigte Stella mit vehementem Kopfnicken, während sie die Treppe zu ihrem Zimmer hinaufstiegen. »Das mit der Abreibung könnte bei manchen Personen jedoch problematisch sein. Wenn zum

Beispiel Signora Varrone dich um einen Rat bitten sollte, halt dich besser zurück.«

Mira verdrehte die Augen. »O je, das möchte ich mir lieber nicht vorstellen. Ich werde jedenfalls auf deinen Nicht-Ratschlag hören und meinen Bauch entscheiden lassen. Aber nicht jetzt, denn aktuell bin ich einfach zu verwirrt. Aber ich werde Leo jedenfalls eine Chance geben.«

»Das klingt wunderbar«, flötete Stella. »Und weil ich so eine tolle Freundin bin, erhebe ich Anspruch darauf, als Erste ins Bad zu gehen.«

In einem Wirbel roter Haare verschwand Stella hinter der Tür des Badezimmers und Mira ließ sich erschöpft aufs Bett sinken. Wie konnte man vor lauter emotionaler Verwirrung nur so müde sein? Sie fühlte sich ausgelaugt und war eingeschlafen, bevor Stella nach ihrer Dusche zurück ins Zimmer kam.

Kapitel 14

Miras Vorsatz, auf ihren Bauch zu hören, führte dazu, dass sie den nächsten Tag gelassener anging. Wenn ihre Gedanken zu Leo abdrifteten, ließ sie es zu, ohne sich selbst zu stressen oder sich deswegen einen Vorwurf zu machen.

Die Arbeit an der Statue war inzwischen deutlich vorangeschritten. Mit Miguel hatte sie weitere Ergänzungen der fehlenden Bruchstücke durchgeführt und er zeigte ihr eine neue Technik der Oberflächenaufbereitung, mit denen er den verschiedenen Texturen, die der Marmor darstellte, seine glänzende Fassung zurückgab. Haare, Haut und Gewänder der Skulptur erstrahlten bald in neuem Glanz. Es fehlten jedoch nach wie vor die Ergänzungen der großen, fehlenden Teile und der Tiere des Sockels. Dr. Glenn hatte durchblicken lassen, dass sie um der historischen Korrektheit willen die Skulptur lieber unvollendet lassen würde, als aus ästhetischen Gründen Ergänzungen vorzunehmen, die vielleicht von der ursprünglichen Figur abwichen. Mira fragte sich, wie lange sie der Konfrontation noch aus dem Weg gehen konnte, bevor sie Dr. Glenn die Stirn bieten und den Willen von Signora di Varrone durchsetzen musste. Sie hoffte auf ein Wunder, dass die Situation entschärfen würde. Vielleicht fand sie ja noch heraus, in welcher Pose und mit welchen Tieren die Statue ursprünglich dargestellt gewesen war.

Mira saß gerade an der Werkbank des Wintergartens und arbeitete konzentriert an ihrem Laptop bei dem Versuch, doch noch etwas über die Skulptur oder ihren Künstler herauszufinden. Das Klacken hoher Absätze brachte Mira dazu, den Kopf zu heben und sich nach dem Ursprung umzusehen. Chloe di Varrone stolzierte durch den Wintergarten und besah die Fortschritte der Restauratoren. Zielstrebig näherte sie sich dabei Miras Skulptur, die ganz hinten im Raum nahe der Werkbank stand. Erst vor der Skulptur hielt Signora di Varrone inne. Das Lächeln auf ihrem Gesicht schien ebenso in Stein gemeißelt zu sein wie das der unbekannten Figur.

»Fabelhaft!«, lobte Signora di Varrone, als sie die Statue von allen Seiten begutachtete. »Sie erstrahlt in neuem Glanz. Wenn ich es nicht wüsste, könnte ich nicht erkennen, wo Teile ergänzt werden mussten.« Ihr Blick glitt über den Ansatz des fehlenden Arms und über den unvollständigen Sockel. »Hier gilt es, bald zu handeln! Es mögen zwar noch über zwei Monate bis zur Gala sein, aber ich will, dass die Skulptur und der Sockel makellos sind. Und dazu gehört, dass die Tiere nicht nur erkennbar sind, sondern im Idealfall lebensecht.«

Mira zögerte. »Wir wissen bei einigen Tieren nicht genau, um welche Arten es sich handelt. Auch der Arm stellt uns vor Probleme, weil wir die ursprüngliche Haltung nicht kennen. Sie hätte etwas in der Hand halten oder eine bestimmte Geste ausführen können -«

»Dann legen wir es einfach fest«, unterbrach Signora di Varrone sie in barschem Ton. »Dieses liegende Tier hier vorne? Es könnte ein Hund sein oder ein ähnlich gebautes Säugetier. Macht eine junge Hirschkuh daraus, oder ein Reh. Diese zierlichen Wesen passen gut zur Ausstrahlung der Skulptur. Und dieser Vogel hier? Ihn könnt ihr zu einem Pfau formen. Diese Tiere gefallen mir besonders und ich weiß, dass ihre Farben in der neuen Kollektion aufgegriffen wurden. Bei den kleineren Tieren lassen Sie ihrer Kreativität freien Lauf und auch die dargestellten Pflanzen dürfen gerne etwas wilder ausfallen. Den Arm könnten Sie so formen, dass die Figur ihn nach dem Reh ausstreckt, um es zu streicheln. Achten Sie dabei auf eine elegante Handhaltung.«

Innerlich stöhnte Mira auf. Sie wusste, was Dr. Glenn von dieser Herangehensweise halten würde. »Wir haben die Skulptur noch nicht identifiziert«, setzte sie vorsichtig an. »Wir können also nicht wissen, wie sie ursprünglich aussah. Es wird Kritik daran geben, dass wir sie nun nach unseren Vorstellungen formen. Dr. Glenn würde bevorzugen –«

»Was Dr. Glenn bevorzugen würde, kann sie in ihrem eigenen Museum umsetzen. Dies hier ist meine private Sammlung. Ich schätze Kunst zwar sehr, doch der ästhetische Wert dieser Skulpturen übertrifft in meinen Augen den historischen. Zumal wir - wie Sie schon gesagt haben - nicht wissen, um welche Art von Kunstwerk es sich tatsächlich handelt.«

Mira nickte und sah auf ihre Füße.

»Begleiten Sie mich ein Stück durch den Garten«, sagte die Signora in freundlicherem Ton, der die Verbindlichkeit ihres Wunsches jedoch nicht milderte.

Wie schon bei ihrem ersten Kennenlernen traten sie gemeinsam durch eine Seitentür des Wintergartens hinaus in den östlichen Garten, der hinter dem Herrenhaus auf der Klippe lag. Dieses Mal spazierten sie jedoch entlang der Mauer, hinter der der Fels zum See hin steil abfiel, nach rechts über die gepflegte Rasenfläche. Vor ihnen lag ein Pool mit den Ausmaßen eines Sportbeckens, in dem eine einzelne Schwimmerin schnelle Bahnen zog. Zwischen Pool und Haus bot eine breite Pflasterfläche mehr Platz als der Außenbereich vieler Restaurants. Neben Olivenbüschen in großen Terrakottatöpfen befand sich darauf jedoch nur eine luxuriöse Loungeecke.

Signora di Varrone lief über die Rasenfläche bis zur niedrigen Mauer und sah auf den See hinunter. »Sie machen an der Statue gute Fortschritte, Miss Winter«, begann die Signora und blickte sie von der Seite an. »Allerdings sind Sie nicht primär deshalb hier, um eine Skulptur zu restaurieren. Vielleicht habe ich mich beim letzten Mal nicht präzise genug ausgedrückt. Ich biete Ihnen hier eine einmalige Chance. Dafür erwarte ich von Ihnen, dass sie meine Wünsche nicht nur respektieren, sondern gegenüber allen Widerständen durchsetzen. Dr. Glenn muss akzeptieren, dass ich nicht jede Frage persönlich mit ihr diskutieren kann, ich habe schließlich eine Großveranstaltung zu organisieren.«

Mira umklammerte die Kante der Mauer, um ein Zittern zu unterdrücken. Wut und Frustration drohten in ihr hochzukochen. Es war nicht fair, dass sie in diese Position gebracht wurde. Wie sollte sie sich gegen eine

Expertin wie Dr. Glenn durchsetzen? Zumal Mira insgeheim deren Meinung teilte. »Ich verstehe, Signora«, brachte sie hervor.

Signora di Varrone lächelte. »Ich habe etwas für Sie.« Entweder sie nahm Miras Anspannung nicht wahr oder sie überging diese bewusst. Sie reichte Mira die schlichte schwarze Papiertasche, die sie in der Hand gehalten hatte. »Es ist eine kleine Inspiration für die kommende Veranstaltung.«

Wohl eher eine Bestechung, dachte Mira bitter. »Danke, Signora«, erwiderte sie knapp.

Das Lächeln Chloe di Varrones wurde noch breiter. »Gute Arbeit muss belohnt werden.«

»Es war nicht allein meine Arbeit. Von Miguel konnte ich einige Techniken lernen, von denen ich bisher nur gelesen hatte.«

Die Signora winkte ab. »Wie schön, dass Ihnen die Restauration Freude bereitet. Bleiben Sie dabei und lassen Sie sich nicht ablenken. Auch wenn die Insel einiges zu bieten hat, sollte Ihre volle Aufmerksamkeit weiterhin dieser Statue gelten. Niemandem sonst ...«

***

»Du meinst, sie hat dich gewarnt, die Finger von ihrem Sohn zu lassen?«

Stella saß Mira gegenüber auf ihrem Bett und ließ empört den Löffel in den Eisbecher sinken, den sie zwischen sich hin und her reichten.

»Vielleicht«, antwortete Mira schulterzuckend und griff nach dem Becher. »So direkt hat sie es nicht gesagt.

Nur, dass ich mich von niemandem ablenken lassen soll.«

»Sicher hat sie dich und Leo gestern gesehen! Du hast gesagt, ihr seid vor dem Haus entlangspaziert? Sie hat überall Augen und Ohren. Selbst wenn sie euch nicht selbst gesehen hat, hat irgendeines ihrer Zimmermädchen ihr sicherlich etwas gesteckt, in der Hoffnung, in ihrer Gunst zu steigen.«

Mira dachte an die Zimmermädchen, die sie vom gemeinsamen Essen kannten. Einige waren auch nachmittags bei ihren Spaziergängen oder gestern Abend beim Schwimmen dabei gewesen. »Aber sie wirken doch alle so sympathisch«, murmelte sie frustriert.

Stella nickte. »Klar. Aber insgeheim sind leider einige von ihnen ziemliche Giftnudeln, die nur darauf warten, etwas zu ihrem Vorteil nutzen zu können.«

Mira stöhnte frustriert. »Na super. Ein Grund mehr, Leo nicht wiederzusehen. Den Stress kann ich wirklich nicht gebrauchen. Ich bin schon mal wegen einer Beziehung durch die Hölle gegangen, das brauche ich nicht wieder.«

»Willst du mir davon erzählen?«, fragte Stella sanft.

»Eigentlich nicht, wenn das in Ordnung ist. Vielleicht nur so viel: Er ist der Grund, warum ich aus meinem alten Leben raus wollte. Raus musste. Wir waren fast drei Jahre lang zusammen und ich hing da richtig tief drin. Es war nicht leicht, es zu beenden, und ich habe das Gefühl, dass ich mich erst mal selbst wiederfinden muss. Ein unkomplizierter Flirt wäre vielleicht noch in Ordnung, um darüber hinwegzukommen. Vielleicht würde es mir sogar helfen. Aber nicht mit dem Sohn meiner

Chefin und erst recht nicht gegen ihren Willen. Das ist mir einfach zu viel.«

Stella drückte ihre Hand. »Das klingt wirklich heftig. Und falls du irgendwann doch darüber reden willst, bin ich da.«. Sie reichte Mira den Eisbecher zurück. »Dann werden wir dich am besten ablenken. Was steckt überhaupt in dieser mysteriösen Tasche, mit der sie dich bestechen will?«

Kapitel 15

Das Aufstehen fiel den Frauen am nächsten Morgen nicht leicht. Sie hatten bis spät in die Nacht geredet, Pläne geschmiedet und das Geschenk von Signora Varrone ausgepackt.

Die elegante Bernardi-Handtasche, die sie darin gefunden hatten, lag neben einem Stoß strenggeheimen Infomaterials zur neuen Kollektion auf Miras Schreibtisch. Gemeinsam mit Stella hatte Mira die Hochglanzfotos der Kleider, Mäntel und Taschen bewundert. Sie verstand nun, was die Signora damit gemeint hatte, dass die Designs wild seien. Die Grundfarben waren dunkle Töne. Schwarz, smaragdgrün oder saphirblau. Verschlungene florale Muster und Federn waren darauf abgebildet und wirkten gleichzeitig unübersichtlich und doch harmonisch. Farne und Pfauenaugen waren wiederkehrende Motive und erinnerten Mira tatsächlich an die Skulptur, an der sie tagtäglich arbeitete. Sie passte wirklich perfekt zur Kollektion.

Als sie sich angezogen hatte, nahm Mira die neue Tasche zur Hand und fühlte über eine aufwendig gestickte Pfauenfeder. Für die Arbeit war ihr das Designerstück zu schade, das vermutlich mehr wert war das der komplette Inhalt ihres Koffers. Außerdem wusste Mira noch nicht, was sie von dem Geschenk halten sollte. Die Signora erhoffte sich davon bestimmt ihre uneingeschränkte Loyalität und wollte sie gleichzeitig daran erinnern, welche Vorteile sie durch die Projektstelle erhielt. Entschlossen griff Mira nach ihrer alten Tasche mit dem Notizbuch und ihren Unterlagen und machte sich mit Stella auf den Weg nach unten.

Mit einem guten Cappuccino in der Hand sah die Welt bereits wesentlich freundlicher und unkomplizierter aus. Das konnte Mira gut gebrauchen, denn die Konfrontation mit Dr. Glenn verlief genau so, wie sie es erwartet hatte.

Dr. Glenn schimpfte über die Ignoranz der Signora im Allgemeinen und ihre mangelnde Wertschätzung gegenüber Kunstgegenständen von unschätzbarem historischen Wert. Sie sprach von Pfusch und Dilettantismus und redete sich so weit in Rage, dass ihre Nasenflügel bebten.

»Es tut mir leid, dass die Entscheidung der Signora Ihnen so viel Kopfzerbrechen bereitet«, setzte Mira versöhnlich an. »Doch die Entscheidung ist gefallen und wir müssen das Beste daraus machen. Für die Statue und die Veranstaltung.«

Dr. Glenn winkte ab und seufzte schließlich resigniert.

»Es ist ihre Sammlung. Wenn sie sie verhunzen möchte, ist das natürlich ihre Entscheidung. Auch wenn ich sie nicht gutheißen kann, ist Chloe meine Auftraggeberin und ich werde mich ihrem Wunsch fügen.«

Mira atmete erleichtert aus. »Danke, Dr. Glenn.«

Die Restauratorin warf ihr einen prüfenden Blick zu. »Ich hoffe, Ihnen ist klar, dass damit nun ein Berg an

Arbeit und Verantwortung auf Sie und Miguel zukommt? Da der Aufgabenbereich der Recherche hinlänglich geworden ist, können Sie gleich zum Ausbessern und Ergänzen der fehlenden Teile übergehen. Die Signora wünscht sich ein Bambi? Entwerfen Sie es, fertigen Sie es und bringen Sie es am Sockel an. Die Figur soll das Tierchen streicheln? Herzlichen Glückwunsch, Sie dürfen den Arm entsprechend fertigen. Und wenn Signora di Varrone nicht mit Ihrer Arbeit zufrieden ist, dann garantiere ich Ihnen, dass ich nicht meinen Kopf dafür hinhalten werde.«

Nach dem Gespräch verbrachte Mira den Rest des Tages in der Werkstatt und suchte auf Pinterest nach Beispielbildern und geeigneten Handhaltungen für ihre Zwecke. Als sie zurück zum Landhaus kam, war es draußen bereits dunkel und viele der Sprossenfenster waren erleuchtet. Der Stille nach zu urteilen, die das Haus umgab, hatte sie das Abendessen verpasst und die Angestellten hatten sich bereits in ihre Zimmer zurückgezogen. Mira ging in die Küche und belegte sich einen Teller mit Resten vom Abendessen, die sie im Kühlschrank fand. Grillgemüse und Antipasti schmeckten sicherlich auch kalt. Dazu beträufelte sie eine Scheibe von dem frischgebackenen Brot, das auf der Arbeitsplatte lag, mit Nonnas gutem Olivenöl.

Zufrieden stieg sie mit ihrer Beute die Stufen hinauf, um in Stellas Gesellschaft in ihrem Zimmer zu essen. Auf halber Treppenhöhe hielt sie inne, denn aus dem ersten Stock hörte sie aufgebrachtes Gemurmel, wie von einem unterdrückten Streit.

Mira konnte nicht genau einschätzen, wo der Ursprung des Tumults lag, und setzte den Weg nach oben fort. Als sie ihre Zimmertür beinahe erreicht hatte, wurde diese schwungvoll aufgeworfen. Noch bevor die Tür gegen die Wand knallte, stürmte eine junge Frau aus dem Zimmer. Mira hatte sie nie zuvor gesehen, konnte unter dem Wirbel braunen Haars jedoch zwei vor Tränen schimmernde Augen erkennen, die sie kurz musterten, bevor sie an ihr vorübereilte.

Überrascht blickte Mira der Frau hinterher, die in Rekordgeschwindigkeit die Treppe hinunter und aus der Haustür stürmte. Mit lautem Krachen schlug die Tür zu, dann war es wieder still im Haus. Nur ein leises Schluchzen war zu hören und schien ebenfalls aus dem nun offenstehenden Zimmer zu kommen.

Mira klopfte leise an die Tür und steckte den Kopf in das Zimmer. Stella saß mit hängendem Kopf auf ihrem Bett. Ihre roten Haare fielen ihr wie ein Wasserfall vors Gesicht. Behutsam schloss Mira die Tür hinter sich, als sie ins Zimmer trat.

Stella sah auf, wischte sich über die Augen und setzte ein Lächeln auf. »Hallo«, sagte sie betont fröhlich. »Du hattest ja einen langen Tag.«

»Ist dir lieber, wenn ich so tue, als hätte ich keine weinende Frau aus deinem Zimmer stürmen sehen?«

»Sie hat geweint?«, fragte Stella mit großen, leicht geröteten Augen. »Eigentlich ist sie die toughe von uns.«

Mira nickte. »Willst du darüber reden?«

»Gern. Aber du wirst es für völlig verrückt halten ...«

Mira lächelte aufmunternd und ließ sich neben Stella aufs Bett plumpsen. »Ich glaube kaum, dass mich auf dieser Insel noch irgendetwas schockieren kann.«

Stella seufzte. »Wart's ab. Nun, wir haben doch gestern erst darüber gesprochen, wie verkorkst deine Situation ist. Die ganze ‚Mein-Schwarm-ist-der-reiche-Erbe-der-Insel'-Nummer.«

Mira schnaubte. »Danke für die wertfreie Zusammenfassung. Aber hier geht es um dich ...«

»Ja. Es ist nur ... Was würdest du denken, wenn ich dir sage, dass ich in derselben Situation bin?«

Mira schluckte. »Dass Leo ein ziemliches Schwein ist und deine Einschätzung zu ihm als ehrlicher Beziehungstyp miserabel war. Und dass du mir hättest sagen können, dass du auch Gefühle für ihn hast.«

Stella schüttelte den Kopf. »Nein, nein! Doch nicht Leo! Das ist dein Abenteuer und deine Baustelle.« Sie zögerte. »Es geht um Illaria. Seine Schwester.«

Mira begriff und drückte verständnisvoll Stellas Hand. »War sie das gerade, die mir entgegengestürmt kam?«

Stella nickte nur und eine Träne rollte ihr über die Wange. »Wie du siehst, unterscheidet sich unsere Situation ein bisschen von deiner und Leos. Ihre Mutter weiß von uns und zu dem normalen Boss-Angestellten-Chaos kommt ihre Angst vor einem Skandal in der Klatschpresse, weil ihre Tochter keine Hetero-Beziehung führt.«

»Bist du sicher, dass es ihr darum geht?«

»Sie hat Illaria den Umgang mit mir verboten. Deshalb war sie gerade hier, um mir das mitzuteilen.«

»Das ist einfach nur mies! In welchem Jahrzehnt leben die di Varrones, bitte? Sie kann ihrer Tochter doch nicht einfach verbieten, sich mit dir zu treffen. Und das lässt sie sich gefallen?«

Stella zuckte mit den Schultern. »Konservative High Society-Kreise. Illaria hat ein ziemlich enges Verhältnis zu ihren Eltern. Aber es wird noch krasser.«

Mira stieß lautstark Luft aus. »Erzähl!«

»Ich hatte dich doch gefragt, warum du nicht mit den anderen Restauratoren am Festland untergebracht bist.«

»Ja ...«, setzte Mira an und fragte sich, was das mit Stellas Geschichte zu tun haben würde.

»Ich wette, Signora di Varrone hat darauf gehofft, dass zwischen uns etwas läuft und ich das Interesse an Illaria verliere. Oder dass Illaria eifersüchtig ist und Schluss macht.«

Mira stockte der Atem. »Das ist doch wahnsinnig«, brachte sie ungläubig hervor. »Denkst du echt, so manipulativ kann diese Frau denken? Als ob Gefühle sich einfach erzwingen und austauschen lassen.«

»Ich weiß es nicht«, murmelte Stella traurig. »Aber es ist schon ein merkwürdiger Zufall, dass sie von der Beziehung ihrer Tochter erfährt und kurz darauf teilt sie mir eine neue, hübsche Mitbewohnerin zu.«

Mira fühlte, wie sich Wut in ihrem Bauch sammelte. Sie hatte bereits die Vermutung gehabt, dass Signora di Varrone sie nicht aufgrund ihrer Qualifikation für die Stelle ausgewählt hatte. Konnte es sein, dass sie tatsächlich allein deshalb die Stelle bekommen hatte, weil sie eine Ablenkung für Stella sein sollte? Sie hatte nur einen kurzen Blick auf Illaria ergattert, aber sie schienen einen ähnlichen Typ zu haben. Brünett, groß, schlank ... Hatte Chloe di Varrone sie allein deshalb eingestellt?

»Hast du schon eine Idee, wie es jetzt weitergehen soll?«, fragte Mira.

»Ich weiß nicht, ob es mit uns überhaupt weitergehen kann«, erwiderte Stella betrübt. »Auf mich wirkt das ziemlich endgültig. Ich will meinen Job nicht verlieren. Illaria ist mir zwar wichtiger, aber wenn sie so leicht von mir ablässt, liegt ihr vermutlich weniger an mir.«

»Aber vielleicht steht sie auch nur unter gewaltigem Druck. Und wir leben immerhin im 21. Jahrhundert. Da kann doch eigentlich niemand mehr so engstirnig und homophob sein.«

Stella lachte bitter. »Wenn du wüsstest, Süße. Selbst wenn die Gesellschaft immer offener wird, können manche Eltern einfach nur furchtbar sein, wenn es um die eigenen Kinder geht.«

»War es bei deinen Eltern auch so?«

Die Frage entlockte Stella immerhin ein leichtes Lächeln. »Zum Glück nicht. Meine Eltern haben mich immer unterstützt und lieben mich einfach so, wie ich eben bin. Aber viele sind da leider nicht so locker.«

»Es macht mich richtig wütend, wie diese Frau mit Menschen umgeht. Und es tut mir wahnsinnig leid, dass sie eurem Glück im Weg steht, Stella!«

»Danke, Spatz. Das ist lieb von dir.«

»Eigentlich müsste man ihr zeigen, wie falsch sie liegt.«

»Du meinst, jetzt sollten Illaria und ich erst recht zusammen sein? Um es ihrer Mutter zu beweisen? Das sind die falschen Gründe für eine Beziehung. Ich will eine Beziehung, die allen Widerständen trotzt und nicht gerade wegen dieser Widerstände geführt wird. Und es ist Illaria, von der dieser Impuls ausgehen muss.

Für sie steht viel mehr auf dem Spiel als für mich. Ich kann sie nicht zwingen, mich zu wählen. Und das will ich auch gar nicht.«

»Bestimmt hast du recht«, gab Mira zu. »Aber es ist einfach so ungerecht!«

»Wem sagst du das? Und, hast du langsam genug von dieser Familie? Schreckt dich das jetzt noch weiter von Leo ab?«

»Ich weiß es nicht. Ein Teil von mir will mit alldem nichts zu tun haben. Und ein anderer schreit ‚Jetzt erst recht!' ...«

»Was machen wir nur?«

»Ich gehe mal runter in die Küche. Im Kühlfach habe ich noch eine Packung Schokoladeneis gesehen.«

»Gute Idee!«, rief Stella. »Ich komme mit. Im Weinkeller finden wir bestimmt noch eine Flasche Rotwein, die dazu passt.«

Kapitel 16

Dem Wein und den langen Gesprächen zum Trotz erwachte Mira mit dem Morgenlied der Vögel und fühlte sich hellwach.

Hellwach und wütend.

Das Bild von Signora di Varrone, das sich schon vor den gestrigen Erkenntnissen in Miras Kopf gebildet hatte, hatte sich inzwischen so weit verschlechtert, dass es an das Bildnis des Dorian Grey erinnerte. Diese Frau hatte offensichtlich ein Kontrollproblem, wenn sie so weit in das Leben ihrer Kinder und wildfremder Menschen eingriff. Und komische Prioritäten, wenn sie das Glück ihrer Tochter weniger interessierte als das, was die Boulevardpresse eventuell dazu sagen könnte.

Aus einer hinteren Ecke des Kleiderschranks wühlte Mira eine petrolgrüne Sporthose und ein passendes Oberteil hervor, die sie seit ihrer Ankunft auf der Insel nicht beachtet hatte. Und auch lange vor ihrer Abreise hatte sie sich nicht mehr zum Sport motivieren können. Früher war sie viel entlang der Alster gelaufen. Der Gedanke, jemandem aus ihrem früheren Freundeskreis begegnen zu können, hatte sie in den letzten Monaten jedoch regelrecht in ihrer Wohnung eingesperrt.

»Damit ist jetzt Schluss!«, flüsterte sie bestimmt. Laufen hatte ihr immer geholfen, den Kopf freizukriegen und ihre Sorgen in die Ferne rücken zu lassen. Dadurch konnte sie vieles objektiver betrachten, wie die Probleme einer anderen.

Auch wenn sie durch die Pause einiges an Muskeln abgebaut hatte und inzwischen eher schlank als athletisch gebaut war, ergriff sie beim Schnüren ihrer Laufschuhe sofort wieder die alte Euphorie, die sie stets beim Laufen verspürt hatte. Als würde ihr Körper von Vorfreude erfüllt, weil er sich an das Adrenalin erinnerte. An das kräftige Pulsieren des Blutes und die tiefen Atemzüge, die regelmäßigen Schritte und das Gefühl zu fliegen, wenn das Runners High einsetzte und ihr einen Kraft- und Motivationsschub gab.

Mit einem letzten Blick auf die friedlich schlafende Stella verließ Mira das Zimmer und schlich die Treppe hinab. Es war Samstag und manche der Angestellten hatten am Wochenende frei und wollten ausschlafen. Die meisten fuhren zwar an den Wochenenden zu ihren Familien am Festland, doch ein paar waren hiergeblieben, wie man an den vielen Jacken und Schuhen im Eingangsbereich erkennen konnte.

Sobald Mira die Haustür hinter sich geschlossen hatte und in den leichten Morgennebel hinaustrat, fielen ihre Füße wie von selbst in einen Laufschritt. Der feine Schotter, mit dem der Weg zwischen den Beeten ausgelegt war, knirschte rhythmisch unter ihren Schuhen. In der feuchten Luft lag noch der schwere Duft der Nachtblüten und Gräser. Mira dachte nicht über eine Strecke nach, sondern folgte einfach ihren Füßen, die sie entlang des Wasserlaufs und über den Weg durch die großen Wiesen vor dem Herrenhaus führte. Ihr Atem ging in starken Stößen und sie fühlte sich kraftvoll und lebendig. Frei von ihren Sorgen und Ängsten.

In immer schnellerem Takt setzten ihre Füße auf dem hellen Split auf und stießen sie vom Boden ab. Es fühlte sich an, als hätte ihr Körper nur auf die Chance gewartet, sich endlich wieder so bewegen zu dürfen.

Auf der anderen Seite der großen Wiese führten Serpentinen durch ein kleines Kiefernwäldchen. Mira wollte ihr erstes Training nicht gleich übertreiben und mit dem Muskelkater ihres Lebens bezahlen, deshalb hielt sie sich zurück und joggte in langsamem Tempo zwischen den Nadelbäumen hindurch. Sie stoppte an einer Aussichtsterrasse und sah hinab auf den See, der in Pfirsich- und Rosatönen das Licht des Morgenhimmels reflektierte. Erste Boote hinterließen bereits kleine Wellen auf der Oberfläche, obwohl die Sonne noch hinter den Hügeln verborgen war, die sich dunkel vom leuchtenden Himmel abhoben.

Mira dehnte ihre Waden und die Oberschenkelmuskeln, als sich hinter ihr Laufschritte dem Aussichtspunkt näherten. Sie drehte sich um und wollte herausfinden, wer außer ihr so früh schon unterwegs war.

Sie entdeckte ihn, bevor er sie sah.

Leo trug eine kurze Sporthose und ein blau und schwarz gestreiftes Shirt, auf dem das Wappen einer Sportmannschaft abgebildet war. Auf seinen Ohren saßen die großen Kopfhörer, mit denen Mira ihn bereits im Gewächshaus gesehen hatte. In gleichmäßigen Schritten setzten seine Füße sicher auf dem abschüssigen Waldweg auf. Als er um die Kurve bog, die sich zur Aussichtsplattform öffnete, erblickte er Mira. Mit einem breiten Lächeln verlangsamte er seinen Schritt und kam auf sie zu.

»Sieht so aus, als wäre ich nicht mehr der einzige Frühaufsteher der Insel«, stellte er fest, als er vor ihr stehen blieb. Sein Atem ging kräftig, aber gleichmäßig.

»Sieht so aus«, bestätigte Mira mit einem Lächeln. »Mittlerweile wundert es mich nicht mehr, dass wir uns ständig über den Weg laufen.«

»Es ist eine kleine Insel«, gab Leo zu bedenken. »Immerhin schwebst du dieses Mal nicht in Gefahr. Oder hattest du noch vor, deine Dehnübungen auf die andere Seite des Geländers zu verlegen?«

Mira verdrehte die Augen, musste aber schmunzeln. »Ich denke, die Aussicht auf dieser Seite des Geländers ist atemberaubend genug. Und Torquato wird mich sicherlich kein zweites Mal austricksen.«

Leo lachte. »Du kennst seinen Namen. Dann hast du unseren verwirrten Vogel also noch mal besser kennengelernt?«

»Fernando und Roberto haben mir die Gehege gezeigt und dabei auch die Pfaue vorgestellt.«

»Haben sie dir auch Torquatos Geschichte erzählt?«, fragte Leo. Er trat an das Geländer und sah hinab auf den See.

Mira schüttelte den Kopf. »Nur, dass er manchmal vergisst, dass er ein Pfau ist.«

»Illaria und ich haben ihn großgezogen«, erzählte Leo. »Die anderen Küken des Geleges wurden von der Mutter angenommen, aber Torquato blieb dabei stets zurück und konnte nicht mit den anderen mithalten. Deshalb haben wir ihn gefüttert. Wir saßen stundenlang draußen auf der Wiese oder sind mit ihm durch das Unterholz gezogen. Irgendwann schien er zu vergessen, dass er eigentlich ein Vogel ist. Er hat erst spät gelernt, zu fliegen. Und auch dann ist er nur geflogen, um sich auf Illarias Schulter zu setzen.«

»Das klingt nach einer schönen Erinnerung«, stellte Mira nach einiger Zeit fest und er nickte.

Beide beobachteten schweigend, wie die Sonne langsam hinter den Hügeln hervortrat. Als sie rund am Himmel stand und alles in oranges Licht tauchte, drehte Leo sich zu Mira um.

»Heute soll ein schöner Tag werden. Was meinst du, Pfauenmädchen, hast du Lust auf einen Ausflug?«

Das Adrenalin vom Laufen schien noch immer durch Miras Körper zu jagen, denn ihre Gedanken überschlugen sich beinahe bei dem Versuch, in Sekundenschnelle all ihre Pro- und Kontraargumente gegeneinander aufzuwiegen. Ihr Herz begann erneut wild zu pochen und ihr Bauch fühlte sich an, als würden Kolibris darin tanzen. Die Glücksgefühle, die sie beim Laufen überkommen hatten, überwogen all ihre Bedenken und hatten ihren Blick für ihre eigenen Wünsche geklärt. Sie verdrängte ihre Ängste und schlechten Erfahrungen in eine Schublade ihres Unterbewusstseins, die sie am liebsten nie wieder öffnen wollte.

Sie strahlte Leo an. »Unbedingt!«

Kapitel 17

Nicht einmal die kalte Dusche nach dem Lauf schaffte es, Miras Aufregung zu dämpfen. Sie war den Rückweg zum Cottage von Euphorie beschwingt schneller gelaufen, als sie es sich für ihr erstes Training nach langer Zeit vorgenommen hatte, und fürchtete schon den Muskelkater, der sie in den nächsten Tagen sicherlich heimsuchen würde. Die Gedanken an ihren bevorstehenden Ausflug mit Leo ließen sie jedoch das Ziepen ignorieren, das sich bereits jetzt in ihren Waden breitmachte. Die beiden hatten sich für den Nachmittag am Bootssteg verabredet. Leo wollte ihr den See und die Umgebung zeigen, die sie bisher nur von der Insel aus, von der Ankunft mit dem Schiff und ihrem Stand-Up-Paddling-Ausflug mit Stella kannte.

Als Mira aus dem Badezimmer kam, reckte Stella sich gerade und blickte verschlafen auf die Uhr.

»Habe ich das geträumt oder warst du heute Nacht joggen?«, fragte sie schlaftrunken und rieb sich die Augen.

Mira schmunzelte. »Na ja, Nacht ist etwas übertrieben, findest du nicht? Es war immerhin schon einigermaßen hell.«

»Spatz, es ist jetzt gerade mal acht Uhr und du hast eine ganze Zeit lang geduscht. Das beweist definitiv, dass es noch Nacht war, als du losgelaufen bist.«

Kopfschüttelnd öffnete Mira die Türen ihres Kleiderschranks und begann die Suche nach einem Outfit für den Ausflug.

»Was suchst du denn?«, fragte Stella neugierig, als Mira sich durch die vielen Kleider, Röcke und Shorts wühlte. Sie warf die Decke zurück und wuselte zu Mira hinüber. »Du riechst gut«, stellte sie fest und zog die Augenbrauen zusammen. »Warte mal ... Du warst ewig im Bad. Und du hast dich viel aufwendiger geschminkt als sonst.« Ihre Augen weiteten sich. »Du! Hast! Ein! Date!«, quiekte sie und umarmte Mira hüpfend.

Mira lachte und versuchte, ihr Gleichgewicht zu behalten. »Wie machst du das?«

»Intuition, Magie ... keine Ahnung. Aber jetzt erzähl endlich, damit ich dir helfen kann, das passende Outfit rauszusuchen!«

Mira und Stella verbrachten den Morgen voll hibbeliger Überlegungen, wie genau der Ausflug wohl werden würde, und einem ausgiebigen Frühstück. Unter der Woche begannen beide so früh mit der Arbeit, dass die Zeit morgens selten für mehr als einen gemeinsamen Cappuccino reichte, wenn sie sich überhaupt sahen. Nun saßen sie beide mit gefüllten Obst- und Müslischalen auf der sonnigen Terrasse und begrüßten nach und nach eintrudelnde Langschläfer.

Nach dem Frühstück dösten die jungen Frauen im Schatten der Apfelbäume auf der Terrasse, bis es für Mira Zeit wurde, sich auf den Weg zum Anleger zu machen. Dieselben Boote wie bei ihrer Ankunft auf der Insel dümpelten im seichten Wasser. Leo konnte sie noch nicht entdecken und sie fragte sich, mit welchem Boot sie wohl auf den See hinausfahren würden. Auf dem

Bug der Luxusjacht, die sie schon beim letzten Mal bestaunt hatte, stand der geschwungene Namenszug *Chloe*. Die kleinere trug den Namen *Leprotta* und sah trotz ihrer ebenfalls beachtlichen Größe neben der *Chloe* aus wie ein Spielzeugboot. Das winzige hölzerne Ruderboot daneben schien überhaupt keinen Namen zu besitzen und wirkte auf Mira eher funktional, als würde es jemandem zur Erkundung des Inselufers dienen und nicht zur Erholung.

Während sie sich umsah, tauchte Leo aus dem Rumpf der kleineren Jacht auf und stieg an Deck. Sobald er sie erkannte, hob er die Hand zum Gruß und sprang von Bord auf das Pflaster der Anlegestelle. Sein Anblick ließ etwas in Miras Magen flattern und Mira deutete dieses Gefühl als Bestätigung dafür, dass das Date die richtige Entscheidung gewesen war. Sie stand offenbar wirklich auf Leo.

Und auch sein Gesicht strahlte, als er sie begrüßte. »Mira, du bist gekommen.«

Sie lächelte zurück. »Hast du daran gezweifelt?«

Er zuckte mit den Schultern. »Es hätte ja sein können, dass du wieder mal verunfallt bist.«

»He!«, Mira boxte ihm spielerisch gegen den Arm. »Du hältst mich wohl für einen gewaltigen Tollpatsch.«

»Gewaltig ist übertrieben.« Er grinste. »Sonst würde ich dich sicher nicht mit auf ein schwankendes Boot nehmen.«

Er ging auf die Jacht zu und kletterte elegant an Deck. »Möchtest du an Bord kommen?«, fragte er und streckte Mira seine Hand entgegen.

»Sehr gern«, erwiderte sie und ließ sich von ihm über den schmalen Spalt zwischen dem Anleger und der Badeplattform am Heck des Bootes helfen.

»Willkommen an Bord der *Leprotta.*«

»Danke. Was bedeutet der Name?«

»Häschen«, erklärte Leo mit einem schiefen Grinsen.

Mira runzelte die Stirn. »Ist das nicht irgendwie ... ungewöhnlich für ein Boot?«

Leo schien kurz darüber nachzudenken. »Kann schon sein. Es war immer mein Spitzname für Illaria. Irgendwie ist er mir als Erstes in den Sinn gekommen, als meine Eltern mir das Boot geschenkt haben.«

Geschenkt. So wie andere Kinder von ihren Eltern ein Fahrrad geschenkt bekamen, hatte Leo eine Jacht bekommen. Sie war zwar nicht ganz so groß und luxuriös wie die *Chloe*, doch Mira fragte sich, wie viele Kleinwagen sie wohl wert war. Oder wie viele Einfamilienhäuser.

»Ein schöner Name.« Sie lächelte und versuchte, sich nicht anmerken zu lassen, wie eingeschüchtert sie von diesem Reichtum war. »Zeigst du sie mir?«

»Gern!«

Leo führte Mira vorbei an einer gemütlichen Loungeecke im Heck mit Sitzen und Sonnenliegen zur Mitte des polierten Holzdecks. Hier gab es eine Kabine, deren Dach teilweise einklappbar war und nun halb offen stand. Neben dem Steuerrad und dem Gashebel befanden sich einige schimmernde elektronische Geräte und Messinstrumente. Eine Treppe führte ins Innere des Bootes, aus dem Leo zuvor emporgestiegen war. Eine schmale Reling umfasste den Rand des Boots und lief im Bug spitz zusammen. Vorne gab es ein weiteres Sonnendeck mit einer großen gepolsterten Liegefläche. Trotz all seiner Eleganz mit poliertem Holz, Leder und Chrom wirkte die *Leprotta* flink und wendig, eher wie ein Sportgerät als ein typisches Erholungsboot.

»Hier kann man sich ziemlich gut entspannen«, erzählte Leo mit Blick auf die cremefarbenen Liegen. »Manchmal fahre ich nur ein paar Meter raus und dümpele im seichten Wasser, um ein Buch zu lesen. Es ist ein ganz anderes Gefühl als an Land. Irgendwie freier. Und ungestört.«

»Das ist wohl die Kehrseite davon, auf einer Insel aufzuwachsen – man kann sich nicht so gut aus dem Weg gehen ...«

»Das stimmt. Und mein Lieblingsplatz ist definitiv hier.« Er betrat die Kabine, blieb vor dem Steuerrad stehen und umfasste es beinahe liebevoll. »Hinfahren zu können, wo ich will, so schnell zu fahren, wie ich will – das ist wahre Freiheit für mich. Meine eigenen Entscheidungen zu treffen, ohne dass jemand anderes die Kontrolle darüber hat.«

Mira musste schlucken. Sie wusste genau, was Leo meinte. Sie kannte das Gefühl nur zu gut, nicht die Kontrolle über ihr eigenes Leben zu haben.

Sie trat an das Steuer und legte ebenfalls eine Hand auf das honigfarbene Holz. »Das klingt wunderbar.«

Leo sah auf sie hinunter. »Na dann – worauf warten wir noch?«

Er klappte eine Sitzbank an der Reling hoch und zeigte Mira, wo sich darin ein Erste-Hilfe-Set und Rettungswesten befanden. Er nahm zwei Westen heraus. »Weißt du, wie man so eine anlegt?«

Mira betrachtete die verschiedenen Gurte und schüttelte den Kopf. Mit präzisen Handgriffen legte Leo Mira die Weste an und verschloss den Clip vor ihrer Brust. Er stellte die Länge der Gurte ein, prüfte, dass zwischen ihren Schultern und dem Luftkissen noch genügend Bewegungsfreiheit war und nickte zufrieden.

Mira wurde sich der Nähe zwischen ihnen bewusst und Röte stieg ihr ins Gesicht. Sie räusperte sich. »Auf dem See sieht man die wenigsten Leute Rettungswesten tragen ...«

Leo zuckte mit den Schultern. »Möglich, das macht es jedoch nicht vernünftiger, auf Sicherheit zu verzichten. Außerdem fahren die wenigsten so schnell wie ich«, fügte er mit einem Zwinkern hinzu.

Er bedeutete Mira, auf der Sitzbank Platz zu nehmen, und stellte sich hinter das Steuerrad. Mit einem Schnurren sprang der Motor an. Kurz war Mira irritiert, als Leo seinen Platz wieder verließ und an die Reling trat, doch er löste nur die beiden Leinen, mit denen das Boot befestigt war. Dann trat er erneut ans Steuer und gab vorsichtig Gas. Das Boot setzte sich ruhig in Bewegung und entfernte sich von der Kaimauer. Sobald er etwas Abstand zwischen den kleinen Hafen und sie gebracht hatte, erhöhte er die Geschwindigkeit und hielt auf einen Punkt im See zu. Das saphirblaue Wasser umgab sie zu allen Seiten. Die Sonne strahlte ihnen vom Himmel entgegen und ließ die plätschernden Wellen funkeln. Die Welt um sie herum fühlte sich groß und grenzenlos an.

Freiheit, wie Leo gesagt hatte.

Der Verlauf des Sees folgte in vielen Biegungen den Tälern der Umgebung. Die Hügel an den weiter entfernten Ufern schimmerten hellblau im Dunst, während Mira an der nah gelegenen Küste Klippen, Felsen und Bäume erkennen konnte. Leo drehte das Boot unter gehörigem Wasserspritzen in eine Kurve und fuhr nun parallel zum Ufer. Vereinzelt tauchten Villen zwischen den Bäumen auf, deren Gärten allesamt Steintreppen zum Wasser aufwiesen. Man konnte von den Außenanlagen direkt in den See spazieren und Mira stellte sich vor, wie die Bewohner morgens mit ihrem Cappuccino in der Hand dort saßen und die Füße ins Wasser baumeln ließen. Prunk und Luxus waren inmitten dieser bezaubernden Landschaft allgegenwärtig. Nicht nur die Größe der Herrenhäuser, sondern auch ihre aufwendigen Stuckverzierungen, die zum See hin ausgestellten Statuen und Kunstobjekte und die parkähnlichen Gärten mit ihren Palmen und gepflegten Zypressen sprachen vom Reichtum ihrer Besitzer.

Die *Leprotta* rauschte unbeteiligt an all dem vorbei.

»Fühlst du dich wohl oder fahre ich dir zu schnell?«, rief Leo gegen den Fahrtwind.

»Ach, das nennst du schon schnell?«, erwiderte Mira unbekümmert und hörte über das Plätschern des Wassers und das Geräusch des Motors hinweg, wie Leo in sich hineinlachte.

»Also gut«, antwortete Leo. »Du hast es so gewollt.«

Mit einem Dröhnen des Motors legte Leo den Gashebel weiter um. Als Hamburgerin war Mira an Boote als Transportmittel gewöhnt und hatte schon häufig die

Fähre genommen, doch so schnell hatte sie stets nur andere Boote vorbeijagen sehen. Nach kurzer Zeit ging die Jacht in die Gleitphase über und schien beinahe über die Wasseroberfläche zu fliegen. Mira jauchzte vor Freude und spürte kühle Wassertropfen in ihrem Gesicht.

Leo folgte dem Verlauf des Tals und brachte immer mehr Entfernung zwischen das Boot und die Insel. Als Mira sich umdrehte, konnte sie das Herrenhaus oben auf den Klippen nur noch als kleinen beigen Quader zwischen grünen Baumwipfeln ausmachen. Sie zogen eine weiß schäumende Bugwelle hinter sich her. Miras Haare flatterten im Fahrtwind, während Leo zielstrebig auf ein ihr unbekanntes Ziel zuhielt. Als er einen Bogen fuhr und Mira überrascht aufkreischte, weil sie einen großen Spritzer Wasser ins Gesicht bekam, lachte er ausgelassen und Mira stimmte mit ein.

Nachdem sie eine Weile über das Wasser gejagt waren, drosselte Leo das Tempo und hielt auf einen kleinen Felsen zu, der aus dem Wasser ragte. Er bildete eine winzige Insel, auf der eine Gruppe Kiefern wuchs. Gerade als Mira sich fragte, wie nah er noch auf den Stein zuhalten wollte, stoppte er den Motor. Er warf einen kleinen Anker aus und das Boot pendelte auf seiner Position.

Nach dem Fahrtwind und dem lauten Motorengeräusch wirkte der stille See mit der kleinen Felsinsel geradezu idyllisch.

»Bist du hungrig?«, fragte Leo in die plötzliche Ruhe hinein.

Das Schwappen des Wassers konnte nicht das Knurren von Miras Magen überspielen, das auf Leos Frage hin ertönte und beide erneut zum Lachen brachte. Die Seeluft machte hungrig und es schien ewig her zu sein, dass Mira im Landhaus etwas gegessen hatte.

Leo grinste. »Gut, dass ich vorgesorgt habe.« Er schälte sich aus seiner Rettungsweste und half Mira, es ihm gleichzutun. Dann wandte er sich der Treppe zu, die ins Innere des Bootes führte. »Wartest du kurz auf mich?«

Mira nickte gespannt und Leo verschwand unter Deck. Bereits nach wenigen Sekunden tauchte er mit einem gewaltigen Picknickkorb erneut in der Kabine auf und stellte ihn auf einem Liegestuhl in der Loungeecke ab. Er betätigte einen Knopf an der Wand der Kabine und eine cremefarbene Markise fuhr hervor und spendete angenehmen Schatten. Mira stellte sich hinter Leo und sah ihm dabei zu, wie er zunächst Besteck und Gläser auspackte und bedächtig auf den Tisch stellte. Sogar eine Blume und die dazugehörige Vase hatte er heil hierher transportiert und drapierte sie zwischen den Gedecken. Anschließend zauberte er aus dem Korb nacheinander zwei große Gläser gefüllt mit Tiramisu, eine Schüssel praller hellgrüner Weintrauben, eine Flasche mit einer sprudelnden gelben Flüssigkeit und eine Dose voller kugelförmiger Gebäckteilchen hervor.

»Wie hast du das alles dort hineinbekommen?«, staunte Mira.

»Schon früher auf dem Gameboy meines Dads war ich Tetris-Meister«, erwiderte Leo mit gespieltem Stolz.

Mira nickte und deutete eine Verbeugung an. »Sehr beeindruckend.«

Sie setzte sich auf den Loungesessel, den Leo ihr anbot. Goldene und petrolfarbene Kissen waren auf den bequemen Möbeln drapiert und Mira fühlte sich direkt wohl. »Danke. Das sieht alles sehr lecker aus.«

Leo öffnete die Flasche und schenkte Mira und sich selbst von der gelben Flüssigkeit ein, dann nahm er ihr gegenüber am nun ordentlich beladenen Tisch Platz. Der Duft von Zitrone breitete sich zwischen ihnen aus.

»Ich habe ein bisschen aus der Küche stibitzt«, erklärte Leo. »Nur um die Bomboloni musste ich unsere Köchin bitten, die sind nämlich ganz frisch und extra für dich.«

»Für mich?«, fragte Mira. »Moment mal, was sind eigentlich Bomboloni?«

»Die hier«, deutete Leo auf die kleinen, mit Puderzucker bestreuten Gebäckkugeln. »Die musst du unbedingt probieren. Sie schmecken einfach unglaublich!«

Mira griff eines der Teilchen zwischen Daumen und Zeigefinger und betrachtete es. Es sah aus wie ein kleiner Krapfen und der Geruch erinnerte sie an Schmalzkuchen. »Sind die gefüllt?«, fragte sie misstrauisch.

Leo nickte und Mira biss ein Stück von der Kugel ab. Es schmeckte herrlich süß und hatte eine weiche, luftige Konsistenz. »Mmmh«, rief sie begeistert.

Schallendes Gelächter holte sie aus ihrem Genussmoment zurück auf das Boot. Sie bemerkte, dass sie vor Verzückung die Augen geschlossen hatte, und sah beschämt zu Leo. Er beobachtete sie mit einem amüsierten Gesichtsausdruck.

»Was ist?«, fragte sie verunsichert.

Er zuckte mit den Schultern und setzte eine unschuldige Miene auf. »Nichts. Ich freue mich nur, dass es dir schmeckt. Du hast da allerdings ein wenig Marmelade am Kinn. Und Puderzucker an der Nase.«

Mira wurde rot. »Oh. Ups?«

Leo nahm eine Serviette vom Tisch. »Darf ich?«

Mira nickte und Leo tupfte ihr vorsichtig den Zucker von der Nasenspitze. Als er den Marmeladenspritzer wegwischte, verharrte seine Hand eine Sekunde länger auf Miras Lippen, als es dafür nötig gewesen wäre. Mira wurde bewusst, wie nah sie sich waren. Sie sah in seine Augen, die noch immer auf ihren Mund geheftet waren. Auf seinen Mund, der leicht offen stand. Verlegen räusperte sie sich und Leo sah auf. Etwas Dunkles, das gerade noch in seinen Augen gelegen hatte, lichtete sich.

»Du bist wieder marmeladenfrei«, stellte er lächelnd fest.

»Danke!«. Mira griff nach ihrem Glas und nahm einen Schluck, um sich abzukühlen. Das kalte Getränk schmeckte herrlich und kam ihr überraschend bekannt vor.

»Nonnas Rosmarin-Zitronenlimonade?«, fragte sie begeistert.

»Die beste Limonade, die es gibt«, bestätigte Leo.

»Ich dachte, Nonna kocht nur für uns Angestellte?«

Leo nickte. »Inzwischen leider ja, das stimmt. Aber früher hat sie bei uns oben im Haus gearbeitet und für meine Familie gekocht. Ich habe viel Zeit in ihrer Küche verbracht und einiges von ihr gelernt.« Er lachte. »Nur nicht das Kochen.«

»Dann ist sie auch diejenige, der wir die Bomboloni zu verdanken haben?«

»Nein, die hat Felicia gemacht, ihre Tochter.«

»Emilio und Nonna haben eine Tochter?«

»Ja. Sie ist auf dieser Insel großgeworden. Als sie volljährig war, ist sie ans Festland gegangen und hat sich in einem Sternerestaurant zur Köchin ausbilden lassen. Danach konnten meine Eltern sie zum Glück überreden, zumindest halbtags zu uns zurückzukommen. Nachmittags fährt sie zurück ans Festland, um bei ihrem Mann und ihren Töchtern zu sein.«

»Es muss schön für sie sein, so nah bei ihren Eltern zu sein und sich gleichzeitig etwas Eigenes aufgebaut zu haben.«

Leo nickte, aber ein Schatten lag auf seinen Augen. »Ich könnte das nicht.«

»Wie meinst du?«

»Wenn ich mir etwas Eigenes aufbauen will, kann ich nicht hierbleiben. Das ist einer der Gründe, warum ich nach Florenz gegangen bin.«

Mira sah aufs Wasser hinaus. Die Abendsonne stand inzwischen tief über den Hügeln. Die Wellen reflektierten ihren orangenen Schein und ließen das Weiß der Jacht pfirsichfarben leuchten. »Das kann ich verstehen. Ich musste auch von zu Hause weg. Das hier ist meine Chance auf einen Neuanfang. Auf Freiheit.«

»Probleme mit den Eltern oder einem Typen?«, fragte Leo interessiert.

»Meine letzte Beziehung war nicht so ... einfach«, erklärte Mira knapp und hoffte, dass Leo es dabei belassen würde. Auch er schien die idyllische Stimmung nicht stören zu wollen. Das Boot schwappte im leichten Seegang und beide genossen die ruhige Atmosphäre und die Gesellschaft des jeweils Anderen. Leo erzählte Mira von dem Felsen, vor dem sie ankerten, und auf dem er sich vor Jahren bei einer Erkundungstour das Handgelenk gebrochen hatte.

»Bevor die Sonne untergeht, würde ich gern noch eine Runde schwimmen«, erklärte Leo nach einer Weile. »Hättest du Lust?«

»Auf jeden Fall«, freute sich Mira, die bereits ihren Bikini unter ihren Shorts und ihrem Top trug.

»Sehr gut. Ich hole von unten ein paar Handtücher. Es gibt ein kleines Bad, wenn du dich dort umziehen möchtest.«

»Nicht nötig, ich habe meine Badesachen schon an.«

Leo stand auf und verschwand auf der kleinen Treppe nach unten. Mira schlüpfte inzwischen aus ihrer Kleidung und ging barfuß an den Einstieg am Heck der Jacht, der flach über der Wasseroberfläche lag. Sie setzte sich und ließ die Füße ins Wasser baumeln. Es war kühler als an der Insel. Vermutlich war das Wasser hier um den Felsen herum tiefer.

»Wie ist das Wasser?«, fragte Leo hinter ihr. Mira sah über die Schulter zu ihm auf und war froh, dass das Wasser sie ein wenig abgekühlt hatte. Ansonsten hätte ihr Gehirn in diesem Moment vermutlich einen Kurzschluss erlitten. In seinen schwarzen Schwimmshorts sah Leo aus wie ein Model. Die definierten, breiten Muskeln an seinen Beinen und Armen kennzeichneten ihn als Sportler. Unterhalb seines Sixpacks sah ein V-förmiger Muskel aus dem Bund seiner Schwimmhose hervor, den Mira von Läufern oder Schwimmern aus dem Fernsehen kannte und sie musste sich dazu zwingen, den Blick zu heben.

»Heiß«, stotterte Mira. »Äh, ich meine natürlich warm! Angenehm.« *So viel also zu klaren Gedanken,* dachte sie beschämt und sah schnell wieder hinaus aufs Wasser.

Leo runzelte die Stirn. »Das ist ungewöhnlich. Hier draußen ist es normalerweise etwas kühler. Aber zum Schwimmen allemal geeignet.« Er zuckte mit den Schultern, kam in drei schnellen Schritten auf Mira zu und sprang direkt neben ihr mit einem Kopfsprung ins Wasser. Wassertropfen landete auf Mira, während sie gebannt darauf wartete, dass Leo wieder auftauchte. Er durchbrach die Wasseroberfläche direkt vor ihr und schüttelte das Wasser aus seinen Haaren. Mira sah die Tropfen darin in der Abendsonne glitzern und sein Gesicht hinabrollen.

»Da hast du mich ja ganz schön an der Nase herumgeführt«, grollte Leo mit tiefer Stimme. »Das Wasser ist ziemlich frisch.«

Mira kicherte. »Entschuldigung!«

»Kein Ding, du wirst es jetzt ja auch erleben«.

Leo funkelte sie verheißungsvoll an und war in zwei kurzen Schwimmzügen bei ihr.

»Moment mal«, wollte Mira protestieren, doch Leo hatte ihr bereits seine Händen um die Taille gelegt und zog sie vom Rand der Jacht ins Wasser.

Das Wasser war kühl, aber wie Leo zuvor gesagt hatte, war es nicht zu kalt zum Schwimmen. Mira prustete empört und spritzte Leo mit einem Schwall Wasser ins Gesicht, dann brachen beide in schallendes Gelächter aus.

»Ich würde gern einmal um den Felsen schwimmen«, schlug Mira vor, als sie sich ein wenig beruhigt hatten und ihr klar wurde, dass nur ein Meter Wasser und sehr wenig Stoff sie und Leo voneinander trennte.

»Gute Idee«, befand Leo und setzte sich mit langsamen Schwimmzügen in Bewegung.

Inzwischen stand die Sonne so tief, dass die Hügel nur noch als schwarze Schatten vor der hellen Scheibe herausstachen. Touristen schien es um diese Zeit und in dieser Gegend nicht zu geben, und es war, als wären Mira und Leo die einzigen Menschen in einer friedlichen, ruhigen Welt, die nur ihnen gehörte. Der Fels und die darauf wachsenden Kiefern leuchteten rot im letzten Sonnenlicht und über ihnen erschienen die ersten Sterne am Firmament.

Als sie einmal im Kreis geschwommen waren, dümpelten Leo und Mira voreinander im Wasser und hielten sich mit je einer Hand am Einstieg der Jacht fest. Keiner von ihnen schien den Moment beenden und wieder an Land gehen zu wollen. Miras Blick blieb immer wieder an Leos Lippen hängen, die sich in so kurzer Entfernung auf ihrer Augenhöhe befanden. Vielleicht war es eine Wasserströmung, doch wie magisch angezogen schien sie Leo immer näher zu kommen. In seinem Blick lag etwas Dunkles und Verlockendes, das Mira faszinierte und ihren Kopf ausschaltete. In ihrem Bauch zog sich etwas zusammen und ihrem Körper schien mehr als bewusst zu sein, was sie wollte.

Sie war so nah an Leo herangetrieben, dass sie den Kopf in den Nacken legen musste, um ihm in die Augen blicken zu können. Leo hob seine Hand aus dem Wasser und legte sie Mira an die Wange. Ihre Blicke bohrten sich ineinander und Mira blendete alles andere aus. Wie auf ein Kommando, das ihre Körper gleichzeitig zu geben schienen, beugte sich Leo zu ihr hinab, gerade als sie einen Arm um seinen Nacken legte und seine Lippen mit ihren bedeckte. Sie verharrten eine Weile in dieser Position, vorsichtig und forschend, bis Leo stöhnte und ihre Lippen mit seiner Zunge teilte, um ihren Mund zu erobern. Mira stöhnte ebenfalls und erwiderte hungrig den Kuss. Intensivierte ihn, schmeckte ihn. Mit beiden Händen hielt sie sich an ihm fest, während ihr Herz gegen ihre Rippen pochte. Sie schlang ihre Beine um seine Hüfte und fühlte, wie sehr er sie begehrte. Es raubte ihr den Atem und als sie die Augen öffnete, wusste sie nicht, ob inzwischen so viele Sterne aufgegangen waren oder ob ihr von dem Kuss der Kopf schwirrte.

»Du zitterst ja«, flüsterte Leo besorgt in ihr Ohr und knabberte an ihrem Ohrläppchen. »Wir sollten dich an Land bringen.«

Kapitel 18

Als Mira sich auf der Einstiegsplattform abstützte und aus dem Wasser zog, bemerkte sie, dass Leo recht hatte. Ihre Arme zitterten unkontrolliert und ihre Zähne klapperten. Hatte sie das kühle Wasser so sehr unterschätzt? Oder war das Zittern die Reaktion ihres Körpers auf den ersten zärtlichen Körperkontakt nach langer Zeit? Und besonders nach den traumatischen Erfahrungen, die sie mit Elias gemacht hatte. Seither hatte sie niemanden mehr so nah an sich herangelassen und nicht das geringste Bedürfnis verspürt, jemanden kennenzulernen und sich zu verabreden. Natürlich hatte sie sich manchmal einsam gefühlt, aber die Erinnerung an den Schmerz hatte das Bedürfnis nach Nähe weit in den Schatten gestellt.

Sobald Mira auf die Füße kam, wickelte Leo sie in ein großes weiches Handtuch. Er rieb sanft über ihre Arme, um sie aufzuwärmen, doch selbst diese unschuldige Berührung war Mira plötzlich zu viel. Zu nah. Zu gefährlich.

Sie wich ein Stück zurück und drehte Leo den Rücken zu. »Wo ist das Badezimmer?«, fragte sie heiser.

»Die Treppe runter und dann hinter der Küchenzeile rechts.«

Mira sammelte eilig ihre gefaltete Kleidung von der Liege und stieg die Treppe hinab. Durch einen Tränenschleier konnte sie die Küche und eine weitere Sitzecke ausmachen. Sie durchschritt die schmale Tür zu ihrer Rechten und verschloss sie hinter sich. Mit dem Rücken zur Tür legte sie die Hände ins Gesicht und versuchte, das Schluchzen zu unterdrücken, das sich den Weg aus ihrer Kehle bahnte. Ihre Atemzüge kamen stoßweise und abgehackt und die hereinbrechenden Gefühle schüttelten sie.

Mira blickte in den Spiegel. Der Blick in ihren Augen war gequält, getrieben. »Mit Leo muss es nicht so sein wie mit Elias«, sprach sie leise auf sich ein. »Es kann ganz harmlos sein. Leicht und unbeschwert. Er will mir nichts Böses. Ich muss mich nur beruhigen.«

Sie schaffte es, ihre Atmung zu kontrollieren und das Zittern so weit runterzufahren, dass sie sich ihre Shorts und ihr Top überziehen konnte. Das Handtuch schlang sie um die Schultern. Der Geruch nach frischer Wäsche erinnerte sie an Leo und wirkte trotz ihrer Angst vor ihren Gefühlen und seinen Absichten beruhigend auf sie.

»Leo hat eine Chance verdient«, sagte sie ihrem Spiegelbild, das sie aus verquollenen Augen anblickte. »Und ich habe eine Chance verdient. Das ist mein Neuanfang.«

Sie straffte die Schultern, setzte ein Lächeln auf und kehrte zurück zum Deck der Jacht. Dort brannten inzwischen Lampen an den Bordwänden, die das Boot in warmes indirektes Licht tauchten.

Auch Leo hatte seine sandfarbenen Shorts und sein weißes Polohemd wieder angelegt und war damit beschäftigt, die Reste ihres Picknicks im Korb zu verstauen.

»Möchtest du noch einen Bomboloni?«, fragte er, als er Mira sah.

Sie nickte und war froh, dass er den verheulten Elefanten im Raum nicht ansprach. »Gern. Ich glaube, ich kann den Zucker gerade gut gebrauchen.«

Leo reichte ihr eine der kleinen Kugeln und sah sie besorgt an. »Ich hoffe, du hast dich nicht unterkühlt.«

Er klappte eine der Sitzbänke hoch und zog eine kuschelige Decke daraus hervor. »Hier, die wird helfen.«

Mira nahm die Decke dankbar an, wickelte sie anstelle des feuchten Handtuchs um ihren Körper und kauerte sich mit angezogenen Beinen auf eine der Liegen.

»Soll ich dich nach Hause bringen?«, fragte Leo.

»Bitte. Wenn es dir nichts ausmacht.«

Leo schnaubte. »Natürlich macht es mir etwas aus. Ich hatte große Erwartungen an den Abend. Hilflose junge Frauen gegen ihren Willen auf meinem Boot festzuhalten, gibt mir den ultimativen Kick. Dieses Gefühl, wenn sie mir ausgeliefert und vollkommen abhängig von mir sind.«

Mira erstarrte. Ungläubiges Entsetzen fraß sich durch ihr Inneres und sie spürte Säure in ihrem Hals aufsteigen.

Leos Augen weiteten sich. »Hey! Sarkasmus, Mira!«

Mira würgte und erneut erfasste sie das unkontrollierte Zittern. Diese Worte, seine Worte, riefen all die Erinnerungen an die Oberfläche. Ähnliche Worte, die sie in einem anderen Kontext gehört hatte. Abhängigkeit, Machtlosigkeit, das Gefühl von erbarmungsloser Ohnmacht. Sarkasmus hin oder her, hielt er das für lustig?

»Es tut mir leid«, fügte er mit ernster Stimme hinzu, als Mira auch weiterhin keinen Ton hervorbrachte. »Ich wollte einen Witz machen, aber ich merke selbst, dass das geschmacklos war.«

Am liebsten hätte Mira seine Entschuldigung einfach angenommen und den grenzwertigen Scherz hinter sich gelassen, aber ihre Stimmung war gekippt und das warme Kribbeln in ihrem Bauch hatte sich in die stechende Kälte von Eis verwandelt.

Leo machte einen Schritt auf sie zu. »Ist alles in Ordnung?«

Mira schüttelte den Kopf und wich zurück. »Bring mich bitte zur Insel.«

»Natürlich, sofort.« Leo holte die Rettungswesten aus ihrer Truhe und wollte Mira helfen, sie anzulegen.

»Nein, diesmal schaffe ich es allein«, brachte sie hervor.

Er nickte und legte sich seine eigene Weste an.

Nachdem er sich kurz versichert hatte, dass alle losen Gegenstände verstaut waren und Mira sicher saß, startete er den Motor und lichtete den Anker.

Mira nahm wie in Trance wahr, dass sich das Boot in Bewegung setzte und unter dem Nachthimmel über die Wasserfläche raste. Sie verlor jegliches Zeitgefühl und starrte in die Dunkelheit des Sees, die nur selten von den Lichtern vorbeifahrender Boote oder beleuchteter Villen am Ufer unterbrochen wurde. Als Leo die Geschwindigkeit drosselte und einen Bogen fuhr, sah sie auf und erkannte den Anleger der Insel. Sobald das Boot zum Stehen kam, warf sie die Decke von ihren Schultern und holte ihre Handtasche aus der Truhe. Sie murmelte Leo ein über die Schulter genuscheltes »Gute Nacht« zu und verließ fluchtartig die Jacht.

Kapitel 19

Der helle Schotterweg wurde von Laternen erleuchtet. Mira folgte den Serpentinen hangaufwärts, durchquerte einen Lichtkegel nach dem nächsten, bis sie an der Rasenfläche vor dem Herrenhaus ankam. Sie kürzte den Weg zum Landhaus ab, indem sie den mitten über das akkurat gemäht Gras lief. Wie eine Schlafwandlerin steuerte sie auf den rosenbewachsenen Torbogen zum Bauerngarten zu, der von zwei Laternen flankiert war. Sie sehnte sich nach der Sicherheit und Geborgenheit ihres Zimmers. Nach einer heißen Dusche und ihrer warmen Decke, unter der sie sich verkriechen konnte. Als sie hinter den Beeten das Landhaus erblickte, durchströmte sie Erleichterung. Trotz ihres bisher kurzen Aufenthalts war das Haus mit seinen dicken, mit wildem Wein überwucherten Backsteinwänden, knarzenden Treppenstufen und lichtdurchfluteten Räumen voller Leben zu einem Zuhause geworden.

Der Lavendelkranz an der Tür verströmte einen tröstlichen und beruhigenden Duft, als Mira an ihm vorbei ins Haus stürmte. Es war still und die für das Wochenende gebliebenen Angestellten schienen bereits zu schlafen. Sie schloss die Tür leise hinter sich und schlich die Treppe hinauf. Fast hoffte sie, dass Stella nicht da sein oder bereits schlafen würde. Ihre Lust, den Abend noch einmal Revue passieren zu lassen, hielt sich in Grenzen.

Doch sie war da, und sobald Mira die Zimmertür öffnete, schnellte Stellas Blick sofort von dem Taschenbuch, aus dem sie im Licht der Nachttischlampe gelesen hatte, zu Mira. Der Ausgang des Dates schien sichtbar zu sein, als stünde er ihr ins Gesicht geschrieben. Anstatt dass Stella sie sofort mit Fragen löcherte, legte sie still das Buch beiseite, machte Platz in ihrem Bett und hob die Decke für Mira an, die sich niedergeschlagen neben ihre Freundin plumpsen ließ und das Gesicht in den Händen verbarg.

»Willst du darüber reden?«, fragte Stella nach einer Weile.

Mira schüttelte kraftlos den Kopf.

»Wein? Eis? Schokolade?«

Erneut verneinte Mira und merkte, wie ihr Blick verschwamm.

»Ach, Maus«, flüsterte Stella mitfühlend. »Ich bin für dich da.«

Stellas Mitgefühl war mehr, als Mira ertragen konnte. Als würde ein Damm brechen, begann sie haltlos zu schluchzen. Tränen liefen ihr die Wangen hinunter. Auch wenn Stella sie in keiner Weise dazu drängte, hatte sie das Bedürfnis, sich zu erklären.

»Es war einfach noch zu früh«, brachte sie zwischen zwei Schluchzern hervor. »Alles erinnert mich an ihn. Hinter jedem Satz, hinter jeder noch so unschuldigen Geste suche ich nach verdeckten Motiven, die mir schaden oder mich kleinhalten wollen.«

»Mira, ich weiß nicht, was damals passiert ist und was dieser Kerl dir angetan hat. Und du musst es mir auch nicht erzählen. Aber bei einer Sache bin ich mir dennoch absolut sicher. Und zwar, dass er es nicht verdient hat, noch heute einen solchen Einfluss auf dich auszuüben. Du musst dich irgendwie von ihm befreien, damit du wieder glücklich sein kannst.«

»Danke, Stella. Aber denkst du nicht, das probiere ich bereits mit aller Macht? Ich bin tausend Kilometer weit geflüchtet, auf eine einsame Insel mitten in dieser fremden Welt aus Luxus und Sonnenschein. Und trotzdem verfolgt er mich. Ich kann nicht ich selbst sein. Ich weiß nicht mal mehr, wer ich vorher war und wer ich jetzt bin. So lange habe ich mich verbiegen und formen lassen. Ich habe Angst, dass ich mich selbst dabei verloren habe.«

Stella zuckte mit den Schultern. »Und wenn schon. Dann erfindest du dich eben neu. Nur du bestimmst, wer du sein willst. Niemand sonst darf darüber entscheiden. Und hier hast du jede Chance, auszuprobieren, was das für dich bedeutet.«

»Für Leo und mich ist dieser Versuch nicht so gut ausgegangen.«

»Wenn es dir mit ihm nicht gefallen hat, ist das eben so. Die Chemie muss auf beiden Seiten passen ...«

»Eigentlich hat es ziemlich gut gepasst. Bis ich kalte Füße bekommen habe.«

»Also war das Date eigentlich gut? Bis zu diesem einen Moment?«

Mira nickte.

»Dann triff dich doch wieder mit ihm.«

Mira schluckte und schlug die Hände erneut vors Gesicht. »Darauf hat er sicherlich keine Lust. Außerdem ist es ihm gegenüber nicht fair. Solange ich mir so unsicher bin, kann ich mich nicht richtig auf ihn einlassen. Das hat er nicht verdient. Ich weiß nicht, ob ich bereit bin, das zu riskieren. Ob ich jemals wieder dazu bereit sein werde.«

Stella legte Mira verständnisvoll die Hand auf die Schulter. »Gib dir Zeit. Vielleicht wird dir von ganz allein klar, was du willst. Dann gibt das Schicksal euch bestimmt eine neue Möglichkeit. Immerhin ist es eine ziemlich kleine Insel ...«

»Danke.« Mira versuchte sich an einem Lächeln, doch ihre Mundwinkel waren nicht bereit, sich auch nur einen Millimeter zu heben.

Nachdem Mira sich die Zähne geputzt hatte und in ihr eigenes Bett umgezogen war, lag sie noch lange wach und grübelte. Versuchte, sich ihrer Gefühle bewusst zu werden. *Es könnte so einfach sein*, dachte sie zum wiederholten Mal. *Aber das ist es nicht.*

Auch im Schlaf war sie unruhig und warf sich hin und her. Wirre Träume lösten sich ab. In einem von ihnen befand sie sich wieder im Wasser des Sees. Leo war bei ihr und wildes Verlangen machte sich in ihrem Körper breit. Sie küssten sich, wie sie es bei ihrem Ausflug getan hatten. Hungrig, leidenschaftlich. Doch dann veränderte sich der Kuss. Leo veränderte sich. Sein Gesicht verwandelte sich in eines, das sie in- und auswendig kannte. Das sie über Jahre hinweg jeden Tag gesehen hatte. Es war meist das Letzte gewesen, das sie vor dem Einschlafen gesehen hatte, und das Erste beim Aufwachen. Es hatte ihr einst ein Gefühl von Geborgenheit gegeben. Jetzt war das Gegenteil der Fall.

Sie sträubte sich gegen den Kuss, doch Elias hielt sie fest. Grub seine Nägel in ihre Oberarme und küsste sie so hart, dass ihre Zähne aufeinander krachten. Er biss ihre Unterlippe und Mira schmeckte Blut. Sie wollte aufschreien, sich irgendwie von ihm losmachen, doch er war zu stark und aus ihrer Kehle drang kein Laut. Höhnisch grinste er sie an, machte sich über sie lustig. Dann legte er seine Hände auf ihre Schultern und drückte sie unter Wasser. Wehrlos sank sie unter die Wasseroberfläche, strampelte mit den Beinen, kratzte und kniff in Elias Arme, doch er hielt sie unnachgiebig fest. Ihr wurde schwummerig vom Sauerstoffmangel und ihre Lungen brannten, ächzten nach Luft. Als sie keine Kraft mehr hatte, dagegen anzukämpfen, öffnete sie den Mund.

Japsend erwachte sie, keuchte, sog begierig die kühle Luft ein, die durch das geöffnete Fenster hereindrang. Sie tastete nach dem Schalter der Nachttischlampe, um durch das Licht die Erinnerungen an den Albtraum verblassen zu lassen. Stella schlief tief im anderen Bett und hatte sich in ihre Decke gewickelt.

»Was war das gerade?«, flüsterte Mira erschüttert.

Die Brutalität und Intensität des Traums hatte sie verstört. Gleichzeitig war ihr klar, was ihr Unterbewusstsein ihr mitteilen wollte. Wenn sie nicht wollte, dass sich derselbe Schlamassel wie mit Elias wiederholte, musste sie sich von Leo fernhalten.

Kapitel 20

Die Morgensonne schaffte es, Miras Gedanken nach der durchwühlten Nacht zumindest einigermaßen zu beruhigen. Eine heiße Dusche und ein frisch aufgebrühter Cappuccino taten ihr Übriges, damit sie für den Tag gewappnet war.

Ihr Plan war es, sich so tief in Arbeit zu begraben, dass sie keine Sekunde an den gestrigen Abend denken würde. Sie würde versuchen, sich mit der Signora gut zu stellen und sie davon zu überzeugen, dass sie ihre Arbeit nach ihren Wünschen erledigte. Schließlich war das doch der Grund, aus dem sie hier war. Um die alte Leidenschaft zu ihrer Arbeit erneut zu entflammen, sich in der Kunst zu verlieren und vielleicht sogar ein Empfehlungsschreiben zu erhalten. Ein Mann war nie Teil des Plans gewesen. Auch wenn sie für einen Moment gedacht hatte, dass ein Abenteuer aufregend sein und ihrem Heilungsprozess helfen könnte, war sie nun vom Gegenteil überzeugt. Um sich selbst ihre Entschlossenheit zu beweisen, sich von Leo fernzuhalten, griff sie beim Verlassen des Zimmers nach der Designertasche, mit der Signora di Varrone sie genau dazu hatte bestechen wollen – Leo zu meiden.

Die Vorstellung, Leo in einer Ecke des Gartens oder zwischen den Farnwedeln des Gewächshauses über den Weg zu laufen, war ihr so unangenehm, dass sie hastig zum Wintergarten huschte und dabei mehrfach über die Schulter sah. An jeder unübersichtlichen Ecke hielt sie den Atem an und spähte vorsichtig voraus, um nicht wieder überraschend in seinen Armen zu landen.

Erst als sie den weißen Kittel überzog und eine Hand auf den kühlen Marmor legte, der in den Strahlen der noch tief stehenden Sonne glänzte, beruhigte sich ihr Puls und sie konnte wieder durchatmen.

Als Miguel eintraf, zeigte Mira ihm die Handhaltungen, die sie recherchiert hatte und von denen sie annahm, dass sie den Vorstellungen der Signora entsprachen.

Miguel zuckte mit den Schultern. »Wenn das der Wunsch der Signora ist und Dr. Glenn einverstanden damit ist, wollen wir mal loslegen.«

Mira nickte und begann, gemeinsam mit Miguel eine maßstabsgetreue Skizze anzufertigen. Ihr fiel auf, dass Miguel dabei mehrfach verstohlen ihren eigenen Arm musterte. Er besah die Tabelle mit den Maßen, die sie bereits vom intakten Arm der Statue genommen hatten. Länge vom Handgelenk zum Ellbogen, Umfang des Handgelenks, Umfang der dicksten Stelle des Unterarms ... bei Messen hatte er Mira an einen Schneider erinnert, der Maße für ein Kleid oder eine Jacke nahm. Erneut wanderte sein Blick zu Mira. Er runzelte die Stirn, trat an sie heran und hob ihren linken Arm an, sodass er zwischen ihnen in der Luft hing. Dann nahm er dieselben Messungen an Mira vor, die er zuvor an der Marmorfigur durchgeführt hatte.

Er pfiff durch die Zähne und grinste. »Du ersparst uns eine Menge Arbeit, Mira. Wir werden wohl kein Modell anfertigen müssen, sondern können dich als Vorlage für einen Gipsabdruck verwenden ...«

***

»Kann ich bitte noch einen Schluck haben?«, fragte Mira eine Woche später in der brütenden Mittagssonne des Wintergartens.

»Klar.« Stella hüpfte von der Werkbank und hielt Mira das Glas mit dem Strohhalm an den Mund.

Mira trank etwas von dem Eiskaffee. »Danke. Auch dafür, dass du deine Pause hier mit mir in diesem Ofen verbringst.« Der Wintergarten war eigentlich temperiert, doch die Sonne fiel so grell durch das Glasdach, dass die Frauen dennoch nach wenigen Minuten ins Schwitzen gekommen waren.

»Kein Ding, ich kann dich doch hier nicht hilflos verdursten lassen.«

Mira seufzte und blickte auf ihren linken Unterarm, der sich vollständig in einem Eimer mit der Modelliermasse für den Gipsabdruck befand. »Hilflos trifft es ganz gut.« Mit der rechten Hand stützte sie den Arm am Eimerrand ab, um nicht zu wackeln. »Wie lange muss ich noch durchhalten?«

»Noch fünfzehn Minuten«, antwortete Stella mit Blick auf die Stoppuhr, die Miguel eingestellt hatte, bevor er in die Mittagspause verschwunden war. »Gut, dass du mich hast, um dich zu unterhalten. Du willst doch sicher die neusten und pikantesten Gerüchte der Insel hören.«

»Auf jeden Fall. Und natürlich brauche ich dich als Schutzschild, falls jemand meine hilflose Lage ausnutzen will.«

»Verständlich«, antwortete Stella mit einem Nicken. »Denkst du, es könnte unangenehm werden, wenn ein bestimmter, gut aussehender Mann dich hier vorfindet und zur Rede stellen will?«

Mira grummelte bei dem Gedanken. »Eigentlich schätze ich ihn nicht so ein, aber ich will es auch nicht riskieren.«

Sie war Leo in den letzten Tagen bewusst und sorgsam aus dem Weg gegangen. Der Gedanke an eine erneute Begegnung löste die widersprüchlichsten Gefühle in ihr aus, weshalb sie auch jeden Gedanken an ihn möglichst vermied. Sie hatte sich in die Arbeit gestürzt, mit Miguel alles für die Gipsabdrücke vorbereitet und auch die Inszenierung der Skulpturen für die Modenschau durchgeplant. Sie hatte im Auftrag der Signora an einem Treffen mit der Eventplanerin, die die Veranstaltung federführend vorbereitete, und einem Lichttechniker teilgenommen, denen sie die Bedeutungen der unterschiedlichen Statuen erläuterte, um sie durch Position, Lichtfarbe und Dekoration optimal in Szene setzen zu können. Auch mit den Floristen und Gärtnern hatte sie sich getroffen, die die Kunstwerke mit Blumen und Pflanzen verzieren würden. Nachdem ihre Aufgaben abgearbeitet waren, hatte die Signora ihr gestattet, auch bei den übrigen Vorbereitungen zuzuschauen. Sie hatte sich zwar damals im Restaurationsstudium für den Schwerpunkt Stein entschieden, doch hier bot sich die Gelegenheit, auch den anderen Restauratoren über die Schulter schauen, die sich mit der Instandsetzung von Gemälden und Gewändern beschäftigten, die ebenfalls bei der Veranstaltung inszeniert werden sollten. Darunter befanden sich antike Ballkleider, die wirkten, als seien sie einem Märchen über den venezianischen Karneval entsprungen. Vielleicht, so wurde Mira klar, waren sie tatsächlich einst von einer adeligen Dame zu diesem Anlass getragen worden. Dieser Aspekt der Restauration faszinierte sie besonders – die Objekte hatten eine reale, greifbare Geschichte, die es zu entschlüsseln galt. Manchmal war sie verborgen durch Staub, Schmutz oder Zerfall und manchmal blieb sie auch verborgen. Doch in anderen Fällen ließ sie sich entschlüsseln und die Kunstwerke offenbarten ihre Geheimnisse, wenn man nur sorgsam genug suchte.

Die Zerstreuung, die die Arbeit und das Lernen mit sich brachten, hatte Mira von den Gedanken an Leo abgelenkt und sie zusätzlich so müde gemacht, dass sie tief und häufig traumlos geschlafen hatte. Auch Stella lenkte Miras Aufmerksamkeit zielsicher auf harm- und belanglose Themen, indem sie ihr sämtlichen Klatsch und Tratsch weitergab, den sie im Gespräch mit den anderen Bediensteten auffing.

Eine Viertelstunde war die Wartezeit vorüber und Stella verabschiedete sich. Mira zog unter Miguels Anweisung ihren Arm aus der zuvor knetartigen Masse, die inzwischen hart geworden war und ihre Geste eingefangen hatte.

Sie ballte ihre Hand mehrmals zur Faust und öffnete sie wieder, um die verspannten Finger zu lockern. »Hoffentlich habe ich es elegant genug gemacht. Ich kann darauf verzichten, noch mal für eine Stunde lang in dem Zeug festzustecken.«

Miguel lachte und begann damit, den Gips für den Abdruck anzurühren. »Morgen früh werden wir es wissen.«

»Und wehe, du brichst mir einen Finger ab, oder so«, warnte Mira. »Dann überlegen wir uns eine Alternative. Notfalls geben wir der Statue ein Blumenbouquet in die Hand. Oder irgendetwas anderes, das thematisch passt ...«

»Ich gebe mein Bestes«, beruhigte Miguel sie. »Und du bist für heute erlöst. Bis zum Anbringen deines Gipsarms an die Skulptur gibt es hier nichts zu tun.«

Als Mira den Wintergarten verließ, um über den Rasen in Richtung Bauernhaus zu laufen, erschrak sie über die Wand aus Hitze, gegen die sie prallte. Unter dem Glasdach war es trotz der Klimaanlage heiß gewesen, doch im Freien brannte die Sonne beinahe unerträglich und bereits nach wenigen Schritten klebte Mira das geblümte Sommerkleid vom Schweiß zwischen den Schulterblättern. Niemand außer ihr schien sich draußen aufzuhalten. Sogar die Vögel legten mit ihrem Gesang eine Mittagspause ein, denn es war außergewöhnlich still. Nur dem Ziergarten vor dem Herrenhaus konnte die Sonne nichts anhaben. Der akkurat getrimmte Rasen trotzte ihren sengenden Strahlen und leuchtete tiefgrün. Mira wusste, dass Francesca die frühen Morgen- und späten Abendstunden nutzte, um ihn ausgiebig zu wässern.

Mira lief zwischen den Buchsbaumhecken und Lorbeerbüschen hindurch zielstrebig zur Mauer mit dem

Durchgang zum Bauerngarten. Als sie auf das rosenbewachsene Tor zusteuerte, trat plötzlich Leo daraus hervor. Er hielt den Kopf gesenkt und war beim Gehen in sein Taschenbuch vertieft. Mira nutzte seine Unaufmerksamkeit, um in eine Sitzecke mit einer marmornen Bank am Wegesrand zu huschen. Blühende Oleanderbüsche schirmten die Nische vor neugierigen Blicken ab und würden hoffentlich auch Mira verbergen. Ihr Verhalten war ihr peinlich, aber für eine Konfrontation fühlte sie sich nicht bereit. Würde es vielleicht nie sein.

Hinter den duftenden Büschen kauernd lauschte Mira nach Leos Schritten auf dem feinen Kies. Das gleichmäßige Knirschen kam immer näher und sie betete, dass er sie nicht gesehen hatte und vorübergehen möge. Leo ließ die Sitzecke hinter sich, ohne seine Schritte zu verlangsamen. Mira spähte um die Sträucher herum und sah seinen Rücken, während er sich langsam von ihr entfernte. Sie atmete auf und kam sich gleichzeitig kindisch vor. So unangenehm sie sich das Gespräch mit Leo auch vorstellte, ein Teil von ihr sehnte sich danach, wieder in seiner Nähe zu sein. Ihre Haut prickelte bei der Erinnerung an seine Berührungen. Seinen Duft. Auch wenn sie ihm keine Rechenschaft schuldig war, wollte sie ihm ihr Verhalten gern erklären. Doch das würde zu viele weitere Erklärungen nach sich ziehen. Alte Wunden aufreißen, die noch nicht ansatzweise verheilt waren.

»Es geht nicht«, versuchte sie sich selbst mit fester Stimme zu überzeugen. Und dennoch spürte sie in ihrer Brust ein tiefes Bedauern, das sie trotz der großen Hitze frösteln ließ.

Kapitel 21

Im Bauernhaus herrschte gedrückte Stimmung. Nicht nur Mira hatte schlechte Laune. Die Hitze hatte alle Bewohner des Hauses ausgelaugt und reizbar gemacht. Sogar Stella, die sonst vor Energie und Freude überquoll, stocherte missmutig und schweigsam in dem Salat herum, den Nonna ihnen als Nachmittagssnack zubereitet hatte.

In stiller Übereinkunft gingen Stella und Mira nach dem Essen zu den Liegen im Schatten der Obstbäume hinter der Terrasse. Die Temperaturen waren zwar nach wie vor hoch, doch die Sonne stand nun tiefer am Himmel und brannte nicht mehr so unerbittlich auf sie herab.

Eine Zeit lang sagte keine der beiden etwas, doch dann schien Stella eine Entscheidung zu treffen. »Der Abend ist zu schön für trübe Gedanken«, sagte sie in bestimmtem Ton. »Wollen wir noch eine Runde paddeln?«

Mira hatte den Unterarm auf der Stirn abgelegt und grummelte träge eine Ablehnung in ihren Ellbogen.

»Die Abkühlung wird uns guttun. Gerade weil wir keine Lust haben.«

»An dir ist echt ein Motivationscoach verlorengegangen«, murmelte Mira widerwillig. »Na gut, ich bin dabei.«

»Genial! Ich hole das Board.« Stella sprang auf. Bereits die Aussicht auf Ablenkung schien ihre gewohnte Energie zurückzubringen. »Soll ich dir deine Badesachen mitbringen?«

»Habe ich schon drunter«, erwiderte Mira mit einem müden Lächeln und zupfte an ihrem Kleid.

»Okay, dann bin ich in fünf Minuten wieder hier«, rief sie über die Schulter und verschwand in der Küchentür.

Mira ließ sich in den Liegestuhl zurücksinken. Endlich schien etwas Wind aufzukommen. Seufzend schloss sie die Augen und spürte den warmen Luftzug auf der Haut.

Hinter ihr räusperte sich jemand. »Mira?«

Mira schreckte hoch und drehte sich um. Zwischen den Büschen stand eine junge Frau. Sie trug ein schwarzes Tanktop und kakifarbene Shorts, die ihre langen, makellosen Beine zeigten. Die brünetten Wellen, die ihr über die Schultern fielen und um die sie jede Bloggerin beneiden würde, hätten auch in einen Werbespot für Shampoo gepasst. Obwohl sie einander nie vorgestellt worden waren, wusste Mira sofort, wer vor ihr stand.

»Illaria, oder?«, fragte sie verblüfft.

Die Frau nickte und trat mit einem raschen Blick zum Haus aus dem Gebüsch.

»Bist du wegen Stella hier?«, setzte Mira an. »Sie ist gerade -«

»Ich bin deinetwegen hier«, schnitt Illaria ihr das Wort ab und ließ sich auf Stellas verwaister Liege nieder.

»Oh.« Mira fühlte sich wie eine Schülerin, die zum Direktor gerufen wird und nicht weiß, was ihr vorgeworfen wird.

»Es geht um Leo«, fuhr Illaria mit harter Stimme fort.

In Miras Bauch bildete sich ein Kloß.

»Dein Verhalten ihm gegenüber ist kindisch. Und unfair. Er kann vielleicht manchmal ein wenig verpeilt sein. Er hat Schwierigkeiten, die Stimmung in einem Raum zu lesen, und merkt nicht, wenn seine Scherze unangebracht sind. Aber das rechtfertigt nicht, ihn komplett zu ghosten und dich vor ihm wie ein Teenager im Gebüsch zu verstecken.«

Mira wäre gern im Boden versunken, so erbärmlich kam sie sich vor. Also hatte Leo sie doch entdeckt, als sie heute Mittag geflohen war. Sie blinzelte und wusste nicht, was sie erwidern sollte. Dann regte sich Widerstand in ihr. Ja, ihr Verhalten war vielleicht nicht besonders erwachsen. Aber es war nicht unbegründet. Ihren persönlichen Hintergrund wollte sie Illaria sicher nicht offenlegen. Trotzig hob sie das Kinn und setzte an, sich zu verteidigen.

»Du musst es mir nicht erklären«, kam Illaria ihr erneut zuvor, diesmal mit weniger Schärfe. »Vielleicht stehst du einfach nicht auf ihn. Vielleicht hat er mehr Mist gebaut, als er gemerkt hat. Oder vielleicht ist etwas ganz anderes vorgefallen. Mir ist es egal. Aber mir ist nicht egal, dass mein Bruder sich seit über einer Woche Schuldgefühle macht und schlecht gelaunt herumhängt. Ihm schuldest du eine Erklärung. Und bitte pronto.« Ihr endgültiger Ton ließ keine Widerrede zu. Sie erhob sich und verschwand mit erneutem Blick zum Haus in Richtung Obstgarten. »Er ist in seinem Gewächshaus«, fügte sie hinzu, ohne sich noch einmal umzudrehen.

Mit offenem Mund blieb Mira zurück.

Was war das gerade gewesen? Illaria war eine regelrechte Erscheinung und schien es gewohnt zu sein, Befehle zu erteilen und ihre Meinung direkt zu äußern. Wie viel hatte Leo ihr erzählt? Er hatte Mira gegenüber das gute Verhältnis zu seiner Schwester erwähnt, aber sie hatte nicht erwartet, dass Illaria von ihrem Date wusste. Geschweige denn, von dessen Ausgang.

Miras Wangen wurden heiß und sie wusste nicht, ob Scham oder Empörung ihr die Röte ins Gesicht trieb. Sie ging in Gedanken Illarias Redeschwall durch. Was hatte sie über Leo gesagt? Dass er Schuldgefühle und schlechte Laune habe? Konnte das wirklich an ihrem Date liegen? An ihr? Sie hatte nicht erwartet, einen solchen Effekt auf Leo zu haben. Hatte bisher nicht einmal gewusst, ob er noch an sie dachte oder bereits die nächste Frau mit auf sein Boot nahm. So begründet und tief verwurzelt Miras Ängste auch sein mochten - Illaria hatte recht. Sie rechtfertigten ihr Schweigen nicht, wenn es Leo verletzte. Mira wusste aus eigener Erfahrung, wie weh es tun konnte, ignoriert zu werden. Elias hatte sie regelmäßig angeschwiegen, wenn sie seiner Meinung nach etwas falschgemacht hatte. Stunden-, manchmal tagelang hatte sie sich den Kopf zerbrochen und alles getan, um seine Zuneigung zurückzuerlangen, sie sich verzweifelt zurückzuverdienen, bis er ihr gönnerhaft eine neue Chance gab.

Mira schnaubte. Niemand hatte das verdient. Auch wenn sie Leo nicht alles sagen konnte, dann zumindest, dass es nicht an ihm lag, sondern an ihren Ängsten.

Das Wissen, dass es tatsächlich an ihrer Vergangenheit lag und an einem tausend Kilometer entfernten Mann, der sie in Gedanken bis auf diese Insel verfolgte, war hingegen eine Bürde, die sie selbst tragen musste.

Kapitel 22

»Du wirkst ja entschlossen«, bemerkte Stella, als sie mit ihrer Tasche über dem einen und dem SUP-Board unter dem anderen Arm aus der Küchentür trat. »Ich dachte schon, ich muss dich aus dieser Liege und zum Wasser zerren.«

Mira war aufgestanden und hatte mit angespanntem Kiefer ins Gras gestarrt. »Mir ist etwas dazwischengekommen. Ich komme doch nicht mit paddeln.«

»Oh, so plötzlich?«

Mira nickte. »Ich muss etwas richtigstellen.«

»Jetzt sofort?«

»Bevor mich der Mut verlässt.«

Stella schien zu verstehen. »Leo«, stellte sie fest. »Was hat deine Meinung geändert?«

»Eher wer als was. Illaria war gerade hier.«

Kurz zogen sich Stellas Augenbrauen zusammen und sie stellte sich etwas aufrechter hin, doch dann lächelte sie Mira breit an und klopfte ihr ermutigend auf den Rücken. »Na dann - worauf wartest du noch? Stell die Sache richtig.«

Dankbar setzte Mira sich in Bewegung.

»Und berichte mir später alles!«, hörte sie Stella noch rufen, dann eilte sie über die Wiese zwischen den Obstbäumen davon.

Den Weg zum Gewächshaus legte Mira trotz der Hitze beinahe im Laufschritt zurück. Der Wind frischte weiter auf und jagte graue Wolkenfetzen über den Himmel. Obwohl es noch früh am Abend war, wurde es zunehmend dunkel. Ein Hitzegewitter bahnte sich an, doch nicht die Angst vor dem Sturm war es, die Mira zur Eile antrieb. Sie wollte möglichst schnell zu Leo. Auch wenn sie keine Ahnung hatte, was genau sie sagen sollte. Sie fürchtete, sie könne es sich jeden Moment anders überlegen und umkehren, wenn sie kurz innehielt und nachdachte. Das wollte sie nicht riskieren.

Als sie endlich in das große Glashaus trat, war die Luft kaum schwüler als draußen. Mira kannte die Pfade zwischen den üppigen Beeten inzwischen gut und hielt zielstrebig auf den hinteren Teil des Gebäudes mit den kleineren Gewächshäusern zu.

Vor Leos Tür blieb sie stehen und blickte durch die Scheibe. Er stand mit seinen Kopfhörern am Pflanztisch wie beim ersten Mal, als sie ihn hier gesehen hatte. Und genau wie bei ihrem ersten Besuch schien er ihre Anwesenheit zu spüren und sah auf.

Kurz schien so etwas wie Schmerz in seinen Augen aufzublitzen. Oder war es Bedauern? Scham? Ehe Mira sie sicher benennen konnte, blinzelte Leo die Emotion weg und setzte ein Lächeln auf.

Mira drückte die Klinke herunter und trat in den deutlich kühleren Raum. Sie blieb in einigem Abstand zu Leo stehen und lehnte sich mit dem Rücken an den langen Pflanztisch.

»Hi«, begann sie zögernd.

»Hi«, echote Leo tonlos.

Mira betrachtete die Gartenwerkzeuge und umherliegenden Triebe und suchte nach einem Einstieg in das Gespräch, von dem sie sich Erleichterung erhoffte. »Woran arbeitest du?«

Leo lachte nur und wandte sich wieder den Pflanzen zu.

»Was ist so lustig?«

»Eigentlich ist es nicht lustig.« Leo seufzte und begann damit, überstehende Blätter und Ästchen aus einer auf Mira bereits perfekt wirkenden Buchsbaumkugel in einem kleinen Terrakottatopf zu schneiden. »Nur surreal. Dass du plötzlich hier bist. Tagelang habe ich mir gewünscht, zu wissen, was ich falsch gemacht habe. Woran ich bei dir bin und wie ich dich so verärgern konnte. Ich habe mir gewünscht, dich zu sehen, wollte dir jedoch Zeit geben. Dich bei einem unserer zufälligen Treffen locker darauf ansprechen. Doch ich habe dich plötzlich nirgendwo mehr gesehen. Und heute habe ich gemerkt, warum das so ist.« Er machte eine kurze Pause und sah sie direkt an. Miras Bauch verkrampfte sich. »Weil du mir aus dem Weg gehst. Weil du dich lieber in einem verdammten Busch versteckst, als mir zu begegnen. Als ich das gesehen habe, habe ich meine Meinung geändert. Ich habe mir vorgenommen, nicht mehr an dich zu denken.« Ungläubig schüttelte er den Kopf. »Und genau an diesem Abend tauchst du hier auf und fragst mich, woran ich arbeite, als sei nie etwas gewesen.«

Mira senkte den Blick zu ihren Sandalen. Ein unangenehmes Schweigen breitete sich aus. Zwischen ihnen standen ungesagte Hoffnungen, Erwartungen und Enttäuschungen. In Mira kämpfte das Bedürfnis, Leo alles zu erzählen und ihm ihre Vergangenheit offenzulegen, mit dem Wunsch, die alten Wunden unangetastet zu lassen.

»Das mit neulich Abend«, setzte sie an. »Es lag nicht an dir, weißt du ...«

»Lass mich raten. Die Es-liegt-nicht-an-dir-es-liegt-an-mir-Abfuhr? Der älteste Korb der Geschichte?«

Mira blieb die Luft weg. Es war nicht fair, dass er ihren Versuch einer Erklärung so ins Lächerliche zog.

Sie schnaubte beleidigt »Nein, es liegt nicht an mir. Denn das klingt, als sei es meine Schuld. Dabei sind es eher die Umstände, die zwischen uns stehen. Wenn es überhaupt an jemandem liegt, dann an einem anderen ...«

Leo fuhr herum und pfefferte seine Gartenhandschuhe auf den Pflanztisch. Seine Augen waren zu Schlitzen verengt. »Ein anderer? Also hast du einen Freund?«

Er atmete tief aus und seine Schultern sackten herab, als sei er plötzlich sehr müde. »Ach, weißt du was? Ich will es gar nicht wissen.«

Schnellen Schrittes lief er an Mira vorbei durch die Glastür und ließ sie allein in seinem Gewächshaus stehen. Zurück blieben ein flaues Gefühl in Miras Magen und eine lähmende Stille, die nur durch das leise Donnergrollen in der Ferne unterbrochen wurde.

Kapitel 23

Sobald die Tür ins Schloss gefallen war, stöhnte Mira auf.

Wie hatte das Gespräch nur so schiefgehen können? Leo hatte sie nicht einmal richtig zu Wort kommen lassen. Und das Wenige, das sie gesagt hatte, musste ihn definitiv auf die falsche Fährte gebracht haben. Er dachte nun sicherlich, sie habe Gefühle für jemand anderen oder sogar eine Beziehung. Dabei war genau das Gegenteil der Fall. Zumindest waren die Gefühle, die jeder Gedanke an Elias in ihr auslöste, keinesfalls positiv.

Wäre sie nur nicht so stolz gewesen und hätte die Schuld für ihr Verhalten abladen wollen. Wenn sie sich einfach entschuldigt hätte, dann hätten Leo und sie vielleicht eine Chance gehabt. War sie nicht extra zu ihm gegangen, um Verantwortung für ihr Handeln zu übernehmen und Leo eine vernünftige Erklärung zu liefern? Stattdessen hatte sie alles schlimmer gemacht.

Er hatte ihre Erklärung nicht hören wollen.

Doch nun war sie sich sicher, dass er sie hören musste.

Entschlossen öffnete sie die Tür und verließ die angenehme Kühle, um Leo nachzueilen. Sie rannte zwischen den Pflanzen hindurch, doch im Gewächshaus sah sie ihn nicht mehr. Am Ausgang spähte sie zum Herrenhaus und über die Rasenflächen. Der Himmel hatte sich weiter zugezogen und in der Ferne war ein unheilvolles Grollen zu vernehmen.

In welche Richtung sollte sie gehen? Mira entschied sich für den Weg zum Anleger. Ihr Bauchgefühl sagte ihr, dass Leo bestimmt zu seinem Boot wollte.

Während sie über die Rasenfläche hastete, fielen die ersten schweren Regentropfen. Mira rannte die Stufen der großen Freitreppe hinunter und folgte den Serpentinen hangabwärts. Kies knirschte unter den Sohlen ihrer Sandalen und stob zu den Seiten weg.

Als sie den Anleger erreichte, war die Pflasterfläche dort bereits dunkel vom Regen und Miras Pony klebte ihr an der Stirn. Auf der Oberfläche des Sees kräuselten sich unendlich viele Kreise, die gegeneinander und ineinander liefen. Mira hielt direkt auf die *Leprotta* zu, die fest vertäut am Kai lag und sanft auf den Wellen schaukelte, die der Wind auf dem See erzeugte und gegen die Insel drückte.

An Deck war niemand zu sehen.

War ihre Eingebung richtig gewesen? Vielleicht war Leo gar nicht zu seiner Jacht, sondern ins Haus gegangen?

Mira trat bis an den Rand der Kaimauer direkt vor dem Boot und rief gegen Wind und Donnergrollen an. »Leo?«

Nichts rührte sich. Mira war allein inmitten des zunehmenden Sturms.

»Leo!«, rief sie erneut und Regentropfen bedeckten sie, prasselten auf ihren Kopf und ihre Schultern. Von ihrem Zopf tropften sie schwer in ihren Rücken.

Ein Blitz zuckte über den mittlerweile fast schwarzen Himmel und Sekunden später ertönte ein ohrenbetäubender Donnerschlag.

Frustration und Verzweiflung überkamen Mira. So lange war sie sich ihrer Gefühle nicht sicher gewesen. Hatte sich von ihren Ängsten und ihrer Vernunft steuern lassen. Doch nun, da Leo unerreichbar für sie schien, wurde ihr klar, wie groß ihre Gefühle für ihn geworden waren. Wie sehr sie sich noch eine Chance mit ihm wünschte.

»Leo!«, stieß sie hervor und ihre Stimme brach, mehr Schluchzer als Schrei.

Auf der Treppe, die unter Deck führte, tauchte plötzlich Leos Gesicht auf. Zum ersten Mal sah Mira ihn richtig überrascht. Er legte die letzten Stufen zurück und sah Mira aus großen Augen an.

Sie standen sich gegenüber, Mira am Boden und Leo etwas erhöht an Deck der schaukelnden Jacht. Dicke Regentropfen bedeckten nun auch sein Gesicht und liefen über seine vor Verwunderung offenstehenden Lippen.

Still blickten sie sich an, während um sie herum die Welt unterzugehen schien.

Miras Kopf war plötzlich leer und doch war sie überglücklich, Leo gefunden zu haben.

»Es tut mir leid!«, rief sie gegen den Sturm.

»Was?«

»Es tut mir leid!«

»Das habe ich schon verstanden. Ich frage mich nur, was genau dir leidtut. Dass du mich angelogen hast? Dass du mich geküsst hast, obwohl du einen anderen hast?«

»Du hast mich falsch verstanden. Ich habe keinen Anderen. Ich war nur unsicher wegen etwas, das ich in der Vergangenheit mit jemandem erlebt habe.«

Einen Moment lang wirkte Leo wie eingefroren. Dann sprang er mit einem eleganten Satz über die Reling und landete neben Mira auf den Pflastersteinen.

Plötzlich waren sie einander so nah, dass Mira ihn hätte berühren können, wenn sie nur den Arm ausgestreckt hätte.

»Also heißt das, du warst nach unserem Kuss nicht meinetwegen so abweisend?«, fragte Leo.

Mira schüttelte nur den Kopf.

»Und was bedeutet das jetzt für uns?«

»Dass ich dieses ‚uns' gern kennenlernen möchte«, erwiderte Mira mit einem Lächeln. »Wenn du das auch möchtest?«

Die Frage stand kurz zwischen ihnen und sie sahen sich in die Augen. Dann überwand Leo den letzten Abstand zwischen ihnen. Mira lehnte sich ihm entgegen und ihre Lippen fanden sich wie von selbst. Mira vergrub die Hände in Leos Haaren und atmete seinen Geruch ein, der sich mit dem Duft des Regens mischte. Er umfasste ihre Taille und zog sie an sich. Seine Zunge drängte in ihren Mund und sie stöhnte auf. Mira fühlte ihr Herz wild in ihrer Brust schlagen, während sie und Leo sich fest umschlagen, den Körper des anderen mit ihren Lippen und Händen erkundeten.

Sie verloren sich in einem Kuss, der dem Unwetter trotzte, sie Donner und Blitze vergessen ließ. Das Gewitter hüllte sie ein, umgab sie mit einem Schleier aus warmem Regen und schirmte sie vom Rest der Welt ab.

Es gab nur sie und die Naturgewalten, die diesem Moment etwas Episches, Mächtiges verliehen.

Nach einer Ewigkeit lösten sie sich voneinander und grinsten sich an.

Mira lachte. »Wird jeder unserer Küsse so nass sein?«

Leo blinzelte einen Regentropfen weg und sah zum Himmel, als würde ihm erst jetzt bewusst, wo sie standen.

Er stimmte in ihr Lachen ein. »Ich hoffe nicht. Aber ich mag es, dass du schon ans nächste Mal denkst. Immerhin kam der Regen heute nur von oben, das ist eine Steigerung vom letzten Mal.« Er deutete auf sein Boot. »Willst du mit reinkommen?«

Mira nickte und nahm Leos Hand, die er ihr reichte, um ihr über den Spalt zwischen Anleger und Boot zu helfen. Er stieg zuerst hinüber und zog sie an Deck. Mira fühlte das Schwappen der Wellen unter dem Kiel. Leo führte sie zu der überdachten Sitzgruppe. Sobald sie nicht mehr im prasselnden Regen standen, zog er sie wieder an sich, als sei jeder Abstand zwischen ihnen inakzeptabel. Mira umschlang seinen Nacken und küsste ihn. Dieser Kuss war weniger drängend, sondern zärtlich und sanft, als wollten beide ihn voll auskosten. Es gab keinen Zeitdruck, keine verzweifelt hervorbrechenden Emotionen mehr, sondern nur sie und das Verlangen, einander so nah wie möglich zu sein.

Leo drehte Mira zur Seite und griff hinter sie, ohne den Kuss zu unterbrechen. Er angelte eine weiche Decke von einem der Sitzmöbel und hüllte sie beide darin ein. Eng umschlungen standen sie geschützt vor dem Sturm unter dem Dach.

Leo hob eine Hand an Miras Wange und wischte die Regentropfen fort. In seinem Blick lag eine Wärme, die den Schutz und die Behaglichkeit der Decke noch übertraf und Glücksgefühle durch Miras Bauch schickte.

Mira legte den Kopf an seine Brust und gemeinsam sahen sie hinaus auf die sturmgepeitschte Oberfläche des Sees. Die Silhouetten der Hügel verschwammen im Regen. Zusätzlich zu den schwarzen Wolken verdunkelte nun auch die einsetzende Dämmerung den Himmel, der nun immer seltener von Blitzen durchzuckt war. Mira spürte Leos Herzschlag und kuschelte sich eng an ihn. Er umarmte sie fest und strich über ihren Rücken.

Der Donner grollte inzwischen nur noch in der Ferne, ein leises Hintergrundgeräusch. Mira fühlte sich warm und behaglich. Das Gewitter war weitergezogen. Es war über sie hinweggefegt und hinterließ nun Ruhe, in ihren Köpfen und um sie herum. Während sie dem Regen lauschten, hatte Mira das Gefühl, endlich angekommen zu sein.

Kapitel 24

Weder Mond noch Sterne konnten die dicke Wolkendecke durchdringen, als es um sie herum Nacht wurde. Bald war es zu dunkel, um auf dem See noch etwas zu sehen oder sich zurechtzufinden. Leo schaltete eine kleine Lampe auf einem der Tische ein, die mit ihrem warmen Lichtschein die Sitzgruppe erhellte.

Mira fuhr mit einem Finger seine Gesichtszüge nach, die sie nun wieder erkennen konnte, und schmunzelte bei den Gedanken an Stella, die seine Wangenknochen bewundert hatte. »Ich kann mir gerade nicht vorstellen, unseren gemütlichen Kokon zu verlassen und noch einmal durch den Regen zu laufen. Aber der Gedanke, die Nacht in nassen Klamotten auf einem Liegestuhl zu verbringen – nichts gegen deine Lounge – ist auch nicht so verlockend.«

»Nun, ich könnte dir unter Deck einen Regenschirm suchen. Ich glaube, es hängt noch einer an der Garderobe. Oder du bleibst heute Nacht hier. Die *Leprotta* kann neben einer gemütlichen Lounge nämlich auch mit zwei Schlafzimmern aufwarten. Und ein trockenes Shirt finde ich sicherlich auch für dich.«

»Oh.« Mira lachte verlegen. Die Vorstellung, die Nacht so nah bei Leo zu verbringen, allein auf seinem Boot, ließ ihren Bauch vor Aufregung kribbeln. Gleichzeitig hatte sie ein wenig Angst vor ihren Gefühlen, die in

Leos Nähe verrückt zu spielen schienen. Wenn sie stattdessen in einem trockenen Bett liegen konnte, war ein Spaziergang durch den Starkregen in finsterer Nacht für sie trotzdem keine Option, Regenschirm hin oder her.

»Dann bleibe ich gern hier«, entschied sie.

»Gute Wahl. Ohne Schwimmweste hätte ich dich dort nämlich nicht rausgelassen. Und so kommst du in den Genuss meiner vorzüglichen Gastfreundschaft. Keks?«, fragte er und hielt Mira eine Rolle mit Doppelkeksen hin, die er irgendwo hergezaubert hatte.

Mira lachte und schnappte sich einen der Kekse.

»Wirklich exzellente Küche«, lobte sie überschwänglich.

»Warte nur, bis du den Nachtisch probiert hast.«

»Gummibärchen?«

»Hm, ich glaube, die habe ich leider nicht mehr. Aber unten müssten noch eine Tüte Chips und Erdnüsse liegen.«

»Chips klingen gut, aber mit Erdnüssen kannst du mich jagen.«

Leo lachte. »Geht mir genauso. Die liegen dort auch bestimmt schon seit einem Jahr. Illaria zieht mich schon damit auf.«

Mira lachte bei der Vorstellung. Dabei verrutschte die Decke, und der kalte Luftzug auf ihrer nassen Kleidung ließ sie erschaudern. »Ich glaube, ich würde jetzt gern auf dein Angebot mit dem trockenen Shirt zurückkommen.«

»Selbstverständlich. Dann komm mal mit.«

Leo führte Mira zu der kleinen Treppe. Sie folgten den wenigen Stufen ins Innere der Jacht. Bei ihrem letzten

Besuch hatte Mira das untere Deck wie durch einen Nebel gesehen und wenig von der Ausstattung mitbekommen, doch jetzt nahm sie alles intensiv wahr. Ihr fiel der Schimmer des honigfarbenen Holzes auf, mit dem der Boden und einzelne Wände verkleidet waren. Der dicke cremefarbene Teppich auf dem schmalen Flur, in den die Treppe mündete und der gleichzeitig Koch- und Essbereich bildete. Direkt zu ihrer Linken befand sich eine Sitzecke mit einem Esstisch. Auf der anderen Seite befand sich die Küchenzeile, die geräumiger und besser ausgestattet war als die in Miras alter Wohnung.

Bisher kannte Mira nur das Gästebad, das in Richtung Bug hinter der Küchenzeile lag. Mira erinnerte sich an den kleinen Raum mit WC und Waschbecken. An ihr verweintes Gesicht, das ihr aus dem Spiegel entgegensah.

Doch diesmal führte Leo sie durch eine weiße Tür ins Heck.

»Das ist mein Zimmer«, erklärte Leo.

Das Farbkonzept der Jacht setzte sich hier fort: warme Holztöne, weiße Decken und Wände, cremefarbene Akzente. Die Mitte des Zimmers nahm ein großes Doppelbett ein, auf dem einige Zierkissen wild durcheinander lagen. Auf der Tagesdecke lag ein aufgeschlagenes Buch. Leo hatte seine Kopfhörer als Lesezeichen verwendet, damit es nicht zuklappen konnte. Die Wand über dem Kopfteil des Bettes schmückten Regalbretter, die mit Büchern und Pflanzen vollgestellt waren, die Mira sofort an Stellas Zimmerdschungel denken ließen. An der gegenüberliegenden Wand hingen gerahmte Fotos von Leos Familie. In der Luft war Leos

Geruch deutlich wahrnehmbar und Mira fühlte sich sofort geborgen.

»Es passt zu dir«, sagte sie und strahlte ihn an.

Leo lachte und zog fragend eine Augenbraue hoch. »Ähm, danke?«

Mit einer ausladenden Geste deutete sie auf seine Einrichtung. »Ich meine nur – es verbindet die Teile deiner Persönlichkeit, die ich bisher kennengelernt habe. Und es ist sehr gemütlich.«

Das zauberte ein breites Lächeln auf sein Gesicht. »Freut mich, dass es dir gefällt!«

Er öffnete eine Milchglastür, hinter der sich ein angrenzendes Bad verbarg, und bedeutete Mira, ihm zu folgen. Auch dieser Raum war überraschend geräumig. Neben einer Toilette und einem Waschbecken gab es hier auch eine große Dusche mit deckenhohen Glaswänden und einer integrierten Sitzbank.

»Für den Fall, dass man bei Duschen müde wird?«, fragte Mira mit einem Kopfnicken zur Bank.

Leo zuckte mit den Schultern. »Oder für den Fall, dass man sich entspannen möchte, wenn man die Dampfbadfunktion nutzt. Im Stehen ist das ziemlich anstrengend. Außerdem kommt man sich dabei irgendwie blöd vor. Als würde man wie ein Zombie allein im Nebel stehen.«

Mira gluckste und schüttelte den Kopf. »Klar.« Der Luxus, der für Leo Alltag war, wirkte auf sie einfach surreal.

Leo öffnete einen Schrank und reichte Mira eines der großen Handtücher. Sie dankte ihm und trocknete damit ihr Gesicht und ihren Hals, an dem noch immer Wasser aus ihren Haaren hinabrann. Den dezenten

Duft des Waschmittels verband sie inzwischen fest mit Leo.

Er trat mit einem weiteren Handtuch an sie heran, sodass ihr zusätzlich sein eigener Geruch in die Nase stieg. Kiefernholz und ... Leo. »Darf ich?«

Mira nickte mit trockener Kehle.

Sie sah zu ihm auf, während er behutsam ihre Schultern und ihren Rücken abrieb.

Die lockere Stimmung wandelte sich innerhalb von Sekunden zu dem aufgeladenen Knistern, das Mira aus Leos Nähe bereits kannte und das dafür sorgte, dass sich in ihrem Magen ein warmes Gefühl von Verlangen und in ihrem Kopf Leere ausbreiteten. Dazwischen drängte sich der deutliche Gedanke an die Oberfläche, dass sie wirklich hier sein wollte. Dass sie sich sicher fühlte, Leos Nähe genoss und jeder Zentimeter Abstand zwischen ihnen zu viel war. Dass sie alles von ihm wollte und sich deswegen nicht schämen oder verurteilen musste, sondern einfach im Moment leben und sein durfte.

»Wir sollten unsere nasse Kleidung loswerden«, raunte sie.

Leo betrachtete sie mit verhangenem Blick und schien nun ebenfalls nur zu einem Nicken imstande zu sein.

Mira fasste den Saum seines Shirts und zog es langsam nach oben. Mit jedem Zentimeter Haut, den sie unter dem durchnässten Stoff entblößte, schien sich ihr Puls zu beschleunigen. Leo neigte den Kopf, damit sie ihm den Kragen darüber ziehen konnte. Sie warf das nasse Bündel ins Waschbecken und hielt inne, um Leo zu betrachten. Sie hatte ihn bereits ohne Shirt gesehen, doch nun stand er direkt vor ihr und die gebräunte Haut über seinen definierten Muskeln war zum Greifen nah. Sie legte ihre Hände auf seine Brust und ließ ihre Fingerspitzen darüber wandern in Richtung seiner Bauchmuskeln und der Linie aus feinen weichen Härchen unterhalb seines Nabels.

Leo entfuhr ein Seufzen. Seine Lippen standen leicht offen und er hatte die Augen geschlossen. Als er sie wieder öffnete, loderte der Blick darin begierig. »Jetzt bin ich dran.«

Er bückte sich, um den Saum ihres Kleids fassen zu können, und schob den Stoff über ihre Hüfte. Das Kleid landete achtlos neben seinem Shirt im Waschbecken, während Leo seinen Blick nicht von Mira lösen konnte, die nun nur noch in ihrem schwarzen Bikinihöschen und dem dazugehörigen schlichten Triangeloberteil vor ihm stand. Er fuhr sanft mit den Fingern über ihr Schlüsselbein und hinab über die Rundung ihrer Brüste. Eine Gänsehaut bildete sich auf Miras Armen und ihrem Rücken und ein Schauer durchlief sie.

»Ist dir kalt?«, fragte Leo besorgt.

»Ein wenig. Aber vor allem fühlt sich das sehr gut an.«

Leo nickte. »Vielleicht sollten wir das an einem ... gemütlicheren Ort fortführen«, brachte er mit rauer Stimme hervor.

Ohne Vorwarnung bückte er sich und hob sie schwungvoll vom Boden. Überrascht quietschte sie auf. Leo lachte und sah auf sie hinunter, während er sie aus dem Badezimmer trug, als wäre sie schwerelos.

Leo bettete Mira sanft auf die weiche Decke auf seinem Bett. Sie beobachtete, wie er die Zierkissen achtlos auf den Boden beförderte. Nur den aufgeschlagenen

Roman legte er behutsamer auf den Nachttisch, bevor er sich Mira erneut zuwandte. Er kniete sich neben ihr aufs Bett und stützte die Fäuste in die Matratze, sodass er sich zu ihr hinunterbeugen konnte. Ihre Gesichter verharrten voreinander und ihre Blicke brannten sich ineinander, loderten erwartungs- und verheißungsvoll. Mira legte ihren Arm um Leos Nacken und zog ihn näher zu sich, um seine Lippen wieder auf ihren zu spüren, seinen Geschmack auszukosten und das brennende Verlangen in ihr zu stillen. Sie wollte ihm so nah sein wie möglich, seine Haut an ihrer Haut spüren. Leo stöhnte, als sie ihr Bein anwinkelte und ihn damit näher an sich heranschob. Mira fühlte seine Erektion an ihrer Hüfte und etwas in ihrem Bauch zog sich begierig zusammen. Leos Hand fuhr unter Miras Rücken und suchte nach dem Verschluss ihres Bikinis. Sie wölbte ihm ihren Rücken entgegen, um seinen Fingern mehr Platz zu geben. Leo sog scharf Luft ein und öffnete die Häkchen mit einem geübten Handgriff. Mira zog den Kopf aus dem Träger und ließ das Oberteil auf den Boden neben dem Bett fallen, dann wandte sie sich erneut Leo zu. Mit ihrem Oberschenkel hielt sie ihn noch immer fest an sich gedrückt. Kurz löste sie die Verbindung, um nach dem Bund seiner Hose greifen zu können. Knopf und Reißverschluss gaben unter ihren vor Aufregung und Vorfreude zitternden Fingern schnell nach und sie streifte den Stoff nach unten über Leos Hintern. Er lehnte sich zurück, um das Kleidungsstück weiter herunterzuziehen, und stand von der Bettkante auf, als er seine Füße daraus befreite. Mit nichts als seinen schwarzen Boxerbriefs bekleidet, stand er nun vor

Mira und beide sogen den Anblick des jeweils anderen in sich auf.

So sehr Mira es auch genoss, ihn anzusehen, konnte sie den Abstand zwischen ihnen kaum ertragen. Sie richtete sich auf und kniete nun an der Bettkante. »Willst du gar nicht wieder ins Bett kommen?«

»Ganz im Gegenteil, ich will nichts lieber als das.«

Er beugte sich zu ihr hinab und küsste sie, zärtlich und doch begierig.

Mira schlang die Arme um seine Taille und zog ihn mit sich auf die Matratze. Überrascht lachte Leo auf und stützte seine Unterarme neben ihrem Gesicht ab. Er umgab sie, sein Duft war überall und doch war es Mira auch nach der langen Zeit ohne körperliche Nähe nicht zu viel. Es war ihr nicht einmal genug.

»Gut so, denn ich will auch nichts lieber als das«, flüsterte sie und biss zärtlich in sein Ohrläppchen.

Ein tiefes Grollen entfuhr Leos Kehle und er küsste Mira stürmisch. Seine Zunge drängte in ihren Mund und sie nahm sie in sich auf, ließ Leo ihren Mund erkunden, während seine Hand an ihrer Taille nach unten fuhr. Sanft strich er über den weichen Stoff ihres Bikinihöschens und sendete Schauder der Erregung durch ihren Körper. Er bewegte seine Fingerspitzen zwischen ihren Beinen mit leichtem Druck vor und zurück und Mira presste sich ihm entgegen. Es war immer noch zu viel Stoff zwischen ihnen und sie wollte mehr. Sie hakte ihre Finger in den Bund seiner Boxerbriefs an seinem Rücken und zog sie über seinen Po. Dann ließ sie ihre Fingerspitzen nach vorn gleiten, um ihn vollständig zu entkleiden. Sie befreite seine Erektion und strich mit den Fingerspitzen über die Unterseite des Schafts. Leo zuckte unter ihrer Berührung und drückte sie mit dem Gewicht seiner Hüfte weiter in die Matratze. Er unterbrach den Kuss, um seine Unterhose abzustreifen. Nun kniete er neben Mira und hakte die Finger in den Bund ihres Bikinihöschens. Er sah zu ihr auf und schien auf ihre Bestätigung zu warten. Sie nickte und hob ihren Rücken, damit er das letzte Stück Stoff zwischen ihnen entfernen konnte. In Mira gab es keinen Zweifel mehr, dass sie das wollte. Dass sie Leo so nah wie möglich sein wollte. Ihn in sich spüren wollte. Als sie entblößt vor ihm lag, entfuhr Leo ein animalischer Laut, der Miras Erregung noch weiter anfachte. Sie schloss die Finger um seinen Penis, der schwer in ihrer Hand lag, und ließ sie sanft auf und ab gleiten. Leo legte den Kopf in den Nacken und Mira betrachtete seine angespannten Muskeln, die unter ihrer Berührung erbebten. Den Effekt, den sie auf seinen Körper hatte.

Sanft nahm er ihr Handgelenk und löste es von seiner Erektion. »Wenn du so weitermachst, komme ich. Aber ich wäre lieber in dir.«

Mira stöhnte und zog ihn mit den Unterschenkeln nah an sich heran. Er küsste sie und streckte seinen Arm nach der Schublade in seinem Nachttisch. Mira hörte das Knistern einer Kondompackung und beobachtete erwartungsvoll, wie Leo das Kondom überrollte. Dann war er wieder über ihr und blickte aus gesenkten Lidern auf sie hinab.

Seine Spitze fand sie und Mira wölbte sich ihm entgegen. Empfing ihn, während er langsam in sie eindrang. Beide keuchten auf vor Erregung. Als Leo ganz in ihr war, hielt er inne und Mira genoss die Dehnung, das Gefühl voll ausgefüllt zu sein. Sie vergrub die Hände in Leos Haar und er begann, sich in ihr zu bewegen. Zunächst kontrolliert und langsam. Mira umschlang ihn mit beiden Beinen und zog ihn näher zu sich, in sich, wollte ihn noch tiefer spüren. Ihm so nah wie möglich sein und in der Nähe Erlösung finden. Seine Stöße wurden kraftvoller und schneller. Ein dünner Schweißfilm bedeckte seinen Rücken und seine Arme, während er wieder und wieder in sie drang. Mira stöhnte und spürte, wie sich in ihr die lustvolle Spannung immer weiter aufbaute. Auch Leos Atem ging schnell und Mira spürte, dass er sich dem Höhepunkt näherte. Beflügelt vom Rausch ihrer Empfindungen ließ sie los, fühlte die Woge aus wohligem Kribbeln über sich hereinbrechen. Sie umschlang Leo eng und fühlte, wie auch er nach einigen schnellen Stößen pulsierend in ihr kam.

Leo legte seine Stirn auf ihre und hauchte ihr einen Kuss auf die Nasenspitze. Ihre Herzen, die gerade noch wie in einem Wettrennen gerast hatten, beruhigten sich nun gemeinsam.

»Gut, dass ich dich hier gefunden habe«, raunte Mira, als sie ihre Stimme wiedergefunden hatte.

Leo lachte und streichelte ihren Arm. »Gut, dass du mir trotz des Starkregens hierher gefolgt bist.« Er zog sich sanft aus ihr zurück und ging die wenigen Schritte zum Badezimmer, um das Kondom zu entsorgen. Anschließend legte er sich erneut neben Mira und sah ihr in die Augen. »Als ich dich draußen stehen sah, wusste ich, dass du es ernst meinst.«

Mira wackelte mit den Augenbrauen. »Weil ich für dich feucht geworden bin?«

»Das ist wohl leicht untertrieben. Aber auch sehr heiß. Jedenfalls ... du wirktest in diesem Sturm einfach unglaublich. Wie du da standest, zwischen den ganzen Blitzen. Und ich dachte mir, kein vernünftiger Mensch würde bei diesem Wetter freiwillig im Regen stehen, außer es gibt einen wirklich wichtigen Grund.«

Mira nickte schläfrig an seinem Hals. »Den gab es definitiv.«

»Du wolltest deinen Freitagabend unbedingt auf einem Boot verbringen?«

Mira lachte und knuffte halbherzig Leos Arm. »Blödmann«, murmelte sie auf Deutsch und kuschelte ihr Gesicht an seine Brust.

Kapitel 25

Als Mira die Augen aufschlug, erhellte ein weicher Lichtschein das Zimmer. *Die Kabine*, rief sie sich selbst in Erinnerung, als ihr bewusst wurde, wo sie sich befand. Sie spürte Leos Brust in ihrem Rücken und seine gleichmäßigen Atemzüge auf ihrem Scheitel. Er hatte einen Arm um sie gelegt und drückte sie auch im Schlaf noch an sich, warm und schützend. Mira konnte sich nicht erinnern, wann sie sich zum letzten Mal so sicher und glücklich gefühlt hatte. Sie hatte traumlos geschlafen. Und auch der gestrige Abend, der Sex mit Leo, war völlig frei vom Schatten ihrer Erinnerung an Elias gewesen. Sollte es wirklich so einfach sein, über ihre Erlebnisse hinwegzukommen? Über monatelange Trauer, Unsicherheit und Angst? Sie wusste, dass Liebe keine Traumata heilen konnte und früher oder später die Realität über sie hereinbrechen konnte, doch in diesem Moment war sie frei vom Ballast ihrer Vergangenheit.

Sie gestattete sich einen Gedanken an Elias und suchte den Vergleich zu Leo. Ihre letzte Beziehung hatte sie vorsichtig gemacht, argwöhnisch sogar, und doch schwiegen die Alarmglocken in ihrem Kopf, wenn sie an Leo dachte. Sie konnte in ihm nichts von der kalten und kontrollierenden Art finden, sondern spürte nur seine Wärme und Zuneigung. Mit ihm war es leicht, zu scherzen. Wieder sie selbst zu sein und herauszufinden, was das überhaupt bedeutete.

Andererseits hat auch Elias dich anfangs verzaubert, nagte eine kleine Stimme in ihrem Kopf. *Auch er hatte Charisma und hat seine wahre Seite erst nach Jahren gezeigt, als du schon zu tief in seiner Manipulation stecktest, um selbst den Weg hinauszufinden.*

Mira schüttelte den Kopf und vertrieb die Erinnerung. Leo reagierte auf die Bewegung mit einem Seufzen im Schlaf und zog sie enger an sich. Mit den Fingerspitzen malte Mira kleine Kreise auf seinem Arm.

Es schien kurz vor Sonnenaufgang zu sein, wenn sie den Blick durch die weißen Vorhänge richtig deutete. Die *Leprotta* schaukelte auf den winzigen Wellen des inzwischen wieder ruhigen Sees. Vorsichtig hob Mira Leos Arm an und schlüpfte aus dem Bett. Sie trat an das hohe Fenster, das sich über die gesamte Breite der Kabine zog, und sah hinaus. Die tiefblaue Wasseroberfläche lag spiegelglatt vor ihr. Dünne Nebelschwaden verschleierten die Ausläufer der Hänge, die bis ins Wasser reichten und vermutlich auch unter der Oberfläche weiterhin abfielen. Die Sonne stand noch nicht am Horizont und der wolkenlose Himmel strahlte in einem intensiven frühmorgendlichen Rosarot. Ein Bild der Stille und Harmonie, das sich auch in Miras Innerem wiederfand. Sie fühlte sich ruhig und ausgeglichen, mit sich selbst und der Welt in Frieden.

Leise schlich Mira ins Bad. Ihrem Spiegelbild sah sie an, was sie letzte Nacht getan hatte. Ihr Haar war so zerzaust, dass sie sich nach der Entwirr-Bürste in ihrem Zimmer sehnte, aber ihre Wangen leuchteten rosig und in ihren Augen lag ein Glanz, den sie dort lange nicht gesehen hatte. Miras Blick glitt zur Dusche. Warmes Wasser würde ihren müden Muskeln sicherlich guttun. Sie betrat die Glaskabine und begutachtete die moderne Chromarmatur. Die vielen Knöpfe waren mit Symbolen beschriftet, die sie nicht deuten konnte. Sie drehte an einem, doch nichts geschah. Ein Zweiter schaltete eine Lampe über ihr ein, deren Licht langsam die Farbe wechselte. Als sie am dritten Knopf drehte, prasselte eiskaltes Wasser auf sie hinab und Mira quietschte erschrocken auf. Schnell drehte sie den Knopf wieder zurück und stellte dadurch das Wasser ab.

Hinter ihr ertönte Leos tiefes Lachen. »Hast du so viel Gefallen am gestrigen Gewitter gefunden, dass du dich gleich noch mal in den Regen stellen willst?«

»Kommt drauf an. Wiederholen wir dann auch den Rest des Abends?«

Leo öffnete die Glastür und trat zu ihr in die Dusche. »Dagegen habe ich keine Einwände.« Er nahm ihr Gesicht in seine Hände und küsste sie zärtlich, dann machte er sich an der Duscharmatur zu schaffen. Warmes Wasser rann in einem sanften Nieselregen aus den Löchern in der Decke.

»Und schon wieder rettest du mich aus einer brenzligen Lage«, scherzte Mira.

»Immerhin hast du nicht den heißen Dampf eingeschaltet.«

Mira schloss die Augen, legte den Kopf in den Nacken und strich ihr Haar nach hinten. Nur wenn es nass war, fiel ihr der Pony nicht ins Gesicht. Sie spürte Leos Finger über ihre Stirn und Wangenknochen streicheln und lächelte. Er strich weiter über ihren Hals, ihre

Brüste, ihre Seiten. Kurz waren seine Hände verschwunden und Mira öffnete die Augen. Leo gab Duschgel auf seine Hände und schäumte es auf. Der gewohnte Duft nach Kiefernholz, den sie von ihm kannte, breitete sich in der warmen, feuchten Luft aus und hüllte sie ein. Dann waren seine Hände wieder auf ihr und verteilten den Schaum auf ihrem Oberkörper. Mira spürte, wie sich ihre Brustwarzen unter der Berührung aufrichteten. Als er damit fertig war, ließ er seine Hand zwischen Miras Beine gleiten. Mira lehnte sich ihm entgegen und legte die Arme auf seinen Schultern ab, um den Halt nicht zu verlieren. Er streichelte ihre empfindlichste Stelle, liebkoste und reizte sie, bis Miras Beine unkontrolliert zu zittern begannen und sie vor Erregung schwankte.

»Wir sollten das im Liegen fortführen, bevor du mir hier noch umkippst«, raunte Leo in ihr Ohr und ließ seine Hände wieder nach oben wandern, um den restlichen Schaum fortzuspülen.

Mira nickte, doch ein Teil von ihr war verärgert über die Unterbrechung. Vermisste seine Liebkosung und den Druck, der ihr Erlösung verhieß.

Das Abtrocknen war ein Wettrennen unter heißen Blicken. Keiner konnte es erwarten, endlich fortzuführen, womit sie begonnen hatten. Ungeduldig hob Leo Mira anschließend vom Boden und beide lachten über das überraschte Quietschen, das ihr dabei entfuhr. Als Leo Mira jedoch zu seinem Bett trug und auf die Matratze legte, wich Miras Lachen ihrem Verlangen. Sie beobachtete, wie er nackt vor ihr kniete und einen letzten Wassertropfen fortwischte, der an ihrem Bauch hinabrann. Anschließend senkte er den Kopf und drückte einen sanften Kuss auf die Stelle. Mira erwartete, er würde sich neben sie legen, doch stattdessen begann er, eine Linie aus kleinen Küssen auf ihrem Bauch zu verteilen und dabei immer tiefer zu wandern. Sie keuchte auf, als er zwischen ihren Beinen ankam, und vergrub die Hände in seinem feuchten Haar. Er führte fort, was er in der Dusche begonnen hatte, verwöhnte sie mit seinem Mund und seinen Fingern. Seine Zunge raubte Mira den Verstand. Sie drängte sich ihm entgegen, spürte, wie sich in ihr die Spannung aufbaute, und kam. Der Orgasmus überrollte sie, ließ ihre Beine zucken und ihren Mund unverständliche Dinge keuchen.

Als sie anschließend matt und erschöpft zwischen den Kissen lag, fand Miras Herz wieder zu seinem normalen Rhythmus. Leo streichelte ihren Arm. Plötzlich setzte sie sich alarmiert auf. *Fuck*. Sie hatte sich selbst so sehr in ihrer eigenen Erregung verloren, dass sie dabei gar nicht an Leo gedacht hatte. Ein Blick nach unten bestätigte ihr, dass auch er wieder bereit war.

»Entschuldigung!«, stammelte sie.

Leo runzelte die Stirn. »Wofür?«

»Na ja, du bist jetzt nicht gerade auf deine Kosten gekommen.«

Er wirkte verwirrt. »Du meinst ... weil ich nicht gekommen bin?« Er zuckte mit den Schultern. »Glaub mir, ich hatte trotzdem meinen Spaß. Dich so losgelöst zu sehen, war wahnsinnig heiß.«

»Aber ...« Mira verstummte. Sie kannte es nicht, dass es beim Sex um ihre Bedürfnisse ging. Ohne Gegenleistung oder Erwartungen. Unbeholfen griff sie nach seinem Penis. »Ich könnte ja ...«

»He«, unterbrach Leo sie. »Mach dir nicht so einen Druck. Ich hatte Lust darauf. Und darum geht es doch, oder? Wir tun Dinge, auf die wir beide Lust haben und die uns guttun. Ohne Druck.«

Mira nickte und ließ sich wieder neben Leo ins Kissen sinken. Was Leo sagte, klang logisch. Normal. Aber nichts davon war normal für sie. Bei Elias hatte es immer Erwartungen gegeben. Als sie einmal von einem seiner Seitensprünge erfahren hatte, hatte er anschließend eine ganze Nacht zwischen ihren Beinen verbracht und ihr einen Orgasmus nach dem anderen bereitet.

Als Entschädigung, hatte er gesagt.

Bei der Erinnerung verkrampfte sich etwas in Mira schmerzhaft. Befriedigung als Währung und Berechnung statt Zuneigung. Dieser Teil ihrer Beziehung hatte tiefe Spuren in ihrem Unterbewusstsein hinterlassen und es würde Zeit brauchen, das neue Normal zu erlernen. Sich zu erinnern, was eine gesunde Beziehung ausmachte.

»Habe ich etwas falschgemacht?«, durchbrach Leo ihre finsteren Gedanken.

»Ganz im Gegenteil. Ich bin nur nicht an selbstloses Verhalten im Bett gewöhnt.«

Auf Leos Stirn bildeten sich Furchen. Dann drückte er Mira an sich und legte sein Kinn auf ihrem Haar ab.

»Der Andere, wegen dem du mich erst nicht zu nah an dich ranlassen wolltest?«, fragte er.

Mira nickte nur stumm.

Er sah sie an und lächelte aufmunternd. Bezaubernd. »Ist okay, du musst mir nichts sagen. Was hältst du davon, wenn ich dir erst mal Frühstück mache und den

Rest der *Leprotta* zeige? Und wenn wir etwas Abstand zwischen uns und diese Insel bringen? Die Vorstellung, dass plötzlich meine Mutter an Bord kommt, gefällt mir irgendwie nicht.«

Mira strahlte und Leo nahm ihre Hand. Er zog sie sanft aus dem Bett.

»Kann ich erst noch auf das Angebot mit dem trockenen Shirt zurückkommen?«, fragte sie und deutete auf ihren Körper, um ihre Nacktheit zu unterstreichen.

Leo seufzte theatralisch. »Ungern. Aber ich suche dir schnell eins raus.«

Er öffnete die Schubladen einer Kommode und reichte Mira ein weißes T-Shirt und eine cremefarbene kurze Hose. Eine Damenhose.

»Ähm.« Mira betrachtete das Kleidungsstück kritisch. »Hast du einen Fetisch für Damenmode oder stammt die aus deinem Fundus für One-Night-Stands?«

Leo lachte und fuhr damit fort, sich selbst anzuziehen. »Sie gehört Illaria. Ich bin sicher, sie hätte nichts dagegen.«

Mira dachte ihre Begegnung mit Illaria zurück und bezweifelte das, aber die Hose hatte ihre Größe und sie wollte Leos Geste nicht in Frage stellen.

Sie zog beides an und knotete Leos Shirt am Bauch, damit es nicht viel zu groß an ihr herumflatterte. *Insbesondere, wenn ich gleich wieder den Fahrtwind spüren kann*, dachte sie voller Vorfreude. Sie schlüpfte in ihre inzwischen zum Glück getrockneten Sandalen und verschwand im Bad, um sich frisch zu machen.

»Fertig«, entschied sie fünf Minuten später.

Leo war ins Gästebad ausgewichen, um ihr etwas Privatsphäre zu geben, und wartete bereits in der Sitzecke der kleinen Küche auf sie. »Sehr gut, dann lass mich dir mein Zuhause zeigen.«

Er wies auf die Küchenzeile. »Hier gibt es eigentlich alles, was man zum Kochen benötigt. Einen Backofen, einen Induktionsherd, eine Spülmaschine. Aber wenn ich ehrlich bin, benutze ich eigentlich nur den Kühlschrank.«

»Kochst du nicht gern?«

»Nur, wenn es sich nicht vermeiden lässt. Ich lasse sogar meine Pizza anbrennen.«

»Klingt so, als solltest du eine Nachhilfestunde bei Nonna nehmen.«

»Gute Idee. Machst du mit?«

Mira lachte und nickte. »Könnte witzig werden.«

Sie gingen über die kleine Treppe nach oben und traten hinaus in die Morgensonne. Himmel und See leuchteten blau und die Luft war klar und reingewaschen. Das letzte Überbleibsel des heftigen Unwetters.

»Erzähl mir etwas über dein Boot«, bat Mira. Beim letzten Besuch hatte sie sich wenig für die technischen Details der Jacht interessiert. Doch wie Leo gesagt hatte, war sie sein Zuhause, ein Teil von ihm. Deshalb wollte sie mehr darüber erfahren und sein Zuhause kennenlernen.

»Gern.«, antwortete Leo und sein ganzes Gesicht hellte sich auf, als er Miras Hand nahm und sie über das Deck führte. »Die *Leprotta* ist eine Bluegame BG 62. Meine Eltern haben sie mir zum Abschluss meines Studiums geschenkt. Sie ist eine schnelle und wendige Sportjacht. Neben der *Chloe* natürlich nur ein Winzling, aber sie schafft 35 Knoten.«

Mira versuchte, sich nicht anmerken zu lassen, dass diese Dimension von Geschenk sie nach wie vor verunsicherte. Und ein wenig am Verstand von Leos Eltern zweifeln ließ.

»Die *Chloe* wirkt etwas ... groß für den See, oder?«

Leo seufzte. »Ein Schiff wie sie sollte an der Küste liegen und das Meer unsicher machen. Eine solche Superjacht auf einem kleinen See einzusperren ist eigentlich nicht -«

»Artgerecht?«, schlug Mira vor.

Leo lachte. »Mit 52 Metern Länge und fünf Decks ist sie das mit Abstand größte Schiff hier. Illaria und ich nennen sie das Mutterschiff.«

Mira prustete überrascht. »Sehr passend – sie trägt den Namen eurer Mutter.«

»Und ist ebenso extravagant und luxuriös.«

»Und einzigartig auf dem See«, überlegte Mira weiter. »Fast wie ein Paradiesvogel. Und ein bisschen einschüchternd.«

»Hast du etwa Angst vor meiner Mutter?«

»Du nicht?«

»Punkt für dich«, antwortete Leo mit einem Zwinkern. Sie ließen den Blick über die Superjacht gleiten. »Sie hierherzutransportieren war irrsinnig kompliziert. Aber meine Eltern nutzen sie für Veranstaltungen und Partys. Und mein Vater lädt potenzielle Kunden darauf ein, um ihnen die Arbeit seiner Firma zu zeigen.«

»Was macht die Firma denn?«

Leo wirkte kurz verwundert, als wäre er nicht daran gewöhnt, dass jemand nicht alles über seine Familie wusste, und lächelte dann.

»Er veredelt Jachten. Die *Chloe* ist sein Vorzeigeschiff. Aber auch die *Leprotta* wurde von ihm umgestaltet. Standardmäßig kommt sie nämlich nicht mit separatem Bad und Dampfdusche.«

»Das klingt nach einer spannenden Arbeit. Boote scheinen eine große Rolle in eurem Leben zu spielen, oder?«

»Wir alle lieben es, auf dem Wasser zu sein. Auch wenn die Jachten wenig mit klassischem Bootfahren zu tun haben. Um die *Chloe* in Bewegung zu setzen, braucht man eine ganze Crew. Aber früher sind wir häufig segeln gefahren. Nur wir vier. Wir haben ganz Italien umsegelt, oder Spanien und Portugal bis an die Cote d'Azur. Die ganzen Schulferien über. Ich habe mich während des Unterrichts schon darauf gefreut.«

»Wie schön. Ich wünschte, solche Traditionen hätte es in meiner Familie auch gegeben.«

»Unternehmt ihr nicht viel zusammen?«

Mira dachte nach. »Seit ich vor einigen Jahren mit meinem Ex-Freund zusammengezogen bin, ist der Kontakt immer seltener geworden. Aber auch vorher haben wir keine großen Reisen unternommen. In meiner Kindheit gab es Städtetrips und ein paar Pauschalreisen ans Meer. Mit meinen Eltern gemeinsam auf einem Boot zu sein, wäre mir wohl etwas zu eng geworden.«

»Das gehört doch dazu«, wandte Leo ein. »Damit sie einen nach dem Urlaub wieder in Ruhe lassen.«

Sie kehrten der *Chloe* den Rücken und schlenderten zum Steuerpanel der *Leprotta*. Wie bei ihrem letzten Besuch hier legte Leo scheinbar unbewusst eine Hand an das Steuerrad und besah die glänzenden Armaturen.

»Irgendwann möchte ich die *Leprotta* auch aufs Meer bringen. Mein Traum ist es, mit ihr durch Atlantik und Nordsee bis ins Eismeer zu fahren und dort Polarlichter zu sehen. Und Wale.«

»Das solltest du unbedingt tun. Und aus dem Irgendwann einen konkreten Plan machen, damit du es nicht immer wieder aufschiebst.«

Leo sah sie verblüfft an. »Das klingt ziemlich weise.«

Mira zuckte mit den Schultern. »Ich habe in den letzten Jahren vieles aufgeschoben und in der Zukunft gelebt. Damit ist jetzt Schluss. Darum bin ich hier.«

Ihr entschlossener Tonfall sollte andeuten, dass sie nicht weiter darüber reden wollte, und Leo schien es zu verstehen. Er bedeutete ihr stattdessen, auf dem Doppelsitz hinter dem Steuer Platz zu nehmen, und zeigte ihr die verschiedenen Geräte an der Konsole.

»Die beiden Monitore gehören zum Navigationssystem mit Seekarten, Höhenprofil und Autopilot. Aber gleichzeitig zeigen sie mir alle wichtigen Motorparameter, wie zum Beispiel die Drehzahl, den Öldruck oder den Füllstand des Tanks. Das hier ist der Kompass und hier das Funkgerät. Die Knöpfe bedienen die Seilwinde des Ankers, die Scheibenwischer und Lichter. Und natürlich: Gashebel und Steuerrad.«

Mira versuchte, den Überblick zu behalten, auch wenn sie mit den meisten Informationen wenig anfangen konnte. Leo führte sie weiter über das Deck mit seinen vielen verwinkelten Nischen, bevor sie sich in der Lounge im Bug auf die weichen Polster fallenließen. Mira sah Leo an und legte eine Hand auf seine Brust. »Danke, dass du mir dein Boot gezeigt hast. Es ist wirklich ... schön.«

Mira wusste nicht, wie sie das Schiff sonst beschreiben sollte. So einschüchternd der Luxus auch sein mochte – die *Leprotta* war tatsächlich schön. Mira stellte sich vor, häufiger an Bord aufzuwachen, Bücher auf dem Sonnendeck zu lesen und neben Leo auf dem bequemen Doppelsitz hinter dem Steuer zu sitzen, während sie über das Wasser jagten.

Leo nickte stolz. »Eleganz, Geschwindigkeit und Technik. Typisch italienisch.«

»Reden wir noch von deinem Boot oder geht dein Ego mit dir durch?«, neckte Mira. »Wobei Geschwindigkeit vielleicht nichts ist, womit man angeben sollte ...«

In diesem Moment knurrte ihr Magen.

»Das klingt, als sollten wir dir nun ein untypisch italienisches, üppiges Frühstück besorgen. Ich weiß genau das Richtige ...«

Er startete die Motoren und trat an die Reling, um die Taue zu lösen, mit denen die *Leprotta* festgebunden war. Wieder an der Steuerkonsole, legte er mit einem simplen Manöver aus geübten Handgriffen an Gashebel und Steuerrad ab. Die Motoren schnurrten gleichmäßig und wirbelten das Kielwasser hinter ihnen auf.

»Möchtest du mal fahren?«

»Ehrlich?«, fragte Mira überrascht. »Ich weiß nicht. Ich habe noch nie ein Boot gesteuert.«

»Was soll schon schiefgehen? Die einzigen Hindernisse auf dem See sind andere Boote und so früh an einem Samstagmorgen ist kaum jemand unterwegs.«

»Na gut. Aber wenn ich es versenke, sprengt das definitiv den Rahmen meiner Haftpflichtversicherung.«

Leo schüttelte belustigt den Kopf. »Ich vertraue dir.«

Er wies Mira an, sich vor ihn an das Steuerrad zu stellen, nahm ihre rechte Hand in seine und legte sie auf den Griff des Gashebels. Das Chrom fühlte sich glatt und kalt unter ihr an, trotzdem breitete sich Wärme in ihr aus.

Gemeinsam schoben sie den Hebel ein Stück nach vorn und die Jacht beschleunigte leicht. Mira beobachtete, wie der Bug das Wasser teilte und sie die Insel langsam hinter sich ließen.

»Diese Fahrweise nennt man Verdrängerfahrt. Wenn wir bei dieser Geschwindigkeit fahren, liegt die *Leprotta* tief im Wasser. Damit wir dir schnell ein leckeres Frühstück besorgen können, sollten wir«, er schob ihre Hand mit dem Gashebel ein Stück weiter von ihnen weg, »in die Gleitfahrt übergehen.«

Die *Leprotta* machte einen Satz nach vorn und schien zweimal zu hüpfen, wie das Tier, dem sie ihren Namen verdankte, dann rasten sie über das Wasser. Tropfen spritzten zu allen Seiten und Mira war froh über die Windschutzscheibe, die sie vor einer zweiten Morgendusche aus kaltem Seewasser bewahrte.

»Wohin soll ich lenken?«, fragte Mira, während sie parallel zum Ufer rauschten, vorbei an Häusern, Gärten und Wäldern.

»Siehst du die Häuser dort vorn zwischen den Zypressen? Da wollen wir hin.«

Mira drehte ein wenig am Steuerrad, doch der Bug der *Leprotta* folgte nicht. Er bewegte sich stattdessen in die entgegengesetzte Richtung.

»Ich hätte dich vorwarnen müssen«, rief Leo. »Das Steuer funktioniert andersrum als beim Auto – wenn du nach links willst, musst du nach rechts steuern.«

Er legte seine linke Hand auf Miras am Steuerrad und korrigierte den Kurs. Mit der rechten Hand drosselte er das Gas. So hielten sie gemeinsam auf den kleinen Anleger zu, der vor ihnen sichtbar wurde.

»Kannst du bitte die Fender raushängen?«, fragte er und deutete auf die beiden kugelförmigen weißen Luftkissen, die an Tauen an der Innenseite der Reling baumelten.

Mira nickte und warf sie hinaus. Leo legte neben einem Pfosten an, an dem er daraufhin die Jacht vertäute.

»Hier gibt es Frühstück?«, fragte Mira skeptisch.

Am Ufer hinter dem Anleger standen drei kleine Häuser, die im Vergleich zu den übrigen Villen der Umgebung weniger prunkvoll waren.

Leo lachte. »Wart's ab. Bist du etwa ungeduldig?«

»Wenn es um Essen geht ... immer.«

»Keine Sorge, es ist nicht mehr weit.«

Sie gingen an Land und Leo führte sie um das erste der Häuser herum. Dahinter befand sich eine Halle mit einem breiten Tor. Leo klappte ein Kästchen neben dem Tor auf und tippte einen Zahlencode ein. Sofort setzte sich das Tor in Bewegung und fuhr geräuschlos nach oben.

»Unsere Garage«, erklärte Leo, während in der Öffnung die ersten Reifen und Kühlerhauben sichtbar wurden. Makelloser Lack glänzte im Licht der Morgensonne. Mira ließ den Blick über den kleinen Fuhrpark gleiten: Ein leuchtend roter Mini Cooper, ein schwarzer Tesla, ein schnittiger silberner Audi und ein SUV von Porsche standen funkelnd nebeneinander. Dahinter konnte Mira ein Motorrad, zwei Roller und mehrere Fahrräder ausmachen.

»Ich habe nie darüber nachgedacht, dass ihr natürlich am Festland Fahrzeuge braucht«, staunte Mira. »Irgendwie ist deine Familie für mich so fest mit der Insel und dem See verknüpft, dass ich mir euch gar nicht in der realen Welt vorstellen kann.«

»Du willst also sagen, wir seinen weltfremd?«, fragte Leo mit gespielter Empörung.

»Exoten«, bestätigte Mira. »Paradiesvögel. Endemisch auf einer sehr kleinen Insel in Norditalien.«

Leo lachte und führte sie zwischen den Autos hindurch. Er blieb vor einem mintgrünen Roller stehen. »Damit wir direkt ein weiteres typisch italienisches Erlebnis von deiner Liste abhaken können«, sagte er und zwinkerte verschwörerisch.

Mira sah ihn verständnislos an.

»Die Vespa?«, hakte Leo nach, doch Mira schüttelte nur den Kopf.

»Hmm, ich dachte immer, die wären weltweit bekannt. Jedenfalls ist das hier das Klischee für ein italienisches Fortbewegungsmittel.« Er reichte Mira einen Helm. »Und wir fahren damit ins Dorf. Außer du bevorzugst die Harley?«

»Bloß nicht!«, protestierte Mira lachend. »Und dass ich den Roller nicht kenne, heißt nichts. Ich interessiere mich nicht sonderlich für Fahrzeuge.«

»Challenge accepted! Mal schauen, ob ich dich nicht noch bekehren kann.«

Mira setzte den Helm auf. Leo stellte den Verschluss für sie ein, dann setzte er ebenfalls einen Helm auf und schob die Vespa aus der Garage.

Mira nahm hinter Leo Platz und schlang die Arme um seinen Bauch. Er startete den Motor und sie rollten auf die schmale Asphaltstraße, die parallel zum Seeufer verlief. Hinter ihnen glitt das Garagentor zu, während Leo beschleunigte und der Straße folgte, die sie bergauf führte.

Der See glitzerte unter ihnen und auf beiden Seiten säumten üppige Büsche und Bäume den Weg.

»Die Straße hier ist eine ziemliche Achterbahn«, rief Leo von vorn, als der Weg plötzlich steil abwärts führte.

Mira fühlte, wie ihr Magen hüpfte, und klammerte sich noch fester an Leo.

»Alles in Ordnung?«, fragte Leo.

»Es ist super!«, rief Mira über das Knattern des Motors hinweg und lachte.

Leo stimmte mit ein und gab etwas mehr Gas. Die Straße war gut ausgebaut und der Asphalt wirkte neu und glatt. Mira genoss den Fahrtwind in ihren Haaren und das Gefühl von Leos warmer Haut unter seinem Shirt.

»Hinter der nächsten Kurve ist es schon. Siehst du die Dächer hinter den Baumwipfeln?«

Mira sah zum Ufer und konnte terrakottafarbene Dachziegel vor dem Blau des Sees erkennen. Der Weg machte eine Biegung und Mira sah eine Ansammlung kleiner bunter Häuser vor sich. Leo drosselte die Geschwindigkeit, denn die Asphaltstraße wurde von einem groben, alt aussehenden Kopfsteinpflaster abgelöst, das sie auch bei langsamem Tempo ordentlich durchschüttelte. Er fuhr auf einen Platz zwischen den Häusern, auf dem gerade ein Wochenmarkt stattfand, und stellte den Roller neben einer Laterne ab.

»Samstags findet hier immer der Markt statt«, erklärte Leo. »Ursprünglich war dieser Ort ein ruhiges Fischerdorf. Mittlerweile ist daraus hauptsächlich eine Touristenattraktion geworden und statt Fisch, Obst und Gemüse gibt es nun auch immer mehr Souvenirs.«

Noch war es ruhig zwischen den bunten Ständen, doch Mira konnte sich vorstellen, dass es im Laufe des Vormittags voll werden würde. Leo führte sie zwischen den Verkäufern hindurch. Es gab einen Stand mit Gewürzen und Ölen, an dessen Markise Reihen getrockneter Chilischoten und Knoblauchknollen hingen und der ein intensives Aroma verströmte. Dahinter verkaufte eine ältere Dame selbst gemachte Marmeladen und Brotaufstriche. Auf der anderen Seite war ein Mann damit beschäftigt, Ketten und Armbänder auf dem Auslagetisch zu arrangieren. Vor einem zum Verkaufswagen umgebauten VW-Bus hielt Leo an. Aus der geöffneten Verkaufsluke an der Seite des Fahrzeugs strömte der Geruch von frisch aufgebrühtem Kaffee. Davor waren ein paar hölzerne Stehtische aufgebaut. Mira hörte das Surren einer Kaffeemühle und beobachtete, wie ein junger Mann die gemahlenen Bohnen in einen Siebträger füllte und andrückte. Vor dem Wagen war eine Frau mit blondem Messy-Bun damit beschäftigt, die Angebote des Tages auf eine Kreidetafel zu schreiben. Flat White, Americano ... neben Klassikern wie Espresso und Latte macchiato las Mira die Namen einiger Kaffeespezialitäten, von denen sie noch nie gehört hatte.

Die Frau sah von der Tafel auf und warf ihnen ein strahlendes Lächeln zu. Sie erkannte Leo und die beiden wechselten einige Worte auf schnellem Italienisch.

Leo deutete dabei auf Mira, und wenn es überhaupt möglich war, wurde das Lächeln der Frau noch breiter, als sie sich Mira zuwandte und zwei Gläser über den Tresen schob, die ihr Partner ihr aus dem Bulli reichte.

»Danke! Was ist das?«, fragte Mira neugierig. Unten in den Gläsern befand sich eine weiße Flüssigkeit, während obenauf eine fluffige braune Schaumkrone thronte, die mit gerösteten Kaffeebohnen verziert war.

»Dalgona-Kaffee«, erklärte Leo. »Ein Trend aus Südkorea.«

»Kaffeeschaum auf Milch«, fügte die Verkäuferin hinzu, die sich auf Englisch als Rosa vorstellte. »Quasi ein umgekehrter Cappuccino. Felipe arbeitet schon seit Tagen daran, den Schaum fest und trotzdem fluffig zu schlagen. Bisher war er uns zu süß. Und er schmeckt ziemlich intensiv.«

Mira schnupperte an der Creme auf ihrem Glas. »Er riecht herrlich.«

Leo und Mira probierten den Kaffeeschaum, der tatsächlich überraschend stark war. Mit der heißen Milch verrührt bildete er jedoch einen köstlichen und milden Kaffee.

»Er schmeckt sogar noch besser, als er riecht«, befand Mira genüsslich.

Leo lachte leise.

»Ich mag deine Freundin schon jetzt«, entschied Rosa. »Die solltest du behalten.«

Mira versuchte, sich ihre Nervosität bei diesen Worten nicht anmerken zu lassen. Würde er richtigstellen, dass sie nicht seine Freundin war? Aber Leo erwiderte nur ihr Lächeln, betrachtete Mira und strich eine widerspenstige Haarsträhne hinter ihr Ohr.

»Nächste Station: Essen?«, schlug Leo vor, als sie die Gläser geleert hatten.

Auf Miras Nicken hin, nahm er ihre Hand und führte sie erneut zwischen den Marktständen hindurch. Es war inzwischen etwas voller geworden und die ersten Touristen drängten sich an den Ständen, bewunderten Kunsthandwerk oder probierten Feinkost.

Nacheinander hielten sie an verschiedenen Spezialitätenständen an und Leo kaufte für sie beide unterschiedliche süße und herzhafte Leckereien. Nach einem etwas zusammengewürfelten, aber sehr sättigenden Frühstück schlenderten sie Hand in Hand zum Seeufer. Es gab einen kleinen Hafen mit Fischer- und Sportbooten.

Mira sah Leo an und drückte sanft seine Hand. »Es ist wunderschön hier. Und ich habe heute so viel Neues kennengelernt!« Sie hauchte ihm einen Kuss auf die Wange. »Danke, dass du mir alles gezeigt hast.«

»Sehr gern. Es hat mir viel Spaß gemacht mit dir.« Er drückte ihr einen Kuss auf die Nasenspitze. »Auch wenn ich immer noch nicht glauben kann, dass du noch nie von einer Vespa gehört hast. Woher kommst du noch mal? Vom Mond?«

Mira lachte und knuffte ihn in die Seite. »In Hamburg brauchte ich nun mal keinen Roller. Wir haben tolle öffentliche Verkehrsmittel ...«

Leo schüttelte belustigt den Kopf und sah Mira an. »Aber ich meine es ernst, wenn ich sage, dass ich lange nicht mehr so viel Spaß hatte. Was hat dir bisher am besten gefallen?«, fragte Leo nach einer Weile.

Mira sah über das Wasser und dachte darüber nach. »Die Fahrt mit deinem Roller war nicht schlecht. Aber am besten haben mir die Dinge gefallen, die wir vor unserem Ausflug ans Festland gemacht haben.«

Leo schluckte. »Geht mir auch so. Hast du den Rest des Wochenendes schon verplant?«

Mira schüttelte den Kopf. »Wollen wir … zurück auf dein Boot?«

Anstelle einer Antwort zog Leo sie zurück in Richtung des Marktplatzes und schien es plötzlich sehr eilig zu haben.

Kapitel 26

Trotz des dringenden Wunsches, wieder allein zu sein, deckten Leo und Mira sich auf dem Markt noch mit Kochzutaten ein, bevor sie wieder auf die Vespa stiegen. Mira hatte vorgeschlagen, die Küche der Jacht zu nutzen, und hatte Gemüse, Fisch und Gewürze ausgewählt, mit denen sie eine bunte Pfanne zubereiten wollte – ein simples Gericht, dessen Zubereitung ihnen viel Zeit für anderes ließ.

Die Vorfreude auf den restlichen Tag – und eine weitere Nacht – mit Leo sorgte für ein angenehmes Kribbeln in Miras Bauch. Die Fahrt mit dem Roller kam ihr kürzer vor als auf der Hinfahrt und ging ihr trotzdem nicht schnell genug.

»Du bist so still«, rief Leo von vorn. »Ist alles in Ordnung?«

»Wäre es unangebracht, dir jetzt zu sagen, dass ich daran denke, dich auszuziehen?«

Mira hörte, wie der Roller beschleunigte und Leo lachte. »Zum Glück bin ich ein halbwegs passabler Fahrer, sonst hätte die Frage einen Unfall verursachen können. Mein Kopf hat nämlich kurz die Kontrolle an ein anderes Körperteil abgegeben.«

Mira schmiegte sich enger an Leo und widerstand dem Drang, ihre Hände über seinen Körper wandern zu lassen. Sie wollte ihn auf der kurvigen Straße nicht unnötig ablenken, auch wenn es ihr schwerfiel, die Finger von ihm zu lassen.

Leo schien eine Fernbedienung für das Garagentor zu haben, denn als sie sich der Garage näherten, fuhr es bereits nach oben. Leo parkte den Roller, öffnete den Verschluss von Miras Helm und küsste sie stürmisch, sobald er sie davon befreit hatte. Auf dem Weg zum Anleger lösten sie sich kaum voneinander und Leo hob Mira auf seine Hüften, als er mit einem großen Schritt vom Steg auf die *Leprotta* stieg.

Ohne sie abzusetzen, nahm er die Stufen hinab ins Innere der Jacht, ließ Mira im Vorübergehen die Tüte mit den Einkäufen auf der Küchenarbeitsplatte ablegen und bugsierte sie in sein Schlafzimmer. Ungeduldig an ihrer Kleidung zerrend fielen sie auf das Bett und übereinander her.

Während ihres Ausflugs hatte sich in Mira die Sehnsucht aufgestaut, Leo zu berühren und ihm nah zu sein. Nun schienen beide darauf bedacht, jeden Millimeter Abstand zwischen ihnen zu überwinden, Haut auf Haut und Lippen auf Lippen zu spüren.

Sobald sie ihre Kleidung losgeworden waren, schien alle Hektik von ihnen abzufallen. Sie liebten sich langsam, nahmen sich die Zeit, sich in aller Ruhe auszukosten und zu erkunden. War Mira am Vortag noch gehemmt gewesen, unsicher von ihrer langen Zeit ohne Körperkontakt, so entwickelte sie inzwischen ein Verständnis dafür, was Leo gefiel. Und was ihr selbst gefiel. Zwar hatte sie auch mit Elias Spaß im Bett gehabt, zumindest in den Anfängen ihrer Beziehung, doch sie hatte sich nie so frei gefühlt, sich gehen zu lassen, ohne bewertet oder gelenkt zu werden.

Als sie anschließend im Bett lagen, Mira auf Leos Brust, streichelte er sanft ihren Rücken, während sie mit ihren Fingerspitzen Kreise auf seinem Arm zog.

»Daran könnte ich mich gewöhnen«, brummte Leo schläfrig.

»Hmm«, stimmte Mira ihm zu. »Also ist das für dich nicht dein Standard-Wochenendprogramm? Frauen mit auf dein Boot nehmen und die Welt hinter dir lassen?«

Auch wenn sie es scherzhaft klingen lassen wollte, verursachte der Gedanke einen Knoten in ihrem Magen. Wie schnell war aus *ein-wenig-Spaß-haben* bloß *Verdammt-das-fühlt-sich-zu-schön-an-um-nur-ein-Wochenende-zu-dauern* geworden?

Leo setzte sich auf, sodass Mira von seiner Brust rutschte.

»Ich weiß nicht, was du über mich gehört hast. Oder was du vor mir erlebt hast, falls du so schlecht von Männern im Allgemeinen denkst.« Er hob ihr Kinn und sah ihr in die Augen. Sein Blick war ernst, dringlich. »Aber was auch immer dieses Arschloch mit dir gemacht hat, an das du denkst, wenn dein Blick sich trübt und deine Stirn sich in Falten legt: Ich bin nicht er. Und ich werde dir zeigen, dass ich es ernst mit dir meine. Dass du nicht nur eine von vielen bist. Ganz im Gegenteil! Wir kennen uns vielleicht noch nicht lange, aber du bist mir schon jetzt ziemlich ans Herz gewachsen. Ob du es glaubst, oder nicht.«

Er küsste Mira, als wolle er das Gesagte besiegeln und seinen Worten Nachdruck verleihen.

Miras Kopf drehte sich. Auch wenn sie ihre vorige Beziehung Leo gegenüber nur angedeutet hatte, hatte er die richtigen Schlüsse gezogen. Allerdings wusste er nicht, wie verkorkst sie seit Elias war. Wie kaputt. Dennoch berührten Leos Worte etwas in ihr, das sie für verloren geglaubt hatte, und wärmten sie.

Sie krabbelte auf seinen Schoß und schmiegte ihren Kopf an seine Brust. Sein Herz schlug schnell und gleichmäßig an ihrem Ohr. »Danke«, flüsterte sie und sah zu ihm auf. »Du bist mir auch ganz schön ans Herz gewachsen.«

Sie redeten und kuschelten so lange, bis die Sonne durch die Fenster der anderen Kabinenseite hineinschien und der Hunger sie wieder aus dem Bett trieb.

Leo drückte Mira einen Kuss auf den Scheitel. »Eigentlich bin ich noch nicht bereit, dich wieder mit der Welt zu teilen. Aber wir sollten vermutlich zurück zur Insel fahren und etwas kochen.«

Mira ging es genauso. Am liebsten wollte sie gemeinsam mit Leo in ihrer ungestörten Blase bleiben. Der Gedanke hätte beunruhigend für sie sein sollen, denn Elias hatte sie von der Welt isolieren wollen und so hatte sie sich immer weiter zurückgezogen, bis Familie und Freunde sich tatsächlich nach und nach abgewandt hatten. Doch diese Isolation war anders. Sie war nicht einseitig und besitzergreifend, sondern ging von ihnen beiden aus.

»Könnten wir das nicht auch hier tun?«

Leo lachte. »Verzögerungstaktik? Gefällt mir.«

»Dafür, dass du so penibel und kunstvoll deine Pflanzen schneidest, kannst du erstaunlich schlecht mit einem Küchenmesser umgehen«, neckte Mira Leo eine halbe Stunde später.

Sie waren zur Insel zurückgefahren, weil Leo gern mit Mira gemeinsam ein Glas Wein trinken wollte, ohne anschließend seine Jacht über den See steuern zu müssen. Nun standen sie nebeneinander in der Küchenzeile der *Leprotta* und schnitten das Gemüse für ihr gemeinsames Abendessen. Auf Leos Schneidbrett lagen grobe, ungleiche Würfel aus Zucchini und Tomaten.

Leo grinste und zuckte mit den Schultern. »Bei lebenden Pflanzen bin ich geduldiger. Das Gemüse wird doch sowieso gegessen, dann kann ich meine Konzentration auch auf etwas Sinnvolleres lenken.«

»Zum Beispiel?«

Leo ließ Messer und Gemüse links liegen und trat hinter sie. Er schob ihren Zopf über ihre Schulter und begann damit, Küsse auf ihrem Nacken und Hals zu verteilen.

Mira schloss die Augen und stöhnte genüsslich auf. »So wird das mit dem Essen aber nichts.«

»Ist das dann dieses berühmte *von-Luft-und-Liebe-leben*?«

»Vielleicht. Oder eher dieses Verhungern-bei-gefülltem-Kühlschrank.«

»Lassen wir es darauf ankommen?«, fragte Leo und auch Mira fühlte, wie das Verlangen ihr Hungergefühl in irgendeine Ecke vertrieb. Sie drehte sich zu Leo um und er hob sie auf die Küchenarbeitsplatte.

In diesem Moment ertönten Schritte auf der kurzen Treppe der Jacht. »Leo?«, rief eine weibliche Stimme, gefolgt von einem Redeschwall in schnellem Italienisch. Sekunden später tauchte Illaria im Kochbereich auf und verharrte wie ein Reh im Scheinwerferlicht, als sie ihren Bruder und Mira erblickte.

Leo trat einen Schritt von Mira zurück und grinste ertappt, jedoch schien ihm die Situation nicht unangenehm zu sein, was Mira erleichterte. Ein Versteckspiel, weil sie ihm vor seiner Schwester peinlich gewesen wäre, hätte ihrem ohnehin schon angeknacksten Ego nicht gutgetan. Wie es jedoch mit seiner Mutter - ihrer Chefin – aussah, darüber wollte sie lieber noch nicht nachdenken.

Mira hüpfte von der Arbeitsplatte herunter und Leo räusperte sich. »Mira, ich möchte dir gern meine Schwester Illaria vorstellen. Illaria, das ist Mira.«

Illaria sah noch immer aus, als wäre sie am liebsten im Boden versunken. Ganz anders als die toughe Frau, die ihr gestern im Garten eine Ansage gemacht hatte. Langsam schien sie aus ihrer Starre zu erwachen und bedeutete Mira mit einem heimlichen Zwinkern, mitzuspielen.

»Schön, dich kennenzulernen«, sagte Mira und gab Illaria die Hand, als hätte sie sie noch nie zuvor gesehen.

»Ganz meinerseits«, erwiderte Illaria mit einem Lächeln.

»Nach dir ist also dieses schöne Boot benannt?«

Illaria warf Leo einen warnenden Blick zu. »Das hast du ihr erzählt? Ich bin inzwischen dreiundzwanzig Jahre alt, Leo. Da ist Häschen nicht mehr niedlich, sondern nur noch peinlich. Vielleicht sollte ich mal ein paar deiner Kosenamen auspacken?«

»O ja«, bat Mira, während Leo vehement den Kopf schüttelte und: »Auf gar keinen Fall!« rief.

Illaria kicherte hämisch und warf Mira einen verschwörerischen Blick zu. »Wir werden sehen«, entschied sie mit einem Schulterzucken. Sie begann, die

Arbeitsplatte zu inspizieren. »Ihr kocht? Was gibt es zu essen?«

»Mira kocht«, korrigierte Leo. »Ich bin nur schmückendes Beiwerk.«

»Etwas anderes hatte ich nicht vermutet, Bruderherz. Schließlich willst du Mira nicht gleich wieder vertreiben.«

Leo lachte und sah Mira an. »Nein, das will ich sicher nicht.«

Mira wurde warm und sie spürte, wie ihr die Röte ins Gesicht stieg. »Es gibt eine einfache Gemüsepfanne mit Fisch«, beantwortete sie Illarias Frage. »Willst du mitessen?«

»Wenn du besser kochen kannst als Leo. Und da das auf so ziemlich jeden Menschen zutrifft – und vielleicht sogar manch anderen Primaten – sehr gern!«

Sie nahm Leos Platz am verwaisten Schneidebrett ein und begann, das Gemüse zu würfeln und Mira dabei über ihr Leben in Deutschland und ihre Arbeit auf der Insel auszufragen.

Als Leo einmal ans Oberdeck ging, raunte Illaria Mira zu: »Schicke Hose. Die kommt mir irgendwie so bekannt vor.«

Mira sah an sich hinab und bemerkte, dass sie noch immer Illarias Hose trug. Doch bevor sie eine Rechtfertigung stammeln konnte, winkte Illaria ab und lachte. »Keine Sorge. Tun wir einfach so, als hätte ich nichts bemerkt. Im Gegenzug tust du so, als hättest du mich bis heute noch nicht gesehen.«

Mira lachte. »Deal.«

Leo kam erneut in die Küche, in der Mira inzwischen das Gemüse anschwitzte, sodass sich langsam ein

Aroma von Knoblauch und Kräutern ausbreitete. Mira warf ihm zwischendurch verstohlene Blicke zu, die er mit einem Zwinkern erwiderte. In seinem Gesicht las sie dieselben Emotionen, die auch sie fühlte. Belustigung über Illarias Selbstverständlichkeit, mit der sie sich zu ihnen gesellte. Ein wenig Bedauern, dass ihre ungestörte Zweisamkeit nun vorerst beendet war. Und auch Erleichterung, dass Illaria Miras Anwesenheit ohne unangenehme Fragen hinnahm, die Mira und Leo erst für sich selbst beantworten mussten.

Zum Beispiel, was genau das zwischen ihnen war.

Mira genoss die Zeit mit Leo, doch der Gedanke an zu viel Nähe – insbesondere emotionale – machte ihr immer noch Angst. Eine lockere, körperliche Beziehung schien ihr gutzutun und dabei zu helfen, die schlechten Erinnerungen mit neuen zu überschreiben. Sie fühlte sich locker und so glücklich wie seit langer Zeit nicht mehr. Aber Leo zu nah an sich heranzulassen und Gefühle aufzubauen, war nicht vernünftig. Denn, so schön ihre gemeinsame Zeit auch war: Sie hatte ein fest datiertes Ablaufdatum. Bereits in sechs Wochen würde sie zurück nach Deutschland fliegen und die Insel verlassen, vermutlich für immer.

Mira konnte nur hoffen, dass ihr Herz mit dieser Vernunft einverstanden war.

Kapitel 27

Selbstverständlich wollte Stella alles über Miras Wochenende wissen, als Mira am Abend in ihr gemeinsames Zimmer zurückkehrte. Leo und Illaria waren mit ihren Eltern im Herrenhaus verabredet und hatten Mira ein Stück begleitet, bis sie zum Bauerngarten abbiegen musste. Zum Abschied hatte Leo sie geküsst und ihr ein zärtliches »Bis bald« ins Ohr geraunt, das noch immer ein warmes Kribbeln in ihrem Bauch auslöste. Das mit der Vernunft klappte ja gut.

»Erde an Mira«, musste Stella sie mit kräftigem Winken zum wiederholten Mal zurück ins Hier und Jetzt holen.

Mira schreckte hoch. »Entschuldigung.«

»Nicht nötig, ich freue mich ja für dich.«

»Danke. Hoffen wir mal, dass es nicht in einem Drama endet.«

Stella winkte ab. »Ach, das glaube ich nicht. Und mal ehrlich: Wenn der Sex so gut war, wie du erzählt hast, ist es dann nicht ein bisschen Herzschmerz wert?«

Mira stöhnte in ein Kissen. »Ich kann immer noch nicht glauben, dass ich dir das alles erzählt habe.«

»Ich kann halt sehr überzeugend sein.«

»Du meinst wohl lästig.«

»Von mir aus.« Stella zuckte mit den Schultern. »Also, wie geht es jetzt weiter?«

»Ich weiß nicht. Am liebsten würde ich ihn sofort wiedersehen, aber ich habe auch Angst, dass es zu schnell geht und ich ernste Gefühle entwickeln könnte. Schließlich bin ich nicht mehr lange hier. Ich glaube, ich warte einfach ab.«

»Wenn er nur halb so verrückt nach dir ist, wie du nach ihm, meldet er sich bestimmt bald.«

Miras Telefon piepte.

»Siehst du, übersinnliche Fähigkeiten habe ich auch. Vielleicht sollte ich auf dem Jahrmarkt arbeiten. Die fabelhafte Stella Boselli – Handlesen, Kartenlegen, Liebeszauber-«

»Die Nachricht ist nicht von Leo«, unterbrach Mira sie mit einem Blick auf das Display.

Stella seufzte. »Ich war sowieso immer eher der sesshafte Typ. Beim wandernden Volk wäre ich nicht glücklich geworden. Wer schreibt dir denn?«

»Meine Freundin Paula aus Hamburg. Sie und meine Eltern sind die einzigen zu Hause, die meine neue Nummer haben.«

Stella runzelte die Stirn.

»Nach der Trennung hat Elias immer wieder versucht, mich zu kontaktieren«, erklärte Mira. Sie rieb sich die Schläfen bei der Erinnerung. »Und als ihm klar wurde, dass ich es ernst meinte, und nichts mehr mit ihm zu tun haben möchte, wurde es richtig übel. Er hat Gerüchte über mich verbreitet. Danach habe ich unzählige Nachrichten und Anrufe bekommen. Beleidigungen, Drohungen, Männer, die sich zum Sex mit mir verabreden wollten, weil ich ja so ein williges Flittchen sei.«

»So ein Arschloch«, knurrte Stella.

»Absolut«, stimmte Mira zu und las Paulas Nachricht. »Sie fragt, ob wir telefonieren können.«

»Mach das mal in Ruhe. Ich will sowieso noch duschen. Und später treffe ich mich mit Illaria.«

»Was? Habt ihr euch ausgesprochen? Und wir reden hier die ganze Zeit nur über mich? Jetzt bist du dran!«

»Es gibt noch nicht viel zu sagen. Illaria hat nur geschrieben, dass sie mich sehen will. Und dass es ihr ernst mit uns sei.« Stella grinste. »Und dass ich ihr wichtiger sei als die Meinung ihrer Mutter.«

»Das ist großartig, Stella! Ich freue mich für euch.«

Stella warf ihr eine Kusshand zu und verschwand im Badezimmer.

Mira wandte sich wieder ihrem Telefon zu. Beim Gedanken an Paula hatte sie Schuldgefühle. Seit ihrer Ankunft auf der Insel war so viel geschehen und doch hatte sie ihrer Freundin lediglich hin und wieder ein paar Emojis oder Bilder von den Gärten auf der Insel und Schnappschüsse vom Herrenhaus geschickt. Das letzte Foto war ein Selfie von Stella und ihr beim Paddeln – vor drei Wochen.

Mit einem Seufzen schob sie das schlechte Gewissen beiseite und öffnete das kurze Kontaktbuch. Sie fragte sich, was Paula wohl an diesem Samstagabend noch vorhatte. Ob sie mit ihrer alten Clique feiern gehen würde. Unter anderen Umständen wäre Mira vermutlich bei ihnen gewesen. Wenn sie nicht die Reißleine gezogen hätte. Wenn ihr Leben nicht zu einem einzigen Scherbenhaufen geworden wäre.

Sie wählte die Nummer und hörte das Klingeln. Bereits nach dem zweiten Tuten nahm Paula den Anruf entgegen.

»Hiii Süße!«, flötete ihre Stimme am anderen Ende der Leitung. »Genießt du deinen Urlaub im Paradies?«

»Moin, Paula! Na ja, es ist ja nicht wirklich Urlaub. Aber es ist schon sehr schön hier.«

»Das freut mich, Liebes! Wie läuft es denn mit der Stelle?«

»Gut! Es ist echt spannend. Ich kann meine alte Leidenschaft für Kunst, Bildhauerei und vor allem Restauration endlich wieder ausleben. Ich verhelfe einer sehr kaputten Marmorfigur zu neuem Glanz. Und bald gibt es hier eine große Veranstaltung, auf der die Statuen ausgestellt werden.«

»Das klingt nach einer guten Ablenkung von zu Hause.«

»Das ist es.«

Mira dachte an Stella. An Nonna und Signor Marino. An Miguel und Dr. Glenn, ihre Arbeit im Wintergarten, die Gewächshäuser, das Bauernhaus, die herumspazierenden Pfaue, die Gärten, den See ... und an Leo. Alle waren ihr in so kurzer Zeit so sehr ans Herz gewachsen. Sie fühlte sich wie ein neuer Mensch.

»Mira? Bist du noch dran?«

»Oh, ja, Entschuldigung! Ich war in Gedanken.«

»Bei jemand Bestimmtem?«, fragte Paula scherzhaft.

Mira zögerte. »Ich habe tatsächlich jemanden kennengelernt.«

»Waaas?«, quietschte Paula aufgeregt. »So schnell? Und du wolltest dich doch eigentlich von Männern fernhalten, oder?«

Da war er, der Finger in Miras Wunde, und ihre Vernunft nickte energisch und pflichtete Paula bei. »Jaaa, das hat eher so semi-gut geklappt. Also eigentlich ... gar nicht.« Sie grinste ins Telefon, als sie beim Gedanken an Leo die Schmetterlinge in ihrem Bauch rumoren fühlte.

»Aber ... ist es was Ernstes?«

War es das? Mira lachte. »Ich weiß es nicht, Paula. Ich glaube nicht.«

»Schließlich ist die halbe Zeit ja auch schon wieder um, dann kommst du zurück zu uns.«

Miras Magen verkrampfte sich bei dem Gedanken, dass sie schon in sechs Wochen wieder im Flieger sitzen sollte. An die Zeit nach ihrer Arbeit hier auf der Insel hatte sie bewusst wenig gedacht, weil sie noch keine Ahnung hatte, wie es danach weitergehen würde. Der Abstand ließ sie vieles klarer sehen und sie stellte fest, dass sie ihre Heimat kein Stück vermisste.

»Mira? Bist du schon wieder in Gedanken bei ihm?«

»Eigentlich eher dabei, was ich mit meinem Leben anfangen soll.« Sie lachte freudlos und Paula stimmte mitleidig mit ein.

»He, das findest du schon raus. Komm erst mal zu uns zurück, dann schauen wir weiter. Hier freuen sich alle schon auf dich.«

Mira runzelte die Stirn. Abgesehen von Paula hatte sie in Hamburg keine richtigen Freunde mehr gehabt. Dafür hatte Elias gesorgt. Oberflächliche Kontakte mit aufgesetztem Lächeln und ständiger Gier nach Geheimnissen und Gerüchten gab es in ihrer Clique dafür umso mehr. Der Clique, der Elias immer noch angehörte. »Macht ihr heute Abend noch etwas?«, fragte Mira mit hohler Stimme.

»Wir treffen uns gleich bei Sabrina. Von da aus wollen wir später weiter.«

Mira konnte sie vor sich sehen. Vorglühen bei Sabrina, danach von Club zu Club ziehen. Früher hatte ihr so was Spaß gemacht, doch inzwischen schreckte der Gedanke sie ab.

Sie zwang sich trotzdem zu einem: »Klingt gut. Ich wünsche dir viel Spaß!«

»Danke, Liebes! Ich muss mal los. Pass auf dich auf.«

»Mach ich. Bis bald.«

Das Gespräch hinterließ ein mulmiges Gefühl bei Mira. Sobald Stella aus dem Bad kam und aufgeregt hüpfend zu ihrer Verabredung mit Illaria aufbrach, ließ sie sich ein Schaumbad ein, um ihre Nerven zu beruhigen. Umhüllt von fluffigen, nach Kirschblüten duftenden Schaumbergen konnte sie durch das Fenster über den Garten und hinaus auf den See blicken. Das warme Wasser war eine Wohltat für ihre Muskeln, die nach der ungewohnten Aktivität der letzten Nacht – und des Tages – hart und verspannt waren.

Als sie sich anschließend im Pyjama auf das Bett fallen ließ, wären ihr beinahe sofort die Augen zugefallen. In diesem Moment piepte jedoch ihr Telefon und zeigte eine Nachricht von Leo an. Es war die erste, seit sie ihm heute Morgen ihre Nummer gegeben und er ihr ein einzelnes rosafarbenes Blüten-Emoji geschickt hatte.

Bist du noch wach, Pfauenmädchen?

Gerade noch so.

Lust auf einen Spaziergang?

Ich habe schon meinen Schlafanzug an.

Perfekt. Ich auch. In zehn Minuten bei der Schaukel?

Ich bringe Schokolade mit.

Kapitel 28

Leo zu sehen, ließ Miras Herz höherschlagen und vertrieb die letzten trüben Gedanken an ihr Zuhause oder ihre Zukunft. Er saß mit dem Rücken zu ihr auf der Schaukel und sah hinaus auf das Wasser. Er hatte nicht gelogen: Auch er trug eine karierte Pyjamahose und ein weißes T-Shirt. Die Sonne war bereits untergegangen, doch es war noch nicht zu dunkel, um die harten Muskeln darunter erahnen zu können.

Als er ihre Schritte hörte, stand er auf und drehte sich zu ihr um. Plötzlich war Mira unsicher und hatte Angst, es könnte merkwürdig zwischen ihnen werden. Wie sollte sie ihn richtig begrüßen? Ihn in den Arm nehmen? Ihn küssen? Ihm einen Handschlag geben? Er öffnete die Arme zu einer Umarmung und nahm ihr damit die Entscheidung ab. Sie umfasste seinen Oberkörper, barg ihr Gesicht an seiner Brust und war umgeben von seiner Wärme und seinem Geruch. Sofort breitete sich eine Ruhe und Sicherheit in ihr aus, die sie nach so kurzer Zeit nicht für möglich gehalten hätte. Und die den vernünftigen Teil ihrer Selbst zum Verzweifeln brachte.

»Also, du hast die Schokolade?«, fragte Leo, als sie sich nach einiger Zeit voneinander lösten. »Ich habe Chips mitgebracht.«

Wie hatte sie nur denken können, dass es merkwürdig werden könnte? Nebeneinander saßen sie auf dem breiten Holzbrett und schwangen hin und her, während sie sich gegenseitig mit Süß- und Salzigkeiten fütterten und über alles redeten, was ihnen in den Sinn kam.

»Worüber wollten deine Eltern eigentlich mit Illaria und dir sprechen?«

»Es ist so eine Art Familientradition. Einmal in der Woche setzen wir uns alle zusammen und besprechen, was anliegt und was uns beschäftigt. Mein Vater wollte wissen, wie meine Pläne für die Zukunft aussehen. Er hofft immer noch, dass er mich davon überzeugen kann, ins Familiengeschäft einzusteigen.«

»Und du möchtest das nicht?«

Er schüttelte langsam den Kopf. »Es ist sicher keine schlechte Arbeit. Und ich will auch nicht undankbar sein. Und du hast ja schon erlebt, dass ich die Leidenschaft meines Vaters für Boote teile. Aber trotzdem ... würde ich einfach gern etwas ganz Eigenes machen. Zumindest eine Zeit lang. Das ist der Grund, warum ich Architektur studiert habe. Und zwar nicht Innenarchitektur, um Boote auszustatten. Sondern ich möchte gern Bauwerke entwerfen.« Er lachte kurz auf. »Irgendetwas Großes. Und Ausgefallenes.«

»Stell dir mal vor, irgendwann schaut jemand auf ein Hochhaus und sagt: Das hat Leo di Varrone entworfen. Das hat schon was.«

»Siehst du? Du verstehst mich. Es ist auch nicht so, dass mein Vater meine Pläne komplett missbilligen würde. Er kann nur seine Enttäuschung schlecht verbergen. Und ich hasse es, ihn zu enttäuschen.«

»Also habt ihr eigentlich ein gutes Verhältnis?«

»Ja, auf jeden Fall. Wir haben alle unsere Eigenheiten und ecken oft aneinander. Meine Mutter kann dramatisch sein, mein Vater stur und Illaria ... Gott sei Dank ist sie aus der Pubertät raus.«

Mira lachte und fand die Vorstellung einer pubertierenden Illaria gleichermaßen furchteinflößend.

»Hast du ihnen ... von uns erzählt?«

»Ich wusste nicht, ob dir das recht ist. Deshalb habe ich es lieber gelassen. Wir haben ja bereits festgestellt, dass meine Mutter ... einschüchternd sein kann.«

Mira nickte und war ihm dankbar. »Ja, so ist es mir tatsächlich lieber.«

Es hätte nur Druck erzeugt, wenn Signora di Varrone von ihnen gewusst hätte, vielleicht sogar Probleme. Ob Leo davon wusste, dass seine Mutter Mira gewarnt hatte, sich von ihm fernzuhalten? Vermutlich nicht. Aber sie wollte auch keinen Keil zwischen die beiden treiben, indem sie danach fragte.

Eine Weile schwieg Leo, dann sah er Mira in die Augen und lächelte sie an. »Ich habe noch etwas für dich.«

»Wenn du jetzt Gummibärchen sagst, bist du mein Held. Oder Lakritz.«

»Tut mir leid«, antwortete er mit gespieltem Bedauern. Er nahm etwas aus der Tasche seiner Pyjamahose und hielt es vor Miras Gesicht, sodass es im Mondlicht schimmerte. Es war ein kreisrunder Anhänger an einer dünnen silbernen Kette. Der Anhänger war durchsichtig wie Glas, doch darin befanden sich ...

»Eine Oleanderblüte und ein Stück einer Pfauenfeder«, erklärte Leo leise. »Aus Torquatos Schwanzfeder. Als Erinnerung an unser Kennenlernen.«

»Die ist wunderschön«, hauchte Mira und staunte über die vielen Facetten der Feder, die sogar im fahlen Mondlicht schillernd und irisierend waren. »Aber du musst mir doch nichts schenken!«

Er zuckte mit den Schultern. »Ich weiß. Aber ich wollte es gern. Außerdem habe ich sie mit Illaria selbst gemacht. Wir haben in den letzten Tagen ein wenig mit Epoxidharz experimentiert und zu diesem Anhänger hast du mich inspiriert.«

»Das ist das persönlichste Geschenk, das ich je bekommen habe. Danke.«

Sie neigte den Kopf, damit Leo die Kette in ihrem Nacken befestigen konnte, dann schmiegte Mira sich an ihn und genoss das Gefühl der Geborgenheit, das alles andere in weite Ferne rücken ließ.

»Basteln und Schmuck kreieren gehört also auch zu euren Hobbys«, murmelte Mira und grinste. »Apropos Hobbys: Als ich noch nicht wusste, dass du nur zum Spaß gärtnerst, habe ich Stella nach dem mysteriösen und heißen Gärtner gefragt, der mich vor dem Absturz gerettet hat. Sie fand das ziemlich lustig, weil der einzige männliche Gärtner hier Ludovico ist.«

»Was ist daran so lustig?«, fragte Leo mit gespielter Empörung. »Ludovico ist eine Legende. Eine Koryphäe der Gartenkunst. Ich wünschte, ich hätte nur ein Zehntel von seinem Gespür für Pflanzen. Ich meine, hast du mal seine selbstgezüchteten Agapanthus-Sorten gesehen? Die sind definitiv heiß.« Er lachte und zwinkerte ihr zu.

Mira verdrehte die Augen.

»Alles klar, Pflanzen-Nerd.« Sie küsste ihn auf die Wange, damit er wusste, dass sie es nicht als Beleidigung meinte.

»Mysteriös und heiß also?«, fragte er eine Spur tiefer.

Mira knuffte ihn sanft in die Schulter. »Bild dir nichts darauf ein.«

Leo strich eine Haarsträhne von Miras Schulter. »Okay. Wie hast du deinen Abend verbracht?«

Die sanfte Berührung jagte ihr eine Gänsehaut über die Arme und den Rücken. »Mit einem unschönen Telefonat und einem erholsamen Schaumbad.«

»Mit wem hast du denn telefoniert?«, fragte er besorgt. »Mit deinen Eltern?«

»Nein, denen geht es gut und da gibt es auch nichts Neues. Aber mit meiner besten Freundin in Hamburg. Sie hat mich daran erinnert, dass ich nur noch sechs Wochen lang hier bin. Und dass ich keinen Plan für die Zeit danach habe. Ich weiß nicht mal, was ich möchte. Wohin ich möchte.«

»Willst du denn nicht zurück nach Hamburg?«

»Nicht wirklich. Ich meine, die Stadt ist schon sehr schön. Aber die letzte Zeit dort war wirklich hart und der Abstand tut mir so gut. Außerdem würde ich gern wieder Kunst restaurieren, denke ich. Und dafür ist Hamburg nicht optimal.«

Leo verschränkte seine Finger mit ihren. »Die Arbeit hier mit Dr. Glenn gefällt dir doch, oder? Vielleicht hätte sie ja eine Stelle in ihrem Team in Cambridge für dich? Oder du schaust dich hier in Italien weiter um. Oder hast du mal darüber nachgedacht, selbst Kunst zu schaffen?«

»Eher nicht«, überlegte Mira. »Ich mag es nicht, zu viel von mir selbst preiszugeben. Und das macht gute Kunstwerke nun mal aus, oder? Dass sie ein Teil ihres Schaffers sind. Ein Teil der Seele.«

»Wenn das so ist, ist es eine Schande, dass du nichts Eigenes erschaffen willst. Ich finde deine Seele nämlich sehr schön. Auch wenn ich sie erst vor Kurzem kennengelernt habe und noch damit beschäftigt bin, ständig neue Facetten daran zu entdecken. Wie Blütenblätter einer Rose, die sich entfalten.«

Mira grinste. »Wir beide sind heute ganz schön poetisch, oder?«

»Der Wein beim Abendessen mit Illaria und beim Treffen mit meinen Eltern zeigt seine Wirkung.«

Sie schaukelten eine Weile nebeneinander und Leo streichelte Miras Handrücken mit seinem Daumen. »Ich bin sicher, dass du das Richtige für dich finden wirst, Mira«, raunte er zuversichtlich. »Es muss ja nicht sofort sein. Und du musst nicht gleich eine Entscheidung für dein ganzes Leben treffen. Du bist noch jung. Du kannst Dinge ausprobieren, dich umentscheiden, reisen und Neues kennenlernen.«

Mira seufzte. »Bei dir klingt das so einfach.«

»Sollte es auch sein. Wer sagt, dass das Leben schwer sein muss?«

»Hmm«, murmelte sie zustimmend. »Dolce Vita wird hier in Italien wirklich gelebt, oder?«

»Natürlich. Ich bin froh, wenn dein Aufenthalt hier dir zumindest das beigebracht hat.«

Mira wandte ihm das Gesicht zu. »Du hattest einen nicht unbedeutenden Anteil daran.«

»Mit meinen poetischen Überlegungen?«, fragte er neckend.

»Auch. Aber auch mit deinen nicht ganz so poetischen Taten. Wobei ... vielleicht könnte man es doch als Kunst bezeichnen?«

»Du schmeichelst mir. Also hat dir die letzte Nacht gefallen«, stellte Leo zufrieden fest.

»Sehr.« Mira und unterstrich ihre Worte mit einem zarten Kuss. Leo stöhnte leise auf, dann wurde das Geräusch zu einem begierigen Grollen und er intensivierte den Kuss. Er knabberte an ihrer Lippe und sie gewährte ihm Einlass, ließ seine Zunge alles erforschen, was er noch nicht kannte. Ihre Atmung beschleunigte sich und sie fühlte, wie Leos Herz gegen seine Brust hämmerte.

»Zu mir oder zu dir?«, fragte Leo.

»Ähm, ich teile mir ein Zimmer mit Stella. Also: Ganz klar zu dir!«

Leo sprang von der Schaukel und zog Mira in seine Arme.

»Gut, dass es nicht weit bis zum Anleger ist ...«

***

In den nächsten Tagen entwickelte sich für Mira ein neuer Tagesablauf. Meist wachte sie auf der Jacht auf, mit Sonnenstrahlen, die durch die dünnen Vorhänge der Kabinenfenster drangen, dem Gesang der Vögel und dem leichten Schaukeln auf den winzigen Wellen. Da Leo sich für seinen Aufenthalt auf der Insel im Architekturbüro abgemeldet hatte und nur wenig vom

Laptop aus arbeiten musste, konnte er meist ausschlafen. Mira gab ihm zum Abschied in den Morgenstunden stets einen Kuss, den er manchmal verschlafen erwiderte. An anderen Tagen wurde daraus mehr und er zog sie erneut zu sich ins Bett. An diesen Tagen musste Mira anschließend mit geröteten Wangen den Hügel hinaufeilen, um sich rechtzeitig anzuziehen und mit Stella noch einen Cappuccino vor der Arbeit trinken zu können. Von Stella erntete sie dafür wissende und belustigte Blicke. Da jedoch auch Stella es den einen oder anderen Morgen eilig hatte und anscheinend selbst noch nicht lange in ihrem Zimmer war, grinste sie nur und sparte sich einen neckischen Kommentar. Seit Stella und Illaria sich ausgesprochen hatten, wirkte Stella noch unbeschwerter und fröhlicher, als es ohnehin schon ihre Art war. Sie schien glücklich zu sein und Mira hoffte, dass Illaria dieses Mal keinen Rückzieher machen würde.

Auch die Arbeit ging weiterhin gut voran. Sämtliche Statuen erstrahlten bald in neuem Glanz, als seien sie erst vor kurzer Zeit aus dem Stein gehauen worden. Mira war stolz auf ihre Fortschritte und freute sich schon darauf, ihre Statue für die Veranstaltung in Szene gesetzt zu sehen. Nach der Arbeit an der Diana war inzwischen auch der Sockel wiederhergestellt und mit lebensgroßen Tieren bestückt. Springende Hasen, anmutige Tauben und das Reh, das der Diana aus der Hand zu fressen schien, wirkten lebendig, wie in der Bewegung eingefroren. Auch wenn es vermutlich nicht mehr viel mit dem ursprünglichen Kunstwerk gemein hatte, war es eine bezaubernde Arbeit und selbst Dr.

Glenn verzog inzwischen nicht mehr bei jedem Mal den Mund, wenn sie an der Skulptur vorbeikam.

***

Wenige Tage später brach das Team der Restauratoren auf.

Mira verabschiedete sich von Miguel und versprach, ihn in Bilbao zu besuchen und sich die modernen Kunstwerke anzusehen, an denen er dort arbeitete.

Dr. Glenn reichte Mira zum Abschied die Hand. »Ich freue mich, wenn unsere Arbeit hier Ihr Interesse an der Restauration von Kunstwerken wiedererwecken konnte, Mira. Wir können immer fähige Kollegen im Kampf gegen die Zeit gebrauchen. Überlegen Sie sich, ob eine Anstellung in Cambridge vielleicht das Richtige für Sie sein könnte.«

Miras Augen weiteten sich. Dass die Wissenschaftlerin ihr trotz all der Differenzen, die die Anweisungen der Signora zwischen ihnen erzeugt hatten, eine Stelle anbot, hätte sie nicht für möglich gehalten. »Danke, das ist sehr freundlich von Ihnen. Ich werde darüber nachdenken. Auch wenn letztendlich doch immer die Zeit gewinnt«, wiederholte Mira mit einem Augenzwinkern die unter den Restauratoren gängige Floskel.

Dr. Glenn lächelte. »Das stimmt. Ich würde mich über Ihre Bewerbung freuen.«

Ohne das Team wirkte der Wintergarten ungewohnt still und leer. Mira war von Signora di Varrone noch bis zur großen Veranstaltung eingestellt und blieb auf der Insel zurück. Sie konnte ihre neu gewonnene Freizeit jedoch nur kurz nutzen, bevor die Vorbereitung der

Modenschau sie vollständig einspannte. Ihre Aufgabe bestand nun darin, die Einbindung der Skulpturen in das Event zu beaufsichtigen und den übrigen Handwerkern beratend zur Seite zu stehen, wenn es zum Beispiel um die Lichtfarbe oder die Platzierung der richtigen Blumen im Gesamtkonzept von Signora di Varrone ging. Sie war das Bindeglied zwischen der Signora und der Ausführung der Arbeiten und lief von früh bis spät mit akribisch ausgeführten Checklisten herum, während um sie herum Laufstegteile, Lampen, Stehtische, Stühle und Dekoration den Ort wechselten und aufgebaut wurden. Auch wenn diese Tätigkeit über das hinausging, worauf sie sich ursprünglich beworben hatte, und es mitunter sehr anstrengend war, den Wünschen der Signora gerecht zu werden, genoss Mira den Trubel. Aus dem Gewächshaus war eine elegante und geschmackvolle Partylocation geworden. Zu sehen, wie die Veranstaltung nach und nach Gestalt annahm und sich aus einem Konzept ein reales und stimmiges Gesamtbild fügte, belohnte ihre Mühen.

Außerdem konnte sie so auf der Insel bleiben und weiterhin Zeit mit Leo verbringen. Die Nachmittage verbrachten sie meist am oder auf dem Wasser, grillten, paddelten mit Stella und Illaria oder flogen mit der *Leprotta* über den See, sodass die funkelnde Gischt nur so spritzte. So offen Leo vor Illaria mit seiner Beziehung zu Mira umging, machte Illaria auch kein Geheimnis aus ihrer Beziehung zu Stella. Falls es ihn anfangs überraschte, seine Schwester mit einer anderen Frau zu sehen, ließ er sich nichts anmerken. Beim guten Verhältnis der Geschwister war es jedoch kein Wunder, dass Leo wusste, wie es um ihr Herz bestellt war.

Die Zeit verging wie im Fluge und die ereignisreichen Tage erfüllten Mira, sodass sie immer seltener an ihr Zuhause und ihre Sorgen dachte. Bis Paula ihr schrieb.

Habe Elias in der Stadt getroffen. Er hat sich nach dir erkundigt und scheint immer noch sehr interessiert an dir zu sein.

Zwei Sätze. Diese zwei kleinen Sätze reichten aus, um Miras Atmung kurz aussetzen zu lassen. Ein Film aus kaltem Schweiß bildete sich auf ihrem Rücken und ihr Herz schlug schmerzhaft gegen ihre Brust.

Was hatte es zu bedeuten, dass Elias noch immer nach ihr fragte? Konnte er sie nicht in Ruhe lassen und ihre Trennung akzeptieren? Und was hatte Paula ihm gesagt?

Sie ließ sich auf ihr Bett sinken, aus Angst, dass ihre Beine nachgeben könnten. So groß die räumliche Entfernung auch sein mochte, fühlte Mira sich plötzlich so bedroht wie zu Hause in Hamburg. Die Vergangenheit hatte sie nicht nur eingeholt, sondern in die Ecke gedrängt und die Klauen in ihr heilendes Herz geschlagen.

Ich will nichts mehr mit ihm zu tun haben!

Sie schickte die Nachricht mit zitternden Fingern ab, konnte das Telefon jedoch nicht weglegen.

Werde ich ihm ausrichten! Sehe ihn bestimmt später noch in der Stadt.

Mira stöhnte und schob das Telefon nun doch unter ihr Kopfkissen. Sie wollte es nicht hören. Nach allem, was ihr Ex ihr angetan hatte, ging das Leben für ihn unverändert weiter. Sie musste flüchten, während er weiterhin mit ihrem gemeinsamen Freundeskreis abhing und alle ihm sein Verhalten anscheinend verziehen hatten. Gerechtigkeit sah anders aus und in Miras Bauch bildete sich der ihr bereits bekannte Kloß aus Traurigkeit, Wut und Frustration. Nicht einmal ihre beste Freundin wollte sein wahres Gesicht sehen.

Der Abstand ließ Mira immerhin deutlich erkennen, wie falsch das Verhalten ihrer vermeintlichen Freunde war. Auch wenn sie noch nicht lange auf der Insel war, wusste sie, dass Stella ihr niemals so in den Rücken fallen würde. Und auch Leo würde sie niemals so behandeln, wie Elias es getan hatte. Mit ihm war alles unbeschwert und er besaß eine große Portion Selbstironie und -reflexion, die einem Narzissten fremd war.

Die Gedanken an ihn ließen den Kloß ein wenig kleiner werden und sie war dankbar für das, was sie auf der Insel gewonnen hatte. Für die Klarheit und die lieben Menschen, die ihr neues Leben ihr gebracht hatte. Anstatt in Selbstmitleid über ihre ungewisse Zukunft zu versinken, sollte sie optimistisch nach vorne sehen. Und anstatt allein herumzusitzen, schrieb sie Leo. Sie verbrachten inzwischen beinahe jede Nacht zusammen. Da Stella an diesem Wochenende zu ihren Eltern ans Festland gefahren war, hatte Mira das Zimmer für sich und lud Leo ein, der bereits zehn Minuten später in seiner Pyjamahose und mit einer verboten großen Schüssel Tiramisu an ihre Tür klopfte.

»Ich habe gehört, hier steigt eine Pyjamaparty?«, fragte er mit einem schiefen Lächeln vom Türrahmen aus.

Mira tat so, als müsse sie darüber nachgrübeln. »Ich weiß nicht. Kann man bei zwei Personen denn schon von einer Party sprechen?«

»Das werde ich dir zeigen.« Er durchquerte mit schnellen Schritten den Raum und stellte die Schüssel auf Miras Schreibtisch, damit er die Arme frei hatte und sie in eine Umarmung ziehen konnte. Er küsste sie kurz, dann drehte er Mira wie beim Tanz und ließ sie dann über einen Arm nach hinten sinken. Er beugte sich über sie und zog eine Spur von Küssen über ihren Hals. Gemeinsam richteten sie sich wieder auf und versanken in einem innigen Kuss, der dafür sorgte, dass die Welt sich um Mira herum noch schneller drehte.

Sie lösten sich voneinander, um Luft zu holen. Mira nickte anerkennend. »Du hast Essen mitgebracht, es wird getanzt und rumgemacht. Dann ist es offiziell eine Party.«

Leo lachte und senkte seine Lippen erneut auf Miras. Er knabberte an ihrer Unterlippe und sie fuhr mit der Spitze ihrer Zunge über seine Oberlippe. Nach Paulas Nachrichten und dem emotionalen Stress, den sie in Mira ausgelöst hatten, sehnte sie sich nach Ablenkung. Nach Leo. Sie klammerte sich an ihm fest wie eine Ertrinkende und zog ihn zum Bett.

»Du willst die Party schon verlassen?«, raunte Leo, während er Mira dabei half, sein T-Shirt über seinen Kopf zu ziehen.

Mira stöhnte und fuhr mit den Händen über seinen Rücken und unter den Bund seiner Jogginghose. »Zu viele Leute hier.«

Sie schob Jogginghose und Boxerbriefs über seinen Po und drückte sich an ihn. Das Gefühl seiner Erektion an ihrem Bauch beruhigte sie und erweckte gleichzeitig glühendes Verlangen in ihr. Es konnte ihr gar nicht schnell genug gehen, die letzten Kleidungsstücke zwischen ihnen zu beseitigen. Eilig zog sie ihr Nachthemd aus und stieß Leo sanft aufs Bett. Er saß auf der Bettkante und sah ihr dabei zu, wie sie ihren BH und die Unterhose abstreifte, dann kletterte sie auf seinen Schoß. Mira vergrub die Hände in Leos Haar und zog ihn an sich. Seine Stirn ruhte auf ihrer und er umfasste ihre Taille, während sie sich tief in die Augen sahen. Mira streckte sich zur Seite, um die Schublade ihres Nachttischs zu öffnen und ein Kondom herauszuholen. Ohne den Blickkontakt zu unterbrechen, nahm sie es aus der Verpackung und rollte es ihm über. Dann führte sie ihn zu ihrer Mitte und senkte sich langsam auf seine Spitze. Der Moment, in dem er sie erfüllte, ließ all ihre Nerven kribbeln und sie keuchte auf. Verlangen, Leidenschaft, Zuneigung, Vertrauen und Sicherheit – Leos Nähe ließ sie so viel empfinden, dass ihr schwindelig wurde. Sie stützte sich auf Leos Schultern und verlagerte das Gewicht auf ihre Knie, dann hob sie die Hüfte und senkte sich erneut, sodass er tief in sie eindringen konnte. Leo atmete schwer und verhakte seinen Blick mit ihrem, während sie begann, ihn zu reiten. Ihre Bewegungen waren langsam und sie beobachtete den Effekt, den es auf ihn hatte, wenn sie sich zurückzog und anschließend wieder fallen ließ. Ihn ganz in sich aufnahm und ihr Becken so anspannte, dass sie ihn noch enger umfasste. Ihr Atem vermischte sich, ging schneller und heftiger, genau wie Miras Bewegungen an Geschwindigkeit zunahmen. Leo umfasste ihren Hintern und presste sich ihr entgegen. Mira ritt ihn heftig. Als wollten alle Emotionen gleichzeitig aus ihr herausbrechen, rieb sie sich verzweifelt an ihm, genoss das Kribbeln, das jeder Aufprall in ihr auslöste. Ihr Orgasmus kam so plötzlich und intensiv, dass er sie überraschte und über sie hinwegfegte. Ihr Kopf schaltete aus und sie rief unverständliche Dinge, während Leo sich immer weiter in ihr versenkte und ebenfalls pulsierend zum Höhepunkt kam. Er umschlang sie und lehnte seine Stirn gegen ihre Schulter, als sie gemeinsam wieder zu Atem kamen.

Leo zog sich aus Mira zurück und entsorgte das Kondom in einem Taschentuch, dann hob er Mira von der Bettkante und ließ sich mit ihr auf die Matratze sinken. Sie bettete ihren Kopf auf seiner Brust, der dort so gut hinzupassen schien, als seien sie füreinander gemacht.

Leo drückte einen Kuss auf Miras Stirn. »Willst du mir sagen, was das war?«

»Du meinst die Stellung? Gibt es keine italienischen Cowgirls?«

»Nicht die Stellung, Mira. Diese ... Dringlichkeit? Ich kann es auch tagsüber häufig nicht erwarten, dich zu sehen und in dir zu sein. Aber du wirktest so ... ich weiß auch nicht. Verzweifelt? Ist etwas passiert?«

Mira schluckte. Wie konnte es sein, dass Leo sie nach so kurzer Zeit schon so gut lesen konnte. Er schien jede ihrer Regungen wahrzunehmen und darauf zu reagieren.

»Ich habe eine Nachricht bekommen. Ist nicht weiter tragisch.«

»Mach das nicht.«

»Was denn?«

»Deine Gefühle vor mir herunterspielen und dich verstecken. Wenn es dich beschäftigt, will ich es hören.«

Sie seufzte. »Es war eine Nachricht meiner Freundin Paula. Elias, mein Ex erkundigt sich noch immer nach mir.«

»Und das hat dich in die Zeit mit ihm zurückkatapultiert?«

»Schneller, als ich es für möglich gehalten hätte.«

Leo drückte Mira an sich. »Du bist weit weg von ihm. In Sicherheit. Und sollte ich ihn je zu Gesicht bekommen, wird von seinem Gesicht nicht viel übrig bleiben.«

Mira schmunzelte über Leos Alpha-Männchen Gehabe, war jedoch auch gerührt von seinen Worten. Bei ihm fühlte sie sich tatsächlich sicher. Allerdings wusste sie, dass sie nicht ewig bei ihm bleiben konnte. Die Uhr tickte und das Ablaufdatum ihrer Beziehung rückte näher. Sie vergrub das Gesicht an Leos Brust und atmete seinen warmen, beruhigenden Duft ein.

»Danke«, flüsterte sie.

Leo drückte ihr einen Kuss auf die Stirn. »Nachdem du dich so verausgabt hast, sollten wir dich füttern.«

Er stand auf und kehrte mit der Tiramisuschüssel ins Bett zurück.

Mira grinste und griff nach dem Löffel. »Sex und Zucker. Wie soll ich da widerstehen?«

Kapitel 29

»Hast du auch etwas weniger Schmalziges in deiner Playlist, Bruderherz?«

Illaria lag neben Stella auf den Liegen am Bug der *Leprotta* und musterte Leo über den Rand ihrer Sonnenbrille. Auf ihrem Schoß lag ein Thriller und ihre Finger waren mit Stellas verwoben, die in der Sonne döste.

Mira, die gerade mit drei frischgemixten Cocktails und einem Saft für Leo zurück ans Deck kam, lachte und verteilte die Getränke.

Leo zog eine Augenbraue hoch. »Das sind Klassiker, Häschen. Und außerdem ist *Mr. Brightside* nicht schmalzig.«

»Aber uralt. Lass mich mal sehen, bevor du als Nächstes noch *Don't stop Believing* anmachst.«

»Mein Boot, meine Musik«, protestierte Leo, doch Illaria erhob sich mit demselben Blick, mit dem Katzen Wassergläser über Tischkanten schubsen und beugte sich über das Mediapanel neben dem Steuer, an dem Leo stand. Augenblicke später ertönten an Bord rhythmische Bässe und schnelle Texte von französischem Hip-Hop. Illaria ließ sich mit einem Wehe-du-änderst-auch-nur-eine-Einstellung-Blick wieder neben Stella nieder, die sich an ihre Schulter lehnte.

Leo kniff die Augen zusammen, grinste jedoch und führte die *Leprotta* in eine weite Biegung, um der Sonne entgegen über das Wasser zu flitzen. Mira setzte sich neben ihn und ließ ihre Piña colada gegen sein erhobenes Glas Maracujasaft klirren. Auch wenn auf dem See nur wenige andere Boote unterwegs waren, verzichtete er beim Steuern der Jacht stets auf Alkohol. Von ihren wenigen Versuchen, mit der *Leprotta* umzugehen, wusste sie, dass die wendigen Manöver bei Weitem nicht so einfach waren, wie Leo sie aussehen ließ. Bei ihm wirkten das An- und Ablegen, als würde das Boot von selbst fahren. Als er Mira das Steuer überlassen und sie angewiesen hatte, im Kreis zu fahren, war der Bug hingegen unkontrolliert hin und her geschlingert und statt eines Kreises war sie höchstens ein wackeliges Ei gefahren. Dennoch hatte er sie gelobt und ihr gezeigt, worauf sie achten musste und wie sie ihre Technik verbessern konnte.

Bei der kleinen Insel, zu der sie bei Miras und Leos erstem Date gefahren waren, ankerten sie und schwammen um den Felsen mit den Kiefern herum.

»Ich hoffe, unser Ausflugsziel weckt keine schlechten Erinnerungen in dir?«, raunte Leo an Miras Ohr. Sie saß zwischen seinen Beinen auf dem warmen Stein der Insel und ließ die Füße ins Wasser baumeln.

Mira lächelte und drückte seine Hand. »Die guten überwiegen. Bei Weitem.«

Im Wasser quietschte Stella und Sekunden später tauchte Illaria mit einem hämischen Grinsen neben ihr auf.

»Na warte«, rief Stella und verfolgte sie im Wasser auf die andere Seite des Felsen. Ihr Lachen und Wasserspritzen tönten über den See.

Mira dreht sich zu Leo um und schmunzelte. »Die beiden sind echt süß zusammen.«

»Hmm.« Leo. »Weißt du, wer noch süß ist?«

Er drückte einen Kuss auf ihre Nasenspitze und sie schmiegte sich an seine Brust. Seine Wärme durchströmte sie und ließ sie wohlig seufzen, während sie die Sonne dabei beobachteten, wie sie hinter den Hügeln versank.

Auf der Rückfahrt zur Insel hielt Mira Leos Hand. Sie teilten sich ein großes Handtuch, das Leo über ihre Schultern geworfen hatte, damit sie auf den Sitzen hinter dem Steuer miteinander kuscheln konnten. Stella und Illaria waren unter Deck und machten warmen Kakao gegen die kühle Brise, die über das Wasser fegte.

»Bitte schön«, flötete Stella wenig später und reichte ihnen zwei dampfende Tassen.

Illaria erschien hinter ihr auf der kleinen Treppe und trug zwei weitere Becher.

»Aus deiner Tasche unten in der Küche hat es übrigens gepiept, Mira. Mehrfach.«

»Oh«, entfuhr es Mira. »Danke.«

Sie nippte an ihrem Kakao und grübelte, wer ihr wohl schrieb. Außer den Leuten auf diesem Boot hatten nur drei Leute ihre Nummer. Paula und ihre Eltern.

Neugierig, wer es sein mochte, stand sie auf und ging unter Deck. Schon von der Treppe aus hörte sie ein erneutes Piepen. Alarmiert hüpfte sie die letzten Stufen hinunter und kramte in ihrer Tasche, die auf der Sitzbank in der Küche lag.

Der erste Blick aufs Display zeigte ihr, dass sie mehrere Nachrichten von einer nicht gespeicherten Nummer erhalten hatte. Auf den zweiten Blick erkannte sie die Nummer und das Telefon wäre ihr beinahe aus der Hand gefallen.

Elias hatte ihr im Verlauf der letzten Stunde fünf Nachrichten geschrieben.

Sie scrollte zur ersten Nachricht.

Hallo Mira. Ich habe gehört, dir geht es besser. Das freut mich und ich würde dich gern wiedersehen. – Elias

Mira schnaubte und spürte, wie ihr Herz kräftig gegen ihren Brustkorb hämmerte.

Es tut mir leid, dass du so eine harte Zeit hattest und ich nicht mehr für dich da war. – Elias

»Als ob es nicht deine Schuld gewesen wäre, dass ich eine harte Zeit hatte«, murmelte Mira.

Eine weitere Nachricht war vor fünf Minuten eingetroffen.

Das mit uns war etwas Großes, Mira. Und das könnte es wieder werden. – Elias

Direkt gefolgt von:

Melde dich. Niemand kennt dich so gut wie ich. Ich kann mich um dich kümmern. – Elias

Ein Zittern erfasste Mira und Übelkeit stieg in ihr auf.

Die letzte Nachricht war erst wenige Sekunden alt, als Mira sie las.

Wenn du aus Italien zurück bist, können wir ja mal einen Kaffee trinken. – Elias

Italien ... Er wusste es. Er wusste, wo sie war. Miras Atmung setzte aus und die Welt drehte sich um sie herum. Sie suchte Halt am Tisch und ließ sich auf die Sitzbank gleiten.

Wie unter Wasser hörte sie Schritte neben sich und fühlte eine Hand auf ihrer Schulter. Leo? Jede Berührung war zu viel. Sie schüttelte die Hand ab und sprang auf in Richtung Badezimmer. Sie schloss die Tür hinter sich ab und keuchte. Mit zitternden Armen beugte Mira sich über die Toilette, würgte.

»Mira, ist etwas passiert?«, drang Leos besorgte Stimme durch die Tür.

Sie schüttelte nur den Kopf, auch wenn er es nicht sehen konnte, und würgte wieder. Ihr Magen rebellierte, doch ihr ganzer Körper schien in den Überlebensmodus zu schalten. Während das Blut in ihren Ohren rauschte, beschleunigte das Adrenalin ihre Gedanken und ihr Hirn arbeiteten auf Hochtouren an einer Lösung, an einem Ausweg aus diesem Stress.

Wie viel wusste Elias? Kannte er ihren genauen Aufenthaltsort? Und wer hatte Mira an ihn verraten? Oder hatte er sie von selbst gefunden? Ihr Handy orten lassen, nachdem er die Nummer herausgefunden hatte?

Erneut klopfte es an der Tür. »Hau ab, Leo!«, fauchte sie und presste die Arme gegen ihren Bauch.

»Ich bin nicht Leo, Süße«, flötete Stella von der anderen Seite. »Und ich komme jetzt rein.«

Es klickte, als Stella von außen das Schloss öffnete. Die Tür schwang auf und Stella trat vorsichtig zu ihr in das kleine Zimmer. Mira funkelte sie kurz böse an, dann warf sie sich in ihre Arme und begann, unkontrolliert und unhaltbar zu schluchzen. Stella umarmte sie fest und ließ ihr Zeit, sich zu beruhigen. Als ihre Tränen langsam versiegten und ihr Atem sich beruhigte, bemerkte Mira, wie still es um sie herum geworden war. Die Motoren hatten gestoppt und sie waren vermutlich an der Insel angekommen.

»Er hat mich gefunden«, presste Mira hervor.

Stella sog scharf Luft ein, als sie verstand. »Was kann ich tun?«

Mira wollte sich am liebsten einfach eine Decke über den Kopf ziehen und verschwinden. Sich so klein zaubern, dass Elias sie einfach nicht mehr finden könnte. Aber das überstieg vermutlich selbst Stellas Fähigkeiten.

»Bring mich hier raus. Bitte.«

Stella nickte nur und half Mira über die schmale Treppe an Deck.

Aus dem Augenwinkel sah Mira Leo und Illaria mit gesenkten Köpfen zusammenstehen. Sie sahen auf und Leo kam auf sie zu, doch Stella schüttelte den Kopf. Leo hielt inne und kurz sprach Schmerz aus seinen Augen, doch dann biss er die Zähne zusammen und nickte verständnisvoll.

Stella und Mira gingen an Land und überquerten den Anleger. Von der *Chloe* strahlte eine Festbeleuchtung auf sie hinab. Lachen und Gläserklirren drangen zu ihnen herüber.

»Auch das noch«, murmelte Stella.

Bevor Mira verstehen konnte, was Stella meinte, ertönte hinter ihnen eine Stimme. »Signorina Winter? Signorina Boselli?«

Chloe di Varrone stand vor ihrem Schiff und schien Gäste zu verabschieden. Mit großen Augen sah sie zwischen den Mädchen hin und her. Als sie Mira musterte, bildete sich eine Falte zwischen ihren Augenbrauen.

»Buona Notte, Signora«, rief Stella knapp und nickte ihr zu. Dann bugsierte sie Mira über den Anleger zum schmiedeeisernen Tor, das den Weg zum Rest der Insel freigab.

Vom weiteren Weg zum Bauernhaus und in ihr Zimmer bekam Mira wenig mit. Stella reichte ihr einen kuscheligen Schlafanzug und schob sie ins Badezimmer, doch nicht einmal das heiße Wasser der Dusche konnte ihr Zittern beruhigen.

Überall sah sie Elias' Gesicht.

Sie fürchtete, ihn im Dampf des Badezimmers auf sich zukommen zu sehen, oder seine Reflexion im Spiegel hinter ihrem Rücken zu entdecken.

Als sie im Bett lag, unter einem Berg aus Decken, sah sie ihn in jedem Schatten des dunklen Schlafzimmers.

Sie griff nach ihrem Telefon. Von Elias war keine neue Nachricht eingegangen.

In mehreren Anläufen überlegte sie, was sie Elias antworten sollte. Sollte sie ihm überhaupt schreiben oder ihn einfach blockieren?

Nachdem sie einige Entwürfe getippt und wieder gelöscht hatte, entschied sie sich für eine klare Ansage. Ohne die Beschimpfungen, die sie ihm gern an den Kopf geworfen hätte.

Lass mich in Ruhe! Schreib mir nicht mehr! Ich möchte nichts mehr von dir wissen! Du hast keinen Platz mehr in meinem Leben!

Sie sendete den Text und atmete tief aus. Dann blockierte sie seine Nummer, damit er sie nicht noch einmal so aus dem Konzept bringen konnte.

Ermattet ließ sie sich ins Kissen sinken, als es darunter vibrierte. Mira stöhnte. Versuchte Elias es jetzt von einer anderen Nummer?

Doch die Nachricht auf dem Display kam von Leo.

Ich denke an dich. Was auch immer heute passiert ist: Du schaffst das. Gute Nacht, Pfauenmädchen.

Am liebsten wäre Mira zu ihm gelaufen. Doch diese Abhängigkeit wurde ihr in diesem Moment deutlicher und erschreckender bewusst, denn je. Es war zu viel. So lieb seine Nachricht auch sicherlich gemeint war, es war einfach zu viel.

In zu kurzer Zeit hatte sich ihr Leben so stark mit Leos verwoben, war sie so abhängig von ihm und seiner Nähe geworden, dass sie das Gefühl hatte, allein nicht klarzukommen. Und das, diese Abhängigkeit, ängstigte sie fast noch mehr als Elias' Kontrollsucht über ihr Leben.

Sie hatte sich einst geschworen, nie wieder die Kontrolle abzugeben. Auch nicht freiwillig. Und schon gar nicht an jemanden, den sie in wenigen Wochen verlassen musste. Der in einer anderen Welt lebte, die mehr an ein Märchen erinnerte als an die reale Welt. An ihre Welt, in der es keine Jachten und Galaveranstaltungen gab, sondern Ängste. Ängste vor der Zukunft, Ängste vor der Vergangenheit und insbesondere der Gegenwart. Ängste, die sie gefangen hielten. Die ihr die Luft abschnürten und ihr Leben zu einem unattraktiven Platz für jemanden machten, der auch an jedem anderen Ort der Welt sein konnte. Der mit seinem Boot einfach ins Eismeer fahren und Polarlichter sehen konnte, wenn er Lust darauf hatte.

Freiheit. Das war es, was Leo und Mira sich mehr als alles wünschten. Doch während es für ihn nur bedeutete, seinen Vater davon überzeugen zu müssen, ihn erst ein paar Jahre später ins Familiengeschäft einsteigen zu lassen, war sie für Mira ein unerreichbares Ziel. Denn die Freiheit, die sie sich wünschte, betraf ihr Innerstes. Ihre Gedanken waren nicht frei, sie waren voll von Elias. Er hatte sich darin eingenistet wie ein Virus. Er hatte ihre alten Denkmuster überschrieben und Glaubenssätze darin gepflanzt, die sich wie Schlingpflanzen um alle anderen Gedanken wanden und jede Hoffnung auf Freiheit erstickten.

Ich bin nicht gut genug.

Ich komme allein nicht klar.

Ich bin nicht liebenswert und Ballast für mein Umfeld.

Und davon musste sie Leo befreien.

Wieder griff sie nach dem Telefon. Sie blinzelte eine Träne weg, als das Display vor ihr verschwamm.

Wir können uns nicht mehr sehen, Leo. Bitte schreib mir nicht mehr und vergiss mich am besten einfach.

Damit er nicht protestieren konnte, schaltete sie ihr Telefon aus. Dann drückte sie ihr Gesicht ins Kissen, um Stella nicht durch ihr Schluchzen zu wecken.

Kapitel 30

Wenn der nächste Tag kein Sonntag gewesen wäre, hätte Mira sich zum ersten Mal krankmelden müssen. Aus dem Bett aufzustehen, lehnte sie vehement ab. Weder der Cappuccino noch die Leckereien, mit denen Stella sie hervorlocken wollte, konnten der Apathie etwas entgegensetzen, die sie ergriffen hatte, und standen unberührt auf ihrem Nachttisch.

»Süße, ich kann dich ja verstehen. Aber du musst aufstehen.« Stella zog die Bettdecke von Miras Gesicht und zuckte bei ihrem Anblick kurz zusammen. »Das ist, als ob man vom Pferd fällt. Je früher du wieder hochkommst, desto schneller überwindest du den Schreck.«

»Stella. Ich hab dich lieb. Aber lass mich in Ruhe, oder ich werfe etwas nach dir.«

»Ich bezweifle, dass du mich durch deine verquollenen Augen überhaupt sehen kannst.«

Mira grummelte. »Zum Glück redest du so viel, dann kann ich dich auch blind treffen.«

»Das ist der Kämpfergeist, den ich sehen will«, flötete Stella.

»Nicht heute, Stella.«

»Na gut, du kriegst eine Schonfrist, um vor dich hinzugrummeln und in Trübsal zu versinken. Ich gehe zu Illaria. Aber morgen früh ist ein neuer Tag und ein frischer Start.«

Mira seufzte und brummte etwas, das Stella als Zustimmung deuten konnte.

Stella warf ihr eine Kusshand zu und verschwand.

Wenn Mira zu Hause in Hamburg einen schlechten Tag hatte - und davon hatte sie im Laufe des letzten Jahres viele gehabt -, dann hatte sie sich vor dem Fernseher vergraben und eine Staffel nach der anderen ihrer liebsten Serien gesehen. Doch heute konnte sie sich nicht einmal dazu aufraffen, den Laptop aufzuklappen. Sie lag allein mit ihren Gedanken im Halbdunkel des Zimmers und grübelte. Quälte sich mit den Gedanken, was Elias ihr genommen hatte und wie es mit ihr weitergehen sollte. Ihr Magen knurrte, doch sie spürte es kaum. Hunger stand als Bedürfnis weit hinter dem Verbleib in ihrem sicheren Decken-Burrito. Nur widerwillig schlüpfte sie aus ihrem Kokon, um zur Toilette zu gehen, und verkroch sich danach schnellstmöglich wieder in ihrer Höhle.

Gegen Abend klopfte es an Miras Tür. Bevor sie sich entscheiden konnte, ob sie überhaupt reagieren oder die Person auf der anderen Seite einfach wegschicken sollte, entfernten sich die Schritte im Flur wieder und verklangen auf der Holztreppe. Mira zog sich die Decke erneut über den Kopf, aber die Neugier darüber, warum jemand geklopft hatte, ließ sie nicht los und trieb sie letztendlich doch aus dem Bett. Sie öffnete die Tür gerade weit genug, um in den Flur hinauszuspähen. Auf dem Boden stand ein Tablett mit einer Schüssel gezuckerter Teigkugeln. *Bomboloni*, dachte Mira gerührt. Die kleinen Gebäckstücke verbreiteten ihren verführerischen Duft im gesamten Flur. Daneben stand eine winzige Vase mit einer einzelnen rosafarbenen Rose. Kam diese Geste von Leo?

Erst wollte sie das Tablett einfach stehen lassen. Wenn sie es mit der Trennung von Leo und dem Abstand ernst meinte, konnte sie es nicht zulassen, dass er sich weiterhin um sie kümmerte. Sie musste auch allein zurecht- und von selbst wieder auf die Füße kommen.

Andererseits ... Es wäre auch eine Schande, frischgebackene Bomboloni zu verschmähen. Der zuckrige Duft ließ ihren Magen knurren und bevor ihr Hirn widersprechen konnte, hatten ihre Hände nach dem Tablett gegriffen und die Beute in ihr Zimmer gebracht. Sie stellte das Tablett auf ihr Bett und holte nun doch ihren Laptop hervor, um sich beim Essen berieseln zu lassen und nicht ihre eigenen Gedanken hören zu müssen. Jemand anderem beim Leiden zuzusehen schien ihr eine gute Ablenkung vom eigenen Herzschmerz zu sein und so entschied sie sich für eine Folge Vikings, deren blutige Schlachten und nordisches Setting sie weit wegführten.

Der Himmel vor dem Fenster wurde fliederfarben und die ersten Sterne funkelten auf, während Mira mit zuckrigen Fingern die Bomboloni vernaschte. Tatsächlich fühlte sie sich mit vollem Magen weniger elend und ihre eigenen Probleme kamen ihr im Vergleich mit den Figuren der Serie erbärmlich vor.

Irgendwann wurde sie sogar so mutig, dass sie das Telefon hervorkramte und einschaltete. Ein Teil von ihr hoffte, dass Leo geschrieben hatte. Ein anderer Teil tadelte sie dafür.

Sobald das Gerät hochgefahren war, piepte es. Und piepte wieder. Es piepte so häufig, dass die Töne ineinander übergingen, während Nachricht um Nachricht darauf einging.

In Miras Magen bildete sich ein Knoten. Elias? Nein. Die Nachrichten stammten nicht von seiner Nummer. Sie kamen von unzähligen Absendern. Und sie schienen beinahe ausschließlich aus Beleidigungen zu bestehen.

Mira überflog einige davon, dann wusste sie, was auch in den Übrigen stehen würde. Denn sie hatte das alles schon einmal mitgemacht. Nachdem sie mit Elias schlussgemacht hatte, war ihre Nummer plötzlich an mehreren Orten aufgetaucht. An den Wänden der Toilette in ihrem Lieblingscafé, an den Säulen der Mensa, in der sie manchmal zu Mittag aß, auf Bierdeckeln in den beliebtesten Studentenpubs und Kneipen. Die Flut an SMS, die anschließend über sie hereingebrochen war, bestand teilweise aus einzelnen Schimpfworten, teilweise aus obszönen Anfragen und reichte sogar bis zu Androhungen von Gewalt. Manchmal auch aus einer Kombination von allem.

Fotze! Blas mir einen oder ich polier dir die Fresse.

Mira schleuderte das Telefon so weit von sich, dass es krachend an der Zimmerwand aufschlug und herunterrutschte. Dann zog sie die Knie an, vergrub das Gesicht in den Händen und saß still auf ihrem Bett, während es um sie herum finster wurde. Die Nacht brach herein und die Vögel im Garten vor dem Fenster verstummten, sodass nur das gelegentliche Schluchzen in der Stille zu hören war.

Kapitel 31

Der Montag brach an und Mira kam gerade lang genug aus ihrer sicheren Decke hervor, um sich nun doch krankzumelden. Zu diesem Zweck das Telefon, dessen Display nun ein gewaltiger Riss zierte, vom Boden aufzuklauben, fiel ihr wahnsinnig schwer. Sie ignorierte die neu eingegangenen Nachrichten und scrollte direkt zu Signora di Varrones Eintrag im Kontaktverzeichnis. Seit der Abreise Dr. Glenns war die Signora ihre direkte Vorgesetzte und Ansprechpartnerin in allen Angelegenheiten. Da sie sich nicht in der Lage sah, in ihrem Zustand mit ihrer Chefin zu telefonieren, tippte sie eine kurze Nachricht, in der sie von Kopfschmerzen klagte und sich für den heutigen Tag abmeldete. Dann schaltete sie das Gerät wieder ab und verstaute es tief in der Nachttischschublade.

Gegen sieben hörte Mira, wie Stella ins Zimmer huschte und direkt ins Badezimmer verschwand. Wasser rauschte in der Dusche, anschließend ertönte das Dröhnen von Stellas Föhn. Als Stella im Bad fertig war, hörte Mira sie missbilligend mit der Zunge schnalzen.

»Süße, erinnerst du dich an meine Schonfrist? Neuer Tag? Frischer Start?«

Sie hob die Decke an und hüpfte mit einem Schrecklaut einen Schritt zurück. Der Stoff fiel weich auf Miras Gesicht.

»Mira? Lebst du noch?«

Mira stöhnte genervt.

»Kannst du mir irgendwie versichern, dass du kein Zombie bist? Dieser Laut war nicht wirklich hilfreich ...«

»Hau ab, Stella, sonst fresse ich dein Hirn.«

»Nicht lustig. Ich habe gestern mit Illaria noch ein paar Folgen von *The Walking Dead* gesehen und bin seitdem etwas schreckhaft.«

Widerwillig schlug Mira die Decke zurück und sah ihre Freundin an. Stella musterte sie besorgt.

»So schlimm?«, presste Mira hervor.

»Schlimmer.«

»Können wir meine Schonfrist dann verlängern?«

»Definitiv. Zumindest bis morgen. So solltest du nicht rausgehen, sonst schießt noch jemand auf dich.«

»Danke.«

»Weißt du, was helfen wird?«

»Wenn ein Zombie Elias frisst.«

Stella nickte. »Okay. Und bis das Virus ausbricht, hole ich dir erst mal einen Cappuccino. Mit einem doppelten Espresso. Und wenn ich von der Arbeit komme, steht eine Krisensitzung an. Hältst du so lange durch?«

»Ich werde mich hier nicht wegbewegen.«

»Genau das hatte ich befürchtet.«

Mira schleppte sich durch den Tag in immer wiederkehrenden Gedankenschleifen. Der schöne Sommertag, der sich draußen vor ihrem Fenster abspielte, schien sie zu verhöhnen. Der Stress wirkte sich auch auf ihren Körper aus. Sie konnte nichts essen und in ihren Schläfen pochte ein fieses Stechen. Der Laptop spielte auf Hochtouren Episode um Episode actionreicher Serien, doch Mira sah kaum hin und brauchte nur die Geräuschkulisse, damit etwas die Stille um sie herum füllte. Am liebsten mit Schwerterklirren oder Schüssen. Romantische Szenen konnte sie nicht ertragen und sprang meist direkt zur nächsten Folge, da sie der Handlung ohnehin nicht folgte.

Stimmengewirr im Haus teilte ihr mit, dass die Mittagszeit, in der die Angestellten im Haus eine kleine Mahlzeit zu sich nahmen, kam und ging.

Erst am späten Nachmittag öffnete sich die Zimmertür und Stella schleppte sich angestrengt hinein.

»Ist das heiß draußen«, stöhnte sie und ließ sich auf ihr Bett fallen. Sie drehte den Kopf zu Mira. »Was habe ich verpasst?«

»Ein paar Wikingerschlachten, einen Angriff der White Walker, einen Banküberfall ...«, erwiderte Mira trocken.

Stella nickte. »Typischer Montag also.« Sie musterte Mira ernst. »Und außerhalb deiner Serien? Wie geht es dir?«

Mira stöhnte und wusste, dass das Gespräch unumgänglich war. Stella war eine zu gute Freundin, um sie weiter vor sich hinvegetieren und vor der realen Welt flüchten zu lassen. Vermutlich würde sie Mira gleich aus dem Bett zerren und dazu zwingen, ihr Leben wieder in den Griff zu kriegen.

»Ging mir schon besser«, flüsterte sie.

»Das glaube ich dir«, sagte Stella mitfühlend.

Eine Weile lagen sie einfach nebeneinander auf ihren Betten und blickten zur Zimmerdecke.

»Er hat es wieder getan«, begann Mira nach einer Zeit.

Stella wartete ab. Dass ihre Freundin sie nicht wie erwartet mit Fragen überhäufte, weckte in Mira das Bedürfnis, sich ihr zu öffnen und ihr alles zu sagen. Sich den Ballast von der Seele zu reden und den Schmerz zu teilen. »Elias hat meine Telefonnummer herausgefunden. Und als ich ihn blockiert habe, hat er meine Nummer veröffentlicht.«

»Mistkerl«, kommentierte Stella empört. »Und jetzt ... kontaktieren dich Fremde?«

Mira nickte nur und Stella schüttelte sich. »Creepy. Und das hat er schon mal gemacht? Ist das in Deutschland nicht strafbar?«

»Ist es. Aber man müsste Elias erst mal nachweisen, dass er dahintersteckt. Einmal habe ich meine eigene Nummer an einer Säule in der Uni gelesen, in der ich stundenweise gejobbt habe. Direkt nach der Trennung, als ich noch aus dem Haus gegangen bin. *Hier anrufen für gratis bumsen.*«

Stella machte ein würgendes Geräusch. »Ekelhaft.«

»Es kommen aber hauptsächlich Drohungen und Beleidigungen rein. Seltener Anfragen für Sex.«

»Macht es nicht besser.«

»Deshalb hatte eigentlich kaum einer meine neue Nummer. Ich weiß nicht, wie Elias sie bekommen hat.«

»Kaum einer ist nicht keiner. Und solche Kerle finden immer einen Weg, oder? Hast du schon versucht, alle unbekannten Nummern zu blockieren?«

Mira seufzte. »Ich hatte noch keine Kraft, um weiterzudenken.«

»Ich mach das!«. Stella hüpfte vom Bett. Woher sie nach einem anstrengenden Tag so plötzlich wieder

Energie und Tatendrang zaubern konnte, war Mira ein Rätsel. »Gib mir mal dein Telefon.«

Mira öffnete die Nachttischschublade und beäugte das Gerät vorsichtig, als könne es sie anspringen. Dann reichte sie es Stella wie ein glühendes Kohlenstück.

»Pin?«, fragte Stella. »FaceID würde gerade sicher nicht funktionieren ...«

Mira grummelte eine unverständliche Erwiderung und nannte ihr die Zahlenkombination.

»Ich blockiere alle Nummern, die nicht in deinen Kontakten abgespeichert sind. Dann lösche ich den ganzen Schund aus deinem Postfach.«

»Danke, Stella.«

Die Vorstellung, sich nicht selbst durch den Dschungel aggressiver Texte scrollen zu müssen, erleichterte sie ungemein.

Stella begann, auf Miras Telefon zu tippen, und ihr Gesicht wurde dabei immer finsterer. Offensichtlich schockierten sie die Nachrichten, denn zuletzt wirkte sie so böse, wie Mira sie nie zuvor erlebt hatte.

»Wie neu«, flötete Stella kurz darauf gespielt fröhlich und räusperte sich, als ihre Stimme brach und sie verriet. »Ein unbeschriebenes Blatt.«

»Danke«, wiederholte Mira. »Heftig, was manche Leute Fremden an den Kopf werfen, oder?«

»Es ist widerwärtig«, schimpfte Stella. »Und feige. Und kindisch. Und unfair. Und es macht mich so verdammt ... wütend, dass jemand dir das angetan hat und dafür keine Konsequenzen tragen muss.«

Stella hatte zum Schluss beinahe geschrien, um ihrem Ärger Dampf abzulassen. Nun sah Mira Tränen ihr

Gesicht hinabrennen und war gerührt, dass ihre Freundin so sehr mit ihr mitfühlte.

Mira krabbelte aus ihrer Decke und umarmte Stella. »Ich komme schon wieder in Ordnung. Damit kann ich es ihm am besten heimzahlen. Indem ich einfach weitermache. Es nicht an mich heranlasse.«

»Das klingt verdammt erwachsen«, schluchzte Stella. »Trotzdem fände ich es besser, wenn er zusätzlich ein bisschen gefoltert würde.«

Das brachte Mira sogar wieder zum Lachen. »Wenn wir das erst mal außer Acht lassen, was steht dann noch auf unserer Krisenliste?«

Stella schnüffelte übertrieben an Mira. »Punkt eins: Duschen. Du riechst nach Kummer und Stressschweiß.«

Mira verzog beschämt das Gesicht und rückte einen Schritt von Stella ab.

»Punkt zwei: Mit jemandem reden, der sich fast noch größere Sorgen gemacht hat als ich.«

»Leo?«

»Wer sonst? Nicht, dass Illaria nicht auch besorgt gewesen wäre. Aber sie nimmt eine Erklärung bestimmt auch zweiter Hand von mir an.«

Miras Herz sank eine Etage tiefer. Mit Leo reden. Ihm schon wieder sagen, dass Elias zwischen ihnen stand. Sie wusste nicht, ob sie die Kraft dafür aufbringen konnte, ihm gegenüberzustehen. Zumal sie die Entscheidung getroffen hatte, ihre Beziehung – oder was immer sich gerade zwischen ihnen entwickelte – endgültig zu beenden, um ihnen beiden unnötigen Schmerz zu ersparen.

Denn wenn sie es nicht tat, würden sie beide mit Sicherheit noch mehr leiden. Wenn sich immer wieder herausstellte, dass Mira zu kaputt war, zu beschädigt, um Vertrauen zu fassen und eine Bindung einzugehen.

Spätestens, wenn Mira die Insel verließ und Leo nie wiedersehen würde.

Dann wollte sie es lieber so belassen, wie es war: Eine Trennung zu ihren Konditionen, kurz und schmerzlos wie das Abziehen eines Pflasters.

Aber mehr als eine SMS verdiente er dennoch.

Stella tätschelte ihr motivierend die Schulter. »Er wird es verstehen und dich unterstützen.«

Mira versuchte sich an einem Lächeln. Da war sie sich nicht so sicher. Zumal ihr Plan daraus bestand, ihn auf Abstand zu halten und auf jegliche Unterstützung von ihm zu verzichten. Auch wenn sie ihm dafür das Herz brechen musste.

Kapitel 32

Unter der Dusche konnte sich Mira nicht überwinden, das warme Wasser abzuschalten. Die vielen Nachrichten schwirrten noch immer in ihrem Kopf und sie fühlte sich dadurch seltsam beschmutzt, als wäre sie selbst dafür verantwortlich, dass jemand ihr obszöne Dinge schrieb. Außerdem fühlte sie dadurch wieder den Einfluss von Elias auf ihr Leben, der sie hinunterzog in einen Strudel aus Selbstzweifeln und bösen Gedanken. Und schließlich fühlte sie sich mies, weil sie Leo von sich stoßen musste, obwohl ihr die Zeit mit ihm so gutgetan hatte.

Am liebsten wäre sie einfach in der Dusche geblieben und hätte alle Sorgen fortgespült, doch das funktionierte nicht. Es funktionierte nie und brachte ihr nur Kreislaufprobleme. Also drehte sie seufzend das Wasser ab.

Sie kramte Jeans und einen kuscheligen Hoodie aus dem Schrank, von dem sie sich zumindest ein wenig Geborgenheit und Trost erhoffte, und wappnete sich für ein Treffen mit Leo.

»Er ist gerade im Kraftraum, schreibt Illaria.« Stella hielt ihr Telefon hoch, um zu verdeutlichen, woher die Information kam.

»Also muss ich dafür ins Haus? Ich war noch nie dort. Darf ich da überhaupt rein?«

»Es ist immer noch ein Wohnhaus und kein militärisches Sperrgebiet. Auch wenn es bestimmt zweitausend Quadratmeter Wohnfläche hat. Und es dort in der Vergangenheit oft geknallt hat.«

»Trotzdem möchte ich nicht der Signora im Bademantel über den Weg laufen, oder so. Und wie komme ich überhaupt rein? Einfach klingeln?«

»Du hast Glück: Der Kraftraum liegt im Erdgeschoss, direkt an der Südwestecke zum hinteren Garten. Er hat Glastüren, die zum Pool führen. Die stehen meistens offen und du kannst dort rein. Und sollten sie geschlossen sein, klopfst du einfach an die Scheibe und Leo lässt dich rein. So musst du niemandem sonst in die Arme laufen.«

»Gut.« Mira seufzte erleichtert.

»Das wird schon. Soll ich dich ein Stück begleiten?«

Mira schüttelte den Kopf. »Ich muss mich wohl noch ein bisschen sammeln.«

»Okay. Du kannst einfach rechts ums Haus herumgehen, dann kannst du es nicht verfehlen.«

»Danke!«

»Kein Problem. Ich bin hier. Egal, wie es gleich läuft.«

Mira drückte ihre Freundin zum Abschied. Es kam ihr so vor, als sei sie auf dem Weg zur Schlachtbank und nicht zu einem Gespräch mit Leo.

Alles an der ungewohnten Situation sorgte bei Mira für Herzklopfen. Sie würde zum ersten Mal das Anwesen betreten. Und vielleicht zum letzten Mal mit Leo reden. Würde er es verstehen und einsehen?

Als sie den gewohnten Weg verließ und auf den Pfad neben dem Herrenhaus einbog, fühlte sie sich, als würde sie etwas Verbotenes tun. Die Mauer zu ihrer

Rechten endete und wurde von einem Steingeländer abgelöst, das den Blick auf die unteren Ebenen der Insel erlaubte. Direkt unter ihr lag der hintere Teil des Bauerngartens mit der Liegefläche und der Terrasse. Auch das Landhaus war durch das Dach der vielen Obstbäume erkennbar.

Zwischen dem Geländer und der Außenmauer des Herrenhauses folgte sie dem Pfad auf die Rasenfläche des hinteren Gartens. Hier war sie erst einmal mit der Signora gewesen, aber sie kannte den Ausblick vom Wintergarten. Das Gelände hier war flach, doch hinter der hüfthoch gemauerten Umrandung fiel der Fels zum See hin steil ab. Der Pool lag direkt an der Kante und war so konzipiert, dass man ungehindert hinuntersehen konnte und im richtigen Winkel der Effekt entstand, dass der Pool sich endlos fortsetzte.

Zu Miras Linken unterbrachen große Glasscheiben das alte Steingemäuer. Wie Stella gesagt hatte, befand sich in der Gebäudeecke der Fitnessraum. Es war noch früher Abend, doch das Innere wurde von mehreren Strahlern und Spots erleuchtet. Der Raum war modern eingerichtet und trotzdem elegant. Auch hier stand dies nicht im Konflikt mit dem ansonsten alten Bauwerk, sondern fügte sich gekonnt in das Gesamtbild ein. Vor der Fensterfront mit Blick auf den Garten waren Cardiogeräte wie Laufbänder, Crosstrainer und Fahrräder aufgereiht. Im hinteren Bereich befanden sich professionell wirkende Kraftgeräte und eine Fläche aus Matten, neben der allerlei Zubehör an der Wand befestigt war. Pflanzen in großen Kübeln fungierten als Raumteiler und lockerten die Atmosphäre.

Es dauerte etwas, bis Mira Leo entdeckte. In der hinteren Ecke des Raums lag er mit dem Rücken auf einer Hantelbank. Daneben standen ein Turm mit glänzenden Kurzhanteln und ein Reck mit großen schwarzen Hantelscheiben. Vier von diesen Scheiben hatte Leo auf einer Langhantelstange befestigt und stemmte sie gerade über seinen Körper. Hinter seinem Kopf stand ein Mann, der aussah wie George Clooney, und sicherte ihn dabei. Vielleicht war es ja tatsächlich George Clooney? Immerhin hatte er ein Haus am benachbarten Comer See.

Mira wollte Leo bei seiner Übung nicht ablenken. So blieb ihr nichts anderes übrig, als ihn durch die Scheibe zu beobachten. In kontrollierten Bewegungen stemmte er das schwere Gewicht über seiner Brust nach oben. Dabei traten die Muskeln an seinen Armen deutlich hervor und auf seiner Stirn standen Schweißperlen. Nach zwei weiteren Wiederholungen griff der andere Mann nach der Stange und hievte sie gemeinsam mit Leo in den dafür vorgesehenen Ständer, dann klatschten sie sich ab. Leo wischte sich mit einem Handtuch über das Gesicht und sah aus dem Fenster. Mira wurde erst bewusst, dass sie noch immer wie ein Spanner hineinblickte, als er sie entdeckte. Er sagte etwas zu seinem Trainingspartner und kam zur Glastür.

»Hi«, sagte er unsicher. Es klang wie eine Frage. Als wisse er nicht, was er ihr sagen sollte. Für ihn musste es eine merkwürdige Situation gewesen sein, sie schon wieder völlig zerstört auf seinem Schiff zu erleben. Nach diesem zweiten Zusammenbruch hielt er sie sicher für verrückt. Und vielleicht war das nicht ganz falsch. Beschädigte Ware, warnte eine Stimme in Miras Kopf.

»Hi«, erwiderte Mira und vergrub die Hände in den Taschen des Hoodies, weil sie nicht wusste, wohin damit. Und weil sie nicht in Versuchung geraten wollte, Leo zu berühren. Der leichte Geruch nach frischem Männerschweiß und sein ganz eigener, holziger Duft, erzeugten in ihr Gefühle, die sie weit wegschieben musste, wenn sie dieses Gespräch durchziehen wollte.

»Ich habe mir Sorgen um dich gemacht. Um ehrlich zu sein, war es sogar furchtbar frustrierend, dir nicht helfen zu können. Aber ich wollte dir Raum geben. Stattdessen habe ich ziemlich viel trainiert, um mich abzulenken.« Er zeigte über die Schulter, wo der ältere Herr inzwischen allein auf dem Laufband trainierte. »Geht es dir jetzt ... besser?«

»Ja. Nein.« Sie schüttelte frustriert den Kopf. »Ich weiß es nicht.«

Leo machte einen Schritt auf sie zu und hob die Hand, als wolle er ihr Gesicht berühren, doch Mira wich zurück.

Der überraschte und enttäuschte Ausdruck seiner Augen reichte aus, um Miras Herz zu brechen. Jetzt keinen Rückzieher machen, musste sie sich ermahnen. Es ist besser so.

»Leo ... es liegt nicht an dir.«

»Das hast du schon mal gesagt. Und ich beginne langsam, es zu verstehen. Aber es liegt auch nicht an dir. Und du solltest nicht für etwas leiden, was in deiner Vergangenheit liegt. Du kannst damit abschließen.«

Mira schüttelte den Kopf und blinzelte Tränen zurück.

»Ich weiß, dass du viel durchgemacht hast«, setzte Leo erneut an. »Aber ich bin nicht Elias. Ich würde dich nie so behandeln.«

Mira schwieg. Schwieg, damit ihr rasendes Herz sie nicht verraten konnte.

Leo seufzte und fuhr sich mit einer Hand durchs Haar. »»Du glaubst mir nicht. Dabei liegt mir nichts ferner, als dich zu verletzen. Du bist für mich nicht nur eine Affäre, Mira. Ich bin mittendrin, mich Hals über Kopf in dich zu verlieben.«

Mira schluckte gegen den Kloß in ihrer Kehle an. Abstand. Sie musste ihn auf Abstand halten, bevor sie ihn mit sich in die Tiefe sog.

Sie wappnete sich. »Du sagst, es liegt nicht an mir? Du kennst mich doch gar nicht richtig. Wie lange kennen wir uns jetzt? Seit zwei Monaten? Du weißt nicht, wie kaputt ich bin. Ich passe nicht in diese perfekte Welt aus Luxus und Glamour, Leo. Ich bin beschädigte Ware. Du hast mehr verdient und irgendwann wirst du das erkennen.«

»Was zu mir passt, sollte ich entscheiden dürfen, findest du nicht? Ich kenne dich gut genug, um zu wissen, dass ich nicht genug von dir kriegen kann. Dass ich mehr von dir will. Das mit uns könnte so gut sein, Mira!«

»Es ist zu gut, Leo. Wir beide sind auf dem Weg, uns zu verbrennen. Wir haben keine gemeinsame Zukunft.«

»Das zwischen uns jetzt zu beenden, würde auch wehtun. Mir zumindest.«

»Umso mehr Grund, nicht abzuwarten, bis die Gefühle noch tiefer werden und es uns zerreißt, wenn es endet.«

Leo schnaubte. »Und wenn es mir das Risiko wert ist? Habe ich denn nicht das Recht, mitzusprechen?«

Mira schwieg.

Er nickte und sein Blick wurde ernst und distanziert, als würde er eine Schutzmauer um sich herum hochziehen. »Du tust dir selbst und mir unrecht. Du bist keine beschädigte Ware, sondern eine wunderbare Frau, der Schlimmes widerfahren ist. Und ich finde, indem du uns keine Chance gibst, machst du einen großen Fehler. Ich bin mir sogar ziemlich sicher, dass wir ein großartiges Team abgeben und uns toll ergänzen. Aber solange du nicht an dich selbst glauben kannst, wirst du das wohl nicht erkennen.«

Mira ballte die Hände in den Taschen so fest zu Fäusten, dass ihre Nägel sich ins Fleisch gruben. Es kostete sie ihre gesamte Selbstbeherrschung, jetzt nicht einzuknicken und Leo um den Hals zu fallen. Es mit ihm probieren zu wollen und an das Fünkchen Hoffnung zu glauben, das es für sie gab.

Doch sie schwieg.

Leo setzte an, etwas zu sagen, überlegte es sich jedoch anders. Stattdessen knurrte er frustriert. Er schüttelte den Kopf und fuhr sich mit der Hand übers Gesicht. »Okay, dann war es das wohl.«

Mit einem letzten Nicken drehte er sich um und lief davon.

Als er an den großen Glasscheiben vorbeikam, hob der die Hand und signalisierte so dem Herrn auf dem Laufband, dass sein Training beendet war, dann war er verschwunden. Der Mann, der George Clooney verblüffend ähnlichsah, ließ seinen besorgten Blick kurz zu Mira gleiten und nickte mit gerunzelter Stirn.

Sie nickte knapp zurück, dann machte sie sich auf den Weg zurück in ihr Zimmer.

Kapitel 33

Bis zur bevorstehenden Gala war es nicht mehr lang. Für Mira war das ein Glück, denn der Stress der Vorbereitungen nahm sie so sehr in Beschlag, dass für ihre eigenen Sorgen wenig Raum blieb. So konnte sie sich in die Arbeit flüchten, Checklisten abarbeiten und abends erschöpft ins Bett fallen. Außerdem hielt sie die Überzeugung über Wasser, dass ihre Entscheidung richtig gewesen war. Für sie, aber auch für Leo.

Die Signora ließ Mira unerbittlich Aufgabe um Aufgabe erfüllen, damit für die Modenschau alles perfekt war. Lange schon war der Zusammenhang zu den restauratorischen Tätigkeiten dabei verloren gegangen, doch Mira störte das wenig. Sie hatte ihre bezahlte Stelle, die Aussicht auf ein gutes Arbeitszeugnis und kostenlosen Aufenthalt im Paradies, anstatt planlos nach Hause zurückzumüssen. So telefonierte sie mit Caterern, sandte der Signora Fotos verschiedener Tischdekorationen, organisierte mehrere Golfcaddys aus der Umgebung als Shuttleservice vom Anleger hinauf zum Herrenhaus – der Transport auf die Insel war dabei das größte Problem und musste von der einzigen Autofähre auf dem See übernommen werden – und half Nonna bei der Vorbereitung der Zimmer für die Models, Designer, Stylisten und Techniker, die bereits einen Tag vor der Veranstaltung zu den Proben anreisen würden. Die meisten Foto- und Videografen, Kellner und Chauffeure würden erst am Tag selbst auf der Insel eintreffen und abends mit einer der für die ganze Nacht gebuchten Fähren zurückfahren. Es sollte eine exklusive Veranstaltung mit nur hundertfünfzig Gästen werden, doch der Aufwand hinter den Kulissen war gewaltig. Auf der Insel wurde es zunehmend turbulent und ging bald zu, wie in einem Bienenstock aus umherirrenden Handwerkern und Dienstleistern.

Umso seltener wurden die Verschnaufpausen, in denen Mira und Stella gemeinsam am Ufer sitzen und die Füße ins erfrischende Wasser baumeln lassen konnten. Stella konnte Miras Entscheidung, mit Leo Schluss zu machen, nicht nachvollziehen, akzeptierte sie jedoch und versuchte nicht, ihr ins Gewissen zu reden.

»Du freust dich bestimmt darauf, wenn hier wieder Ruhe einkehrt, oder?«, fragte Mira, seufzte und schöpfte mit der Handfläche Wasser auf ihre vom Umherlaufen müden Waden.

»Es ist schon ziemlich stressig aktuell«, überlegte Stella. »Aber auch eine interessante Abwechslung. Und ich werde dich ganz schön vermissen, Zimmergenossin.«

Miras lächelte ihr zu, doch ihr Magen krampfte beim Gedanken an den bevorstehenden Abschied. »Nächste Woche Freitag ist der große Abend. Nur noch neun Tage! Bisher verdränge ich erfolgreich jeden Gedanken an die Zeit danach. In meinem Kopf ist die Veranstaltung wie eine Mauer, über die ich nicht hinausdenken kann.«

»Das kenne ich«, bekräftigte Stella. »Und wenn das Ereignis vorbei ist, steht man da und fragt sich: Was mache ich denn jetzt?«

»Lass uns nicht darüber nachdenken.«

»Also planen wir erst mal bis nächste Woche. Was wirst du auf der Gala anziehen?«

Mira blinzelte. »Du meinst ... ich werde abends dabei sein dürfen?«

»Klar. Du musst doch bestimmt einiges beaufsichtigen und überwachen, oder?«

Nun, da Stella es sagte, ergab es Sinn. Trotzdem hatte Mira es noch keine Sekunde für möglich gehalten, bei einem so elitären Event dabei zu sein – und sei es auch nur im Hintergrund.

»Bisher hat Signora di Varrone nichts in der Richtung erwähnt ...«

Stella runzelte die Stirn. »Sicher hielt sie es für selbstverständlich. Oder hat es vergessen? Nein, eher die erste Variante. Sie vergisst nie etwas.«

»Kann sein. Vielleicht kann ich sie nebenbei fragen, ohne es zu offensichtlich oder verzweifelt klingen zu lassen.«

»Klingt gut.« Stella räusperte sich. »Ich werde übrigens auch da sein.«

»Echt? Ich dachte, deine Aufgaben enden mit dem Arrangieren der Floristik?«

»Das stimmt auch. Ich werde privat da sein ... als Illarias Begleitung.« Stella strahlte über das ganze Gesicht.

»Wow! Das ist ein großer Schritt. Immerhin werden ihre Eltern da sein. Und die halbe High Society. Und die Presse.«

Stella nickte. »Ich weiß. Aber sie sagt, diesmal meint sie es ernst. Und sie will sich nicht verstecken.«

»Das ist großartig. Und es bringt mich zu der Frage: Was wirst du anziehen, Stella?«

»Ich denke, wir beide brauchen Illarias Hilfe.«

Kapitel 34

Die Aussicht, vielleicht an der Gala teilnehmen zu können, beflügelte Mira. Eine Teilnahme würde bedeuten, die Früchte ihrer Arbeit zu ernten. Sie ahnte, dass der Abend durch das Programm, die Mode, die Kunst und die Dekoration in Kombination mit der Location ein magisches Erlebnis sein würde. Sie kannte Teile der Gästeliste und auch ohne sich sonderlich in der Welt der Mode auszukennen, waren ihr viele Namen bekannt. Und auch das Essen würde vorzüglich werden.

Trotzdem wusste sie nicht, wie sie das Thema anschneiden sollte. Falls sie nicht eingeladen war, könnte es unglaublich peinlich sein, danach zu fragen. War sie fest zum Arbeiten eingeplant, konnte ihre Frage hingegen so wirken, als wolle sie sich vorm entscheidenden Arbeitsschritt drücken.

Als die Signora die Tischordnung für das Dinner erwähnte, erübrigte sich das Thema jedoch schnell.

»Mr. und Mrs. Cromwell sind Kunstkenner. Ich habe Sie an Ihrem Tisch eingeplant, damit Sie ihnen mehr über die Skulpturensammlung erzählen können. Die beiden sind zwar nicht mehr die Jüngsten, aber durchaus unterhaltsame Gesprächspartner. Außerdem haben sie viele Kontakte in der Kunstwelt, was für Sie ebenfalls interessant sein könnte.«

»Danke.« Mira lächelte. Dann entschied sie sich für einen offenen Umgang mit ihrer Unsicherheit. »Mir war bisher nicht klar, ob ich bei der Veranstaltung anwesend sein darf.«

Die Signora blinzelte. »Nach all der Arbeit, die Sie hier investiert haben, finde ich es nur gerecht.«

»Es ist trotzdem sehr großzügig.«

Chloe di Varrone winkte ab und lächelte. »Sie werden sicherlich alle Hände voll zu tun haben mit den Kunstinteressierten. Es ist also nicht ganz uneigennützig. Trotzdem möchte ich, dass Sie den Abend genießen. Ihre Freundin Signorina Boselli wird auch anwesend sein, habe ich gehört.«

Mira wusste nicht, ob die Signora über Stellas und Illarias Beziehung im Bilde war oder sich von Mira weitere Informationen erhoffte, deshalb nickte sie nur lächelnd.

Die Signora verengte kurz die Augen, als überlegte sie, noch etwas zu fragen. Doch ihr Lächeln kehrte bald zurück und sie schien den Gedanken zu verwerfen. »Dann steht doch einer grandiosen Soirée mit Freunden nichts im Weg.«

Du hattest recht! – Mira

Mira schrieb Stella eine Viertelstunde später. Sie saß im Garten hinter dem Gewächshaus im Schatten des Pavillons, der bereits für das große Galadinner aufgebaut war. Olivenbäumchen und Oleanderbüsche standen zwischen den runden Tischen und sorgten dafür, dass man sich an jedem der Tische wie in einer gemütlichen eigenen Nische fühlte.

Generell nicht ungewöhnlich. Aber womit diesmal? – Stella

Die Gala! Ich bin dabei! – Mira

Ach so, davon bin ich ganz fest ausgegangen. Toll, dass wir zusammen hingehen können! – Stella

Aber es bringt uns wieder zum bekannten Problem: Was ziehen wir zu so einem schicken Anlass an? – Mira

Habe schon mit Illaria gesprochen. Sie hilft uns. Du musst unbedingt mal ihren Kleiderschrank sehen. Beziehungsweise ihr Kleiderzimmer … – Stella

Ist das echt in Ordnung für sie? – Mira

Mehr als das: Sie freut sich darauf. Heute Abend ist sie noch verplant, aber morgen früh können wir uns mit ihr treffen. Und morgen ist erst Samstag, also können wir notfalls immer noch shoppen gehen, um für nächste Woche Freitag ausgestattet zu sein. – Stella

Guter Plan! – Mira

In dem Moment ging eine Nachricht von Paula ein.

Hast du kurz Zeit? – Paula

Mira sah auf die Uhr. Sie hatte noch Pause und lag gut in ihrem Zeitplan. Sie wählte Paulas Nummer.

Paula meldete sich zügig, wie beim letzten Mal. »Hi, Mira!«

Daran, wie Paula die Silben in die Länge zog, hörte Mira sofort, dass etwas nicht stimmte. Es klang irgendwie ... zerknirscht.

»Hey, Paula. Ist alles in Ordnung?«

Es gab eine kurze Pause, als müsse Paula erst die richtige Antwort auf diese Frage finden. »Nun ... ich muss dir etwas beichten.«

Oh, oh. Kein guter Gesprächsbeginn. Mira schluckte. »Was ist denn passiert?«

»Weißt du, ich habe dir doch mal von dem Buch erzählt, das mir immer wieder kleine Aufgaben stellt, um aus meiner Komfortzone zu kommen und daran zu wachsen.«

»Hmm«, bestätigte Mira knapp.

Paula machte eine Pause und atmete tief aus.

»Das klingt ja erst mal nicht schlecht«, hakte Mira nach.

»Nun, ja, ne, das Buch ist schon ganz gut. Jedenfalls war ich schon lange so wütend auf Elias, nach allem, was zwischen euch war. Und da dachte ich, es wäre ein guter Schritt, ihn zu treffen. Um zu verstehen und mit der Situation umgehen zu können.«

Paula stoppte und die Worte sackten bei Mira ein, die eine böse Ahnung hatte, dass ihr nicht gefallen würde, was jetzt kam.

»Und ich dachte, damit könnte ich auch dir besser helfen, über ihn hinwegzukommen«, fuhr Paula fort und ihre Stimme nahm einen flehenden Ton an. »Wir haben uns also in einem Café getroffen. Und er war einfach so ... nett! Du weißt ja, wie er sein kann. Echt charismatisch und so. Er kann so gut reden, dass mein

Kopf quasi abschaltet und ich zu allem Ja und Amen sage.«

Miras böse Vorahnung verstärkte sich. »Ja, die Seite an ihm kenne ich gut.« Ihre Stimme klang frostig, doch sie war froh, dass man das Zittern darin kaum hörte.

»Er hat mich so vieles über dich gefragt. Wie es dir geht, was du so machst ... ich glaube, er wirkte wirklich besorgt um dich und immer noch interessiert an dir.«

»Aber das geht ihn nichts mehr an. Ich hoffe, das hast du ihm auch gesagt.«

Das Schweigen am anderen Ende der Leitung kam Mira dröhnend vor.

»Paula?«, flüsterte sie ängstlich.

»Oh, Mira. Ich wollte es ihm nicht sagen. Ich wollte ihm gar nichts sagen, aber es ist mir so rausgerutscht.«

»Was ist dir rausgerutscht?«

»Na ja, ich dachte, er lässt dich in Ruhe, wenn ich ihm sage, dass du jemanden kennengelernt hast. Dass du wirklich kein Interesse mehr an ihm hast und von ihm losgekommen bist. Aber es hat ihn überhaupt nicht abgeschreckt. Ganz im Gegenteil. Er wollte alles wissen. Und du weißt ja selbst, wie gut er darin ist, jemanden zu überzeugen.«

»Was heißt alles?«, fragte sie. Aus der Angst in ihrer Stimme war blanke Panik geworden. »Was genau hast du ihm gesagt?« Die letzte Frage schrie sie beinahe in den Hörer.

Paula schluchzte. »Alles, Mira. Von deiner Arbeit, deiner Bekanntschaft, von der Insel ...«

Miras Welt stand still.

Er wusste, wo sie war.

Elias wusste, wo sie war.

Wie durch Watte hörte sie, dass Paula weiter ins Telefon sprach, sich entschuldigte. Doch es machte keinen Unterschied mehr, dass es ihr leidtat. Paula hatte sie verraten. Der einzige Mensch zu Hause neben ihren Eltern, der von ihrem Aufenthaltsort wusste, hatte sie verraten.

Mira legte auf und steckte das Telefon in die Tasche ihrer Shorts. Dann trat sie aus dem Pavillon, ohne die Wärme der Sonnenstrahlen zu spüren. Ruhelos und zitternd lief sie ein paar Meter bis zum steinernen Geländer und sah hinunter auf den See.

Sie befand sich am höchsten Punkt der Insel. Der Fels fiel unter ihr bis zur Wasseroberfläche fast dreißig Meter tief ab. Im Gegensatz zur Westseite, die sanft zum Ufer hin auslief, war die Ostseite eine steile Bruchkante. Nur ein paar kleine Kiefern trotzten der Schwerkraft, indem sie sich an Felsspalten und Vorsprünge klammerten.

Der Fels glich einer Festung. Einsam inmitten des Sees, umgeben von den Ausläufern der Alpen. Signor Marino hatte ihr erklärt, dass dieser Ort über die Jahrhunderte hinweg begehrt gewesen sei, weil er so sicher war, so leicht zu verteidigen. Der Name Isola del Tuono, *Donnerinsel*, stammte von den vielen Gefechten, die hier geführt worden waren und deren Lärm das Tal erfüllt hatte wie Donnergrollen. Die Insel war ihr Geheimnis gewesen, ihre Zuflucht. Und doch fühlte Mira sich nicht einmal hier sicher. Nicht mehr. Egal, wie gut die Sicherheitsvorkehrungen der Familie di Varrone sein mochten. Egal, wie viele Wächter nachts unauffällig die Ufer patrouillierten, wie Signora di Varrone ihr verraten hatte. Nun, da Elias von ihrem Aufenthaltsort wusste, konnte sie sich hier nicht mehr geborgen fühlen.

Jetzt blieb nur das gewohnte Gefühl von Rast- und Machtlosigkeit, das sie schon von zu Hause kannte. Sie wusste nicht, wie weit Elias gehen würde, um sie wieder in seine Kontrolle zu bringen. Ob er das überhaupt vorhatte. Eigentlich war er zu rational, um ihretwegen tausend Kilometer zu fliegen und sie hier zu suchen.

Er ist schließlich kein Psychopath, beruhigte sie sich.

Aber ein ausgeprägter Narzisst, argumentierte die leise Stimme des Zweifels in ihr. Und zwar in sämtlichen Zügen, als entspringe er einem Lehrbuch der Psychologie. Er hatte über die letzten drei Jahre beinahe die komplette Bandbreite der Manipulation ausgeschöpft, um sie klein zu halten und sich gefügig zu machen. Dabei war auch er abhängig von ihr geworden. Ihre Abhängigkeit hatte sein Selbstwertgefühl befeuert, ihre Schwäche hatte ihn sich stark fühlen lassen. Würde er endlich damit abschließen und ein Leben ohne sie führen können? Oder würde er alles daransetzen, sie wieder zu seinem Opfer zu machen?

Mira blieb nichts anderes übrig, als abzuwarten, während diese Fragen sich in ihr einnisteten und eiterten, wie ein Geschwür.

Kapitel 35

Bereits am Abend hatte Mira sich so verrückt gemacht, dass Stella sie als reines Nervenbündel vorfand. Mira lag im Bett. Dieses Mal war es nicht nur ihr Herz, das schmerzte, sondern ihr ganzer Körper. Der Laptop spielte diesmal Gilmore Girls in Dauerschleife, da Mira sich von der Wohlfühlatmosphäre Beruhigung erhofft hatte – leider erfolglos. Vor lauter Nervosität hatte sie an ihrer Nagelhaut geknibbelt, bis sie blutete. Da ihr Kopf von dem Gefühl gejuckt hatte, beobachtet zu werden, war ihr Haar wirr und verfilzt vom Kratzen. In Miras Innerem sah es nicht besser aus. Der Stress war ihr auf den Magen geschlagen und hatte ihr sämtlichen Appetit verdorben, sodass sie nun unterzuckert und noch reizbarer war.

Einerseits war sie immer noch fassungslos über Paulas Verrat. Wütend und enttäuscht, dass ausgerechnet ihre einzige vermeintliche Freundin sie verraten hatte.

Die Angst dominierte ihre Gefühle jedoch bei Weitem. Angst vor Elias. Angst vor Unterdrückung oder Abhängigkeit. Und insbesondere die Angst, sich nie von ihrer Furcht befreien und wirklich frei sein zu können.

»O fuck!«, rief Stella, sobald sie durch die Zimmertür trat und Miras Zustand erkannte. Sie ließ die Tür ins Schloss und ihre Umhängetasche zu Boden fallen und stürmte auf Mira zu, um sie in den Arm zu nehmen.

»Du musst mich langsam für ein emotionales Wrack halten, so häufig, wie du mich trösten musst«, schluchzte Mira und scheiterte an einem Lächeln.

»Red nicht so einen Unsinn! Ich bewundere dich viel mehr dafür, dass du nach dem ganzen Mist die Kraft gefunden hast, dein Leben selbst in die Hand zu nehmen. Ist doch klar, dass es mal Rückschläge gibt. Aber sieh nur, wie weit du schon gekommen bist! Du hast das alles hinter dir gelassen.«

Mira seufzte zitternd. »Und jetzt holt es mich ein.«

»Klar kannst du nicht alle Erinnerungen ein für alle Mal abschütteln. Das braucht Zeit. Und die Aufarbeitung ist harte Arbeit.«

»Ich weiß, Stella. Aber das meine ich nicht. Ich meine wortwörtlich, dass Elias mich nicht gehen lässt. Er kann nicht damit abschließen, dass ich von ihm losgekommen bin. Er hat nicht nur meine Nummer gefunden, sondern er weiß jetzt auch, dass ich hier bin.«

»So ein Wichser«, fluchte Stella und feuerte ein paar italienische Beleidigungen hinterher. »Vielleicht ist irgendwann die Zeit gekommen, die Polizei einzuschalten? Stalking ist kein Kavaliersdelikt.«

»Was sollen die schon machen? Bisher hat er sich ja nichts zuschulden kommen lassen. Zumindest nichts, das man ihm nachweisen könnte. Er wird sie um den kleinen Finger wickeln und alle werden mich für eine paranoide Ziege halten, die sich selbst zu wichtig nimmt und Aufmerksamkeit heischt.«

Stella knurrte frustriert. »Fast wünschte ich, er käme hierher. Dem würde ich mein Paddel über den Kopf ziehen. Oder ihn mit dem Golfcaddy umnieten. Oder -«

»Pass auf, was du dir wünschst«, murrte Mira und ein Schauer fuhr über ihren Rücken. »Ich würde ihn am liebsten nie wiedersehen.«

Stella drückte ihre Hand. »Das glaube ich dir. Entschuldigung. Er müsste absolut größenwahnsinnig sein, um hierherzukommen. Und die Insel ist eine kleine Festung. Hier bist du sicher. Ich werde auf dich aufpassen, wie eine Löwenmama.«

»Danke, Stella!«

»Und jetzt wird geschlafen, damit du nach dem ganzen Stress wieder fit wirst!«

Aber Mira konnte nicht schlafen.

So lieb und vernünftig Stellas Worte auch gewesen waren, machten Miras Gedanken sich im dunklen Zimmer sofort selbstständig. Sie driftete ab in Horrorszenarien von Elias, der nachts ins Haus eindrang und die Treppe hinaufschlich oder durch das Fenster einstieg. Der sie beim Schlafen beobachtete oder ihr auflauerte, wenn sie das Zimmer verließ, um sich aus der Küche etwas zu Trinken zu holen.

Erst weit nach Mitternacht fiel sie in einen unruhigen Schlaf, der ihr einen Albtraum nach dem nächsten bereitete. Die Träume übertrafen dabei ihre bewussten Ängste um Längen, waren skurril und manchmal brutal. In einem befand sie sich in ihrer alten Wohnung, die sie mit Elias geteilt hatte, und suchte einen Weg nach draußen, aber alle Türen und Fenster waren verschwunden. Von der Decke hallte Elias‘ höhnisches Lachen, als sei sie eine Marionette in seinem Puppentheater.

In einem anderen Traum befand sie sich hier auf der Insel und lag wach in ihrem Bett. Sie sah, wie die Zimmertür geöffnet wurde und Elias' Gestalt hindurchtrat. Im Mondlicht blitzte eine Messerklinge auf, während er sich Miras Bett näherte, doch sie war bewegungsunfähig, als wäre sie zu Stein erstarrt. Im Traum musste sie mitansehen, wie Elias immer näherkam, bevor sie schlagartig erwachte.

Frustriert und zitternd schüttelte sie die Erinnerung ab, die sich wie Kleber über ihr Bewusstsein gelegt hatte und ihren Puls in die Höhe trieb. Sie kannte das alles schon viel zu gut, hatte zahllose schlaflose Nächte durchgemacht. Es hatte Wochen gedauert, bis sie sich nach der Trennung sicher genug fühlte, um zumindest ein paar Stunden am Stück schlafen zu können. Sie hatte alles über entspannende Abendroutinen gelesen, Duftöle, Schlafsprays und Meditationen ausprobiert und ein Arsenal an Bachblüten und pflanzlichen Beruhigungsmitteln angesammelt. Was davon letztendlich geholfen hatte, wusste sie nicht. Vielleicht war es einfach die Zeit gewesen, die wie im bekannten Sprichwort alle Wunden geheilt hatte. Jedenfalls hatte sich irgendwann ein Gefühl von Sicherheit eingestellt, das darauf beruhte, dass einfach noch nichts passiert war. Dass Elias sie vielleicht einfach vergessen hatte und nun allein lebte. Doch dieses Gefühl hatte sich als trügerisch erwiesen. Er war noch da. Würde vielleicht nie aufgeben.

Nach dem letzten Traum hielt Mira es in ihrem Bett nicht mehr aus. Das dunkle Zimmer kam ihr bedrohlich, die Luft stickig vor. Trotz der lauen Temperaturen kramte sie den alten Hoodie hervor, der ihr immer ein wenig Trost und Behaglichkeit spendete, und verließ das Zimmer. Zunächst fiel es ihr schwer, ihre Ängste und Horrorszenarien von dem dunklen Haus zu überwinden, doch als sie in den Garten trat, wusste sie, dass es die richtige Entscheidung gewesen war. Hier fühlte sie sich nicht mehr bedroht und machtlos, sondern frei. Der grenzenlose Sternenhimmel lag über ihr und seine Klarheit schien auch den Schleier über ihren Gedanken zu heben, sodass sie zum ersten Mal seit heute Mittag frei atmen konnte.

Der Garten hatte bei Nacht seine ganz eigene Magie, genährt vom Duft der Blumen und Gräser und dem Zirpen der Grillen. Wie von selbst führten ihre Füße sie den Weg hinab zur Schaukel am Wasser.

Doch dort saß schon jemand.

Für einen Sekundenbruchteil spielte Miras Verstand ihr einen Streich und sie befürchtete, dort Elias zu sehen.

Als sie jedoch nach Luft schnappte und die Person sich überrascht zu ihr umdrehte, erkannte sie im Mondlicht Leos Gesicht. Überraschung, Sehnsucht und Verletzbarkeit spiegelten sich darin wider. Kurz überlegte sie, umzudrehen und sich einen anderen Ort zu suchen. Doch wie eine Motte im Licht, erlag sie seiner Anziehungskraft und bewegte sich auf die Schaukel zu, unfähig, ihm fernzubleiben.

»Schlaflos in Italien?«, fragte er leise.

In seiner Stimme schwang so viel Bitterkeit und Sarkasmus mit, dass Mira bereits innehielt und überlegte, ob sie doch besser flüchten sollte, aber Leo rückte ein Stück zur Seite und gab den Platz neben sich auf der

Schaukel frei. Zögerlich ging Mira auf ihn zu und nahm neben ihm auf dem breiten Holzbrett Platz.

Verletztes und doch vertrautes Schweigen herrschte zwischen ihnen, während sie langsam vor und zurück schwangen. Miras Haut prickelte vor Verlangen, ihn zu berühren und sich von ihm trösten und halten zu lassen, doch sie wusste, dass sie es nicht durfte.

»Elias weiß, dass ich hier bin«, sagte sie in die Stille. »Deshalb habe ich eine Panikattacke bekommen.«

»So ein Bastard«, fluchte Leo. Sanfter fügte er hinzu: »Wie geht es dir jetzt?«

Mira seufzte. »Ich habe mich einigermaßen gefangen. Aber nachts ist es am schlimmsten. War es schon immer.«

»Ich wünschte, du hättest zugelassen, dass ich für dich da bin.« Er hob eine Hand, als wolle er sie berühren, dann ließ sie wieder sinken und ballte sie zur Faust.

»Ich weiß. Und ich bin dir dankbar. Aber es geht nicht.«

»Ich weiß«, erwiderte nun Leo. »Und deshalb muss ich nun auf mein Herz aufpassen.« Er erhob sich von der Schaukel. »Ich wünsche dir alles Glück der Welt, Mira, und dass du irgendwann wieder ein Leben ohne den Schatten deiner Vergangenheit führen kannst. Aber ich kann nur über dich hinwegkommen, wenn ich mich von dir fernhalte. Sonst tut es zu weh.«

Miras Herz schmerzte in ihrer Brust, doch sie nickte mit zusammengebissenen Zähnen. »Das verstehe ich. Gute Nacht, Leo.«

»Gute Nacht, Pfauenmädchen.«

Seine Gestalt verschmolz mit der Dunkelheit, als er sich von ihr entfernte und sie allein am Ufer zurückließ.

Zu wissen, dass er für sie da gewesen wäre und Gefühle für sie hatte, war bittersüß. Einerseits sorgte es dafür, dass Mira sich verstanden und weniger allein fühlte. Andererseits erinnerte es sie an den Verlust seiner Nähe und der Intimität zwischen ihnen. Dass er sich hatte zurückhalten müssen, um sie nicht zu berühren, spiegelte ihre eigene Selbstbeherrschung wider und zeigte, wie ähnlich sie sich in ihren Gefühlen waren.

Das Kribbeln zwischen ihnen war noch nicht vergangen.

Wie die Glut eines Feuers, das sie nicht ganz zu ersticken vermocht hatten.

Kapitel 36

Mira schaukelte am Seeufer, bis die Sterne verblassten und die feinen Nebelschwaden über dem Wasser sich fliederfarben von den dunkel bewaldeten Hängen abhoben.

Die Trauer über den Verlust von Leo in ihrem Leben – einen Verlust, den sie selbst verschuldet hatte und jederzeit wieder so hinnehmen würde, um ihn und ihre eigene Unabhängigkeit zu schützen – hatte sie von ihren Ängsten abgelenkt und stattdessen melancholisch gestimmt.

In der Hoffnung, nun noch ein wenig Schlaf zu finden, machte sie sich auf den Rückweg in ihr Zimmer. Eigentlich hatte sie sich leise ins Bett schleichen wollen, um Stella nicht zu wecken, doch ihre Freundin war bereits wach und tigerte unruhig zwischen den Betten auf und ab.

»Mira!«, rief sie überrascht und ihre Erleichterung war sichtbar. »Ich habe mir Sorgen gemacht. Eigentlich hatte ich erwartet, dich wieder aus dem Bett zwingen zu müssen, und plötzlich ist es mitten in der Nacht verlassen und du bist spurlos verschwunden.«

Sofort bekam Mira ein schlechtes Gewissen. »Sorry! Ich musste einfach an die frische Luft.«

»Und, hat es dir gutgetan?«

»Ich denke schon«, überlegte Mira. »Zumindest fühle ich mich nicht mehr ganz so klein, schwach und eingesperrt.«

»Oh, Süße!«, rief Stella und umarmte sie fest. »Ich weiß etwas, was dich aufmuntern wird«, flötete sie dann.

»Hm?«

»Es ist Samstag!«

Mira nickte. »Immerhin keine Arbeit«, erwiderte sie mit einem Schulterzucken.

»Uuuuund …«, setzte Stella ungeduldig an.

»Was denn?«

»Kleider, Mira!«, quietschte sie aufgeregt. »Heute treffen wir uns doch mit Illaria, um uns Outfits für die Gala auszusuchen!«

Diesen Plan hatte Mira tatsächlich beinahe vergessen und freute sich nun umso mehr über die willkommene Ablenkung vom Alltag. »Du hast recht! Das muntert mich definitiv auf.«

»Na also«, nickte Stella begeistert.

Mira stellte sich vor, welche Kleider Illaria ihnen wohl zeigen wollte. »Na toll. Jetzt bin ich so aufgeregt, dabei wollte ich eigentlich noch ein paar Stunden schlafen.«

Stella sah auf die Uhr. »Du liebe Güte. Es ist ja gerade mal 7 Uhr. Am Samstag ist das quasi noch mitten in der Nacht.«

Mira lachte. »Wie du in der Woche und am Wochenende zwei so verschiedene Rhythmen haben kannst, ist mir ein Rätsel.«

»Alles eine Frage des Trainings«, antwortete Stella grinsend. »Also … schlafen oder Kaffee?«

»Schlafen«, gähnte Mira, ließ sich auf ihr Bett sinken und hüllte sich in ihre Decke.

Ob es nun der ruhige Morgen war, Stellas Gesellschaft, die Aussicht auf ein schönes Erlebnis oder einfach die überwältigende Müdigkeit – Mira versank tief in einen traumlosen Schlaf und erwachte erst, als Stella sie drei Stunden später sanft wachrüttelte.

Die unterbrochene Nachtruhe machte ihr weniger zu schaffen, als sie es erwartet hätte, und ihr Magen kribbelte vor Aufregung, wenn sie an die Kleider und den Vormittag mit Stella und Illaria dachte. Mira hüpfte kurz unter die Dusche, dann holten sie sich in der Küche ihren Cappuccino zum Mitnehmen. Nonna drückte ihnen eine große Schüssel frischer Bomboloni in die Hand und bestellte viele Grüße an Illaria, als sie von den Plänen der Mädchen hörte.

Abgesehen von Sportzimmer und Wintergarten kannte Mira noch keinen Teil des Herrenhauses und war gespannt darauf, wie Illarias Zimmer aussehen mochte. Stella führte sie über die Freitreppe zum Haupteingang des Hauses und Mira war gleichermaßen erleichtert und enttäuscht, dass es keine Butler an der Haustür gab, die ihren Besuch ankündigten. Stattdessen traten sie allein in die angenehme Kühle der leeren Eingangshalle. Skulpturen standen in den Nischen zwischen den breiten Sprossenfenstern und an der gegenüberliegenden Wand hingen großformatige Gemälde, die Landschaften und Menschen zeigten.

Mira folgte Stella eine marmorne Treppe empor in den ersten Stock. Auf halben Weg joggte ihnen ein Mann entgegen, den Mira als Leos Trainer und Ebenbild George Clooneys wiedererkannte. Diesmal trug er jedoch einen marineblauen Anzug und ein weißes Hemd, das am Kragen informell geöffnet war.

»Buongiorno!«, grüßten die Mädchen, und der Herr erwiderte den Gruß mit einem freundlichen Lächeln, während er seinen Weg ins Erdgeschoss fortsetzte.

»Sportliche Familie«, flüsterte Mira.

Stella sah sie fragend an.

Mira zuckte die Schultern und erklärte: »Na, weil ihr Trainer sogar am Samstagmorgen hier ist und zu dieser Uhrzeit bereits wieder geduscht und frisch angezogen ist.«

Stella blieb stehen und blinzelte mehrmals. Ihr Ausdruck war eine Mischung aus Unglauben und Belustigung. »Moment«, setzte sie an und unterstrich jede Silbe mit einem Wink ihrer aufgestellten Handflächen. »Du denkst, das war der Trainer der Familie?«

Mira beschlich das ungute Gefühl, etwas furchtbar missverstanden zu haben. Außer einem Nicken brachte sie keine Antwort zustande.

Stella unterdrückte ein Lachen und zog Mira weiter mit sich die Treppe empor. »Das, meine Liebe, war Alessandro di Varrone. Der Hausherr, der Eigentümer dieser ganzen Insel, auf der wir stehen, mein Chef und der Vater meiner Freundin.«

Mira blieb erneut stehen und schluckte. Das also war Leos Vater. Sie rief sich die Situation in Erinnerung, als sie die beiden beim Hanteltraining gesehen hatte. Wie vertraut sie miteinander umgegangen waren. Leo hatte mit keinem Wort erwähnt, dass es sich um seinen Vater handelte, aber sie waren auch beide nicht wirklich in Plauderlaune gewesen.

Mira kam sich unendlich dumm vor und überlegte krampfhaft, was für einen Eindruck sie wohl bei dem Herrn hinterlassen hatte.

»Mach dich nicht verrückt«, erriet Stella die Richtung ihrer Gedanken. »Schließlich bist du bei der Signora angestellt und nicht bei ihm. Und selbst wenn, er ist ein sehr freundlicher und fairer Chef, der sich nicht die Bohne für private Angelegenheiten seiner Angestellten interessiert.«

»Wohl aber die seiner Kinder?«, gab Mira zu bedenken.

Stella zuckte mit den Schultern. »Er weiß von Illaria und mir, sonst hätte er uns sicher gefragt, was wir im Haus machen. Aber seinetwegen mache ich mir nicht die geringsten Sorgen. Er lässt Illaria ihre eigenen Entscheidungen treffen.« Sie senkte die Stimme. »Ganz im Gegensatz zu seiner besorgten Gattin ...«

Am oberen Ende der Treppe bog Stella in einen Korridor ein, der mit schweren dunkelblauen Teppichen ausgelegt war, die sich von dem polierten Marmorboden abhoben.

An einer der hintersten Türen blieben sie stehen und Stella klopfte an.

Nach wenigen Sekunden öffnete Illaria und begrüßte sie strahlend. Sie zog Stella hinein und gab ihr einen zärtlichen Kuss, danach umarmte sie kurz Mira und führte die beiden in ihr Zimmer.

Für Stella mochte es ein bekannter Anblick sein, doch Mira sah sich ungläubig um. Die Decke musste fast vier Meter hoch sein und war – genau wie die Wände – mit üppigem Stuck verziert. An der Rückseite des Zimmers gewährten breite Flügeltüren Zutritt zu einem Balkon, von dem aus man auf den Pool und die dahinterliegende Klippe blicken konnte. Das Blau des Sees strahlte mit dem Himmel um die Wette. Sonnenstrahlen ergossen sich durch die feinen weißen Vorhänge, die kunstvoll an den Seiten der Fenster drapiert waren, und ließen die Möbel in einem weichen Licht leuchten. An der linken Wand stand ein gewaltiges Himmelbett mit einem Baldachin aus schimmerndem, silberfarbenen Satin. Es gab mehrere dick gepolsterte Sitzbänke und mehr cremefarbene, graue und silberne Zierkissen, als Mira zählen konnte.

Illarias Zimmer – oder besser gesagt ihre Suite – als pompös zu bezeichnen, wäre eine sagenhafte Untertreibung. Königlich traf es vielleicht besser. Und romantisch. Und auch ein wenig ... kitschig.

Mira drehte sich mit anerkennendem Blick um.

Stella hatte Miras Reaktion beobachtet und grinste breit. »Warte, bis du erst das Ankleidezimmer siehst.« Sie sah sich um. »Außerdem fehlen hier einfach Pflanzen, sage ich ihr jedes Mal.«

Illaria lachte und machte eine wegwerfende Handbewegung. »Die würden nur eingehen.«

Dann entdeckte sie die Schüssel in Miras Hand.

»Sind das etwas Nonnas Bomboloni?«, fragte sie begeistert.

»Ja«, erwiderte Mira und reichte ihr das Gebäck. »Wir sollen dich lieb von ihr grüßen.«

»Danke«, strahlte Illaria und machte sich über eine der Teigkugeln her. Stella und Mira bedienten sich ebenfalls und gemeinsam gingen sie hinaus auf den Balkon. Auf dem See unter ihnen herrschte reges Treiben, wie es für die Wochenenden jetzt im Sommer üblich war.

Stella erzählte Illaria von Miras Missverständnis mit ihrem Vater, woraufhin Illaria so sehr lachte, dass sie sich den Bauch halten musste und die beiden anderen damit ansteckte.

»Zu ihrer Verteidigung muss man sagen, dass er für sein Alter wirklich extrem fit aussieht«, lenkte Stella ein.

Mira nickte. »Und er sieht so sehr aus wie George Clooney.«

Illaria beruhigte sich langsam und zog die Stirn kraus. »Kann sein. Aber ...«, sie musterte Stella und Mira von oben bis unten, »wir sind nicht hier, um über alte Leute zu reden, oder? Insbesondere nicht meinen Dad. Also: Auf ans Werk!«

Sie ging wieder hinein und ließ Mira und Stella einfach stehen, die sich bemühten, ihr zu folgen. Illaria öffnete eine Tür in der Wand, die Mira zuvor nicht aufgefallen war, und schlüpfte hindurch. Stella zwinkerte Mira zu und folgte ihrer Freundin. Mira trat ebenfalls durch die Tür und blieb staunend im Türrahmen stehen.

Die Decken in Illarias Zimmer waren bereits hoch gewesen, doch dieser Raum schien sich unterhalb einer der Kuppeln des Herrenhauses zu befinden und wirkte wie eine kleine Kathedrale. Eine Wendeltreppe führte mitten im Zimmer nach oben zu einer kreisrunden Galerie mit einem verschnörkelten Geländer.

Und die Wände schienen – abgesehen von einigen Spiegeln, Sitzbänken und Schminktischchen – vollständig aus Schränken zu bestehen.

Unzählige Türen und Schubladen mit goldenen Griffen zeichneten sich darauf ab.

Unterbrochen wurden sie nur von offenen Regalen, die mit säuberlich eingereihten und nach Farben sortierten Handtaschen und Schuhen gefüllt waren.

Von der Mitte der gläsernen Kuppel hing ein gewaltiger Kronleuchter herab, der momentan aufgrund des hellen Sonnenscheins überflüssig war. Darunter befand sich ein runder Glastisch, unter dessen Platte in eingearbeiteten Schubladen glitzernde Schmuckstücke ausgelegt waren.

»Wow«, hauchte Mira und drehte sich um die eigene Achse, um das gesamte Ausmaß des Raums zu erfassen. »Egal, was man von Mode hält – das ist einfach atemberaubend!«

»Ein wahrgewordener Traum«, stimmte Stella begeistert zu.

Illaria nickte und ließ den Blick über die Schränke schweifen. »Und doch geht es mir nicht anders als den meisten Frauen, wenn es um besondere Anlässe geht: Ich habe nie das richtige Outfit im Schrank. Zumal wir häufig auf Veranstaltungen gehen, bei denen den Gästen sofort auffällt, wenn man Stücke aus älteren Kollektionen trägt oder dasselbe Kleid mehrmals aufträgt. Der Klatsch ist quasi vorprogrammiert.«

Mira verzog das Gesicht. Dass die Modewelt ein Haifischbecken sein konnte, hatte sie gewusst, aber sie stellte es sich nicht leicht vor, wenn man wie die Varrones im Fokus stand und jede modische Entscheidung analysiert und bei Missfallen zerrissen wurde. Der Zugang zu diesen Kreisen war vermutlich gleichermaßen Fluch und Segen.

»Ich habe allerdings auch einige zeitlos schicke Kleider, die euch sicher gut stehen«, fuhr Illaria fort. »Mira, du bist in etwa so groß wie ich und trägst normalerweise vermutlich Größe 36, oder?«

Mira nickte. »Ja, ich bin einen Meter fünfundsiebzig groß.«

»Dann dürften meine langen Kleider passen, ich bin nur drei Zentimeter größer. Notfalls kaschieren wir den Unterschied mit Absätzen.«

Stella verdrehte die Augen. »Ihr Riesen.«

Mira sah sie an. »Na ja, du bist ja auch nicht unbedingt winzig, oder?«

»Aber bei meinem Meter zweiundsechzig würde ich über jeden langen Saum von Illaria stolpern«, erwiderte Stella mit einem Schulterzucken.

»Das stimmt«, grübelte Illaria. »Aber wenn wir eines meiner kurzen Kleider nehmen, müsste es trotzdem gehen. Der Anlass ist zwar formell, aber wenn es nur ausgefallen oder elegant genug ist, spielt die Länge eigentlich keine Rolle.«

Illaria öffnete zwei der Türen. Eine hohe Kleiderstange kam dahinter zum Vorschein und zog sich über die gesamte Breite des Schranks. Durch mehrere Spots an der Schrankdecke waren Farben und Muster auf Anhieb erkennbar und strahlten miteinander um die Wette.

Einige Kleider waren so besonders, dass sie nicht mit den anderen in der Reihe hingen, sondern frontal zur Schau gestellt waren. Es schienen Haute-Couture-Kleider zu sein, die man sonst nur in Hochglanzmagazinen oder im Internet sah. Ein nachtblaues Kleid kam Mira sogar bekannt vor. Es war mit vielen kleinen geometrischen Formen übersät, die den Eindruck eines Buntglasfensters erweckten und gleichzeitig an einen glänzenden Schmetterlingsflügel erinnerten. Ein anderes, cremefarbenes Kleid erinnerte an eine Blüte. Auf der Corsage und dem Rock, der aus großen, überlappenden Blütenblättern zu bestehen schien, funkelten unzählige Perlen und Kristalle, die sich zum Rand jedes Blütenblattes hin verdunkelten und dadurch beinahe lebendig wirkten, als würde die Blume langsam welken und an die Vergänglichkeit alles Schönen erinnern.

Mira seufzte ehrfürchtig. »Sie sind einfach wunderschön.«

»Das finde ich auch«, pflichtete Illaria ihr bei. »Diese Kleider waren jeweils das Flaggschiff ihrer Designer, ihr Aushängeschild. Einmalige Kreationen, die die Essenz ihrer Häuser einfangen und widerspiegeln.«

Stella schüttelte den Kopf. »Nicht ganz das Richtige für uns. Allein die Vorstellung, es beim Essen mit Soße zu bekleckern, treibt mir Schweißperlen auf die Stirn.«

Mira schüttelte sich. »Oder hängen zu bleiben und sich einen Faden zu ziehen. Oder den Saum mit Grasflecken zu beschmutzen. Oder überhaupt darin zu sitzen. Ich glaube, heute Nacht kriege ich Albträume davon, ein Kleid zu ruinieren.«

Illaria winkte ab. »Diese beiden sind sowieso nur als Sammlerstücke hier drin. Ich habe einige ... praktikablere Kleider. Und ich würde euch niemals vorhalten, wenn ein Fleck daraufkommt oder ein Steinchen fehlt.« Sie lachte. »Dafür habe ich mich selbst schon zu häufig auf Empfängen bekleckert. Ihr glaubt gar nicht, wie häufig jemand seinen Sekt verschüttet oder einen anrempelt, wenn ausnahmsweise mal etwas Spannendes passiert.«

Sie begann, die Kleider auf den Stangen auseinanderzuschieben, und warf dabei Mira immer wieder einen Blick zu.

»Das hier würde deinem blassen Teint gut stehen, Mira«, überlegte sie laut und nahm das Kleid vorsichtig aus dem Schrank. Es war smaragdgrün und mit Perlen bestickt. »Der Schnitt ist sehr vorteilhaft und die Farbe passt sogar gut zu den Farben der Bernardi-Kollektion. Es würde so aussehen, als hättest du es speziell für den Anlass ausgewählt.«

Mira nahm das Kleid entgegen. Der Stoff floss seidig durch ihre Finger. »Es gefällt mir.«

»So am Haken ist das echt schwer zu beurteilen«, befand Stella. »Zieh es doch mal an.«

Illaria zeigte ihr eine kleine Umkleidekabine, in der es neben einer gepolsterten Sitzbank auch Haken und Ablagefächer gab, in die Mira ihre Kleidung legen konnte, als sie in das Kleid schlüpfte. Durch den langen Reißverschluss an der Seite konnte sie bequem hineinsteigen. Da es eingearbeitete Cups hatte, musste sie nicht mal einen trägerlosen BH dazu tragen.

Vorsichtig schloss sie das Kleid und begutachtete sich im Spiegel.

Es passte ihr, als sei es eigens für sie geschneidert worden.

Mit diesem Kleid kam es ihr gar nicht mehr so abwegig vor, an der Veranstaltung teilzunehmen.

Als sei sie ein Teil dieser Welt.

»Du hast einen guten Blick«, rief sie durch den zugezogenen Vorhang. »Ich glaube, es steht mir.«

Der Vorhang wurde zurückgerissen und Stellas Kopf erschien in der Kabine. »Uuuuh, Mira!«, rief sie entzückt.

Illaria trat neben sie und wirkte zufrieden.

Mira wandte sich wieder den Spiegel zu.

»Ich mag es wirklich sehr«, flüsterte sie und strich ehrfürchtig darüber.

Das Kleid hatte einen herzförmigen Ausschnitt und einen einzelnen Träger, der jedoch eher zur Dekoration über ihre Schulter lief. Von einem Punkt an ihrer rechten Taille aus verliefen die kleinen grünen Kristalle und Perlen strahlenförmig über ihre Brust und den gesamten Rock, der an der Vorderseite durch einen langen Schlitz geteilt war und ihre Beine ewig lang aussehen ließ.

Die unteren Zentimeter des Kleides hingen auf dem Boden.

»Du wirst hohe Schuhe brauchen«, stellte Illaria fest, als sie den Saum begutachtete. »Welche Schuhgröße trägst du?«

»Vierzig.«

Illaria verzog das Gesicht. »Dann kann ich dir leider nicht aushelfen. Ich trage Größe achtunddreißig. Und es gibt nichts Qualvolleres, als sich in zu kleine Schuhe zu quetschen und dann den ganzen Abend über zu leiden.«

»Kein Problem. Bis Freitag finde ich bestimmt noch irgendwo ein Paar.«

Mira schälte sich bedächtig aus dem Kleid und hängte es zurück auf den Haken, dann zog sie ihre kurze Hose und ihre Bluse wieder an und gesellte sich zu Stella und Illaria, die bereits nach einem Kleid für Stella suchten.

Stellas rote Haarpracht stellte dabei ein kleines Hindernis dar, denn Stella mochte den Kontrast zu den meisten Farben nicht, obwohl Illaria sie vom Gegenteil überzeugen wollte.

»Colorblocking ist doch total modern«, argumentierte Illaria gerade. »Du musst dich überhaupt nicht einschränken. Du willst ein pinkes Kleid? Kein Problem! Du willst ein rotes? Kein Problem!«

Stella imitierte ein Würgen und schüttelte den Kopf. »Das ist nichts für mich, Häschen.«

Illaria rollte mit den Augen. »Fang du nicht auch noch an. Es reicht, wenn mein Bruder mich so nennt.«

Die Erwähnung von Leo versetzte Mira einen kleinen Stich und sie nahm ein paar Schritte Abstand von den beiden, um sich weiter im Zimmer umzusehen.

»Wie soll ich dich denn nennen?«, hörte sie Stella mit einem anzüglichen Tonfall fragen. Illaria antwortete auf Italienisch und Mira zog sich noch weiter zurück, um ihnen Raum zu geben und die Kleiderstangen nach kurzen Kleidern für Stella durchzusehen.

Gedankenverloren nahm sie eines nach dem anderen hervor, begutachtete Schnitte und Stoffe.

»Halt! Nimm das noch mal raus«, rief Stella plötzlich und hastete im gleichen Moment an Mira vorbei, um selbst nach dem vielversprechenden Kleid zu greifen.

Es war rabenschwarz, trägerlos und ziemlich eng geschnitten. Der Saum des Rocks würde Stella vielleicht bis zur Mitte der Oberschenkel reichen. Darüber befand sich jedoch ein zweiter, weiter Rock aus vielen Lagen Tüll, der wie eine Schleppe von der Hüfte aus nach hinten fiel und somit die Vorderseite der Beine nicht verdeckte.

Illaria lächelte. »Mit dem Kleid wirkst du so groß wie ich, so sehr verlängert es optisch die Beine.« Sie zwinkerte ihrer Freundin zu. »Darin siehst du sicherlich heiß aus.«

»Dann muss ich es wohl anziehen.« Stella grinste, warf Illaria eine Kusshand zu und verschwand in der Umkleide.

Stella brauchte gerade mal eine Minute, dann zog sie den Vorhang auf und hüpfte quietschend heraus. Kokett schob sie eines ihrer Beine nach vorn und spielte mit dem weiten Überrock, sodass der Tüll sich um sie herum aufbauschte.

»Wie kann man so niedlich und gleichzeitig so heiß sein?«, fragte Illaria kopfschüttelnd und in Augen strahlten vor Bewunderung und Zuneigung.

»Das Kleid steht dir wirklich verdammt gut!«, stimmte Mira anerkennend zu. Es war schlicht und wurde doch durch den Oberrock zu etwas Einzigartigem. »Sexy, aber nicht zu aufreizend.«

Illaria grinste wölfisch. »He, grab nicht meine Freundin an.«

»Würde mir nicht im Traum einfallen.«

Zufrieden nickte Illaria und wandte sich wieder Stella zu. Kurz wirkte ihr Blick, als zöge sie Stella damit aus, doch dann entschied sie: »Du brauchst auf jeden Fall ein paar schwarze Stilettos. Die kannst du von mir haben.«

»Gut, dass wir immerhin dieselbe Schuhgröße haben«, sagte Stella erleichtert, während Illaria zur anderen Seite des Raums ging und gewaltige Schuhschränke öffnete, um nach den passenden Schuhen zu suchen.

Als sie ein passendes Paar gefunden hatte, ließ sie es Stella gleich anprobieren.

»Ich würde sagen: Das erste Outfit ist komplett«, flötete Illaria zufrieden, worauf Stella und Mira begeistert zustimmten und ihr dankten.

»Stella, dein Kleid passt zufällig sehr gut zu meinem Outfit. Ich trage nämlich ...«, sie öffnete eine weitere Tür, hinter der sich weiße und cremefarbene Kleider befanden, »das!«

Sie zog einen weißen Jumpsuit hervor. Er hatte einen tiefen V-Ausschnitt und breite Ärmel, die an der Innenseite geschlitzt waren und dadurch wie Flügel wirkten. Auch dieses Outfit war im Grunde schlicht und durch den raffinierten Schnitt doch besonders.

»Schwarz und weiß – ihr werdet toll zusammen aussehen«, bestätigte Mira. »Aber das ist ja nichts Neues.«

Stella warf Illaria einen verliebten Blick zu. »Danke, danke.«

Illaria wirkte verlegen und räusperte sich. »Hmm, ich habe auch schon die passenden silbernen Stilettos. Das Einzige, was jetzt noch fehlt, sind Schuhe für Mira. Aber da kann ich beim besten Willen nicht helfen.«

»Gibt es hier in der Nähe am Festland vielleicht ein Schuhgeschäft?«, fragte Mira.

Illaria rümpfte die Nase und sah auf die Uhr. »Habt ihr heute noch was vor?«

Stella und Mira sahen sich an, dann schüttelten sie die Köpfe.

»Na dann: In einer halben Stunde kommt die Fähre ...«

Kapitel 37

Keuchend stützten Stella und Mira sich wenig später auf die Reling und rangen nach Luft.

Sie waren zum Landhaus gerannt, hatten ihre Taschen geholt und waren anschließend hinab zum Anleger geeilt, um gerade noch die kleine Fähre zu erwischen, die am Wochenende nur dreimal täglich fuhr.

Illaria sah neben ihnen aus wie die Ruhe selbst, obwohl sie zwei gewaltige Handtaschen trug.

Sie stiegen an dem Anleger aus, an dem sich die Garagen mit dem Fuhrpark der di Varrones befanden und den Mira bereits von ihren Ausflügen mit Leo kannte. Illaria zog einen Schlüssel aus der Tasche und entriegelte die Türen des funkelnden roten Minis.

»Du solltest mich fahren lassen«, meinte Stella, als Illaria die Fahrertür öffnete.

Illaria nahm unbeirrt Platz. »Wie soll ich denn dann Übung kriegen?«, erwiderte sie vorwurfsvoll.

»Fährst du noch nicht lange?«, fragte Mira von der Rückbank aus.

»Ich komme nicht so häufig ans Festland«, erklärte Illaria zerknirscht. »Ich habe zwar Fahrstunden genommen, aber mir fehlt einfach die Übung. Und Stella tut jedes Mal so, als wolle ich sie mit meinen Fahrkünsten umbringen.«

»Dabei fährst du, als wolltest du uns *beide* umbringen«, konterte Stella.

Illaria verpasste ihr einen gespielten Klaps und startete den Motor.

Bereits als sie aus der Garage holperten, gab Mira Stella im Stillen Recht, doch sie sagte lieber nichts und sah aus dem Fenster.

Eine Zeit lang verlief die Straße parallel zum Seeufer. Mal lag der See weit unter ihnen, mal fast auf ihrer Höhe und mal reichte der Fels so nah ans Wasser heran, dass Tunnel hindurchführten. Dann wurden die Kämme der Gebirgsausläufer um sie herum immer flacher und entfernten sich immer weiter voneinander. Sie fuhren auf die Autobahn und ließen die Alpen hinter sich.

»Fahren wir weit?«, erkundigte sich Mira, die eigentlich damit gerechnet hatte, dass sie zu einer Schuhhandlung in der Nähe fahren würden.

»Insgesamt etwa eineinhalb Stunden«, antwortete Illaria.

»Oh«, entfuhr es Mira. Sie blinzelte und warf einen Blick auf eines der grünen Straßenschilder, die die Autobahn säumten – Milano.

»Wir fahren nach Mailand?«, fragte sie überrascht.

Illaria drehte sich um und warf ihr über den Rand der Sonnenbrille einen verständnislosen Blick zu. »Was hattest du denn gedacht? Ich lasse dich zu dem Designerkleid doch keine Schuhe aus der örtlichen Schuhhandlung tragen.«

»Augen auf die Straße!«, fauchte Stella und gestikulierte wild. Man sah ihr an, dass sie am liebsten ins

Lenkrad greifen würde. Mira hatte schon mehrfach beobachtet, wie Stella in den Kurven mitging und bei Abhängen den Fuß auf ein imaginäres Gaspedal legte, um mitzubremsen.

»Entspann dich«, beschwichtigte Illaria sie und nippte demonstrativ an ihrem Mehrweg-Kaffeebecher aus der Mittelkonsole.

Als sie eine Dreiviertelstunde später unversehrt ins Parkhaus einbogen, war Miras Hand verkrampft. Sie hatte sich – mal mehr, mal weniger bewusst – am Haltegriff an der Tür festgekrallt und war heilfroh, wieder festen Boden unter den Füßen zu haben.

»Zurück fahre ich«, murrte Stella und ließ die verspannten Schulterblätter kreisen.

Illaria murmelte etwas, das vermutlich die italienische Version von »Angsthase« war.

Sie stiegen aus dem Wagen und liefen die Stufen hinab zur Straße. Es roch nach Abgasen, heißem Asphalt und Großstadt.

»Wir sind mitten in der Innenstadt«, erklärte Illaria, während sie sich in Bewegung setzten. »Nur zwei Nebenstraßen von der Piazza del Duomo entfernt.«

Mira nickte und sah sich um. Sie war noch nie in Mailand gewesen, abgesehen von ihrer Ankunft am Flughafen Malpensa, der sich ein gutes Stück außerhalb der Stadt befand. Der berühmte Mailänder Dom war ihr dennoch als Wahrzeichen bekannt, wenn auch nur von Bildern.

Auf beiden Straßenseiten ragten mehrstöckige Gebäude auf. Sandsteinfarbene Wohnhäuser mit verschnörkelten Fensterrahmen und kleinen Balkonen, in deren Erdgeschoss sich jeweils kleine oder größere Läden befanden. Auf der Straße gab es mehrspurige Schienen, auf denen Straßenbahnen Touristen und Einheimische durch die vollen Straßen beförderten.

Illaria führte sie um eine Häuserecke und blieb stehen.

Vor ihnen lag der Domplatz.

Das markanteste Merkmal war der gewaltige Dom, dessen unzählige helle Spitzen und Türme in den blauen Himmel ragten. Mira hatte mal bei Instagram ein Bild gesehen, das auf dem Dach des Gebäudes aufgenommen worden war. Daher wusste sie, dass sich dort in schwindelerregender Höhe eine begehbare Terrasse befand, von der aus man den Platz überblicken konnte.

»Wie klein man sich neben so einem Bauwerk fühlt«, hauchte sie und betrachtete staunend die Fassade mit den eingearbeiteten Statuen. Gern wollte Mira sie aus der Nähe sehen und die beeindruckenden Details der Bildhauerkunst bewundern.

Stella und Illaria pflichteten ihr bei.

»Dort drüben befindet sich der Eingang zur Galleria Vittorio Emanuele II«, erklärte Illaria und zeigte auf einen hohen Torbogen, der links neben dem Dom aufragte. »Und dort finden wir sicherlich die perfekten Schuhe, um dein Outfit abzurunden.«

Mira seufzte sehnsüchtig. Am liebsten hätte sie anstelle der Shoppingtour einen Sightseeingtrip unternommen und stundenlang die verschiedenen Bau- und Kunstwerke betrachtet. Sie nahm sich vor, vor ihrer Rückreise nach Deutschland allein zurückzukehren und in aller Ruhe durch die Museen und Kirchen zu schlendern und sich dabei viel Zeit zu lassen. Bald traten sie in den Schatten des Triumphbogens, hinter dem sich das gewölbte Glasdach der Einkaufspassage erhob.

Die Boutiquen im Inneren der Galerie waren allesamt hochpreisig und Mira las die Namen beinahe sämtlicher Designer, die sie kannte.

Sie war froh, dass ihre Arbeit so großzügig vergütet wurde, sonst hätte sie sich nicht einmal die Absätze der glitzernden Pumps leisten können, die sie bereits im zweiten Geschäft entdeckte und die auch von Illaria und Stella begeisterte Zustimmung erhielten.

Mira trug die schwarze Papiertüte wie einen Schatz, während die Mädchen gemeinsam weiterzogen.

Durch ihren schnellen Erfolg hatten sie nun den ganzen Nachmittag zu ihrer Verfügung.

»Wann geht die letzte Fähre?«, fragte Mira, die noch nie auf die Fährzeiten am Wochenende geachtet hatte.

Illaria grinste verschmitzt. »Das braucht uns nicht zu interessieren. Ich habe uns nämlich ein Nachtshuttle organisiert.«

Mira sah sie verständnislos an. Gab es so etwas wie ein See-Taxi?

Stella lachte. »Hast du etwa wieder deinen armen Bruder gezwungen, Chauffeur zu spielen?«.

Illaria klimperte mit den Wimpern. »Du weißt doch, dass man mir nichts abschlagen kann.«

»O ja.« Stella seufzte. »Das weiß ich nur zu gut.«

Miras Magen versank irgendwo in Richtung ihrer Knie. Leo würde sie heute Abend abholen! Die Vorstellung, wieder in seiner Nähe zu sein und mit der *Leprotta* über den See zu fahren, weckte in ihr eine ungeahnte Sehnsucht und Melancholie.

»Jedenfalls bedeutet das«, fuhr Illaria aufgeregt fort, »dass wir den ganzen Nachmittag und Abend für uns haben. Wir könnten heute Abend sogar feiern gehen.«

Mira schnaubte und sah an sich herab. Sie trug eine beigefarbene kurze Hose und ein weißes Top. Schlicht und luftig – aber fürs Nachtleben? »Mein Outfit ist nicht gerade tauglich für die schicken Mailänder Clubs.«

Illaria lächelte wissend. »Gut, dass ich vorbereitet bin. In meinem Auto ist eine ganze Tasche voller Partykleider.«

»Du bist unverbesserlich.« Auch wenn sie stöhnte, schien Stella sich doch insgeheim zu freuen. »Also ich wäre dabei. Was meinst du, Mira?«

»Ich würde es mir um nichts auf der Welt entgehen lassen.«

Kapitel 38

Nachdem sie auf Miras Wunsch hin die Domterrasse besucht und von oben die Skyline Mailands bestaunt hatten, tranken sie einen Espresso und zogen sich am Auto um. Illaria hatte für jede von ihnen ein elegantes Partykleid aus ihrer Tasche gezaubert und dabei sogar an Accessoires gedacht. Mira steckte nun in einem engen pinken Etuikleid mit tiefem Rückenausschnitt. Illarias Kleid war schwarz und hatte so viele Netzeinsätze an Bauch und Rücken, dass es fast wie ein Zweiteiler wirkte. Für Stella hatte sie ein olivgrünes Minikleid mit Wasserfallausschnitt gewählt, der ihr Dekolleté betonte, und schien mit ihrer Wahl sehr zufrieden zu sein. »Du solltest häufiger meine Kleider tragen.«

»So, wie du mich jetzt schon mit deinen Blicken ausziehst, wäre das ein kurzes Vergnügen«, gab Stella trocken zurück. Dann zog sie Illaria an sich und küsste sie.

Illaria wirkte kurz überrascht, erwiderte jedoch den Kuss. Als sie sich von Stella löste, räusperte sie sich. »Wir müssen ein wenig aufpassen«, erklärte sie verlegen. »Wegen der Paparazzi.«

Falls Stella von ihrer Vorsicht verletzt war, ließ sie sich nichts anmerken, sondern nickte knapp und lächelte dann wieder.

Mira wusste nicht, ob sie selbst mit der Zurückweisung und der Geheimhaltung in der Öffentlichkeit umgehen könnte, aber sie wollte die Beziehung der beiden nicht infrage stellen. Sie schlenderten durch die Fußgängerzonen der Altstadt. In den kleinen Cafés und Trattorien versammelten sich die ersten Gäste, um den Abend gemütlich ausklingen zu lassen. Die Sonne stand tief über den Dächern und auch wenn das aufgeheizte Pflaster noch seine Wärme abstrahlte, war es nicht mehr so heiß.

Der Nachtclub, von dem Illaria ihnen vorgeschwärmt hatte und der gleichzeitig ein Restaurant war, lag am Rande eines Parks, den sie durchqueren mussten. Der Weg dorthin führte sie über einen Platz mit einem gewaltigen Springbrunnen und mitten durch die Festungsmauern eines Schlosses.

Zwischen Alleen alter Bäume folgten sie den gewundenen Pfaden durch den Park. Paare und Grüppchen hatten Decken auf dem Gras ausgebreitet, hörten Musik, spielten Frisbee oder genossen einfach die Abendsonne.

Mira und Illaria hakten sich bei Stella unter.

»Was ist eigentlich zwischen dir und Leo vorgefallen?«, fragte Illaria plötzlich unverblümt.

Mira atmete tief aus und musste überlegen, wo sie anfangen sollte. Wie viel sie überhaupt preisgeben wollte.

»Ich bin einfach noch nicht ganz über meine letzte Trennung hinweg.«

»Ah«, machte Illaria. »Du vermisst deinen Ex.«

Stella schnaubte. »Ganz im Gegenteil.«

»Es ist eher so«, versuchte Mira es in Worte zu packen, ohne zu verbittert zu klingen, »dass meine letzte Beziehung nicht gerade liebevoll war. Eher miserabel sogar. Und vereinnahmend. Ich habe mich darin komplett aufgegeben und muss erst mal zu mir selbst zurückfinden.« Sie zuckte mit den Schultern und bemühte sich um einen unbekümmerten Ton, um die Schwere ihrer Worte zu relativieren. »Und hoffen, dass ich keinen dauerhaften Knacks davon getragen habe.«

»Das hast du sicher nicht!«, fiel Stella sofort ein. »Bei dem, was ich bisher mitbekommen habe, wäre jeder traumatisiert. Und du gehst wirklich gut damit um, Süße!«

Illaria lehnte sich herüber und drückte mitfühlend ihren Arm. »Es tut mir leid, dass du so etwas durchmachen musstest. Aber es wäre furchtbar, wenn du dadurch der Liebe keine Chance mehr geben würdest. Du würdest so viel verpassen.«

Illaria und Stella warfen sich einen verliebten Blick zu und kurz beneidete Mira sie um ihr Glück. Doch sie wusste, wie sehr die beiden für ihre Beziehung gekämpft hatten und dass es auch für sie vermutlich noch weitere Probleme geben würde.

»Warum muss Liebe denn immer so kompliziert sein?«, fragte sie frustriert.

Es war eine rhetorische Frage, doch Illaria bekam einen grüblerischen Ausdruck und antwortete dann zögerlich: »Ich glaube, es kann manchmal auch ganz leicht sein. Meine Eltern zum Beispiel haben ein richtig gutes Verhältnis. Sie sind zwar sehr verschieden und streiten von Zeit zu Zeit, aber dabei gehen sie immer respektvoll miteinander um und man merkt ihnen an, wie sehr sie sich lieben.« Sie grinste. »Außer, wenn Inter gegen Chelsea spielt, aber bei Fußball hört die Liebe einfach auf, sagt Mum.«

Stella kicherte. »Das kann ich mir gut vorstellen. Meine Eltern führen auch eine Bilderbuchehe, deshalb denke ich, dass es nicht immer Hindernisse geben muss. Die beiden sind schon so lange ein Team und immer einer Meinung, dass ich sie manchmal gar nicht mehr als Individuen betrachte. Dabei gewähren sie einander eigentlich viele Freiräume und machen sogar manchmal getrennte Urlaube. Natürlich kann ich nicht wissen, wie es vor meiner Geburt am Anfang ihrer Beziehung war.«

»Vermutlich sind alle Anfänge etwas holprig«, überlegte Illaria. »Wenn es allerdings so aus dem Ruder läuft wie bei dir, Mira, dann ist es gut, dass du die Reißleine gezogen und den Absprung geschafft hast!«

»Es war nicht leicht«, gab Mira zu. »Ich kannte von meinen Eltern auch nur Harmonie. Das Leben hat mich einfach nicht auf Elias vorbereitet.«

Sie versanken in ihren Gedanken, bis Illaria plötzlich verkündete: »Wir sind da.«

Vor ihnen führte ein gewundener Pfad durch ein geöffnetes Tor in der Parkmauer. Großblättrige Pflanzen versperrten die Sicht, doch als sie um die Ecke bogen, erblickten sie inmitten der Vegetation ein Gebäude, das abgesehen von einigen Stahlstützen vollständig aus Glas zu bestehen schien.

Der Club wirkte modern und elegant und der Karte am Eingang konnte Mira entnehmen, dass bereits eine Tischreservierung hier das Monatsgehalt mancher Menschen kostete.

»Es war bestimmt nicht leicht, hier einen Tisch zu kriegen, oder?«, fragte Mira vorsichtig.

Illaria winkte ab. »Ach, kein Problem. Als ihr euch umgezogen habt, habe ich kurz angerufen. Eigentlich sollte ich mich schlecht fühlen, dass allein der Name *di Varrone* mir so viele Türen öffnet«, sie verzog das Gesicht zu einem Grinsen, »aber dafür genieße ich die Vorteile zu sehr. Ist es nicht lieb von Daddy, dass er uns zum Essen einlädt?«, fragte sie unschuldig und ließ die Wimpern klimpern.

Stella seufzte. »Du bist unverbesserlich.«

Mira war es ein wenig unangenehm, sich von ihrem Arbeitgeber unwissentlich zum Essen einladen zu lassen, sagte jedoch nichts. Sicher wusste Illaria am besten, wie weit sie bei ihren Eltern gehen konnte.

Ein Kellner begrüßte sie und führte sie zu einem Tisch im Garten des Clubs, nachdem Illaria ihm ihren Namen genannt hatte. Die Tische waren im Halbrund aufgestellt. An ihrer Außenseite konnte man durch mehrere Glasscheiben den Rest des Clubs und die momentan noch leere Tanzfläche überblicken, während gut platzierte Palmen und Bananenstauden gleichzeitig dafür sorgten, dass man sich beim Essen nicht beobachtet fühlte.

Sie nahmen Platz und erhielten vom Kellner die in schwarzes Leder gebundene Speisekarte. Mira schlug sie auf und verschaffte sich einen Überblick über die angebotenen Speisen und Getränke. Neben einigen Gourmetvarianten klassischer italienischer Gerichte wie Pasta carbonara mit Krabben oder Pizza mit Büffelmozzarella und schwarzem Trüffel, standen Meeresfrüchte und Kaviar auf der Speisekarte. Ein Schwerpunkt der Küche schien dabei auf kunstvoll angerichteten Sushiplatten zu liegen, die für die Karte glanzvoll abgelichtet worden waren. Dazu gab es eine ausgewählte Weinkarte und eine Reihe köstlich klingender Cocktails.

Illaria bestellte für sie alle eines der bunten Sushimenüs und suchte sich einen alkoholfreien Cocktail aus, weil sie später noch fahren musste. Mira und Stella wählten einen Weißwein und warteten gespannt auf ihre Bestellung.

Um sie herum saßen bereits einige Grüppchen beim Essen oder lachten bei einer Flasche Champagner oder Wein.

Als der Kellner mit ihren Getränken zurückkehrte, stießen sie auf einen schönen Abend an und ließen die Gläser aneinanderklirren.

Vielleicht lag es am Wein oder an der Gesellschaft ihrer Freundinnen, aber Mira fühlte sich so frei und losgelöst, wie schon lange nicht mehr. *Seit ihrer gemeinsamen Zeit mit Leo*, erinnerte sie eine kleine Stimme, die sie versuchte zu ignorieren.

Sie scherzten, lachten und tauschten peinliche Geschichten aus, während der Kellner ihnen nachschenkte und einen Teller ausgefallener Sushikreationen nach dem nächsten servierte.

Mira seufzte zufrieden und sah unentschlossen zwischen ihrem Essen und der Tanzfläche hin und her. »Ich glaube, wenn ich nur noch ein weiteres kleines Maki-Röllchen esse, kann ich nicht mehr aufstehen. Geschweige denn tanzen. Aber es ist so lecker!«

Illaria lachte. »Das sollten wir besser nicht riskieren.«

Stella schüttelte energisch mit dem Kopf. »Weg mit den Stäbchen, Mira, und schwing deinen Popo dahin, wo die Musik spielt.«

Stella zog Illaria zwischen den Tischen hindurch und Mira folgte ihnen auf die Tanzfläche. Die Anonymität dieses Ortes und der leichte Schwips des Weißweins gaben ihr den Mut, ihre Hüften zur Musik kreisen zu lassen, als wäre sie ganz allein und niemand würde zuschauen.

Je mehr Zeit verging, desto voller wurde der Club. Die Beats wurden schneller, die Bässe drängender und die Stimmung riss die Frauen mit. Ausgelassen tanzten sie mit der Menge.

Mira wurde des Öfteren von Männern angetanzt, gab ihnen jedoch durch ein Kopfschütteln oder ihre abweisende Haltung schnell einen Laufpass. Auch Stella und Illaria mussten sich einiger Avancen erwehren, da sie sich nicht als Paar outen wollten. Es sprach für die Klientel des Clubs, dass alle Verehrer ihre Zurückweisung akzeptierten und sie nicht weiter bedrängten. Als Mira jedoch allein zur Bar ging, um eine weitere Runde Getränke zu holen, legte jemand seine Hand auf ihren Po und drückte zu. Mira schnellte herum und blickte in die Augen eines großen, offenkundig nicht mehr nüchternen Mannes, der sie schief angrinste. In der Drehung hatte sie reflexartig zum Schlag ausgeholt, schreckte aufgrund der Größe des Mannes jedoch zurück.

»Verpiss dich und lass mich in Ruhe!«, zischte sie ihn stattdessen an.

Er hob beschwichtigend die Hände und lallte: »Kein Grund, gleich auszurasten. Wollt ja nur ein bisschen Spaß haben.«

Irgendetwas an seiner Art brachte Mira auf die Palme. »Dann geh woanders Spaß haben und belästige keine Frauen, die keinen Bock auf dich haben.«

Sie drehte sich zurück zur Bar und hoffte, dass er aufgeben und das Weite suchen würde.

Sie bestellte zwei Longdrinks und einen alkoholfreien Cocktail für Illaria.

Sobald sie die Getränke erhalten hatte, bahnte sie sich den Weg zurück zu ihren Freundinnen.

Auf halber Strecke geschah es erneut. Aus dem Nichts erschien eine Hand und gab Mira einen Klaps auf den Hintern.

Wieder wirbelte sie herum und vergoss dabei einen Teil der Drinks auf den Boden der Tanzfläche.

Es war der gleiche Kerl, der sie herausfordernd anblitzte. »Komm schon, Püppchen, zier dich nicht so! Ich habe dich noch mit keinem Mann tanzen sehen und du willst doch sicher nicht allein nach Hause gehen.«

Sie schnaubte. »Tausendmal lieber als mit einem Ekel wie dir nach Hause zu gehen!«

Sie wollte sich wieder in Bewegung setzen, als er fragte: »Bist du lesbisch, oder was?«

Mira wäre auf ihn losgegangen, wenn nicht in diesem Moment Stella neben ihr aufgetaucht wäre. Sie sah winzig neben ihm aus und wirkte doch wie ein wütender Pitbull, als sie in schnellem Italienisch auf ihn ein schimpfte. Tatsächlich wich er zurück und gesellte sich zu einer Runde feixender, ebenfalls sichtlich angetrunkener Männer.

Stella zog Mira und Illaria zur gegenüberliegenden Seite der Tanzfläche, um so viel Abstand wie möglich zu den Kerlen zu halten.

Stella und Illaria schienen den Vorfall bald hinter sich zu lassen, doch für Mira war die Stimmung gekippt. Sie konnte nicht mehr ausgelassen tanzen, weil sie sich beobachtet fühlte und befürchtete, jederzeit könne einer der Typen zu ihnen herüberkommen.

Dafür schienen die anderen beiden umso mehr Spaß zu haben und Mira wollte sie nicht runterziehen. Während Mira nur noch leicht hin und her wippte und die Musik kaum hörte, tanzten Stella und Illaria immer enger und leidenschaftlicher miteinander, sodass sie schon bald nicht mehr nur wie Freundinnen wirkten und insbesondere von Männern viele lüsterne Blicke ernteten.

Mira fragte sich, was aus Illarias Vorsicht und ihrer Angst, entdeckt zu werden, geworden war. Doch da Illaria keinen Alkohol getrunken hatte und somit nüchtern war, wollte sie ihr Urteil nicht infrage stellen. Als Illaria Stella jedoch vor allen anderen leidenschaftlich küsste und einige der Gäste johlten und pfiffen, war auch Stella irritiert.

»Bist du dir sicher, dass du das willst?«, raunte Stella ihr zu. »Du wolltest doch nicht an die Öffentlichkeit treten ...«

Statt einer Antwort sackte Illaria neben ihr auf den Boden. Alarmiert gingen Mira und Stella in die Hocke. Illaria hatte die Augen geschlossen und hing schlaff in Stellas Armen. Die umstehenden Gäste bildeten einen Kreis um sie herum und jemand half ihnen, Illaria von der Tanzfläche hinunter und zu einer gepolsterten Sitzbank zu tragen. Stella rüttelte sanft an ihrer Schulter und Illaria rührte sich langsam – und erbrach sich vor Stella auf den Boden.

»Soll ich jemanden für euch anrufen?«, fragte ein Kellner, der plötzlich neben Mira stand.

Mira war hin- und hergerissen. Sie konnte nicht einschätzen, wie ernst die Situation war. Was überhaupt mit Illaria geschehen war. Ob es möglich war, dass die alkoholfreien Cocktails doch nicht alkoholfrei gewesen waren? Oder hätte jemand unbemerkt etwas in Illarias Drink tun können? Die Gläser hatten sie meist neben sich auf einem kleinen Tisch abgestellt, aber Mira hatte niemanden gesehen.

Mira kniete sich neben Stella. »Braucht sie einen Arzt?«

Stella schüttelte den Kopf. »Ich glaube nicht. Sie ist schon wieder bei Bewusstsein und ansprechbar, fühlt sich nur sehr schlapp.«

»Was ist nur passiert?«

»Ich weiß es nicht. Kannst du Leo anrufen?«

»Leo?«

»Damit er uns abholt. Keine von uns kann fahren und ich will Illaria so schnell wie möglich nach Hause bringen.«

Mira nickte und zog sich in eine ruhigere Ecke des Clubs zurück, dann wählte sie Leos Nummer.

Es war bereits fast Mitternacht, doch Leo nahm ihren Anruf sofort entgegen.

»Mira?«, fragte er überrascht. »Ist alles in Ordnung?«

»Illaria geht es nicht gut«, antwortete Mira gehetzt. »Kannst du uns abholen?«

»Wo seid ihr?«

Mira nannte ihm den Namen des Clubs.

»Ich bin in einer Dreiviertelstunde da«, antwortete er knapp und legte auf, bevor Mira etwas erwidern konnte.

Erleichterung durchströmte Mira. Sie ließen Illaria noch eine Weile geschützt vor neugierigen Blicken auf einer Couch in einem Nebenzimmer liegen und gaben ihr Wasser. Nach einer Zeit konnte sie sich von selbst aufsetzen und sogar aufstehen. Gemeinsam mit Stella half Mira Illaria zum Ausgang. Nachdem sie dem besorgten Kellner versichert hatten, dass sie allein zurechtkommen würden, traten sie hinaus in die milde Nachtluft. Das Wummern der Bässe war hier nur noch leicht zu spüren und Miras Kopf fühlte sich sofort klarer an. Sie hatten die Zufahrt noch nicht ganz hinter sich gelassen und das schmiedeeiserne Tor durchschritten, als vor ihnen an der Straße ein schwarzer SUV mit quietschenden Reifen zum Stehen kam.

Leo sprang heraus, ließ die Fahrertür offen stehen und rannte auf sie zu. Vor Illaria hielt er inne und nahm ihr Gesicht in beide Hände. Mira verstand nicht, was er zu ihr sagte, aber sein besorgter Ton und seine gerunzelte Stirn deuteten darauf hin, dass er sich versichern wollte, dass ihr nichts Schlimmes zugestoßen war. Illarias gemurmelte, müde Antworten schienen ihn einigermaßen zufriedenzustellen. In dem kurzen Blick, den er Stella und Mira zuwarf, loderten unverhohlene Wut und Vorwürfe.

Er geleitete Illaria zum Auto und setzte sie behutsam auf die Rückbank. Stella krabbelte auf der anderen

Seite neben sie, sodass für Mira nur der Beifahrersitz übrig blieb.

Unsicher nahm sie Platz und zog die schwere Tür hinter sich zu. Im Auto war es unnatürlich still. Selbst als Leo den Motor startete und das gleichmäßige Brummen den Innenraum erfüllte, war das angespannte Schweigen zwischen ihnen beinahe greifbar.

Illaria dämmerte ein, bevor sie überhaupt losgefahren waren. Leo warf ihr im Rückspiegel unschlüssige Blicke zu, dann trat er aufs Gaspedal. Er schien zu dem Schluss gekommen zu sein, dass der beste Ort für Illaria ihr Bett war, und tat nun alles, um sie schnellstmöglich sicher nach Hause zu bringen.

Stella gähnte. Auch wenn ihre innere Uhr am Wochenende anders schlug, stand sie doch für gewöhnlich früh auf und ging auch früh zu Bett. Der Weißwein trug zusätzlich dazu bei, dass ihr Kopf bald zur Seite sank und sie eigenschlafen war, noch bevor sie die Autobahn erreichten.

Leo fuhr so sanft, dass die Geschwindigkeit kaum zu spüren war. Nur das Vorbeiziehen der Straßenlaternen gab einen Hinweis darauf, wie schnell sie tatsächlich fuhren.

Mira wandte ihm den Kopf zu. »Danke, dass du so schnell bei uns warst.«

Er blickte geradeaus und antwortete nicht. Mira sah, wie sich seine Hände am Lenkrad verspannten.

»Ich weiß nicht, was passiert ist«, flüsterte sie. Er wirkte wütend und sie hatte das Bedürfnis, Leo alles zu erklären. Sich irgendwie zu rechtfertigen und ihn davon zu überzeugen, dass es nicht ihre Schuld war, was mit seiner Schwester geschehen war. Dass keine von ihnen daran schuld war.

»Es war nicht der Alkohol. Sie hat den ganzen Abend über nur alkoholfreie Cocktails getrunken. Vielleicht ist dem Kellner ein Fehler unterlaufen. Oder jemand hat ihr etwas in den Drink geschmuggelt.«

Er schwieg noch immer.

»Es war nicht ihre Schuld, Leo«, flüsterte sie. »Und auch nicht die von Stella oder mir.«

Leo schnaubte. »Sie verlässt so gut wie nie die Insel, Mira! Sie hat keinerlei Erfahrung mit Clubs. Und dann seid ihr auch noch so unvorsichtig, nicht auf eure Getränke zu achten. Stell dir mal vor, sie wäre nicht bei euch auf der Tanzfläche zusammengebrochen, sondern allein auf dem Weg zur Toilette! Sie wäre leichte Beute für das Schwein gewesen, das ihr das angetan hat!«

Zum Schluss war er immer lauter geworden. Illaria regte sich leicht im Schlaf auf der Rückbank.

Mira lief ein Schauder über den Rücken. Nicht wegen seines Tonfalls, sondern weil er Recht hatte. Sie dachte an die Gruppe fieser Typen zurück. An das Grinsen des Mannes, der sie angefasst hatte.

»Ich bin froh, dass du da bist«, sagte sie und blickte aus dem Fenster.

»Ich auch«, stimmte er in sanfterem Ton zu. »Weil ich wusste, dass ich euch heute Nacht auf die Insel übersetzen muss, habe ich mit der *Leprotta* am Festland angelegt und auf euch gewartet. Dadurch konnte ich so schnell bei euch sein, als dein Anruf kam.«

Mira dachte an die Hinfahrt zurück. Mit Illaria im Steuer hatten sie wesentlich länger gebraucht. »Du musst trotzdem ziemlich gerast sein«, stellte sie mit vorwurfsvollem Ton fest.

Leo lachte kurz auf. »Vernünftig war es nicht«, gab er zu.

Mira konnte es ihm nicht verübeln. Sie hatte zwar keine Geschwister, konnte die Sorge aber nachvollziehen, die er gespürt haben musste. Wenn jemand in Gefahr war, den man liebte, war es leicht, alle Vernunft und Vorsicht zu vergessen.

Sie ließen Mailand hinter sich und Mira konnte die Umrisse der Alpen vor dem nachtblauen Himmel erahnen, als sie auf der kaum befahrenen Autobahn nach Norden fuhren.

Es war gemütlich und warm im Auto, doch trotz des anstrengenden und aufregenden Tages fühlte Mira sich nicht schläfrig.

Wieder in Leos Nähe zu sein, war elektrisierend und schmerzlich schön.

Sie hätte nur eine Hand ausstrecken müssen und hätte sein weiches Haar streicheln können. Sie wusste genau, wie es sich unter ihren Fingern anfühlen würde. Als hätten ihre Nerven die Erinnerungen an ihn besonders sorgfältig abgespeichert, weil er so bedeutsam für sie war.

Aber Mira streckte die Hand nicht aus, durfte sie nicht ausstrecken, weil sie eine Entscheidung getroffen hatte. Für sich selbst und für Leo gleich mit.

»Das klingt ja schrecklich traurig«, stellte Leo fest, und erst da wurde Mira bewusst, dass sie laut geseufzt hatte.

»Es war ein langer Tag«, spielte Mira es herab.

Leos Blick glitt kurz zu ihr hinüber und Mira hatte das Gefühl, dass er genau wusste, was in ihr vorging. Dass er ihre Gefühle verstand, ja, vielleicht sogar teilte.

Er atmete aus und setzte an, etwas zu sagen.

Erwartungsvoll sah Mira zu ihm auf.

Konzentriert blickte er auf die Straße. »Es tut mir leid, was ich gestern Abend zu dir gesagt habe. Auch wenn es zwischen uns nicht so gelaufen ist, wie ich es mir gewünscht hätte, sollst du wissen, dass ich für dich da bin. In deiner Nähe zu sein, ohne dich berühren zu können, ohne meine Gefühle für dich zeigen zu können, ist hart. Aber die Vorstellung, nicht für dich da zu sein, ist schlimmer. Mich von dir fernzuhalten, zerreißt mich. Und auch, wenn du das vielleicht nicht hören willst, musst du es doch wissen.«

Mira schluckte, unfähig, etwas zu erwidern. Rührung schnürte ihr die Kehle zu und Gefühle stiegen in ihr auf, die sie unbedingt begraben musste, wenn sie nicht bereit war, sich vollkommen auf ihn einzulassen.

»Ich habe manchmal das Gefühl, dass es für mich nur ganz-oder-gar-nicht gibt«, versuchte sie zu erklären. »Auch ich vermisse dich schrecklich. Aber trotzdem kann ich nicht bei dir sein. Sonst verliebe ich mich noch mehr in dich und das macht alles komplizierter.«

»Du verliebst dich noch mehr?«, wiederholte Leo mit schwerer Stimme.

O fuck, jetzt hatte sie es komplizierter gemacht.

Sie nickte und sah ein zufriedenes Glitzern in Leos Augen, als er kurz zu ihr hinübersah.

Das musste dann wohl bedeuten, dass er sich Hoffnungen machte. In Mira bauten sich Schuldgefühle auf und sie wollte schon zurückrudern, doch Leo wechselte schlagartig das Thema, als schien er ihre Bedenken zu spüren.

»Also ... wie hat es dir in Mailand gefallen? Abgesehen von dem Ende eures Ausflugs, natürlich.«

Darüber musste Mira nicht lange nachdenken. »Es ist eine beeindruckende Stadt«, schwärmte sie. »Ich hätte noch tagelang die Bauwerke bestaunen können. Vielleicht werde ich das auch irgendwann mal.«

»Irgendwann?«, fragte Leo belustigt. »Hast du mir nicht gesagt, wie gefährlich dieses Wort ist?«

Mira musste über sich selbst schmunzeln. Und darüber, dass er sich gemerkt hatte, wie sehr sie die Unverbindlichkeit dieses Wortes verachtete. »Du hast recht. Ich denke, noch vor meinem Rückflug nach Deutschland werde ich mich dort für ein paar Nächte einquartieren.«

Leo nickte. »Das klingt besser.«

Sie erzählte ihm davon, was sie heute gesehen hatte, und er hörte gebannt zu. Manchmal gab er Anekdoten zu den Bauwerken preis oder Geschichten, die er dort mit seiner Familie oder auf Schulausflügen erlebt hatte.

Es war so einfach zwischen ihnen, wie ihre Gespräche schon immer gewesen waren. Völlig unbefangen und frei konnten sie miteinander reden und scherzen. Und doch war da diese Anziehung, die Mira deutlich spürte. Das Verlangen, eine Hand auf sein Bein zu legen, seinen Arm zu streicheln oder seinen Kopf zu kraulen und zu beobachten, wie er darauf reagierte. Wie er sich ihrer Berührung entgegenlehnen oder leise seufzen würde. Wie er ihren Namen flüstern und das Gaspedal noch weiter durchtreten würde, um schneller mit ihr allein sein zu können.

Sie schüttelte leicht den Kopf und räusperte sich, um diese Gedanken abzuschütteln. Auch wenn sie wieder mit Leo reden konnte, änderte es nichts.

Sie überlegte, ob sie ihm von Elias' anhaltendem Interesse an ihr erzählen sollte. Ob sie ihm ihre Angst offenbaren sollte, dass er sie finden könnte. Doch sie befürchtete, damit eine Grenze zu überschreiten.

Sie sah aus dem Fenster und bald schon tauchte neben der Straße die Oberfläche des Sees auf, in dessen Oberfläche sich der Mond spiegelte. Als sie den kleinen Hafen erreichten, parkte Leo den SUV in der Garage und half Stella dabei, Illaria sicher an Bord der *Leprotta* zu bringen.

Die Überfahrt zur Insel war kurz und als Mira vor sich den Felsen aufragen sah, hatte sie das überwältigende Gefühl, nach Hause zu kommen und in Sicherheit zu sein.

Kapitel 39

Es war weit nach Mitternacht, als Mira und Stella in ihren Betten lagen. Leo hatte Stella versprochen, Illaria sicher ins Bett zu bringen und sich um sie zu kümmern. Trotzdem schien es Stella verrückt zu machen, nicht bei ihrer Freundin zu sein, und sie überlegte so lange mit Mira, was in dem Club geschehen war, bis ihnen die Augen zufielen. Mira hoffte, dass es Illaria am nächsten Morgen besser gehen würde. Es war ein Sonntag und sie alle würden ausschlafen können, um sich von den Schrecken der Nacht zu erholen.

Umso verwirrter erwachte Mira, als sie von einem unnachgiebigen Klopfen an der Tür geweckt wurden. Keines der Mädchen war wach genug, um die Tür zu öffnen oder mehr als ein unverständliches und gebrummtes »Herein« hervorzubringen. Die Tür schwang auf und Nonna trat mit besorgtem Blick zu ihnen ins Zimmer.

»Nonna?«, fragte Stella schläfrig.

Mira gähnte. »Wie spät ist es?«

»Guten Morgen, meine Lieben. Es ist halb neun.«

Stella stöhnte. »Das ist ja noch mitten in der Nacht.« Dann wurde sie schlagartig wach. »Ist etwas passiert? Geht es Illaria schlechter?«

Nonna ließ sich auf Stellas Bettkante nieder und tätschelte ihr die Hand. »Sie ist wohlauf, Kind. Obwohl ihr uns einen ganz schönen Schrecken eingejagt habt. Sie ist wach und hat bereits ein Frühstück verputzt.«

Stella nickte zufrieden.

Eigentlich wunderte es Mira nicht, dass Nonna und vermutlich die gesamte Belegschaft von den Ereignissen der letzten Nacht wusste, doch am Tag darüber nachzudenken, machte die Gefahren noch realer.

»Der Grund, warum ich euch wecke, ist jedoch nicht gerade erfreulich«, fuhr Nonna fort und ihre Stirn legte sich in tiefe Falten.

Mira und Stella warteten gebannt darauf, dass sie weiterredete und ihnen erklärte, was geschehen war, doch Nonna schien nach den richtigen Worten zu suchen.

»Nun, auch wenn Illaria sich bereits besser fühlt, ist die Nacht doch nicht ohne Konsequenzen an ihr vorübergegangen.«

Auch wenn Mira nicht klar war, was das bedeutete, fühlte sie sich plötzlich, als hätte sie einen Stein im Magen.

Stella verschränkte ihre Finger mit denen von Nonna. »Bitte spann uns nicht auf die Folter. Sag es, wie es ist. Ich komme schon damit zurecht.«

Nonna nickte. »Das weiß ich doch, mein Sonnenschein. Also gut. Jemand hat euch in diesem Nachtclub fotografiert. Und die Bilder an die Presse verkauft. Ihr habt es in die Schlagzeilen einiger Klatschblätter geschafft. Die Signora ist rasend vor Wut und Signorina Illaria hat sich in ihrem Zimmer eingeschlossen.«

Stella schlug die Hand vor den Mund und Mira erstarrte. Vor Unglauben, vor Schreck, aber vor allem vor Wut. Nicht nur, dass jemand Illaria betäubt und ihre

Gesundheit gefährdet hatte, im Anschluss hatten sie auch noch für ein wenig Geld ihre Privatsphäre missachten und ihren Ruf zerstören müssen. Mira konnte sich kaum vorstellen, was in Illaria vorgehen musste. Sie hatte sich erst vor Kurzem ihren Eltern gegenüber geoutet und plötzlich wusste die ganze Welt darüber Bescheid. In einer idealen Welt hätte es keine Rolle spielen dürfen, wen sie liebte, doch es hätte ihre Entscheidung sein müssen, wann sie bereit war, darüber zu reden, und vor allem mit wem. Ungewollt an die Öffentlichkeit zu gehen, musste in jedem Fall ein sehr traumatisches Erlebnis für sie sein. Insbesondere, da der Ruf der Familie für Illarias Mutter, die ihre Familie am liebsten vollständig vor der Presse verborgen gehalten hätte, von hoher Bedeutung war.

Mira hoffte, dass Illarias Eltern gut reagiert und ihr nicht auch noch Vorwürfe gemacht hatten.

»Ich muss zu ihr«, entschied Stella, die ebenfalls aus einer Starre zu erwachen schien.

Nonna nickte, als habe sie das erwartet, und erhob sich. »Ich bin unten, falls ihr mich braucht.« Sie strich die Schürze glatt und verließ das Zimmer.

Stella hastete ins Bad und suchte anschließend fahrig nach etwas zum Anziehen. Mira hatte ihre Freundin noch nie so aufgebracht gesehen und sie konnte nur erahnen, was in ihr vorging. Die Sorge um Illaria stand ihr ins Gesicht geschrieben. Vielleicht gepaart mit der Sorge um ihren Job und eventuell sogar eine Prise Schuldgefühle, weil sie Illaria in der Öffentlichkeit geküsst hatte.

»Ihr werdet das durchstehen, Stella«, versuchte Mira sie zu beruhigen.

Stella sah auf und in ihren Augen glitzerten Tränen. »Meinst du wirklich?«

Mira nickte entschlossen. »Ganz bestimmt.«

Stella umarmte Mira dankbar, dann eilte sie aus dem Zimmer, um Illaria zu finden.

Mira vermutete, dass Stella eine Weile lang fort sein würde.

Sie zog sich an, ging hinunter in die Küche und ließ sich von Nonna eine gewaltige Tasse Kaffee in die Hand drücken, mit der sie sich in den Garten zurückzog. Nachdem sie auf einer der Sonnenliegen einige Schlucke davon getrunken hatte, fühlte sie sich mutig genug, um das Handy zu zücken und auf die Neuigkeiten-Anzeige ihrer Suchmaschinen-App zu tippen.

Sie gab Illarias Namen ein und tippte auf »Suchen«.

Sofort baute sich eine Liste aktueller Artikel auf, deren Schlagzeilen Miras Magen rebellieren ließen.

Millionenerbin rebelliert in Nachtclub!

Heiß, heiß, heiß – wer ist die rothaarige Schönheit an der Seite von Illaria di Varrone?

Alles über Mailands heißesten Dreier!

Dazu gab es Fotos, die Illaria und Stella eng umschlungen auf der Tanzfläche zeigten, Illarias Hände in Stellas Haar vergraben. Manche Fotos zeigten auch Mira, als sie zu dritt tanzten.

Es war übel.

Dass Mira mit hineingezogen wurde, störte sie nicht weiter. Sie hatte keinen Ruf zu verlieren. Aber wie herablassend und respektlos die Artikel sich über Illaria ausließen, war ekelerregend.

Mira wartete ungeduldig auf Stellas Rückkehr. Dass sie so lange fort war, deutete sie jedoch als gutes Zeichen. Wenn Illarias Eltern sie nicht ins Haus gelassen hätten, wäre sie schon längst zurückgekehrt. Es sei denn, sie hatten sie gleich von der Insel geschmissen. Sie schüttelte den Gedanken ab und ging stattdessen in die Küche, um Nonna zu helfen und sich abzulenken. Sonntagabends gab es meist ein großes Essen für alle Angestellten, die vom Wochenende auf die Insel zurückkehrten und sich gegenseitig erzählten, was sie erlebt hatten. Mira konnte sich vorstellen, dass es heute Abend ein weiteres Thema gab, über das hinter vorgehaltener Hand getuschelt werden würde.

Vielleicht war es ein Glück, dass es nur noch fünf Tage bis zur großen Gala waren, die alle Bediensteten voll in Beschlag nehmen und ihnen keine Zeit zum Tratschen geben würde.

In der Küche duftete es herrlich nach dem Rinderbraten, der im Backofen schmorte, als Stella die Küche betrat. Sie stellte sich mit dem Rücken an die Arbeitsplatte und hüpfte hoch, sodass ihre Füße in der Luft baumelten. Sie wirkte erschöpft, aber nicht mehr so aufgebracht wie heute Morgen.

»Wie ist es gelaufen?«, fragte Mira vorsichtig.

Stella hob den Kopf und zuckte mit den Schultern. »Ich schätze, ganz gut. Das Wichtigste ist wohl, dass Illaria den Rückhalt ihrer Familie hat. Sie waren sehr verständnisvoll und ziehen an einem Strang. Nun, da das Kind in den Brunnen gefallen ist, wollen sie eine offensive Strategie fahren und geschlossen auftreten.«

»Klingt eher nach Militär als nach Familienalltag«, stellte Mira fest.

Stella seufzte, lächelte aber. »Du kennst die Signora. Sie überlässt nichts dem Zufall.«

»Und was bedeutet das jetzt für euch?«

»Anscheinend, dass ich am Freitag sehr offiziell als Illarias Begleitung inszeniert werde.«

Mira hüpfte neben ihr auf die Arbeitsplatte. »Klingt nach etwas Druck. Wie fühlst du dich damit?«

»Ich weiß es nicht genau. Der Tag war echt emotional bisher. Eigentlich ist es genau das, was ich wollte: Wir müssen unsere Beziehung nicht mehr verstecken. Ins Rampenlicht geschoben zu werden, ist allerdings auch nicht gerade das, was ich mir für Illaria und mich gewünscht hätte.«

Sie verbrachten den restlichen Tag mit dem gegenseitigen Versprechen, nicht auf die Nachrichtenseiten zu gehen und zu lesen, was die Öffentlichkeit über Illaria und Stella zu sagen hatte. Wenn beim Abendessen Getuschel aufkam, wies Nonna die Lästerer herrisch zurecht. Da niemand es wagte, sich ihr zu widersetzen, kehrte bald Ruhe ein und alle wandten sich dem anderen Thema zu, das die ganze Insel in Atem hielt – der bevorstehenden Gala.

***

Die Gärten, die Gewächshäuser und so ziemlich der gesamte Rest der Insel durchliefen in den nächsten Tagen eine beeindruckende Transformation. Vorher waren die Gärten bereits schön gewesen, doch durch die opulenten Blumensträucher und blütenverzierte Torbögen, die entlang des Weges hinauf zum Herrenhaus aufgestellt wurden, wirkten sie geradezu paradiesisch. Unzählige Leuchter würden in der Nacht einen sanften Schimmer verbreiten wie kleine Feenlichter. Die Skulpturen, die in den letzten Monaten liebevoll restauriert worden waren, fanden ihre Plätze und wurden mit buntem Licht angeleuchtet, um den Marmor erstrahlen zu lassen und ihre Wirkung noch zu betonen.

Am Montagnachmittag brachte die Fähre mehrere Pfaue, die Torquato Gesellschaft leisten und über den Rasen stolzieren sollten. Durch die plötzliche Konkurrenz ließ Torquato seinen Ruf nun noch häufiger ertönen und schlug sein Rad, um den anderen Tieren zu zeigen, wer hier der Chef war.

Am Dienstag wurde der Laufsteg in den Gewächshäusern aufgebaut. Die eigentlich geradlinig verlaufenden Wege zwischen den exotischen Pflanzen wurden an den Rändern geschickt mit Spiegeln ausgelegt und so von Blumen und Farnen überrankt, dass sie wie verwunschene Pfade wirkten. An den Seiten wurden für die Zuschauer niedrige Hocker mit gepolsterten Sitzflächen arrangiert. Von der Decke hingen Lichter, künstliche Flechten und weiße Blütenrispen. Alles erinnerte an ein wildes Wunderland und man erwartete jederzeit, dass ein weißes Kaninchen mit einer Taschenuhr um die nächste Ecke hüpfte und zwischen den Farnen verschwand.

Die letzten Vorbereitungen für das Dinner erfolgten am Mittwoch. Die runden Tische im Garten hinter dem

Herrenhaus wurden probehalber eingedeckt. Durch die Bäumchen und blühenden Sträucher zwischen den Tischen setzte sich das Motto der Veranstaltung auch hier fort. In der Mitte jedes Tisches stand ein prachtvolles Blumenbouquet. Hohe Windlichter mit dicken weißen Kerzen lugten zwischen den grünen Blättern hervor. Kristallgläser glänzten mit den polierten Bestecken um die Wette und sogar die Menükarten griffen Farben und Muster der Designerkollektionen auf: Farnwedel und Pfauenfedern, elegant arrangiert vor einem dunklen Hintergrund, rahmten die Liste der verschiedenen Gänge ein, die sie speisen würden.

Spätestens als Donnerstagmorgen die Fähre voller Models und Stylisten am Anleger eintraf, war die Insel nicht mehr wiederzuerkennen. Im Bauernhaus herrschte ein Geschnatter, als habe eine Schar Enten die freien Zimmer bezogen. Als die Tontechniker ihre Tests begannen, wummerten Bässe über die Insel. Am frühen Abend konnte man die dazugehörigen Scheinwerfer sehen, die sich im Rhythmus der Musik bewegten und blitzten, während eilig die letzten Vorbereitungen getroffen wurden.

Am Freitag erwachte Mira weit vor Sonnenaufgang mit einem aufgeregten Kribbeln im Magen.

Es war so weit. Der Tag, auf den sie die letzten drei Monate hingearbeitet und -gefiebert hatte, war gekommen.

Kapitel 40

Eigentlich war es verwunderlich, doch obwohl Miras Tagesplan übervoll war von kleinen Aufgaben und dem Kontrollieren abgehakter Checklisten, verging die Zeit wie im Flug. Die gute Vorbereitung hatte sich ausgezahlt und immer, wenn sie der Signora begegnete, wurde sie von ihr mit einem strahlenden Lächeln belohnt. Ehe sie sich versah, stand sie neben Stella in Illarias gewaltigem Ankleidezimmer und nahm vorsichtig das smaragdgrüne Kleid von seinem Haken.

Mira zog das Kleid und ihre neuen Schuhe an. Dann holte sie die Kette von Leo aus der Handtasche und betrachtete den Anhänger. Das Schmuckstück mit der rosafarbenen Blüte und Torquatos Feder lag auf ihrer Handfläche und weckte bittersüße Erinnerungen, denen sie sich nicht hingeben durfte. Aber immerhin war es ihr letzter Abend hier. Eine tiefe Melancholie breitete sich in ihr aus und das Schmuckstück spendete ihr Trost.

Sie zögerte, doch dann legte sie die Kette um wie einen Talisman und trat aus der Kabine hinaus vor den Spiegel.

»Bilde ich mir das ein, oder ist es seit dem letzten Mal noch schöner geworden?«, hauchte Mira verträumt und strich über den perlenbesetzten Stoff des Kleids.

»Es ist umwerfend«, stimmte Stella zu und betrachtete dann wieder verblüfft ihr Spiegelbild. Sie hatte ihr schwarzes Kleid ebenfalls bereits angelegt und war nicht wiederzuerkennen. Stella war meist mit Grasflecken auf der Gärtnerhose und Erde im Gesicht anzutreffen. Doch ein wenig Glamour stand ihr definitiv. Wie Illaria vorausgesagt hatte, ließ der Schnitt sie optisch wachsen. Das Kleid war eine ausgewogene Mischung aus elegant und verrucht. Mira fragte sich, was die Presse daraus machen würde, und war sich erneut des immensen Drucks bewusst, der auf Stella und Illaria lasten musste.

In diesem Moment trat Illaria aus der kleinen Umkleidekabine hervor und drehte sich in ihrem weißen Jumpsuit vor dem Spiegel. Die weiten Ärmel bauschten sich hinter ihr auf und wirkten wie Engelsflügel.

»Ihr beide werdet atemberaubend zusammen aussehen«, schwärmte Mira.

Illaria machte ein ernstes Gesicht und nickte. »Wir werden diesen sensationsgeilen Schwätzern zeigen, dass wir uns nicht einschüchtern lassen und verstecken.«

Stella schien zwischen Bewunderung und Furcht hin- und hergerissen zu sein. Sie griff nach Illarias Hand und verflocht ihre Finger mit denen ihrer Freundin. »Das werden wir«, stimmte sie mit sanftem Ton zu.

Gemeinsam schritten sie über die Treppe in die menschenleere Eingangshalle hinab. Das Personal pendelte vermutlich bereits zwischen den Küchen und dem Empfangsbereich bei den Gewächshäusern, um die ersten Gäste mit Champagner und Kanapees zu versorgen.

Illaria ging vorweg und öffnete die schwere Eingangstür, durch die sie hinaus in das Licht der Abendsonne traten. Die vielen Glasfenster reflektierten ihr Licht, das die bereits Versammelten mit einem vorteilhaften, goldenen Schein umgab. Auf dem Rasen stand ein gewaltiger weißer Flügel, auf dem eine junge Frau eine Melodie spielte, die Mira bekannt vorkam. Daneben spielte eine weitere Dame auf einem Cello und Mira realisierte, dass sie ein instrumentales Cover eines Popsongs spielten, das durch die Wahl der Instrumente wie ein klassisches Stück klang.

Die Luft war angenehm warm und roch nach Spätsommer, auch wenn heute offiziell der Herbst begann. Das Wetter zeigte sich von seiner besten Seite und hier, auf der Westseite des Gebäudes, würden die Gäste später vor der Kulisse des Gartens hoffentlich einen malerischen Sonnenuntergang bestaunen können, bevor sie sich für den Beginn der Modenschau in das Gewächshaus begaben.

Sie entdeckten Chloe die Varrone inmitten einer Traube elegant gekleideter Damen, deren Gewänder und Schmuckstücke miteinander um die Wette funkelten und sich gegenseitig an Kunstfertigkeit übertrafen. Die Signora stach dabei, wie gewohnt, besonders hervor. Sie trug einen Traum aus silberfarbener Seide mit einem weiten Kragen, der sich asymmetrisch wie eine Schärpe über ihr Dekolleté zog. Auf der Vorderseite der Corsage bildeten Perlen florale Muster und von der linken Schulter aus wallte eine Schleppe bis auf den Boden. Sie hatte sich bei Raffaela Bernardi eingehakt und schien die Versammelten gerade mit einer Anekdote zu unterhalten, denn sie erntete anerkennendes Gelächter.

In den letzten Tagen war es zunehmend anstrengender geworden, sich in der Nähe der Signora aufzuhalten. Akribisch hatte sie immer wieder den perfekten Ablauf besprechen wollen und Mira so viel hin und her gescheucht, dass sie ein Blasenpflaster benötigt hatte. Mira hatte sie häufig dabei beobachtet, wie sie ihre Wetter-App prüfte, denn so wenig Chloe di Varrone auch dem Zufall überließ, konnte sie dennoch nicht das Wetter kontrollieren. Umso zufriedener wirkte sie nun, da sogar der Himmel sich ihrem Plan für einen perfekten Abend gefügt hatte.

Sie gesellten sich zu der schnatternden Runde und fügten sich in den Kreis der Damen ein. Mira schüttelte Hände und nickte freundlich, als Signora di Varrone sie nacheinander vorstellte.

Die Herren standen etwas abseits in eigenen Kreisen zusammen. Mira erkannte Signor di Varrone unter ihnen und dieses Mal fielen ihr die vielen kleinen Ähnlichkeiten zu Leo auf. Die hohe Statur. Das markante Gesicht. Die Art, wie beide ihre Augenbrauen hoben, wenn sie eine Frage stellten.

Sie ließ sich von Stella eine Champagnerflöte in die Hand drücken und stieß mit den Versammelten auf das hundertfünfzigjährige Bestehen des Bernardi-Imperiums und auf einen schönen Abend an. Gläser klirrten und die feinen Perlen des Champagners kitzelten auf Miras Zunge, als sie an ihrem Getränk nippte.

Aus dem Augenwinkel sah sie, wie jemand sich zu den Herren stellte, und wusste sofort, dass es Leo war. Inzwischen kannte sie seine Bewegungen und seinen

Körperbau so genau, dass sie ihn überall erkannt hätte. Selbst, wenn er wie jetzt nur mit dem Rücken zu ihr stand. Sie hatte ihn noch nie zuvor im Anzug gesehen, sondern immer nur in Freizeitkleidung. Er begann ein angeregtes Gespräch mit dem Herrn neben ihm und sie beobachtete das Spiel seiner Schulterblätter unter dem dunkelblauen Stoff, wenn er sich bewegte und gestikulierte.

Eine Berührung an ihrem Arm ließ sie aufschrecken.

»Du starrst«, flüsterte Stella belustigt.

Mira sah sich um und bemerkte gerade noch, wie Signora di Varrone mit gerunzelter Stirn den Kopf abwandte. Hatte die Signora bemerkt, dass sie ihren Sohn taxiert hatte? Und spielte es überhaupt noch eine Rolle? Mira bemerkte verwundert, dass sie nicht mehr die anfängliche Furcht vor ihrer Chefin verspürte. Vielleicht lag es daran, dass ihre Arbeit hier erledigt war und sie die Insel bald für immer verlassen würde. Vielleicht hatte sie die Signora inzwischen auch einfach besser kennengelernt und wusste, dass sie zwar laut bellen konnte, aber selten biss. Und immerhin schien sie das Herz am rechten Fleck zu haben, wenn es um ihre Kinder ging, auch wenn ihre Maßnahmen für andere nicht immer nachvollziehbar waren. Mira zuckte mit den Schultern und lächelte Stella an, deren Finger wie selbstverständlich mit Illarias verwoben waren.

Als die Sonne beinahe die Hügelkette am Horizont berührte, räusperte sich Raffaela Bernardi und verschaffte sich dadurch Gehör unter den Gästen, die augenblicklich verstummten und ihr die Gesichter zuwandten.

Die Rede, die daraufhin folgte, war italienisch. Mira verstand nur einzelne Wörter und konnte verstehen, dass die Designerin sich bei mehreren Anwesenden bedankte, da sie das Wort Grazie heraushörte, es anschließend jeweils einen kurzen Applaus gab und der jeweilige Adressierte kurz lächelte oder sich verbeugte. Als die Rede endete, fiel der Applaus deutlich kräftiger aus und die Umstehenden riefen Glückwünsche.

Signora Bernardi hatte pünktlich mit dem Sonnenuntergang geendet und die Menge setzte sich in Richtung der Gewächshäuser in Bewegung. Begleitet von der vermeintlich klassischen Popmusik, die über Lautsprecher auch das Glashaus erfüllte, fanden die Gäste ihre Plätze auf den Hockern entlang des Laufstegs. Die weichen Sitze waren in zwei Reihen aufgestellt und Mira nahm hinter Illaria Platz, die zwischen ihrer Mutter und Stella saß. Neben Mira ließen sich zwei Herren nieder und ohne aufzublicken wusste sie, dass Leo neben ihr saß. Sie erkannte seinen Geruch und musste sich zurückhalten, nicht tief einzuatmen und den Duft nach Kiefernholz, frischer Wäsche und Leo zu inhalieren. Sie sah ihn an und er erwiderte ihren Blick mit einem kurzen, aber aufrichtigen Lächeln, bevor er sich seinem Vater zuwandte und mit ihm ein paar schnelle Sätze wechselte. Illaria wandte sich zu ihnen um und klinkte sich in das Gespräch ein. Stella zwinkerte Mira zu und strahlte über das ganze Gesicht, dann verdunkelten sich die vielen kleinen Lichter an der Decke und die Musik verstummte. Stattdessen setzte das durchdringende Geräusch eines Herzschlags ein, in dessen Rhythmus Scheinwerfer in unterschiedlichen Lichtfarben den plötzlich einsetzenden Nebel zwischen den

Farnen erhellten. Rufe exotischer Vögel waren zu hören, bevor schlagartig die schnellen Bässe und Lyrics eines italienischen Hip-Hop Songs einsetzten. Zwischen den Nebelschwaden tauchte die Silhouette einer Frau auf und wenig später schritt das erste Modell aus dem Dunst hinaus auf den Laufsteg. Ihre Haare waren zu einem voluminösen, hohen Knoten frisiert und ihr Make-up mit dunklen Smokey-Eyes, langem Lidstrich und bunten Konturen entlang der Wangenknochen erinnerte an die Kriegsbemalung einer Amazone, was wunderbar zu ihrem atemberaubenden, wallenden Kleid passte. Die Farben und Muster der Kollektion kannte Mira bereits von ihrer Handtasche und der Broschüre, die Signora di Varrone ihr gegeben hatte. Doch die Schnitte waren überraschend und neu.

Jedes Kleid der aus dem Nebel hervorschreitenden Models schien das vorherige an avantgardistischer Raffinesse und Extravaganz übertreffen zu wollen. Weit ausgestellte, glockenförmige Röcke, ineinander übergehende Stoffbahnen, die mal seidenweich, mal unnachgiebig und hart wirkten, hohe Kragen und zugleich tiefe v-förmige Ausschnitte waren so kunstvoll inszeniert, dass es Mira den Atem verschlug.

Ihr absolutes Highlight war es jedoch, wenn die Modelle ihre Statue umrundeten. Zart und doch majestätisch blickte die Skulptur hinab auf das Geschehen. Die Blumenranken auf ihrem Gewand ähnelten so stark den Bernardi-Mustern, dass es Teil der Kollektion hätte sein können, auch wenn die Tunika eher unscheinbar geschnitten war. Stolz erfüllte Mira, als der makellose Marmor im Scheinwerferlicht schimmerte. Es war ein hartes Stück Arbeit gewesen, dem Stein zu diesem Glanz zu verhelfen.

Ein Model nach dem Nächsten umrundete die Skulptur und entschwand in die Tiefen des Gewächshauses.

»Dein Kleid gefällt mir besser«, raunte eine Stimme an Miras Ohr, sodass nur sie es hören konnte.

Überrascht blickte sie zu Leo auf, der ein schiefes Grinsen aufgelegt hatte und scheinbar ungerührt die Show verfolgte.

Ihr Herz klopfte heftig und ein warmes Gefühl machte sich in ihrem Bauch breit. Er mochte ihr Kleid. Das Kompliment freute sie. Besonders, weil es von Leo kam. Gleichzeitig begann ihr Kopf direkt damit, die Bedeutung seiner Worte zu analysieren. Wollte er nur nett zu ihr sein? War es bloß Kritik an der zugegebenermaßen nicht gerade alltagstauglichen Haute-Couture-Mode?

Ein Moderator sagte etwas auf Italienisch an und ein Raunen ging durch die Menge.

»Das letzte Kleid ist keines von Raffaela Bernardi«, übersetzte Leo für sie. »Es ist das Renaissance-Kleid, das in den letzten Monaten hier restauriert wurde.«

»Danke«, flüsterte Mira und sah gebannt zur Nebelwand. Sie hatte das Kleid seit ihren ersten Tagen auf der Insel nicht mehr gesehen und war gespannt auf die Veränderung.

Das Modell schritt langsamer über den Laufsteg als ihre Kolleginnen. Beinahe andächtig setzte es einen Fuß vor den anderen und gab jedem Zuschauer die Gelegenheit, den Eindruck des besonderen Kleidungsstückes in sich aufzunehmen. Der leuchtende Stoff war mit Ornamenten übersät. Der Saum reichte bis knapp auf den Boden, ohne jedoch darüber zu schleifen. Es hatte breite Puffärmel und einen fast rechteckigen Ausschnitt. Unter der mit samtschwarzen Bändern verschnürten Taille begann der Rock, röhrenartige Falten zu werfen. Es war gänzlich anders als die modernen Designs, die sie gerade gesehen hatten, und doch ein beeindruckendes Zeugnis davon, wie weit die Geschichte ausgefallener und kunstfertiger Mode zurückreichte.

Hinter der Nebelwand bildeten sich zwei weitere Silhouetten ab und Hand in Hand traten Raffaela Bernardi und Chloe di Varrone auf den Laufsteg. Mira hatte gar nicht bemerkt, dass sie Signora sich erhoben hatte. Applaus brandete auf. Die Damen lösten die Hände voneinander und Chloe di Varrone applaudierte ebenfalls der begnadeten Designerin, die sich mit einem breiten Lächeln vor den Zuschauern verbeugte.

Raffaela Bernardi schien sich erneut zu bedanken und Leo begann, ihre Rede leise für sie zu übersetzen. Sie erzählte davon, wie die Mode vergangener Epochen sie schon immer fasziniert und geprägt habe. Wie sehr sie sich freute, in Chloe di Varrone eine Gleichgesinnte gefunden zu haben, die Wert auf die Geschichte und die Erhaltung von Kunstwerken legte und ein Zeichen gegen Fast Fashion setzte.

Anschließend übergab sie das Wort an Signora di Varrone, die sich ebenfalls bedankte. Mira bekam vom Inhalt ihrer Rede jedoch wenig mit. Sie sah nur Leo an, dessen Lippen für sie sanft die Worte aussprachen, die sie nicht verstehen konnte. Er sah Mira nicht an, bis die Rede endete und erneut donnernder Applaus entflammte.

In diesem Moment trafen sich ihre Blicke und all die verschiedenen Emotionen, die Mira nicht fühlen wollte, traten wieder an die Oberfläche: Zuneigung, Verlangen und tiefe Sehnsucht.

Kapitel 41

Die Tischordnung für das Dinner gab Mira den Abstand von Leo, den sie brauchte, um ihren Herzschlag wieder auf eine unbedenkliche Frequenz zu senken. Wie Signora di Varrone ihr im Vorfeld mitgeteilt hatte, saß sie neben Lord und Lady Cromwell, die sich tatsächlich als ausgezeichnete und unterhaltsame Gesprächspartner entpuppten. Leo saß mit seinen Eltern, Illaria, Stella, Raffaela Bernardi und zwei Paaren, die Mira nicht kannte, an einem der runden Tische an der anderen Seite des Pavillons. Auch wenn die Olivenbäumchen ihr die Sicht versperrten, konnte sie verstohlene Blicke auf Leo erhaschen, wenn sie sich nur ein wenig reckte und zur Seite lehnte.

Lady Cromwell lächelte verständnisvoll, als sie Mira dabei erwischte, wie sie hinüberspähte. »Sie armes Ding säßen sicherlich lieber bei ihren Freunden als bei uns runzeligen alten Leuten.«

»Ganz und gar nicht, Lady Cromwell«, erwiderte Mira und bemerkte, wie ihr die Röte in die Wangen stieg. »Ich bin nur schrecklich neugierig und wollte sehen, ob alles in Ordnung ist. Im Auftrag von Signora di Varrone habe ich mich um die Organisation des Dinners gekümmert.«

»Dann können sie ganz beruhigt sein, meine Liebe. Sie haben großartige Arbeit geleistet und uns ein rauschendes Fest beschert. Wenn jetzt noch das Essen schmeckt, können wir den Abend als vollen Erfolg verbuchen.«

Wie aufs Stichwort schwärmten in diesem Moment Kellner um die Tische und servierten die Vorspeise. Es wurde Vitello Tonnato gereicht, ein Antipasto aus zartem Kalbfleisch mit einer Thunfischsauce und Kapern. Dazu gab es einen herrlich fruchtigen Weißwein.

Lady Cromwell neben ihr stöhnte genüsslich.

Lord Cromwell lachte. »Wir lieben unsere Heimat, das müssen Sie uns glauben. Aber das italienische Essen schlägt unsere Landesküche um Längen, das geben wir ohne Scham zu.«

»Das kann ich nachvollziehen«, erwiderte Mira und stimmte in sein Lachen ein. »Ich komme aus Deutschland. Aus welcher Gegend Englands kommen Sie denn?«

»Mitten aus dem Herzen«, antwortete Lady Cromwell prompt. »Unser Haus steht in den Cotswolds, Oxfordshire, um genau zu sein.«

»Wir sind Nachbarn der Bancrofts«, fuhr Lord Cromwell fort. »Daher kennen wir die kleine Chloe schon, seit sie ein junges Mädchen war und noch *Chloe Bancroft* und nicht *di Varrone* hieß. Sie ist in unserem Kunstflügel ein- und ausgegangen wie andere Kinder auf dem Spielplatz. Vermutlich hätte sie sogar dort geschlafen, wenn man sie gelassen hätte.«

Miras Augen weiteten sich. »Signora di Varrone hat mir gesagt, Sie seien große Kunstliebhaber. Stammt ihre Leidenschaft für Kunst und Mode also von Ihnen?«

»Zumindest haben wir dieses Feuer in ihr genährt«, bestätigte Lady Cromwell mit einem nostalgischen Glanz in den Augen. »Heute übertrifft ihre Sammlung die unsrige natürlich um Längen. Dennoch haben wir einige besondere Gemälde und Skulpturen, die uns auch nach all den Jahren immer noch Freude bereiten.«

»Wenn Sie mal in England sind, müssen Sie uns besuchen kommen, dann zeigen wir sie Ihnen«, fügte Lord Cromwell hinzu. »Wie Chloe erwähnte, haben Sie ein gutes Gespür für Kunst. Und das haben Sie durch die grandiose Inszenierung der Skulpturen am heutigen Abend bewiesen.«

»Danke«, strahlte Mira. »Das ist sehr freundlich von Ihnen.«

»Es wäre uns eine Freude«, bestätigte seine Gattin.

Bei dem Lob wurde Mira ganz warm. Auch wenn nicht die gesamte Planung und Umsetzung in ihrer Hand gelegen und sie viel mehr die Ideen der Signora verwirklicht hatte, war eine große Portion ihres eigenen Geschmacks eingeflossen und sie hatte ihr Organisationstalent beweisen können. Dass der Abend so gut lief und die Gala einen bleibenden Eindruck hinterlassen würde, erfüllte sie mit Stolz und Zufriedenheit.

»Sie müssen uns unbedingt noch erklären, was es mit dem Hutchinson auf sich hat«, nahm Lady Cromwell den Faden wieder auf.

Mira brauchte eine Sekunde, um zu begreifen, dass sie gemeint war. »Oh, Entschuldigung. Wie bitte?«

Lady Cromwell lachte. »Der Hutchinson, den Sie so aufwendig wiederhergestellt haben. Wie kamen Sie auf die Idee, ihn wie eine klassische Figur zu inszenieren? Und was wollten Sie damit aussagen?«

»*Hutchinson*?« In Miras Gedächtnis stieß der Name eine vage Erinnerung an, doch sie konnte sie nicht greifen. »Sie meinen, Sie erkennen die Skulptur der Diana?«

Die Engländer tauschten einen ungläubigen Blick.

»William Hutchinson«, erklärte Lord Cromwell. »War Ihnen nicht klar, dass er der Schöpfer der Skulptur ist?«

Mira schüttelte den Kopf. »Wir konnten den Ursprung nicht feststellen. Die Statue wurde am Comer See gefunden und nie identifiziert. Auf das Drängen von Signora di Varrone hin haben wir dennoch Ergänzungen vorgenommen, um ihr zu altem Glanz zu verhelfen.«

Lady Cromwell gluckste. »Nur gab es diesen Glanz nie.«

»Das sieht dem alten Bill ähnlich, dass er eines seiner Werke hier in Italien abgeladen hat«, fuhr ihr Gatte fort. »Der Gedanke, dass es für einen historischen Fund gehalten werden könnte, hat ihm sicherlich gefallen.«

Es war, als würde ein Zahnrad in Miras Gedanken einrasten. »Moment mal. William Hutchinson. Ist das etwa der Bildhauer, der in den Sechzigern seine Werke absichtlich beschädigt und derart manipuliert hat, dass sie vorzeitig verwittert sind?«

Lady Cromwell nickte.

»Wir haben an der Universität von ihm gehört«, murmelte Mira. Die Informationen setzten sich zu einem Gesamtbild, dem nur ein Puzzleteil gefehlt hatte. »Seine Experimente mit Säuren und Taubenkot wurden zwar belächelt, haben jedoch viele Erkenntnisse für die Restauration gebracht. Deshalb konnten wir die Skulptur keinem klassischen Motiv zuordnen.«

»Weil es kein klassisches Motiv gab«, ergänzte Lady Cromwell und nahm Miras Hand. »Meistens sollen seine Frau Margarete und seine Töchter ihm Modell gestanden haben.«

»Und seine Pointer-Hündin Bessie«, warf Lord Cromwell ein.

Mira schwirrte der Kopf. »Das war dann wohl das vermeintliche Reh auf dem Sockel. Ich komme mir ziemlich dumm vor, dass es mir nicht aufgefallen ist. Wir haben das Werk völlig falsch datiert.«

Lady Cromwell tätschelte ihre Hand. »Das ist doch nicht weiter tragisch. Genau darauf hat Hutchinson es doch abgesehen und man muss ihm lassen, dass er ein wahrer Meister auf seinem Gebiet war. Viele halten es für eine Schande, dass er seine schönsten Werke derartig misshandelt hat.«

»Kannten Sie ihn?«, fragte Mira, sobald sie sich gesammelt hatte.

»Flüchtig«, antwortete Lord Cromwell. »Er wohnte ebenfalls nicht weit von uns. Es gibt eine Sammlung seiner Arbeiten in der Nähe von Coventry, wenn ich mich recht erinnere.«

Lady Cromwell lächelte. »Ein Grund mehr dafür, dass Sie uns besuchen kommen müssen.«

Aufgrund der neuen Erkenntnisse über die Herkunft ihrer vermeintlichen Diana vergaß Mira sogar ihr inneres Gefühlschaos. Während nacheinander zunächst Trüffelravioli und anschließend das Hauptgericht aus wahlweise Goldbrasse mit Artischocken oder Rib-Eye-Steak mit pinkem Himalayasalz serviert wurden, lachte sie ausgelassen mit den Cromwells und den anderen, ebenfalls sympathischen Kunstliebhabern an ihrem Tisch.

Erst beim Nachtisch, einer Variation verschiedener italienischer Süßspeisen, und dem dazu gereichten Espresso, bahnte sich ihr Blick erneut den Weg zwischen Gästen und Olivenbäumchen hindurch zu Leos Tisch. Er hatte sich ein wenig zurückgelehnt, sodass sie ihn nun besser ausmachen konnte, und sah sie direkt an.

Ertappt und ein wenig irritiert lächelte Mira und beeilte sich, die Gläschen mit Panna cotta und Tiramisu auf ihrem Teller genauer zu inspizieren.

Nach dem Dinner erhoben sich die meisten Gäste und flanierten über den gepflegten Rasen. Mira wünschte den Cromwells einen schönen Abend und machte sich auf den Weg, Stella und Illaria zu finden. Viele standen in Grüppchen zusammen oder lehnten an der Brüstungsmauer am Rande der Klippe, um über den nachtblauen See zu schauen. Der Flügel war offenbar auf die andere Seite des Gewächshauses geschoben worden und stand nun in diesem Teil des Gartens. Zusätzlich zu dem Cello war das Ensemble nun um ein Schlagzeug und ein Saxophon erweitert worden und spielte instrumentale Versionen bekannter Lieder. Erste, mutige Tänzer schwebten über die Tanzfläche unter dem freien Himmel. Mira erkannte Coldplays *Sky full of Stars* und blickte hinauf zu den unzähligen hellen Punkten aus Sternen und Galaxien. Die Milchstraße hob sich als deutliches Band ab und für einen Moment verlor Mira sich in ihrem Anblick.

»Wunderschön, nicht wahr?«

Mira senkte den Blick und sah in Leos Gesicht. Sie hatte gar nicht bemerkt, dass er sich neben sie gestellt hatte, doch nun schien sie seine Präsenz mit jeder Faser ihres Körpers zu spüren. Sie nahm seinen Duft wahr und obwohl der Abstand zwischen ihnen eigentlich zu groß dafür war, bildete sich sogar ein, die Wärme fühlen zu können, die von seinem Körper ausging, während er neben ihr stand und das Firmament betrachtete.

»Es ist eine schöne Nacht«, bestätigte sie zögerlich.

Leo legte den Kopf schief und lächelte. »Schenkst du mir einen Tanz, Pfauenmädchen?«

Besser nicht, warnte ihre Vorsicht. »Gern«, erwiderte Mira und hörte auf ihr Bauchgefühl, das jede Vernunft in ihr zum Schweigen brachte.

Leo nahm Miras Hand, führte sie zur Tanzfläche und umfasste mit der freien Hand ihre Taille. Mira legte eine Hand auf seinen Oberarm und spürte die Wärme und das Spiel der Muskeln unter dem weichen Stoff seines Sakkos. Gemeinsam begannen sie, sich mit der Melodie zu wiegen und zu drehen, während sich in Miras Kopf Stille ausbreitete, ihre Gedanken und all die Zweifel verstummten und sie es einfach genoss, wieder in Leos Nähe zu sein. Ihn berühren zu können. Der Abstand zwischen ihnen verringerte sich dabei immer weiter, sodass keine Handbreit mehr zwischen ihnen Platz gefunden hätte.

»Es war kaum auszuhalten, beim Dinner nicht mit dir am selben Tisch zu sitzen«, flüsterte Leo an ihrem Ohr. »Nur aus der Ferne zu sehen, wie du mit den Cromwells gelacht hast, wie sehr du dich über dein Essen gefreut hast –«

»Es war ein sehr gutes Essen!«, warf Mira empört ein und er lachte. »Dann hast du mich also beobachtet?«

Leo nickte grinsend. »Ja, das war es, und ja, das habe ich. Jedenfalls wollte ich gern bei dir sein. Neben dir sitzen und das alles mit dir zusammen genießen.«

Mira schwieg und lehnte den Kopf an seine Brust. Wo sollte es mit ihnen nur hinführen? Wie konnte er ihr solche Dinge sagen, nachdem sie ihn so oft zurückgewiesen hatte? Nachdem sie ihm gesagt hatte, dass sie keine Zukunft für ihre Beziehung sah? Obwohl sie sich nach seiner Nähe sehnte und ein Teil von ihr seine Hartnäckigkeit bewunderte, erinnerte etwas daran sie an Elias' Bestimmtheit und Kontrollzwang. Würde auch Leo ihre Ablehnung nicht akzeptieren?

Sie hielten in der Bewegung inne und Mira führte Leo von der Tanzfläche zur Balustrade am Rand der Klippe.

Der Blick aus Leos Augen war ernst. »Was ich dir jetzt sage, hatte ich mir eigentlich verboten zu sagen. Mein angeknackstes Ego ist dagegen, dass ich weiterhin versuche, dich umzustimmen und davon zu überzeugen, wie gut wir zwei zusammen wären. Ich hatte mir sogar vorgenommen, mich von dir fernzuhalten. Denn wenn du dich nicht von dir aus auf eine Beziehung einlassen kannst – oder willst, dann muss ich mein Herz vor dir schützen. Aber dann habe ich dich heute Abend gesehen, so fröhlich und unbeschwert und in diesem unglaublichen Kleid und ... ich kann es einfach nicht. Seit dem Moment, in dem du über die Mauer geklettert und beinahe die Klippe hinabgestürzt bist, schlägt mein Herz einen anderen Rhythmus. Es hat kurz ausgesetzt, nur um danach schneller weiterzuschlagen. Und zwar für dich. Deshalb muss ich mein Ego enttäuschen und alle Vorsätze über Bord werfen, um dir zumindest noch eine Sache zu sagen. Damit du es weißt und eine Entscheidung treffen kannst, die auf allen Fakten beruht.«

Mira schluckte. Sie atmete tief ein, doch auch die frische Nachtluft vermochte das taumelnde Gefühl in ihrem Kopf und die Hitze in ihrem Inneren nicht zu kühlen.

»Was musst du mir sagen?«, hauchte sie. So leise, dass sie ihre eigene Stimme kaum hören konnte, doch der sanfte Ausdruck in Leos Augen verriet ihr, dass er ihre Frage vernommen hatte.

Er nahm ihre Hand und drückte einen sanften Kuss auf ihren Handrücken. »Dass ich dich liebe, Mira. Und ich weiß, dass dir das Angst macht. Und dass du jeden Grund hast, von der Liebe für den Rest deines Lebens genug zu haben. Und trotzdem – oder gerade deshalb – will ich dich erneut bitten, uns eine Chance zu geben. Ohne Druck. Ohne Eile. Und einen kleinen Schritt nach dem nächsten.«

Mit großen Augen sah Mira zu Leo auf und spürte die Schmetterlinge in ihrem Bauch so heftig flattern, als seien sie in einem Wirbelsturm gefangen. Konnte es sein, dass er sie wirklich verstand und so sah, wie sie war, mit all ihren Unsicherheiten und Ängsten, und sie trotzdem liebte? Wusste er, worauf er sich einließ, und dass es keine unbeschwerte Bilderbuchbeziehung sein würde, sondern sie erst lernen musste, ihre Dämonen zu bezwingen oder mit ihnen zu leben? Dass es Rückschläge geben würde? Ausbrüche von Misstrauen, Panikattacken, Albträume?

Bevor sie ihn all das fragen konnte, durchbrach ein wütender Schrei die Blase, in der sie sich befunden hatten.

Leo richtete sich ruckartig auf und sah sich alarmiert um. »Illaria«, murmelte er. »Ich muss kurz nach dem Rechten sehen.«

Er drückte Miras Hand und lief in die Richtung, aus der Illarias Ruf gekommen war. Mira konnte sie und Stella hinter einer Gruppe von Menschen sehen. Illaria hatte sich wütend aufgebaut und schimpfte auf einen Mann mit einer Kamera ein. Mira erkannte ihn, weil er bereits bei der Modenschau fotografiert hatte. Vermutlich hatte er sie gegen ihren Willen abgelichtet oder sich anzüglich über Stella und Illaria geäußert und damit Illarias Zorn auf sich gezogen. In der Gewissheit, dass Illaria und Stella zurechtkommen würden, zumal auch Leo zur Hilfe geeilt war, wandte sie sich vom Geschehen ab und lief an der Brüstungsmauer entlang in einen abgeschiedeneren Teil des Gartens. Hier war die Musik nur noch leise zu hören und das Licht war etwas schummeriger. Genau der richtige Ort, um sich zurückzuziehen, über ihre Gefühle und die Bedeutung von Leos Liebeserklärung nachzugrübeln.

Sie stützte die Unterarme auf den kühlen Stein der Balustrade und senkte den Kopf darauf.

»Hallo, Mira«, durchschnitt eine kalte, spöttische Stimme hinter ihr die Nacht.

Nein. Nein, nein, nein, nein, nein, nein.

Hätte Mira sich nicht aufgestützt, hätte sie in diesem Moment das Gleichgewicht verloren, weil diese Stimme ihr den Boden unter den Füßen wegzog.

Diese Stimme, die sie in ihren Träumen verfolgte, ihr durch jeden Knochen fuhr und eine Kälte in ihr ausstrahlte, die sie am ganzen Körper zittern ließ – Elias!

Kapitel 42

Mira drehte sich zu Elias um und wollte instinktiv zurückweichen, spürte jedoch sofort die Kante des Steingeländers in ihrem Rücken.

»Es ist schön, dich zu sehen«, fuhr er langsam fort und trat näher an sie heran. Er trug einen dunklen Anzug, mit dem er nicht von den geladenen Gästen zu unterscheiden war. Sein blondes Haar war ein wenig länger als bei ihrer letzten Begegnung, doch er hatte es aus dem Gesicht gegelt. Trotz der Dunkelheit erkannte sie, wie er sie von oben bis unten musterte, den Blick über ihr Kleid und ihr Dekolleté gleiten ließ. Ihr Fluchtinstinkt wich einer eisernen Schockstarre und Resignation.

Er hatte sie gefunden. Natürlich hatte er sie gefunden. Er würde sie immer finden und für den Rest ihres Lebens verfolgen. Vielleicht hatte sie sich für einen kurzen Moment eingebildet, sie sei ihm entkommen, doch tief im Innern hatte sie die Wahrheit immer gekannt: Sie gehörte ihm, war von ihm gebrandmarkt worden und würde die Narben für immer mit sich herumtragen. Beschädigte Ware, abhängig und wertlos. Vermutlich war es sogar besser, dass er sie gefunden hatte. So zog sie immerhin nicht Leo mit sich in die Tiefe.

»Man könnte fast meinen, du seist ein Teil dieser Welt. Allerdings nur fast. Der Reichtum, der Luxus, die feine Gesellschaft ... das ist alles ein bisschen zu viel für dich, meinst du nicht?«

Ein kleiner Teil von Miras Bewusstsein sträubte sich dagegen, von ihm kleingemacht zu werden, doch die Furcht überschattete ihren Widerstand.

»Du gehörst nicht hierher, Mira«, bohrte seine Stimme weiter. »Es ist gut, dass deine Zeit hier vorüber ist. Du solltest wieder nach Hause kommen und dein richtiges Leben aufnehmen. Hast du überhaupt schon einen Plan, wie es weitergehen soll?«

Mira schwieg.

»Das dachte ich mir«, feixte er triumphierend. »Wie gut, dass du mich hast.«

Er griff nach ihrer Hand.

Die Berührung durchzuckte Mira wie ein Stromstoß und weckte etwas in ihr auf, das in seiner Gegenwart lange Zeit geschlafen hatte. Kämpfergeist.

»Nein«, erwiderte sie und stieß seine Hand fort. Erfreut bemerkte sie eine Schärfe in ihrer Stimme, die jedes Zittern überspielte.

Sie dachte an Stella und Illaria und die Freundschaft, die sie aufgebaut hatten. An Signora di Varrone und Dr. Glenn, die ihre Arbeit gelobt und ihr hervorragende Zeugnisse in Aussicht gestellt hatten. Sogar an die Cromwells, die sie erst an diesem Abend kennengelernt und die sie dennoch direkt zu sich eingeladen hatten. Und an Leo. Vielleicht war sie noch ungeübt darin, sich allein in der Gesellschaft zu bewegen, aber dennoch hatte sie sich in kurzer Zeit so vieles aufgebaut.

Elias verzog den Mund zu einem spöttischen Grinsen. »Nein? Wofür hältst du dich eigentlich, Mira. Du übernimmst dich. Du machst dich lächerlich. In diesem

Kleid siehst du aus wie ein kleines Mädchen, das sich als Prinzessin verkleidet. Niedlich vielleicht, aber dennoch ist es für jeden als genau das erkennbar: eine Verkleidung.«

Seine Einschüchterungen hatten immer auf Mira gewirkt. Über Jahre hatte sie seinem Urteil vertraut und sich gefügt. Doch etwas hatte sich verändert: Diesmal glaubte sie ihm nicht.

»Der Einzige, der sich lächerlich macht, bist du«, schmetterte sie ihm entgegen. »Was tust du hier, Elias? Bist du tausend Kilometer weit geflogen, nur um mich niederzumachen? Um mich mit deinen giftigen Worten einzulullen und wieder in deinen Bann zu ziehen? Dann habe ich schlechte Nachrichten für dich: Ich werde mich nie wieder auf dich einlassen.«

In diesem Moment zog eine Bewegung Miras Aufmerksamkeit auf sich. Leo kam zu ihnen gelaufen und blieb vor ihnen stehen. Er sah zwischen Mira und Elias hin und her und schien die Situation zu erfassen.

»Ist er das etwa?«, fragte Leo und funkelte Elias finster an. »Der verrückte Ex?«

Mira nickte nur und Leo ging auf Elias los. So häufig er diesen Wunsch in der Vergangenheit auch geäußert hatte, war es dennoch ein Schock für Mira, zu sehen, wie er seine gesamte angestaute Wut und Frustration in einen einzigen kräftigen Fausthieb kanalisierte. Wie er sich auf ein Niveau herabließ, dem sie ihn eigentlich weit überlegen dachte. Wie zwei Männer sich ihretwegen prügelten und Leo jede Vernunft außer Acht ließ und es riskierte, verletzt zu werden. Wie er ihre Schlacht für sie schlug.

»Halt!«, ging sie dazwischen und knurrte beinahe vor Wut.

Widerwillig ließ Leo von Elias ab, der ihn mit unverhohlenem Zorn musterte und der den Hieb trotz der teuren Boxstunden nicht hatte abwehren können.

»Es reicht mir!«, schrie Mira. »Jahrelang hast du mir gesagt, was ich tun soll. Hast mich schikaniert und isoliert. Aber ich komme auch ohne dich zurecht. Mehr als das: Seit ich mein Leben selbst in die Hand genommen habe, lebe ich endlich so, wie ich es für richtig halte. Ich entdecke, wer ich bin und sein will. Und diese Kontrolle gebe ich nie wieder ab.« Sie blickte Leo an. »Und deshalb brauche ich auch niemanden, der für mich einsteht und mich davon überzeugen will, wie ich mein Leben zu leben habe. Der meine Ängste und Sorgen wegwischen oder überspielen will. Ich will nie mehr abhängig von einem Mann sein und werde lernen, mir selbst genug zu sein. Vielleicht verpasse ich durch den Verzicht auf Liebe etwas. Aber vor allem erspare ich mir eine Menge Schmerz und Kummer.«

Mira wirbelte herum und sah, dass viele der Gäste herbeigeeilt waren, um das Spektakel zu beobachten. Unentschlossen drehte sie sich zu den Männern zurück und suchte nach einem Fluchtweg.

»Geh ruhig«, sagte Leo. »Ich kümmere mich um diesen Abfall hier«, fügte er mit einem Kopfnicken auf Elias hinzu.

Mira nickte und wollte bereits in die Nacht rennen.

»Und Mira?«, hielt Leo sie zurück. »Ich bin stolz auf dich. Und ich weiß, dass du deinen Weg finden wirst.«

Kapitel 43

Miras Zorn verrauchte, während sie durch den Garten zurück zum Bauernhaus eilte. Ihre Furcht vor Elias hatte sich nach ihrem Wutausbruch aufgelöst und war Unglauben gewichen. Beinahe belustigt schüttelte sie den Kopf. Er war ihr bis nach Italien hinterhergereist, weil er allein nicht zurechtkam. Weil er es nicht akzeptieren konnte, dass sie ihn nicht brauchte. Dass sie frei war.

Sie atmete tief durch und sah zum Himmel. Ja, sie hatte es geschafft. Sie war tatsächlich frei. Doch auch wenn ein Teil von ihr darüber so glücklich war, dass er jauchzend unter dem Nachthimmel hätte tanzen und springen können, war sie weder sorglos noch unbeschwert. Stattdessen fühlte sie sich leer und ausgelaugt. Das Feuer, das in ihr gewütet hatte, war ausgebrannt und hinterließ nur den faden Geschmack seiner kalten Asche und ein Gefühl, das ihr geschundenes Herz zusammenzog. Und sie erkannte, dass es Bedauern war.

Bedauern, dass sie trotz all ihres Mutes nicht ohne Opfer aus dieser Schlacht hervorgegangen war. Denn auch wenn sie frei war zu tun und zu lassen, was ihr beliebte, wusste sie, dass sie ihr Trauma vielleicht nie überwinden würde. Dass es in ihrem Leben vielleicht nie Platz für bedingungslose, kühne Liebe geben würde. Denn wie sollte sie jemals Vertrauen fassen, wenn sogar Leo ihre freien Entscheidungen nicht akzeptierte? Leo, bei dem sie sich so sicher und geborgen fühlte. Bei dem sie das Gefühl hatte, sie selbst sein zu können. Sie grinste. Leo, der Elias einen so heftigen Kinnhaken verpasst hatte, dass dieser vermutlich für die nächsten drei Wochen mit blauen Flecken herumlaufen würde.

Erschöpft von den Ereignissen des Tages, besonders jedoch von den vielen Emotionen, die sie in so kurzer Zeit empfunden hatte, schloss sie ihr Zimmer auf und ließ sich auf das Bett fallen. Der smaragdgrüne Stoff ihres Kleides breitete sich in weichen Falten auf der Bettdecke aus.

Ohne die Energie, auch nur einen weiteren Gedanken halten zu können, geschweige denn die Schuhe auszuziehen oder das Kleid gegen einen Pyjama zu tauschen, dämmerte sie in einen tiefen und traumlosen Schlaf.

***

Die Rechnung dafür trug sie am nächsten Morgen, als sie verspannt und mit Striemen der Nähte des Kleides am ganzen Körper erwachte. Draußen dämmerte es. Ein Blick auf Stellas Bett verriet ihr, dass sie in der Nacht nicht nach Hause gekommen war. Sie zückte ihr Telefon und sah eine lange Nachricht ihrer Freundin, die gegen Mitternacht eingegangen war.

Hey Spatz, ich hoffe, dir geht es gut! Ich wäre dir eigentlich nachgerannt, aber ich war damit beschäftigt, Illaria zu beruhigen, nachdem sie einem der Reporter eine Ohrfeige verpasst hat. Mit ihr will man sich wirklich nicht anlegen! ;-)

Leo meinte, du brauchst wahrscheinlich erst mal ein wenig Zeit für dich, zum Nachdenken. Wenn du reden willst, bin ich da. Du kannst jederzeit anrufen. :-
Du brauchst dir übrigens keine Sorgen mehr wegen dieses Abschaums zu machen – nachdem er sich unerlaubten Zutritt zur Insel verschafft hatte, durfte er die Nacht bei der Polizei verbringen.
Schlaf gut und bis Morgen! – Stella*

Mira war klar gewesen, dass Leo sich um Elias kümmern würde und ihr keine Gefahr mehr drohte, von ihm belästigt zu werden. Andernfalls hätte sie in der Nacht kein Auge zutun können. Trotzdem beruhigten sie Stellas Worte und sie hoffte, dass Elias in einer kleinen Zelle schmorte und darauf wartete, dass die Mühlen der italienischen Bürokratie sich in Gang setzten. Vielleicht hatte der Einfluss seines Vaters – oder dessen Geldes – ihn auch längst wieder auf freien Fuß gesetzt, doch sie bemerkte, dass der Gedanke an ihn all seinen Schrecken für sie verloren hatte. Seit sie sich ihm gegenüber behauptet hatte, war er ihr einfach nur egal.

Mira seufzte und stand mühsam vom Bett auf. Sie strich das Kleid glatt und prüfte, ob es durch ihre Faulheit auch keinen Schaden erlitten hatte. Abgesehen von ein paar Falten wirkte es zum Glück vollkommen unbeschädigt. Sie öffnete den versteckten Reißverschluss, streifte das Kleid ab und hängte es auf einen Bügel. Dann ging sie ins Bad, um eine ausgiebige heiße Dusche zu nehmen.

Ihr Spiegelbild sah ihr mit dunklen Augenringen und einem fahlen Hautton entgegen. Das Lächeln, das die

Insel und ihre Bewohner ihr so häufig ins Gesicht gezaubert hatten, war nur eine blasse Erinnerung. Auch die Dusche konnte die tiefe Melancholie nicht vertreiben, die sich in Mira ausbreitete. Als sie in ein Handtuch gewickelt vor dem Kleiderschrank stand, traf es sie: Sie realisierte, dass es vielleicht das letzte Mal sein würde, dass sie hier in diesem Zimmer stand und ein Outfit auswählte.

Das war es jetzt, dachte sie frustriert. Ihre Aufgabe hier war erfüllt, ihre Zeit auf der Insel vorüber. Und sie hatte keinen Plan, wie es jetzt mit ihr weitergehen sollte.

Eine Woge des Selbstmitleids überkam sie und sie spürte ein verdächtiges Prickeln hinter den Augenlidern.

Um sich abzulenken, zog sie ihren Koffer aus der Ecke neben dem Schrank hervor und begann, ihre ordentlich gefaltete Kleidung darin zu stapeln. Kosmetikartikel und Schuhe verstaute sie in Tüten, um nichts zu beschmutzen, und füllte damit die Lücken zwischen den Kleiderstapeln. Zuletzt wanderten Laptop, Telefon, Notizbuch und Portemonnaie in die Bernardi-Tasche.

Nachdem alles gepackt war, ließ sie sich in den Sessel vor ihrem Schreibtisch sinken und sah ein letztes Mal aus den Erkerfenstern. Die Blätter der Obstbäume waren noch saftig grün und ließen sich nicht anmerken, dass der Herbst begonnen hatte.

Der Mut, den sie gestern verspürt hatte, als sie Elias in die Schranken gewiesen hatte, war von Einsamkeit und Zweifeln abgelöst worden. Zwar erfüllte sie Stolz auf das, was sie sich aufgebaut hatte, doch was half ihr das für ihr Leben abseits der Insel? Wo konnte sie hingehen, was wollte sie tun? Und wovon würde sie leben?

Sie stand am Rande eines Scherbenhaufens. Sie hatte sich vielleicht aufgerappelt und war unter den Scherben hervorgekrochen, doch sie lagen noch immer vor ihr und versperrten ihr die Sicht auf all ihre Möglichkeiten. Und dann waren da die Narben, die die Zerstörung mit sich gebracht hatte und die vielleicht nie verblassen würden.

Ein Pochen an der Tür ließ Mira zusammenfahren. Sie war so in ihre Gedanken vertieft gewesen, dass sie keine Schritte auf dem Flur wahrgenommen hatte. Wer mochte das sein? Es war zwar nicht unbedingt zaghaft, aber doch nicht Nonnas resolutes Klopfen. Stella würde einfach hereinstürmen und Illaria käme sicherlich nicht ohne Stella her. Der Gedanke, dass es Leo sein könnte, löste eine Mischung aus Hoffnung und Bedauern in ihr aus. Als sie unschlüssig zur Tür ging, klopfte es erneut, diesmal fester.

Mira öffnete die Tür und blickte in das wie üblich perfekt gestylte Gesicht von Chloe di Varrone. Verblüfft trat sie einen Schritt zur Seite und gab der Signora den Weg frei, die mit einem freundlichen Lächeln eintrat und sich in dem Zimmer umsah. Ihr Blick bleib dabei auf dem Koffer neben dem Bett hängen.

»Sie haben schon gepackt?«, fragte sie ohne Umschweife.

Mira nickte und hatte plötzlich einen Kloß im Hals. »Meine Arbeit ist getan und nach dem gestrigen Drama dachte ich nicht, dass ich hier weiterhin erwünscht wäre.«

»Ach was«, winkte die Signora ab. Dann zwinkerte sie Mira tatsächlich zu. »Was wäre eine Gala ohne mindestens ein persönliches Drama? Und dank des Temperaments meiner Tochter hatten wir sogar zwei.«

Mira war erleichtert, dass Signora di Varrone so gelassen mit der Situation umging.

»Haben Sie schon Ihren Flug gebucht?«, fuhr jene fort.

»Bisher nicht, Signora di Varrone. Ehrlich gesagt weiß ich nicht, wohin ich überhaupt möchte.«

Die Signora blickte sie durchdringend an und schien nachzudenken. »Ich möchte Ihnen drei Dinge anbieten. Erstens möchte ich, dass Sie mich Chloe nennen. Das ist eher eine Aufforderung als ein Angebot. Ihre Anstellung bei mir ist, wie Sie bereits festgestellt haben, vorüber und ich bin nicht mehr Ihre Chefin.«

Mira nickte.

»Zweitens brauchst du nicht sofort abzureisen, wenn du noch bleiben möchtest. Das freie Bett wird nicht benötigt und mit Signora Boselli scheinst du dich gut zu verstehen. Bleib, solange du möchtest. Andernfalls haben wir auch einige Wohnungen in Mailand, falls du vom Inselleben genug hast und trotzdem noch eine Weile brauchst, um Pläne für die Zukunft zu schmieden.«

Mira blinzelte. Als sie etwas erwidern wollte, war ihre Stimme heiser vor Dankbarkeit und Rührung. »Das ist sehr großzügig, Chloe.« Es fühlte sich komisch an, sie zu duzen. »Ich verstehe allerdings nicht ganz, womit ich das verdient habe.«

»Schon bei unserem ersten Treffen habe ich dir gesagt, dass ich Ähnlichkeiten zwischen uns erkenne. Und dein Aufenthalt hier hat dies auf eindrucksvolle

Weise verdeutlicht. Damit meine ich nicht nur deinen Ehrgeiz und Fleiß. Auch nicht, wie sehr du meine Kinder ins Herz geschlossen hast.«

Mira errötete, aber Chloe lachte bloß. »Ja, mir entgeht nichts auf dieser Insel.« Ihr Blick wurde ernster. »Worauf ich jedoch hinaus möchte, ist der Auftritt dieses abschreckenden Beispiels eines Mannes, den wir gestern Abend erleben mussten. Denn es war nicht das erste Mal, dass ich Zeugin seiner Unverfrorenheit wurde.«

Etwas in Mira verkrampfte sich, als Chloe fortfuhr.

»Ich muss gestehen, dass deine Bewerbung nicht von Anfang an mein Favorit für die Stelle war. Ursprünglich suchte ich tatsächlich bloß einen weiteren Restaurator und nicht eine Assistentin für die Veranstaltung. Auch die lange Zeit seit deiner letzten Restaurationstätigkeit hat mich zunächst abgeschreckt.« Sie lächelte entschuldigend und beinahe verlegen. »Es war ein großes Glück für mich, dass ich mich für dich entschieden habe, Mira, doch leider wäre es dazu nicht gekommen, wenn nicht wenige Tage nach dem Eintreffen deiner Bewerbung eine Mail bei mir eingegangen wäre, in der mir ausdrücklich davon abgeraten wurde, dich auch nur in Betracht zu ziehen. Ich will nicht ins Detail gehen, welche haarsträubenden Geschichten Herr Weber sich ausgedacht hat, um dich zu diskreditieren. Aber an der Vehemenz seiner Worte habe ich sofort erkannt, dass es sich hier um einen persönlichen Rachefeldzug handelt.«

»Und das hat dich nicht abgeschreckt und dafür gesorgt, dass meine Bewerbung im Papierkorb gelandet ist?«

»Nein. Denn hier liegt eine weitere Ähnlichkeit zwischen uns: Jemand hat über mich einst genau dieselben Worte gesagt und versucht, mich aus Rache und Eifersucht zu verleumden. Es ist ihm damals beinahe geglückt und es hätte nicht viel gefehlt, damit Alessandro heute nicht mein Ehemann wäre. Ich habe im Vorfeld ein wenig über dich recherchiert, Mira, und herausgefunden, dass du bis Februar dieses Jahres an derselben Adresse wie Herr Weber gemeldet warst. Das hat meine Vermutung bestätigt und deine Bewerbung zu meiner ersten Wahl gemacht. Ich wollte dir eine Gelegenheit geben, seinem Einfluss zu entkommen und hier bei uns neu anzufangen. Nenn es Wohltätigkeit, nenn es ausgleichende Gerechtigkeit, aber ich habe meine Wahl keine Sekunde bereut. Wir Frauen müssen zusammenhalten und dürfen toxisches Verhalten keine Sekunde dulden.«

Nie hätte Mira erwartet, in ihrer ehemaligen Chefin eine Verbündete zu finden, doch nun lächelte Chloe di Varrone sie verschwörerisch an. »Es wird dich freuen zu hören, dass Herr Weber noch einige Zeit für seine Aufdringlichkeit und Manipulation bezahlen wird. Mein Mann und ich haben ihn wegen Hausfriedensbruchs angezeigt. Da er ein Taschenmesser und Klebeband bei sich trug, werfen wir ihm auch geplante Entführung vor.«

Mira wurde ganz kalt bei der Vorstellung, doch Chloe legte ihr beruhigend die Hand auf den Arm und fuhr in verschwörerischem Ton fort. »Es könnte sein, dass er diese Gegenstände bei eurem Gespräch noch nicht dabeihatte. Emilio fand sie ganz plötzlich bei ihm, kurz bevor die Polizei eintraf. Nachdem er sich noch einmal in sein Büro zurückziehen musste, um irgendetwas zu holen.« Sie lachte. »Aber das weißt du nicht von mir.«

»Danke!« Mira strahlte und fiel Chloe um den Hals, die ihre Umarmung etwas überrumpelt erwiderte.

»Ein letztes Angebot habe ich noch für dich. Und zwar meinen ungefragten Rat in einer Herzensangelegenheit. Eigentlich ist es eher eine Warnung als ein Angebot. Und zwar die Warnung, dein Herz nicht zu verschließen. Du wurdest verletzt und schlecht behandelt, aber aus eigener Erfahrung kann ich dir sagen, dass du nicht von einem Mann auf andere schließen kannst. Hätte ich das getan, hätte ich heute nicht Alessandro. Und auch wenn es anfangs nicht leicht war, mich sogar bis heute noch manchmal einholt, ist diese Liebe jedes Risiko wert und ich hätte sie um nichts auf der Welt verpassen wollen. Lass nicht zu, dass er über dein Leben bestimmt und verwehre dir nicht das Glück, das auf dich wartet.«

Mit diesen Worten strich sie Mira eine Haarsträhne hinters Ohr und ging ohne eine Verabschiedung aus dem Zimmer.

Kapitel 44

Die Tür fiel hinter Chloe ins Schloss und in Miras Kopf begann es, zu rattern. Eigentlich hatte es in ihr bereits begonnen, zu arbeiten, seit sie Elias konfrontiert hatte. Sie wollte sich nicht mehr verbiegen und kleinmachen. Sie hatte ihren wahren Wert und ihre Erfolge erkannt und wollte mutig und frei leben. Den vielleicht wichtigsten Schritt dazu hatte sie bereits vor Monaten zurückgelegt, als sie aus der gemeinsamen Wohnung ausgezogen war. Doch bis gestern hatte Elias noch einen Platz in ihrem Kopf eingenommen und sie hatte ihm erlaubt, sich dort breitzumachen und sie weiterhin zu beeinflussen und zu lenken.

Damit war jetzt Schluss.

Chloes Worte waren die letzte Bestätigung, die Mira brauchte, um ihr Leben wieder gänzlich selbst in die Hand zu nehmen. Sie wusste, dass es kein kurzer Prozess sein würde. Dass sie an ihrem Selbstwertgefühl würde arbeiten müssen, um von innen heraus zu heilen und sich selbst zu genügen, ehe sie auch nur daran denken konnte, sich eines Tages wieder auf jemanden einzulassen.

Sie ließ sich wieder vor dem Schreibtisch nieder, kramte Notizbuch und Stift aus der Tasche und schlug eine unbeschriebene Seite auf. Kurz sah sie aus dem Fenster, beobachtete das Spiel der Vögel über dem See, dann beugte sie sich über das Blatt und begann die Seiten zu füllen. Sie schrieb sich all das von der Seele, was sie hinter sich lassen wollte.

Anschließend legte sie eine Liste an und malte vor jeden neuen Punkt ein kleines Kästchen. Es war eine To-do-Liste mit Dingen, die die alte Mira gern gemacht. Darauf stand zum Beispiel *regelmäßig laufen gehen*, *malen* und *Kontakt zu alten Freunden halten*, die sie seit ihrer Beziehung mit Elias vernachlässigt und aus den Augen verloren hatte. Dazu gesellten sich Punkte, die die neue Mira gern ausprobieren wollte, beispielsweise reisen und neue Wege ausprobieren, sich kreativ auszutoben. Abgerundet wurde die Liste von den zwei größten Punkten: »Das finden, was ich im Leben beruflich machen möchte« und »Wieder an die Liebe glauben«. Nach dem letzten Punkt hielt sie inne, ging die Liste noch einmal durch und nickte entschlossen. Sie würde ihren Weg finden, in ihrem Tempo und nach ihrem eigenen Plan.

Mira nahm das Angebot der Signora an, packte ihren Koffer wieder aus und wollte zunächst noch ein paar Tage auf der Insel verbringen. Ohne die Verpflichtungen, die sonst ihren Tagesablauf bestimmt hatten, konnte sie das Inselleben noch einmal ganz anders wahrnehmen. Sie frühstückte morgens lange und spazierte durch die Gärten. Manchmal half sie Stella beim Umtopfen kleiner Pflanzen im Gewächshaus. Die Tür zu Leos Gewächshaus zu sehen, versetzte ihr einen kleinen Stich, aber selbst wenn sie schon bereit gewesen wäre, ihn wiederzusehen, hätte sie keine Möglichkeit dazu gehabt. Leo war am Morgen nach der Gala aufgebrochen und ans Festland zurückgekehrt. Mira hatte kein Instagram mehr, aber Stella zeigte ihr Bilder von Leo und seinem Freund und Kollegen, mit dem er in Florenz das Architekturbüro führte. Die beiden schienen eine gute Zeit zu haben und das Leben in der Stadt zu genießen. Einerseits war sie erleichtert, dass er ohne sie glücklich war, doch in anderen Momenten nahmen Sehnsucht und Eifersucht Oberhand.

Mira telefonierte nun wieder regelmäßig mit ihren Eltern und auch mit Paula. Da sie nun wusste, dass Elias von Anfang an von ihrer Bewerbung und ihrem Praktikum gewusst hatte, gab sie Paula nicht mehr die Schuld daran, dass er sie hier gefunden hatte. Vermutlich hatte er ihr Passwort herausgefunden, ihr Mailpostfach gehackt und ihre Nachrichten mitverfolgt. Sie nahm sich einen Morgen Zeit, um all ihre Passwörter auf sämtlichen Accounts zu erneuern.

Zusätzlich zu den regelmäßigen Laufrunden auf der Insel und dem Paddeln mit Stella begleitete sie Illaria nun manchmal bei ihren Trainingseinheiten im Sportbecken hinter dem Herrenhaus. Während Stella die beiden von einer Liege aus beim Bahnenziehen beobachtete und ihnen vermeintlich motivierende Sprüche zurief, gab Illaria Mira Tipps zu ihrem Schwimmstil und Atemtechniken.

Der Sport sorgte dafür, dass Mira sich ausgeglichen fühlte und abends ohne großes Grübeln erschöpft einschlief. Aber sie ließ nicht nur ihren Körper arbeiten, sondern arbeitete auch an ihren Gedanken und einer positiven Grundeinstellung zum Leben. Anfangs schmunzelte sie, als Stella ihr in Zeitschriften und Büchern von positiven Glaubenssätzen, Mindset oder Frieden mit dem inneren Kind berichtete, doch nach wenigen Runden gemeinsamer Meditation merkte sie, wie gut es ihr tat. Sie lernte, einfach abzuschalten und Gedanken nicht zu bewerten.

Besonders gut konnte sie das, wenn sie sich künstlerisch auslebte. Bei einem weiteren Besuch in Mailand mit Stella und Illaria, der zum Glück gänzlich ohne Skandale ablief, deckte sie sich mit Aquarellpapier, Farben und Pinseln ein. Es war Anfang Oktober und zu Hause in Deutschland würde nun langsam der Herbst einsetzen und die feuchten Nebeltage würden die grellen Farben des Sommers dämpfen. Auf der Insel konnte sie jedoch Motive zu ewigem Frühling einfangen. In ihren Aquarellen hoben sich bunte Sträuße aus Blüten, Gräsern und Farnen lebensecht von dem dicken Papier ab. Sie malte auch andere Elemente der Gärten, wie beispielsweise den Springbrunnen, die Schaukel oder die Statuen, die nach der Gala eigene Plätze bekommen hatten.

Als Nonna sie eines Tages mit in ihr kleines Töpferatelier nahm, das sich in einem Schuppen befand, der an das Bauernhaus angrenzte, entdeckte sie auch die Arbeit mit Ton für sich und formte mit ihren Händen kleine Skulpturen, die sie anschließend brannte und im Garten fotografierte.

Auf die erste Idee für einen der großen Punkte auf ihrer Liste stieß Lady Cromwell sie, mit der sie eines Abends telefonierte. Mira saß auf einer Gartenbank und blickte dem Sonnenuntergang entgegen. Sie hielt sich das Telefon ans Ohr und lauschte Lady Cromwell, die ihr vom regnerischen Wetter in Oxfordshire und den Farben des englischen Herbstes berichtete.

Mira lachte. »Ich kann es kaum glauben, dass ich das sage, aber langsam vermisse ich den Regen.«

Lady Cromwell stimmte in ihr Lachen mit ein. »Das kann ich gut verstehen, mein Kind. Auch wenn wir hier eher zu viel als zu wenig davon haben, ist der Regen für mich immer noch das schönste Geräusch zum Einschlafen. Und es geht nichts über einen Spaziergang nach einem ausgiebigen Regenguss, wenn die Tropfen auf den Zweigen und Grashalmen glänzen und es herrlich nach feuchter Erde duftet.«

Mira seufzte sehnsüchtig.

»Vielleicht wollen Sie uns ja einmal besuchen kommen, Mira? Gern zeigen wir ihnen unseren Teil der Cotswolds. Und in Oxford gibt es auch hervorragende Institute für Restauration. Vielleicht könnten Sie dort eine Stelle in der Forschung antreten. Oder lieber in der Lehre? Bei den vielen Kunstsammlungen in der Gegend könnten Sie sich auch selbstständig machen. Wobei sie Italien dafür natürlich nicht verlassen müssen.«

Forschen? Unterrichten? Oder selbstständig Kunst restaurieren?, dachte Mira und spürte wieder das Gefühl von kühlem Stein unter ihren Fingern. Es war der eigentliche Grund, aus dem sie ursprünglich auf diese Insel gekommen war. Sie hatte testen wollen, ob dieser Bereich sie noch erfüllen würde und wo ihre Zukunft liegen könnte. Dann hatte sie dieses Ziel aus den Augen verloren, weil um sie herum so vieles geschehen war. Neben der reinen Arbeit an der Statue hatte sie insbesondere die Zusammenarbeit mit Miguel genossen. Das Voneinander-Lernen, den Austausch und das Teilen von Erfolgserlebnissen. Vielleicht konnte sie tatsächlich an einer Uni arbeiten und dort ihr Wissen ausbauen und weitergeben.

Ein aufgeregtes Kribbeln erfasste sie. Füllte sie mit Tatendrang, sodass sie nicht mehr still sitzen konnte. Mit dem Telefon am Ohr sprang sie auf und tigerte im Garten auf und ab, während Lady Cromwell weiterhin Oxford und seine umfangreiche Kunstgeschichte anpries. In Miras Kopf bildeten sich bereits tausend Fragen über unterschiedliche Hochschulen, Bewerbungen, Visa, Wohnungen ... Überrascht merkte sie nach einiger Zeit, dass sie sich eine Frage dabei nicht mehr gestellt hatte: nämlich die, ob dies überhaupt der Weg war, den sie einschlagen wollte. Offenbar hatte ihr Herz bereits eine Entscheidung getroffen. Ein kleiner – und etwas verrückter – Teil von ihr wollte Elias danken, dass er ihr durch seine boshafte Einmischung diese Chance überhaupt erst ermöglicht hatte.

Sie wechselte noch einige Worte mit Lady Cromwell und stürmte dann hinauf in ihr Zimmer. Bis in die späten Abendstunden hinein saß sie vor ihrem Laptop und recherchierte, welche Universitäten Restaurationsstellen ausgeschrieben hatten oder wo sie sich initiativ bewerben könnte. Oxford sollte nicht ihre einzige Wahl sein, auch wenn Lady Cromwell es ihr sehr schmackhaft gemacht hatte. Einer der Standorte ließ ihr Herz heftig klopfen. Florenz. Leo lebte dort. Sie fragte sich, wie es sein würde, ihm zufällig in der Altstadt über den Weg zu laufen. Ihn in einem Café sitzen zu sehen, wie er seine Kopfhörer trug und gedankenverloren an einem Bleistift kaute. Ihn anzusprechen und mit ihm einen Kaffee zu trinken. Die Sache war nur, dass er sicherlich kein Interesse daran haben würde, Zeit mit ihr zu verbringen. Sie hatte ihn oft genug von sich gestoßen und seine plötzliche Abreise machte nur zu deutlich, dass er sie nicht wiedersehen wollte. Er ging gewiss davon aus, dass sie längst zurück in Deutschland war.

***

Am nächsten Tag feilte Mira an den individuellen Anschreiben für die Hochschulen. Jede forderte leicht unterschiedliche Formalien und sie achtete sorgsam darauf, sich daran zu halten. Sie verfasste Mails, füllte Bewerbungen in Onlineportalen aus und schickte sie ab. Alle Dokumente, die sie für eine Bewerbung brauchen würde, hatte sie auf ihrem Laptop abgespeichert. Die neusten darunter waren die glänzenden Arbeitszeugnisse von Dr. Glenn und Chloe. Dann sah sie zufrieden aus dem Fenster mit dem guten Gefühl, einen wichtigen Schritt getan zu haben.

Sie griff nach dem Notizbuch und schlug die Seite mit der To-do-Liste auf. Einen großen Punkt konnte sie nun abhaken.

»Das finden, was ich im Leben beruflich machen möchte?«, murmelte sie. »Erledigt!«

Sie sah die vielen Häkchen vor den einzelnen Punkten und las, was sie alles in so kurzer Zeit erreicht hatte. Wie viel mehr sie nun schaffen konnte, da sie sich wieder frei und voller Tatendrang fühlte. Die Selbstsicherheit, die sie in den letzten Wochen gewonnen hatte, ließ sie von innen heraus strahlen und gab ihr den Rückhalt, an ihre Möglichkeiten zu glauben. Auf der Liste gab es nun nur noch einen einzigen Punkt, und sogar der schien ihr inzwischen nicht mehr vollkommen unmöglich.

»Wieder an die Liebe glauben«, las sie. »Eines Tages, ganz sicher.«

Kapitel 45

Mitte Oktober entschied Mira, dass es an der Zeit war, nach Hause zurückzukehren. Sie wollte noch zwei Tage in Mailand verbringen und anschließend bei ihren Eltern einziehen, bis sie eine Rückmeldung von den Universitäten erhalten würde. In der Zwischenzeit würde sie sich einen Nebenjob suchen, um über die Runden zu kommen.

Am Tag ihrer Abreise von der Insel lag sie mit Illaria und Stella am Sonnendeck neben dem Schwimmbecken. Die Oktobersonne schien warm auf sie hinunter und Mira wollte jeden einzelnen Strahl in sich aufsaugen.

»Habt ihr schon gehört?«, fragte Illaria in beiläufigem Ton. »Leo kommt am Wochenende zurück auf die Insel.«

Miras Magen machte einen Hüpfer und sie versuchte, nicht zu sehr über die gemischten Gefühle nachzudenken, die diese Information in ihr auslösten.

»Oh!«, rief Stella. »Ich dachte, er wäre so stark eingebunden in sein Projekt in Florenz?«

Illaria schüttelte den Kopf. »Er hat sich freigenommen, um sich einen langersehnten Traum zu erfüllen. Er hat unsere Eltern endlich überreden können, dass er die *Leprotta* aufs Mittelmeer überführen darf.«

Mira setzte sich auf. »Er nimmt die *Leprotta* mit aufs Meer?«

»Ja. Er sagte schon lange, dass sie dort hingehört. Und irgendwie hat er recht, auch wenn ich ihn vermissen werde. Er will sich eine längere Auszeit nehmen und sich treiben lassen.«

Mira dachte daran, wie sehr sich Leo das gewünscht hatte. Endlich frei zu sein, fahren zu können, wohin er wollte. Salzwasser unter dem Kiel zu spüren und die Freiheit zu schmecken. »Es ist schön, dass er seinen Traum endlich wahr macht.«

Stella und Illaria sahen sie über den Rand ihrer Sonnenbrillen an.

»Was?«, fragte sie und bekam das Gefühl, etwas nicht zu verstehen.

»Willst du es ihr sagen?«, fragte Illaria an Stella gewandt.

Stella grinste. »Spatz. Du warst sein Traum. Und wenn mich nicht alles täuscht, ist er deiner. Also: Go for him! Wir nehmen dir das sonst übel.«

Illaria nickte vehement. »Er ist mein Bruder und eigentlich sollte ich es eklig finden, über sein Liebesleben nachzudenken, aber in deinem Fall: Schnapp ihn dir, Girl!«

»Ich habe in letzter Zeit vielleicht einige Fortschritte gemacht«, setzte Mira vorsichtig an, »aber ich bin einfach noch nicht so weit. Ich will ihn nicht wieder verletzen, weil es doch zu früh oder zu viel für mich ist.«

»Für die Liebe ist man nie bereit, Mira«, erwiderte Stella altklug, aber dann lächelte sie aufmunternd. »Es überkommt dich einfach. Und jeder fürchtet sich vor so großen Gefühlen, sonst sind sie nicht echt.«

»Sein Herz zu verschenken ist immer riskant«, pflichtete Illaria ihr bei und griff nach Stellas Hand. »Und doch ist es das Risiko wert.«

»Ihr beide schaut zu viele Disneyfilme«, grummelte Mira. Innerlich fragte sie sich, ob die beiden vielleicht recht hatten, aber ihre Angst war zu groß, um diese Gedanken weiter zu verfolgen.

***

Nach einem großen Abschiedsessen, bei dem Nonna sich selbst übertraf und viel zu viele Gänge von Miras Lieblingsspeisen servierte, war es Zeit für den Abschied. Der Weg zum Anleger glich einer Prozession, weil alle Angestellten, die nicht im Haus gebraucht wurden, sie zur Fähre begleiten wollten. Emilio zog Miras Koffer hinter sich her, wie er es auch bei ihrer Ankunft getan hatte. Nonna holte aus den Tiefen ihrer Schürze ein Taschentuch hervor, mit dem sie sich die Augenwinkel tupfte, und umarmte Mira fest.

Chloe kam mit Illaria die Serpentinen hinuntergeeilt, als die kleine Fähre bereits auf den Anleger zusteuerte.

»Du musst bald zu Besuch kommen, Mira«, sagte Illaria, als sie Mira an sich zog.

Stella nickte. »Ganz bald. Keine Widerrede!«

»Hier, den brauchst du noch«, sagte Chloe und hielt Mira den silbernen Schlüssel zu der Ferienwohnung hin, in der sie die beiden Nächte vor ihrem Rückflug verbringen würde. »Schmeiß ihn bei deiner Abreise einfach in den Briefkasten. Und wie Illaria bereits gesagt hat: Du bist hier jederzeit willkommen.«

Mit diesen Worten drückte sie Mira und räusperte sich. »Da ist deine Fähre.«

»Danke«, sagte Mira und sah in die Runde. »Ich danke euch allen für die wunderschöne Zeit. Ihr habt alle dazu beigetragen, dass ich mich hier zu Hause gefühlt habe. Ich werde euch vermissen!«

Mira kletterte an Bord des kleinen Schiffes und winkte den Versammelten am Hafen. Durch einen Tränenschleier sah sie die vielen winkenden Hände und freundlichen Gesichter. Sie hörte die Rufe des Abschieds, die vom Geräusch der startenden Motoren gedämpft wurden, und suchte Halt an der Reling, als sie die Insel hinter sich ließ.

Sie hoffte wirklich, dass es kein Abschied für immer war, und nahm sich fest vor, die erste Einladung Illarias anzunehmen, die sie bekäme. Dass sie Leo nicht mehr gesehen hatte, versetzte ihr einen Stich. Seine Ankunft war für Freitagabend geplant und für Samstagmorgen war ein Schwertransporter bestellt, der die *Leprotta* zum Seehafen in der Bucht von Venedig bringen würde. Wenn sie nur noch zwei weitere Tage geblieben wäre, hätte sie ihn noch einmal sehen können, wenn auch nur kurz.

Sie betrachtete diese verpasste Chance als das Abziehen eines Pflasters. Schneller und schmerzloser, als der Abschied gewesen wäre, wenn sie ihn auf der Insel getroffen hätte.

Mira nahm die Bahn nach Mailand und lief vom Bahnhof aus zu der Adresse, die Chloe ihr genannt hatte. Die Ferienwohnung entsprach dem di Varrone-Standard, was bedeutete, dass sie der absoluten Luxusklasse angehörte. Aus den Fenstern der modern eingerichteten Altbauwohnung blickte sie direkt auf das Dach des Doms und konnte nach ihrer ersten Nacht die Sonne über den Turmspitzen aufgehen sehen.

Sie wollte die Stadt in aller Ruhe erkunden und nahm sich kein festes Ziel vor. Auf dem Couchtisch hatte sie einen großformatigen Bildband mit Mailänder Architektur gefunden, in dem sie blätterte, während sie ihren Cappuccino aus dem Vollautomaten in der Küche trank. Anschließend schlenderte sie durch die Gassen der Innenstadt mit ihren kleinen Boutiquen und Cafés. Bei jedem besonderen Bauwerk, jeder Statue und jedem Fresko nahm sie sich die Zeit, die sie brauchte, um es in gebührendem Umfang zu bewundern.

***

Am Freitag packte sie ihren Koffer und stellte ihn neben der Tür der Ferienwohnung ab. Sie hatte sich ein Flugticket zurück nach Hamburg gekauft. Bevor der Flug heute Nachmittag gehen würde, wollte sie noch einmal ihre Lieblingsplätze besuchen und sich die Beine vertreten.

Auf der Piazza Armando Diaz, die direkt an den Domplatz angrenzte, fand ein Antikmarkt statt. Viele kleine Stände waren rund um die niedrige grüne Hecke aufgebaut, in deren Mitte sich eine modere Stahlskulptur befand, die an springende Delfine erinnerte. Als sie das Kunstwerk im Internet suchte, erfuhr sie, dass es sich dabei eigentlich um eine stilisierte Granate handelte, die zu Ehren der Carabinieri errichtet wurde. Moderne

Kunst war ihr ein Rätsel, aber sie musste an Miguel denken, der die Skulptur gewiss kannte.

Mira stöberte durch die Kunstgegenstände und kleinen Schätze, inspiriert von der Vorstellung, dass jedes einzelne Teil eine Geschichte zu erzählen hatte. An einem Stand mit kleinen Metallwaren fand sie einen aufgeklappten Kompass aus glänzendem Messing. Mit einer Geste fragte sie den älteren Herrn hinter dem Tisch, ob sie den Gegenstand in die Hand nehmen durfte. Er nickte freundlich und Mira hob das kühle Metall vor ihr Gesicht. Der Kompass war schwerer, als sie erwartet hatte. Als sie ihn drehte, blieb die Nadel in derselben Position stehen und zeigte zielsicher auf den Torbogen der Galleria Vittorio Emanuele II am anderen Ende des Domplatzes. Sie lächelte, denn sie wusste, dass die Galerie genau nördlich lag.

»Ja, er funktioniert«, bestätigte der Herr auf Englisch mit einem rollenden italienischen Akzent.

Mira klappte den Deckel zu, um auch die Außenseite zu betrachten. Ein einzelnes Wort war darauf eingraviert. Ritrovami. Sie strich mit dem Finger darüber.

»Finde mich wieder«, erklärte der Verkäufer. »Dieser Kompass hat einem Seemann gehört, der ihn von seiner Liebsten geschenkt bekommen hat.«

»Und hat er sie wiedergefunden?«, fragte Mira vorsichtig.

»Ganz bestimmt! Wenn ihm etwas zugestoßen wäre, dann wäre auch der Kompass untergegangen. Aber er funktioniert, wie gesagt, einwandfrei.«

Etwas an dem kleinen Gerät – und besonders der damit verbundenen Geste – ließ Miras Herz auf eine schöne Art schmerzen. Sie feilschte kurz mit dem

Herrn, dann einigten sie sich und er händigte ihr eine kleine Papiertüte aus, in der sie den Kompass sicher verstaute. Sie hielt die Tüte mit dem Kompass wie einen Schatz vor ihre Brust, als ihre Füße sie wie von selbst auf den Domplatz trugen.

Ritrovami – Finde mich wieder.

Es war wie eine Nachricht an sie. Eine Botschaft von Leo, dass sie zu ihm kommen und ihn finden musste. Kurzentschlossen schrieb sie Stella eine SMS, dass sie es sich anders überlegt hatte und Leo vor ihrem Rückflug sehen wollte, dann holte sie ihren Koffer aus der Wohnung und machte sich auf den Weg zum Bahnhof.

Kapitel 46

Mira stand vor der großen Anzeige mit den Zugverbindungen in der Eingangshalle des Bahnhofs, als ihr Telefon klingelte. Seit sie ihre Angst vor Elias hinter sich gelassen hatte, hielt auch dieses Geräusch keinen Schrecken mehr für sie bereit und sie zuckte nur kurz reflexartig zusammen, weil sich alte Gewohnheiten einfach schlecht ablegen ließen.

Es war Stella. Sobald Mira den Anruf entgegennahm, begann ihre Freundin, schnell auf sie einzureden.

»Halt, halt, Stella, ich verstehe ja kein Wort!«

Im Hintergrund hörte Mira Illaria etwas rufen, dann begann Stella, etwas langsamer zu sprechen. »Mira, es gibt eine Straßensperrung. Der Schwertransport wäre ab heute Nacht nicht mehr zur Autobahn gekommen.«

»Was bedeutet das?«, fragte Mira mit einem unguten Gefühl.

»Das heißt, dass Leo gerade mit der *Leprotta* abgelegt hat. Sie wird gleich verladen und dann sind die beiden unterwegs zum Meer.«

Etwas in Mira sackte zusammen. Sie war zu spät. Der Zug würde mindestens eine Stunde zum See brauchen, dann müsste sie noch mit dem Bus zum richtigen Hafen kommen.

Das Gefühl des Verlusts traf sie mit der Wucht eines Güterzugs.

»Ich habe ihn verpasst«, murmelte sie niedergeschlagen.

Seit sie den Kompass gefunden hatte, wusste sie, dass sie Leo um jeden Preis finden wollte. Finden musste. Bereit oder nicht – es war, wie Stella gesagt hatte: Wenn große Gefühle im Spiel waren, hatte man keine Wahl mehr. Man konnte sich nicht aussuchen, ob man ihnen nachgab. Sie musste es tun, andernfalls würde ihr Herz zerspringen.

Aber was blieb ihr nun noch? Leo war unterwegs zum Meer. Er würde die nächsten Wochen auf See verbringen, unerreichbar für sie.

Hoffnungslos ließ sie sich auf eine Bank gleiten, da mischte sich Illaria per Lautsprecher ein. »Mira, wo bist du gerade?«

»Am Mailänder Bahnhof. Ich kann es nie rechtzeitig schaffen.«

»Nicht zu uns«, stimmte Illaria zu. »Steig in den nächsten Zug nach Venedig.«

»Wie bitte?«

»Fahr nach Venedig. Steig in Venezia Mestre aus, das ist der vorletzte Bahnhof am Festland, bevor der Zug über die Brücke in die Lagune fährt. Nimm dir ein Taxi. Ich schicke dir den Standort des Jachthafens, an dem die *Leprotta* zu Wasser gelassen wird.«

Mira blinzelte. Einmal. Zweimal. Sie vergaß zu atmen und musste nach Worten suchen. »Könnte das klappen?«, brachte sie hervor.

»O ja, tolle Idee!«, rief Stella. »Wie romantisch ist das denn?«

»Das wird klappen«, sagte Illaria mit dem für sie typischen, selbstsicheren Ton, der dafür sorgte, dass Mira ihr einfach glauben musste.

»Okay!«, rief sie. Ich halte euch unterwegs auf dem Laufenden.

Falls der Taxifahrer knapp drei Stunden später von Miras aufgekratzter und abgehetzter Erscheinung verunsichert war, ließ er es sich nicht anmerken. Wahrscheinlich erlebte er im Arbeitsalltag einfach zu viele merkwürdige Menschen, um ihr besonders viel Beachtung zu schenken. Vom Bahngleis aus war sie zum Taxistand gesprintet und hatte ihm die kleine Stecknadel in ihrer Karten-App gezeigt. Er hatte genickt, ihren Koffer in den Kofferraum geladen und das Fahrzeug in Bewegung gesetzt.

»In etwa 20 Minuten sind wir da«, bemerkte der Taxifahrer.

Also schien er ihre Eile doch zu spüren.

Sie nickte und lächelte verkrampft, während sie sich zum wohl tausendsten Mal fragte, wie schnell der Schwertransporter im Vergleich zur Bahn war. Wie viel Vorsprung Leo wohl gehabt hatte. Ob sie ihn noch erreichen würde, oder gerade völlig sinnlos ans gegenüberliegende Ende des Kontinents fuhr, als sie es heute Morgen noch geplant hatte.

Der Jachthafen lag südlich der Stadt und sie kamen auf dem Weg an gewaltigen Parkplätzen vorbei, an denen Touristen ihre Fahrzeuge abstellten, um mit dem Zug oder der Fähre über die Bucht in die Lagunenstadt zu fahren. Sie passierten Industriehäfen und Lagerhallen, Kläranlagen und Fabriken, bevor sie ein gepflegteres Areal erreichten. Hier gab es Sport- und Campingplätze und Mira sah Schilder, auf denen kleine Boote abgebildet waren neben der Aufschrift »Darsena«.

Sie erreichten den Jachthafen und der Fahrer wuchtete Miras Koffer aus dem Kofferraum. Sie gab ihm ein ordentliches Trinkgeld und er verabschiedete sich mit einem freundlichen »Ciao!«, das sie jedoch kaum hörte, weil sie schon in Richtung des Wassers davoneilte.

Sie stellte schnell fest, dass es hier viele Anleger mit Booten gab. Und auch viele Slipanlagen, an denen diese zu Wasser gelassen wurden. Sie befand sich in einem Labyrinth kleiner Wasserstraßen und Zuläufe, doch nirgendwo konnte sie einen Lastwagen oder einen Kran mit einer Jacht entdecken. Hektisch sah sie sich um und verzweifelte mit jeder Minute, mit jedem weiteren Steg mehr.

In einem Geistesblitz öffnete sie die Karten-App und besah das Gelände auf dem Luftbild. In dem geordneten Chaos des Jachthafens gab es einen Hoffnungsschimmer. Ein Nadelöhr, durch das jedes Schiff hindurchmusste, das in die Lagune hinausfahren wollte: den Kanal, der die Hafenbecken mit dem Ozean verband.

Sie folgte der asphaltierten Kaimauer bis zu dem Punkt, an dem der Kanal sich weitete wie ein Trichter und ließ sich erschöpft auf der Kante nieder. Ihre Füße baumelten ein ganzes Stück über dem brackigen Wasser und sie sah in beide Richtungen.

Zu ihrer Rechten lag der Hafen. Segelboote und kleine Jachten fuhren aus und ein, doch keine von ihnen ähnelte der *Leprotta*. Was würde sie überhaupt tun, wenn sie Leo entdeckte? Ihre Position war so exponiert, dass er sie kaum übersehen konnte, wenn er wirklich durch diesen Kanal fuhr. Aber was würde sie tun, wenn er einfach an ihr vorbeifuhr? Wenn er sie nicht sehen wollte? *Die Liebe ist jedes Risiko wert*, hatten Stella und Illaria ihr gesagt. Mira hoffte, sie würden Recht behalten.

Zu ihrer Linken lag die Lagune und darin, von den Strahlen der Abendsonne golden angestrahlt, glänzten die fernen Dächer Venedigs. Der Anblick wäre bezaubernd gewesen, wenn Miras Herz sich nicht zusammengezogen hätte vor lauter Sorge, zu spät zu sein. War Leo bereits durch die Lagune gefahren? Hatte er Venedig hinter sich gelassen und war nun durch das Mittelmeer unterwegs in sein eigenes Abenteuer? Wie lange sollte sie überhaupt warten, bevor sie mit hängenden Schultern und schmerzendem Herzen ein Taxi zurück zum Bahnhof rufen würde?

Mira wusste keine Antwort darauf. Die Antwort erübrigte sich jedoch im selben Moment, denn eine Jacht drosselte plötzlich ihre Geschwindigkeit und kam vor Mira zum Stehen.

Kapitel 47

Sie hob den Kopf und hörte Leos überraschte Stimme, die ihren Namen rief. Er ließ den Anker hinab und die *Leprotta* dümpelte scheinbar unschlüssig ein Stück vor der Kaimauer.

»Leo!«, rief sie und ihr Herz schlug schnell wie das eines Kolibris.

Er schüttelte ungläubig den Kopf. »Was machst du denn hier?« Sein Ton klang nicht erfreut. Eher vorwurfsvoll.

Mira ließ sich davon nicht beirren und holte tief Luft. »Ich will dir sagen, dass du recht hattest. Und dass ich auf dich hätte hören sollen. Dass wir zwei zu gut zusammen sind, um auch nur eine Sekunde an uns zu zweifeln. Und dass ich mit dir zusammen sein will.«

Er sah sie an. Blinzelte. Schwieg.

»Bitte, Leo, gib mir eine Chance. Nur noch eine, und ich werde dich nicht wieder enttäuschen.«

»Weißt du, Mira«, sagte er gerade laut genug, damit sie seine Stimme über das Wasser hören konnte, »das hatte ich die letzten Male auch gehofft. Aber jedes Mal, wenn ich dachte, wir hätten es geschafft, hast du einen Rückzieher gemacht. Und jedes Mal hatte mein Herz mehr darunter zu leiden. Mit einer Sache hattest du Recht: Je länger wir zusammen sind, desto größer wird der Schmerz, wenn es doch endet.«

»Aber jetzt ist es anders, Leo. Diesmal bin ich mir sicher, was ich will. Ich habe meine Geschichte mit Elias hinter mir gelassen und bin bereit, wieder an die Liebe zu glauben.«

»Das freut mich für dich, Mira. Und ich weiß, dass du mich nicht mit Absicht verletzen würdest. Aber deine Zurückweisung und Unentschlossenheit könnten mich zerbrechen. Und das will ich nicht riskieren.«

Er betätigte einen Knopf und der kleine Anker wurde eingezogen. Dann startete er den Motor.

Panik machte sich in Mira breit.

»Leo«, rief sie. Er musste sie hören, musste ihr glauben. »Ich werde nie wieder unentschlossen sein, wenn es um meine Gefühle für dich geht. Ich bin mir absolut sicher, dass ich bei dir sein will. Dass ich mit dir zusammen sein will. In den letzten Wochen hatte ich viel Zeit, darüber nachzudenken, wer ich bin und wer ich sein will. Vor allem will ich glücklich sein. Und du machst mich glücklicher, als ich es für viele Jahre war. Vielleicht sogar glücklicher als je zuvor. Ich werde das nicht aufs Spiel setzen. Nie wieder. Weil ich ... dich liebe.«

Leo biss sich auf die Unterlippe und schien mit sich zu hadern. Dann schüttelte er den Kopf und legte den Gashebel um.

Die *Leprotta* setzte sich langsam in Bewegung. Fassungslos beobachtete Mira, wie das Boot in Richtung Bucht glitt. Nach der kurzen Schockstarre schaltete ihr Kopf aus und ihr Körper übernahm die Kontrolle. Sie rannte an der Kaimauer entlang, bis sie wieder auf Höhe von Leos Jacht war, und stieß sich kraftvoll von der Kante ab. Die *Leprotta* fuhr nah an der Spundwand und trotzdem war die Entfernung weit. Einen Moment fürchtete Mira, es könnte zu weit sein und sie würde im Wasser landen, doch dann setzten ihre Füße sicher auf dem flachen Badedeck am Heck auf. Die Jacht schaukelte durch den plötzlichen Aufprall und Leo wandte sich entgeistert zu ihr um.

Während Mira keuchte und ihn anblickte wie ein Reh im Scheinwerferlicht, stoppte er erneut den Motor und ließ den Anker hinunter, damit sie nicht gegen die Wand fuhren.

Mit zwei schnellen Schritten war er bei ihr und funkelte sie wütend an.

»Es tut mir leid«, stammelte Mira. »Es ist nur -«

»Sag es noch mal!«, knurrte er, gefährlich nah vor ihrem Gesicht.

Verwirrt spulte Mira die letzte Minute in ihrem Kopf ab, bis sie zu der Stelle kam, die er meinen musste. Sie war für ihn durch halb Italien gehetzt. War ihm nicht klar, was das bedeutete?

»Ich liebe dich«, wiederholte sie mit fester Stimme.

Ohne Vorwarnung zog Leo sie an sich und überbrückte die letzten Zentimeter zwischen ihren Gesichtern, bis seine Lippen auf ihren lagen. Der Kuss begann hungrig, doch Leo nahm den Kopf bald zurück und sah Mira forschend an. Dann lächelte er und gab ihr einen Kuss auf die Stirn. Wortlos holte er den Anker ein, startete den Motor und legte sanft an der Kaimauer an.

Unruhig sah Mira zu, wie er die Jacht vertäute. Was hatte er vor? War das ein Abschiedskuss gewesen? Wollte er sie absetzen und nach Hause schicken?

Sie konnte das Zittern in ihrer Stimme nicht unterdrücken, als sie ihn danach fragte. »Was machst du?«

Er grinste. »Deinen Koffer an Bord holen. Ich habe so das Gefühl, dass wir uns noch einiges zu erzählen haben. Und wir blockieren den Weg.«

Mira blickte hinter sich und sah auf den Bug einer Jacht, die kurz hinter der *Leprotta* im Wasser des Kanals lag. Am Steuer saß ein älterer Herr und neben ihm schätzungsweise seine Frau. Es schien sie nicht weiter zu stören, dass der Weg blockiert war. Viel mehr schienen sie die Show zu genießen und grüßten sie mit einem breiten Grinsen. Mira nickte ihnen mit rotem Kopf zu, aber die Scham konnte das Strahlen nicht aus ihrem Gesicht wischen, das Leo dorthin gezaubert hatte.

Leo, der sie nicht am Hafen absetzte, sondern ihre Taschen holte, zurück an Bord sprang und die *Leprotta* langsam in die Bucht lenkte. Leo, der noch mehr Zeit mit ihr verbringen wollte. Leo, der sie geküsst hatte.

Vermutlich hatte er ihr noch nicht gänzlich verziehen und es würde eine Weile dauern, bis seine Vorsicht dem ursprünglichen Vertrauen wich. Aber sie würde alles daransetzen, dieses Vertrauen zurückzugewinnen.

Kapitel 48

Mira nahm neben Leo auf der gepolsterten Bank Platz, während er die Jacht in Richtung der Lagunenstadt steuerte. Sie schwiegen, während die glänzenden Kuppeln vor ihnen immer größer wurden. Mira sah Venedig zum ersten Mal und nahm die Eindrücke gierig in sich auf. Rote Backsteingebäude, deren verzierte Fassaden in der Abendsonne zu glühen schienen. Brücken, Türmchen und unzählige kleine Gondeln. Boote, die in die Kanäle einbogen oder um die Stadt herumfuhren. Mehr Bäume und Sträucher, als sie es aufgrund der bekannten Postkartenmotive vermutet hätte.

Leo fuhr um die Stadt herum und stoppte den Motor mit einigem Abstand zu den Häusern. Hier waren sie niemandem im Weg und konnten dennoch den Ausblick auf den Sonnenuntergang über Venedig genießen.

Mit klopfendem Herz nahm Mira seine Hand, prüfend und beinahe in der Erwartung, er würde sie zurückweisen. Doch er verschränkte seine Finger mit ihren und sah sie an. In seinem Blick lag eine Welt von Gefühlen, die Mira auch in sich selbst spürte. Vorsichtige Hoffnung, wahre Zuneigung und ungläubige Freude, dass sie sich wiedergefunden hatten.

Wiedergefunden. Eine Erinnerung drängte an die Oberfläche von Miras Bewusstsein und sie stand auf, um etwas aus ihrer Tasche zu kramen. Sie fand die kleine Papiertüte mit dem Kompass darin und reichte sie Leo. »Das ist für dich. Es hat mir den letzten Schubser gegeben, den ich gebraucht habe, um meine Gefühle für dich zu erkennen und zu dir zu kommen, anstatt nach Deutschland zu fliegen.«

Neugierig nahm er das braune Papier entgegen. »Was auch immer es ist, ich mag es schon jetzt und bin ihm sehr dankbar.«

Er packte den Kompass aus und las die Inschrift auf dem Deckel. Mira sah, wie seine Lippen das eingravierte Wort formten und sich zu einem Lächeln verzogen.

»Ich bin sehr froh, dass du mich gefunden hast«, raunte er, legte eine Hand auf ihren Rücken und zog sie an sich. »Das ist das Schönste an deinem Geschenk.«

Mira hob ihr Gesicht an seines und stahl sich einen Kuss. Er erwiderte ihn und sah ihr dabei tief in die Augen. Dann umfasste er mit beiden Händen ihren Po und zog sie auf seinen Schoß, ohne den Kuss zu unterbrechen. Mira quietschte an seinen Lippen überrascht auf, dann vergrub sie die Hände in seinen Haaren und gab sich ihren Gefühlen hin. Ihre Lippen teilten sich, als Leo sie mit der Zungenspitze neckte und in ihren Mund drang. Sie stöhnte und hieß ihn willkommen, während ihre Hände unter den Saum seines T-Shirts wanderten.

»Wenn wir nicht schleunigst nach unten gehen, nehme ich dich gleich hier«, murmelte Leo heiser an ihrem Ohr. Wie um seine Worte zu verdeutlichen, hob er die Hüfte, sodass sie seine Erektion durch ihre Jeans spüren konnte. Genau an der richtigen Stelle und doch durch zu viel Stoff getrennt. Zwar waren sie etwas abseits von den stark frequentierten Fährrouten, doch gelegentlich schipperten Boote nah an der *Leprotta* vorüber und Mira wollte nicht unbedingt ihren Blicken ausgesetzt sein. Sie wollte Leo ganz für sich haben, ohne die Angst, dass sie jemand stören könnte.

»Lass uns nach unten gehen, bevor wir noch die Touristen verstören«, brachte sie zwischen ihren Küssen hervor.

Als hätte Leo nur darauf gewartet, erhob er sich mit ihr von der Sitzbank. Sie schlang die Arme um seinen Nacken und ließ zu, dass er sie über das Deck und die Treppe hinab zu seiner Suite trug.

Leo legte sie auf dem Bett ab und war direkt wieder über ihr. Das Gewicht seines Körpers drückte sie in die Matratze.

»Ich weiß, dass wir theoretisch alle Zeit der Welt haben. Aber ich kann keine Minute länger darauf warten, in dir zu sein.«

Mira stöhnte und zerrte an Leos Shirt. Auch sie wollte spüren. Alles von ihm. So wie jeder ihrer Gedanken um ihn kreiste, sollte auch ihr ganzer Körper von ihm erfüllt werden. Eins mit ihm werden.

Als Leo sich kurz aufsetzte, um sein Shirt und seine Hose abzustreifen, vermisste Mira das Gefühl seines Körpers auf ihrem. Sie schälte sich aus ihrer Kleidung und beobachtete, wie Leo ein Kondom überstreifte und sich zwischen ihren Beinen positionierte. Erwartung prickelte an ihrer Wirbelsäule und sie krallte sich ins Laken, als Leo sich in ihr versenkte und sie nahm. Seine Stöße waren drängend und trieben sie in Kürze an den Rand ihres Höhepunktes.

Leo führte eine Hand zwischen ihre Beine, umkreiste und liebkoste ihre empfindlichste Stelle, bis Mira seinen Namen rief und ihre Muskeln sich um ihn herum verkrampften. Mira warf den Kopf in den Nacken und kam. Leo stieß noch zweimal in sie, dann folgte er ihr pulsierend. Keuchend ließ er sich auf die Unterarme sinken und legte seine Stirn auf Miras, sodass sie denselben Atem teilten, während ihr Puls sich wieder normalisierte. Aneinandergeschmiegt in den weichen Kissen sahen sie sich lange in die Augen. In Leos Ausdruck waren so viel Wärme und Zuneigung, dass Mira vor Rührung mit den Tränen zu kämpfen hatte. Er strich ihr eine Strähne aus dem Gesicht und sie kuschelte ihr Gesicht an seine Brust. Leo legte einen Arm um ihren Rücken und zog sie eng an sich. Sie konnte seinen Herzschlag spüren und fühlte sich warm und geborgen. Die *Leprotta* schaukelte sanft auf den Wellen und durch die Fenster drang der letzte schwache Lichtschimmer der untergegangenen Sonne.

Unendliche Erschöpfung brach über sie herein und auch wenn es noch eine Million Dinge gab, die sie Leo sagen wollte, dämmerte sie in seiner Umarmung ein.

***

Die Rufe von Möwen und das Schlagen einer Turmuhr weckten Mira am nächsten Morgen. Noch bevor sie die Augen öffnete, wusste sie, wo sie war. Sie spürte Leos warme Haut in ihrem Rücken und seinen gleichmäßigen Atem an ihrem Kopf. Sein Arm war noch immer um sie geschlungen.

Sie blinzelte und wischte den Schlaf von ihren Lidern. Im Licht des rosafarbenen Himmels sah alles weichgezeichnet aus. Mira kuschelte sich behaglich in die warme Decke und konnte ihr Glück kaum fassen. Sie hatte es geschafft, Leo zu finden. Und er hatte ihr vergeben. Auch wenn es eine Weile dauern mochte, bis sie wieder völlig unbeschwert miteinander umgingen, stand ihnen nun die ganze Welt offen.

Als sie sich zufrieden an Leo schmiegte, stieß ihr Po an seine Erektion. Verlangen regte sich in ihr und Leo zog sie im Schlaf enger an sich. Dann wanderte seine Hand weiter nach oben und umfasste eine ihrer Brüste. *Er ist also ebenfalls aufgewacht*, dachte Mira schmunzelnd und bog den Rücken durch, um ihm noch näher zu kommen. Er stöhnte und knetete ihre Brust zwischen seinen Fingern. Über ihre Seite strich er mit den Fingerspitzen nach unten, fand ihre empfindlichste Stelle und begann, sie zu streicheln.

Mira keuchte auf, als er vorsichtig mit einem Finger in sie hineinglitt. »Du bist so feucht«, raunte er an ihr Ohr und Mira spürte, wie sein Penis an ihrem Po zuckte.

»Dir auch einen guten Morgen«, neckte sie und drehte ihm das Gesicht zu.

Leo lachte heiser. Er bedeckte seine Lippen mit ihren und zog seinen Finger zurück.

Sofort vermisste Mira den sanften Druck in ihrem Inneren und wollte schon protestieren, als sie das Knistern einer Kondompackung hörte. Dann war er wieder bei ihr und sie spürte ihn zwischen ihren Beinen. Er rieb sich an ihrer Öffnung und seine Finger setzten die

Liebkosungen fort. Während er sie reizte und ihr Verlangen immer größer wurde, drang er in sie ein.

Genüsslich und beinahe bedächtig versenkte er sich in ihr, fand einen quälend langsamen, tiefen Rhythmus. Mira empfing jeden seiner Stöße, indem sie sich ihm entgegenbog.

Leo ließ sich Zeit. Er schien sie mit jeder Erschütterung von der Tiefe seiner Gefühle überzeugen zu wollen. Immer wieder zog er sich aus ihr zurück, um sie anschließend mit seiner ganzen Länge auszufüllen.

Gestern hatten sie Sex gehabt, aber heute liebten sie sich.

Als Mira sich dem Höhepunkt näherte, umfasste Leo ihr Gesicht und wandte es seinem zu. »Sieh mich an«, flüsterte er, und sie tat es.

Sein bedeutungsschwerer Blick riss sie mit sich in einen Strudel der Ekstase und sie kamen gemeinsam zum Höhepunkt. Leo hielt sich an ihrer Hüfte fest, während er sich in ihr ergoss und ihren Namen rief.

Mira wandte sich zu ihm um und umfasste mit einer Hand sein Gesicht. Sie streichelte die Kontur seiner Lippen nach, seine Augenbraue, den Ansatz seiner Haare und wollte sich diesen Moment für immer ins Gedächtnis prägen. Hier in diesem Moment verspürte sie wahres Glück.

Ergriffen hauchte sie Leo einen Kuss auf die Nasenspitze. »Ich liebe dich«, flüsterte sie.

Leos Mund bildete ein zufriedenes Lächeln. »Ich dich auch«, erwiderte er und wischte mit den Fingerspitzen eine Träne aus Miras Augenwinkel, die sie dort gar nicht bemerkt hatte.

Mira hätte schwören können, dass nichts diesen Morgen noch schöner hätte machen können. Doch als sie eine halbe Stunde später nach einer warmen Dusche in kuschelige Bademäntel gewickelt auf dem Sonnendeck der *Leprotta* saßen und Latte macchiato schlürften, musste sie ihre Meinung überdenken. Einfach neben Leo zu sitzen und seine Hand zu halten, während die ersten Sonnenstrahlen die Dächer von Venedig in ihren goldenen Schein hüllten, grenzte an Perfektion.

»Hast du in den nächsten Wochen schon etwas vor?«, fragte Leo in beiläufigem Ton.

Mira dachte an das verfallene Flugticket nach Hamburg und ihre Eltern, denen sie gestern im Zug geschrieben hatte, dass sie noch eine Weile in Italien bleiben würde.

Sie schüttelte den Kopf. »Nichts, das man nicht verschieben könnte.«

Er grinste. »Lust auf eine Kreuzfahrt? Auf diesem schönen Boot? Mit mir? Wir kommen an einigen Sehenswürdigkeiten vorbei.«

Mira lachte. »Du hattest mich bei ‚Mit mir'. Mit dir würde ich mich auch wochenlang in einem Keller einschließen und hätte trotzdem die Zeit meines Lebens.«

Leo nickte zufrieden. »Das wollte ich hören.«

Er erhob sich und hielt Mira eine Hand hin.

Mira griff seine Hand und lachte ungläubig.

Er zog sie in eine Umarmung und küsste sie leidenschaftlich, bevor er sie hinter dem Steuerrad platzierte, sich hinter sie stellte und ihre Hand auf den Gashebel legte.

Er startete den Motor, zog den Anker ein und legte seine Hände auf Miras, um mit ihr gemeinsam durch die Bucht ins offene Meer zu steuern.

»Dann lass uns mal in den Sonnenaufgang fahren, Pfauenmädchen«, flüsterte Leo feierlich und drückte Mira einen Kuss auf den Scheitel.

Mira lehnte sich an seine Brust und seufzte.

Sie hatte in den letzten Jahren viele schlechte Zeiten erlebt und wusste dadurch nur umso mehr zu schätzen, was sie nun mit Leo hatte.

Während sie der Sonne entgegenfuhren, hakte Mira gedanklich den letzten Punkt auf ihrer Liste ab. Sie glaubte wieder an die Liebe. An ihre Liebe zu Leo. An seine Liebe zu ihr. Und besonders an ihre Liebe zu sich selbst.

Gemeinsam waren sie durch Höhen und Tiefen gegangen, doch nun erfüllte Mira eine tiefe Zuversicht, dass sie ihren Weg finden würden. Und sie wusste, dass sie sich dafür nicht aufgeben und in der Beziehung verlieren musste. Stattdessen konnte sie ganz sie selbst sein. Leo würde sie dabei unterstützen, ihre eigenen Entscheidungen zu treffen und immer zu der Person zurückzufinden, die sie sein wollte.

Epilog

3 Monate später

Mira ging den Inhalt ihrer Handtasche durch.

»Hast du die Flugtickets eingepackt?«, rief sie über die Schulter.

»An der Pinnwand«, kam Leos Antwort aus den Tiefen ihrer gemeinsamen Wohnung.

Sie eilte in die Küche und entdeckte die beiden Tickets neben den Weihnachtskarten, von denen sie sich noch nicht trennen konnte. Derselbe Pin befestigte auch eine selbstgestaltete Postkarte von Stella und Illaria, die beide Hand in Hand vor der Kulisse des verschneiten New Yorker Central Parks zeigte.

Mira steckte die Tickets ein und befestigte die Postkarte wieder an der Wand. »Hab sie!«, teilte sie Leo freudig mit.

»Sehr gut«, antwortete er direkt hinter ihr und legte seine Hände um ihre Taille, um sie an sich zu ziehen.

Mira fuhr überrascht zusammen und drehte sich zu ihm um. »Ich dachte, du packst?«

»Bin schon fertig.« Er lächelte und deutete mit dem Daumen zur Tür. »Wir haben also noch ein paar Minuten, bis wir losfahren müssen.«

»Was sollen wir nur mit unserer Zeit anstellen?«, fragte Mira gespielt ahnungslos.

Leo ließ eine Hand unter ihren Strickpullover gleiten. »Mir würden da schon ein oder zwei Dinge einfallen ...«

In diesem Moment klingelte Leos Telefon. »Agatha«, stellte er fest und nahm den Anruf entgegen.

Obwohl er über die Unterbrechung zu schmollen schien, begrüßte er Lady Cromwell freundlich.

Mira fuhr mit den Fingern durch sein Haar, während er mit ihrer Gastgeberin sprach und von ihren letzten Reisevorbereitungen erzählte. Auch wenn sie nur für ein verlängertes Wochenende zu den Cromwells nach Oxfordshire flogen, freute Mira sich unheimlich über den Ausflug.

Nicht zuletzt hatte sie es Lady Cromwell zu verdanken, dass sie schon in diesem Wintersemester ihre Forschungs- und Lehrstelle in Florenz hatte beginnen können. Ihr Traum davon, mit Leo gemeinsam das Stadtleben genießen und Kaffee trinken zu können, war doch noch wahr geworden.

Mira ließ den Blick aus dem Fenster schweifen. Vor dem Fenster fielen dicke Schneeflocken und sammelten sich auf der Fensterbank ihrer Altbauwohnung. Auch wenn Miras Eltern sich über diesen schnellen Schritt gewundert hatten, fühlte es sich absolut richtig an, mit Leo zusammenzuwohnen und ein gemeinsames Zuhause zu teilen. Manchmal machte es Mira selbst Angst, wie nah sie Leo inzwischen stand und dass sie ihn so eng in ihr Herz geschlossen hatte, dass sie sich ihr Leben nicht ohne ihn vorstellen mochte. Aber im Gegensatz zu der Abhängigkeit, die Elias sie damals hatte spüren lassen, wurde ihr bei den Gedanken an Leo wohlig warm und sie fühlte sich geborgen. Angekommen.

Vielleicht ging Liebe immer mit dem Risiko einher, verletzt zu werden. Doch diesmal wusste Mira genau, wer sie war und was sie wollte, und die Erlebnisse ihrer gemeinsamen Reise, die vielen innigen Momente des Glücks waren jedes Risiko wert.

Danksagung

Es fühlt sich absolut surreal an, dass ich heute diese Worte tippen darf. Die Geschichte von Mira und Leo zu entwickeln, war ein langer und häufig lustiger Prozess und ich habe die Insel und all ihre Bewohner sehr ins Herz geschlossen. Ob ihr es glaubt oder nicht: Die Idee begann mit Torquato, dem verwirrten Pfau, und hat sich dann selbstständig gemacht und ist gewachsen. Dafür, dass aus der Idee jedoch ein fertiger Roman geworden ist, gebührt einigen Leuten mein Dank:

Danke an meine wundervolle Agentin Luisa, dass du an mich und diese Geschichte geglaubt und für sie ein Zuhause gefunden hast. Ich freue mich auf alles, was wir noch planen!

Danke an das Team vom dp Verlag, dass ihr Mira und Leo bei euch aufgenommen habt und hinaus in die Welt tragt. Eure Expertise und euer Engagement beeindrucken mich zutiefst!

Liebe Monia, durch dein scharfes Auge für Details hast du mit deinem Lektorat „The Write Spirit“ meinen Text aufs nächste Level gebracht. Das Lektorat hat mir wahnsinnig viel Spaß gemacht und ohne dich hätten Leo und Mira einen Großteil ihres Abenteuers ungewollt barfuß (und nackt!) bestritten. Danke für deine sehr kompetente, humorvolle und feinfühlige Betreuung und Unterstützung!

Danke an Katharina Witthuhn (Buchstabendreherin) und Amelie Hanke (Lektorat Litterae), dass ihr mir Feedback zu den ersten Seiten gegeben habt, als ich noch ganz am Anfang stand. Ihr habt mir die Richtung gewiesen.
Danke an meine Familie und Freunde, dass ihr mitgefiebert und an mich geglaubt habt. Ohne euren Rückhalt hätte ich diesen Roman nicht veröffentlichen können. Mama und Papa, eure Beziehung hat mich schon immer an die wahre Liebe glauben lassen. Daniel, danke, dass ich mit dir dieses Gefühl selbst erfahren darf. Meine Jungs, ihr habt mich zur Autorin gemacht, weil ich abends nichts anderes zu tun wusste, als ich zu Hause saß und auf das Babyfon gehört habe. Danke dafür! Steffi, ich danke dir, dass du dir immer Zeit für mich genommen und sogar mit mir telefoniert oder an Illustrationen gebastelt hast, wenn du eigentlich beschäftigt warst. Madlene, du hast jeden meiner Texte gelesen und mich beim Schreiben motiviert. Danke für deine Begeisterung, die mir den Glauben an mich selbst gegeben hat.
Durch das Schreiben habe ich viele tolle Menschen kennengelernt, aber besonders möchte ich hier Janine, Katrin, Janika und Charina danken. Der Austausch mit euch bedeutet mir sehr viel und ich bin froh, dass wir uns gefunden haben!
Vielleicht etwas ungewöhnlich, aber ich möchte auch der Vergangenheits-Sandra danken, dass sie durchgehalten und sich durchgebissen hat. Einen Roman zu beginnen, ist leicht. Aber ihn zu beenden und zu veröffentlichen ist eine gewaltige Aufgabe und ich bin stolz, es nun wirklich geschafft zu haben.

Und natürlich geht ein riesengroßes DANKE an dich, weil du dich für diesen Roman entschieden und ihn gelesen hast. Damit wird ein Traum von mir wahr. Danke, von ganzem Herzen!